약편

仙道 체험기

26

신선神仙되는 길이 보인다
경이적인 현상이 눈앞에 펼쳐진다!!
선도수련의 현장을 체험으로 파헤친 충격과 화제의 소설

글터
GEUL TER

약편 선도체험기 26권을 내면서

『약편 선도체험기』 26권은 『선도체험기』 116권부터 118권까지의 내용에서 선별하여 구성하였으며, 시기적으로는 2017년 10월부터 2018년 11월까지다. 그 기간 삼공 김태영 선생님의 선도 체험 이야기는 수련생과의 대화나 이메일 회신에 녹아 있다.

특히 10편이나 되는 현묘지도 화두수련 체험기와 이에 대한 논평이 집중적으로 실려 있는 게 다른 권과의 차별점이다. 현묘지도는 삼공선도의 기공부의 내용으로 12단계로 구성된다. 호흡문 열기, 축기와 운기, 소주천, 대주천까지의 4단계를 완성하면 8단계 화두수련을 할 수 있다. 자세한 내용은 『약편 선도체험기』 4권과 5권에 상술되며, 18권부터 현묘지도 화두수련이 전수되는 이야기가 나온다.

이번 26권의 각 현묘지도 화두수련 체험기도 원본상의 제목을 18권부터의 일관성을 유지하기 위해 변경하였다. 그리고 내용 중 일부 주문수련에 관련한 문구나, 없어도 무방한 글은 편집하였음을 양해 바란다. 독자들이 이 체험기들을 읽으면서 기운을 느끼고 감동받는 한편으로 공부가 많이 될 것으로 기대된다.

한편, 삼공선도의 도맥을 이은 엮은이의 블로그 명을 이전의 '조광 블로그'에서 '삼공선도 조광'으로 바꿨다. 『약편 선도체험기』에 실리지 않는 삼공 선생님의 독후감과 번역물이 이 블로그에 실리고 있으니 일람하기를 청한다. 이번에도 교열을 도와준 후배 수행자 일연, 대명, 별빛자 님들께 고마운 마음을 전하며, 『약편 선도체험기』를 발행해 주시는 글터사 한신규 사장님에게도 감사의 인사를 드린다.

단기 4356년(서기 2023년) 2월 20일
엮은이   조 광   배상

차 례

Contents

〈116권〉

113권까지 읽었습니다

저는 2015년 1월부터 『선도체험기』를 수련의 지침서로써 구독하며 수련하고 있습니다. 저는 경북 경산에서 남편과 두 딸을 둔 47세의 가정주부 정정숙입니다. 제자로서 인사 올리기가 아직은 부끄럽지만, 용기 내어 스승님께 문안 인사 올립니다.

『선도체험기』와 인연은 서점에서 우연히 접하게 되었습니다. 인연된 순간부터 마치 오래전의 잃어버린 기억을 찾아가듯 구독하게 되어 지금까지 113권까지 읽었습니다. 『선도체험기』를 구독하면서 이미 어린 시절부터 느꼈었던 다양한 느낌들이 기운이 유통되는 흐름과 빙의 현상이라는 것을 인식하게 되었습니다. 『선도체험기』를 구독하면서 삼공(몸, 기, 마음) 수련을 기본으로 수련하고자 노력하고 있습니다.

몸공부, 기공부, 마음공부는 아직은 중3, 고2인 두 딸들과 직장에 다니는 남편을 내조하느라 2주에 1회 3시간 정도 등산과 매일 1km 달리기와 103배 절 수련과 도인체조와, 아침저녁 1시간 정도 체험기 속 스승님의 가르침대로 의수단전하며 매 순간 인간관계 속에서 역지사지를 바탕으로 수련하고 있습니다.

음양식사법을 5년 전부터 실행해서 1일 2식을 과일과 채소, 발효식 위주로 하고 있으며, 1개월에 1일 완전 단식을 하고 있습니다. 오행생식은 허락해 주시면 스승님을 직접 찾아뵙고 체질 점검을 받고서 시작하려고 합니다.

『선도체험기』를 서점에서 구입하여 읽는 1권부터 형용할 수 없는 포근하고 상쾌한 기운과 열기를 몸으로 느꼈습니다. 『선도체험기』를 계속 읽어 갈수록 다양한 느낌과 현상들을 겪었으며, 어느 순간 몸 자체가 허공에 사라지고 이유를 알 수 없는 무한대의 환희지심 속에 황금빛으로 가득한 단전과 중단만 느껴지는 순간 속에서, 인간은 그저 덧없이 때가 되면 자신의 존재의 의미도 모른 채 죽음을 맞이하는 어리석은 존재가 아니라는 것을 체득하기도 하였습니다.

때로는 정수리 전체가 박하사탕처럼 쏟아지는 기운으로 얼음을 끼얹은 듯 시릴 정도로 기운이 쏟아져 들어오고, 한 호흡에 호흡기로만 숨을 들이쉬는 것이 아니라 단전과 온몸이 팽창과 수축을 반복하며, 독맥인 척추 부위와 임맥이 자동으로 풍선처럼 부풀었다가 수축을 반복하고 열기가 오르내리고 단전, 중단, 인당이 자동으로 수축 이완을 반복하기도 합니다.

단전에는 액체보다 더 단단히 응축된 형태의 주먹만한 공 모양의 뭔가가 자리를 잡고서 살아 있는 생명체처럼, 의수단전을 하면 회음부터 백회까지 원통형 파이프라인이 형성된 것같이 시계 방향으로 빠르게 회전하며 숨쉴 때마다 상하로 오르내립니다. 『선도체험기』에서 말하는 상·중·하단전이 통합되는 삼합진공과 같은 현상이라 생각되어집니다.

『선도체험기』의 현묘지도 수련 편에서 지금까지 27명의 선배들이 겪은 과정을 경험했습니다. 『선도체험기』 14권의 화두수련에 대한 부분을 접할 때마다 강력한 기운이 쏟아져 들어왔습니다. '천지인삼재'라는 화두로 『선도체험기』에는 적혀 있는데, 제 중단으로 'ㅇㅇㅇㅇ'이라는 한자 하나하나가 중단으로 차례대로 들어오면서 단전으로 내려가서 빠르게 시계 방향으로 회전했습니다. 문자가 다양한 형태로 확장되고 변화되며 저의 의식이 단전으로 빨려 들어가듯 끝없이 어디론가 향했습니다. 한순간 지극히 평온하고 고요함 속에 오로라처럼 아름다운 성단과 무수히 많은 은하계의 별들이 온몸으로 눈이 오듯 쏟아져 들어오며 무한한 법열 속에서 인간의 생로병사의 이치를 가슴으로 체감할 수 있었습니다.

『선도체험기』의 천지인삼재라는 화두가 왜 저에게는 ㅇㅇㅇㅇ으로 인식되어 중단으로, 단전으로 들어오며 그러한 현상들을 경험했는지 모르겠습니다. 그러나 그러한 순간에도 지금도 놀람보다는 원래부터 그러한 의미를 이미 알고 있었던 것처럼 느껴집니다. 그리고 현실과의 괴리감이나 어떠한 거부감도 없이 고요함 속에 여여히 수용하고 있는 자신을 바라볼 수 있었습니다.

호흡은 수련 시나 평상시에도 거칠지 않고 지극히 부드러움 속에서 삼단전이 자동으로 이완 수축을 반복하며 "수련이 깊어질수록 자성의 소리가 더 크게 들릴 것이다"는 메시지가 어떠한 소리 형태나 문자가 아닌, 그냥 느껴집니다.

단전, 중단, 인당, 백회가 호흡 시마다 조여들 듯 수축되고 단전에서 시계 방향으로 기운이 빠르게 백회까지 상하로 회전하며 전신으로 빛살처럼 퍼져 나갈 때 빙의령이 천도되어 나감을 느낍니다. 상대방과 만나거나 전화, 카톡, 메일로도 빙의령이 인연 따라 왔다가 천도되어 나가는 흐름이 거의 매일 일상으로 정착되어 가고 있습니다.

때론, 빙의된 존재가 어렴풋이 보일 때도 있지만 아직은 기운의 흐름과 느낌으로 인식하고 관하며 인과응보와 해원상생의 의미를 알려 주며 스스로 깨쳐서 자신의 본래 자리로 돌아갈 수 있도록 관하고 있습니다. 아직은 빙의된 영가가 버겁고 괴로울 때가 많지만 모든 역할을 여여히 감당하시는 스승님을 생각하며 어차피 겪어야 됨을 알기에 일상처럼 바라보며 관하고 있습니다. 이 글을 스승님께 올리는 이 순간에도 중단으로 인연 따라서 슬그머니 들어온 영가를 관하고 있습니다.

ㅇㅇㅇㅇ이라는 화두를 체감한 이후의 변화는 세상사에 별로 크게 반응하지 않으며 범사에 감사하는 마음으로 일상을 살아가고 있습니다. 이번 주 수요일 오후 3시 방문을 허락해 주신다면 찾아뵙고 체질 점검과 오행생식을 처방받고 대주천 인가도 점검받고 싶습니다. 스승님의 제자로서, 수행자로서 삶 속에서 구도중생의 길을 가도록 하겠습니다.

스승님과 사모님께 감사드립니다.

2017년 10월 16일
정정숙 올림

【필자의 회답】

정정숙 씨의 메일은 오늘 즉 10월 18일 오전 11시에 개봉되었습니다. (주소와 전화번호 생략) 출발 며칠 전에 시간 약속을 하고 생식대금 30만 원 정도를 현금으로 준비하시기 바랍니다.

현묘지도 화두수련 체험기 (31번째)

정 정 숙

2017년 10월 19일 삼공재를 방문하고 삼공 스승님으로부터 화두를 받고, 19일부터 21일 새벽 5시 33분까지의 수련일지입니다. 자신의 본성을 찾아갈 수 있도록 안내해 주시는 선계의 스승님과 삼공 스승님에게 삼배를 올립니다.

2017년 10월 19일 오후 3시

삼공재를 방문하기 위해 아파트 입구에서 초인종을 누르기 전 삼공 스승님이 존재해 주심과, 부족한 제자의 방문을 허락해 주심에 감사드리며 저와 인연된 영가로 인해 스승님께 누를 끼쳐 드리는 것은 아닐지 죄송한 마음에 긴장되었다. 구도자는 항상 평상심과 부동심으로 여여해야 하는데 이 또한 하단전으로 내려 더 깊은 감사로 단전 안에서 용해될 수 있도록, 호흡으로 마음을 다스려야겠구나 하는 생각이 일어 잠시 하단전에 집중하면서 대각경을 3번 염송하였다.

지금의 감사함이 늘 한결같아야 하며 그 마음이 나날이 더 깊어져 간다면 스승님께서 안내해 주셨던 가르침대로 참자신으로 살면서 하화중생할 수 있을 것이다. 그러나 기쁨이든 두려움이든 어느 조건이 되면 기쁨이 더이상 기쁨이 되지 못하고 자신이 낸 마음으로 인해 또 아파하고

11

힘들어하는 것이 될 것이다. 따라서 내 안에 있는 이러한 감정들조차도 단전 안에서 고요함 속에 더 깊은 감사로 승화시키고자 한 것이다.

대각경에는 본래 자신이 누군지를 밝히는 진리를 알고 그 깨달음으로 각성된 내가 허상의 마음에 휘둘리는 나를 알아차려, 본래 보아야 하고 행해야 하는 삶을 살도록 선택하게 하는 우주를 다스리는 법력이 깃들어 있다. 자신이 낸 마음으로 인하여 호흡이 흐트러질 때는 이 대각경을 염송하면 즉각적으로 호흡이 단전으로 안정이 되면서 백회에서 단전까지 맑고 청아한 기운으로 마음이 고요해짐을 느낀다.

벨을 누르고 반갑게 맞아 주시는 사모님을 뵙고 항상 뵙던 가족을 만난 듯 편안하고 낯설지가 않았다. 사모님께서 안내해 주신 대로 삼공 스승님께 인사를 올린 뒤, 메일로 문의를 드렸던 그동안 저의 삶 속에서『선도체험기』를 구독하며 가르침대로 몸공부, 마음공부, 기공부를 해 온 것이 제대로 가고 있는 것인지 혼자 수련하며 체감했던 일들에 대해 점검받고, 제 몸 상태에 맞는 체질 생식을 처방받아서 몸공부 중 하나인 섭생법에 대해서 항심으로 실행하고자 생식 처방을 원한다고 말씀드렸다.

자신의 몸 상태를 정확히 알고 처방해 주시는 생식을 먹을 수 있다는 것이 얼마나 감사한 일인가! 마치 자신을 위해 먹는 생식 값을 드리면서 당연한 듯 수련 점검받고자 하는 구걸형 인간의 마음이 내 안에 없는지 자성의 나로서 바라보려 한다.

스승님을 한 번도 뵙지는 않았지만 시공을 초월해서『선도체험기』를 통해 가르침을 직접 전수받고 안내받고 있다는 느낌을 받았었는데, 직접 뵈면서 중단에서 형용할 수 없는 환희지심이 피어오르며 편안하면서도 부드러운 자비심이 느껴졌다. 삼공 스승님에게서 느껴지는 기운 속에 나

또한 동화되어 하나된 느낌이었다.

너무 강하지도 않으면서 봄날 아지랑이같이 언 대지를 녹이는 따스함과 끝없이 이어지는, 시작도 끝도 없는 경계가 없어 모든 것을 다 담아내면서 꽉 차 있으나 비워져 있는 공의 느낌이랄까... 저의 부족한 언어로는 표현해 낼 수 없는 느낌이나, 항상 이러한 상태라면 바라는 바도 부족함도 없는 완전한 상태가 이 느낌이라는 생각이 들었다.

삼공 스승님께서 화두를 주시겠다고 말씀하신 후 오행생식 처방을 위해 맥을 안정시켜야 하니 30분 동안 운기조식하라는 말씀을 따라 스승님을 바라볼 수 있는 정면에 앉아 결가부좌를 하고 호흡에 들었다. 1월부터 호흡에 들면 인위적인 호흡이 아닌, 몸이 알아서 그때그때 호흡의 강약을 조율하며 들이쉬는 호흡보다 내쉬는 호흡이 더 길었다. 그런데도 숨이 차지 않는 흐름으로 호흡하는 나를 지켜보며 신기해하기도 했다.

그리고는 백회에서 용천까지 온몸이 마치 하나의 원통으로 연결된 듯 우주공간에 가득찬 기운과 내가 하나된 느낌만이 존재하였다. 그리고 기운이 어디로 흐르고 하는 경계가 사라지고, 내 몸으로 인식하고 있는 모든 부위의 경계조차 없이 오직 단전만이 의식되며 호흡에 들어 있고 그것을 바라보고 있는 의식만이 존재했다.

삼공 스승님 앞에서 지금까지의 저의 수련 정도를 점검받는다는 생각에 긴장하고 있음을 인식하고 곧 하단전에 의념을 집중하고 호흡을 시작하였다. 평상시와 같이 호흡을 하면 느껴지는 직하방으로 전신이 기운 자체와 하나된 느낌만 있으나, 상단전에 더욱 기운이 집중되면서 점차 나를 에워싸며 기운과 온전히 하나된 느낌이었다. 느꼈던 기운의 세기와 레벨이 두세 배 증폭되면서 안과 밖의 경계가 없는 상태로 확장됨이 느껴진다.

그 기운은 온화하고 따스하고 포근하나 치우침이 없다. 호흡하는 동안 기운이 자세를 바로잡으니 어디에도 힘이 들어가지 않으며 우주기운이 발현하는 편안함과 따스함에 하나된 호흡을 이어가고 있다. 스승님이 제게 주시고자 화두를 준비하시는 듯한 소리와 함께 동시에 기운이 백회에서 중단전으로 연결되는 것이 마치 공이 터지기 직전의 최대한 부풀었을 때의 압력의 세기로 중단전에 갈무리되었으나 불편함은 없었다.

호흡이 자동으로 되면서 하단전, 중단전, 상단전이 모두 하나로 연결된 가운데 중단전에 어떤 빛무리가 장착된 것 같은 느낌이 들었다. 이 기운은 무엇이지? 평상시와는 다른 느낌의 기운인데 맑고 부드러우면서도 강하게 응집된 기운이며 우주성단의 빛을 다 모은 듯하나 아주 압축된 기운처럼 느껴졌다. 중단의 기운을 좀더 관하자 화두는 잠궈진 문을 여는 열쇠처럼 우주 부호와 같은 느낌이 전해진다.

제게 주시고자 하셨던 화두가 단순히 활자인 글로만 전달하는 것이 아닌, 화두를 받은 자가 화두수련을 하면서 자신 안을 성찰하고 자신에게서 무엇을 비우고 채워야 할지 알아차리고, 본래의 자신의 모습이라 생각했던 아상과 습을 비우고 비웠다는 생각조차도 비워진 상태로 이미 그 모든 이치를 깨치고, 오직 자비심만을 발현할 수 있도록 하는 근원적인 기운을 압축해서 이미 전해 주셨구나. 내가 잘해서 화두를 통과하는 것이 아닌, 이미 통과할 수 있도록 지원하는 깨달음의 화두라는 열쇠가 아상으로 가려진 허상의 세계에서 깨어나게 하는 역할을 하는 것임이 울림으로 전해진다.

어느새 스승님이 진맥을 하시고자 제 앞에 계신 것이 느껴졌고 맥은 평맥이니 표준을 먹으라고 처방을 해 주셨다. 화두를 전해 주시는데 주의할 점을 알려 주시고 화두수련 시 필요한 사항을 책의 페이지까지 직접 확인해 주시니 역지사지, 이타심의 마음 쓰심과 하실 말씀만 하시는 절제된 표현 속에서도 따뜻함이 느껴진다. 어떻게 말하고 행해야 할지 과하지도 모자람도 없으나 해야 할 바를 하면서도 따스함이 있는 행이 무엇인지 느낄 수 있었다.

현묘지도 화두수련을 허락해 주심에 삼배를 올려야 하는 것도 깜박 잊고서 "감사드립니다"라는 부족한 표현만 하고 물러서 인사 올리고 삼공재를 나섰다. 집으로 오는 내내 백회에서는 대공사가 일어나는 듯 계속 땅굴을 파듯 굴착기로 뚫는 것 같은 현상이 일어나며, 박하를 바른 듯 청아한 기운이 들어오며 백회의 영역이 점점 확장이 되어 간다. 중단전에서는 따스한 기운이 빠르게 우회전을 하면서 은하계의 성단이 있는 넓고 광활한 공간처럼 확장되고 있다. 내가 알고 있다고 하는 이 육신 안의 한정된 공간이 아닌 무한대의 우주처럼 중단전의 영역이 점점 더 확장된다. 중단전이라고 알고 있는 내 몸은 없고 그 자리에 우주공간만이 느껴진다.

집으로 돌아와 정리를 하고 오늘을 넘기지 말고 화두수련을 시작해야 한다는 느낌대로 좌정을 하고 수련을 시작했다. 선계의 스승님과 삼공 스승님 그리고 우주만물에게 감사의 인사를 올렸다. 화두를 주시며 믿어 주신 스승님의 그 믿음에 부끄럽지 않아야 할 텐데 하는 염려되는 마음까지도 호흡을 시작하면서 하단전으로 함께 내리며 화두를 염송했다.

처음엔 1단계의 화두를 염송하며 떠올리자 화두를 이루고 있는 한자 하나하나가 중단전으로 들어온다. 맑고 따뜻하면서도 시원한 두 기운이 조화를 이룬 상태로 상·중·하단전 구분 없는 하나의 원통형으로 느껴지기만 하고, 중단전에서 따스한 기운이 확장되며 호흡은 안정적이다. 대각경을 3번 염송한 후 화두를 염송하는데 그 어떤 화면도 비치지 않고, 오직 고요함 속에 전신의 세포로 호흡하며 기운과 하나된 자신을 바라보고 있다.

'내가 잘못하고 있는 건가? 왜 이렇게 고요하지?' 더욱 호흡에만 집중하자 '끝났다'라는 자성의 느낌이 전해진다. 8단계의 모든 화두를 동시에 주신다는 것이 무슨 의미일까? 자성에게 물으니 곧 이런 울림이 들린다.

'화두를 위한 화두는 의미가 없다. 비워져 있으나 채워져 있으며 모든 곳에 존재하는 조화주 하느님의 분신인 자신과 모든 우주만물이 둘이 아닌 하나의 존재임을 알아야 한다. 그 앎 속에 매 순간 허상의 마음에 주인 자리를 빼앗기고 살아가는 삶을 알아차리고 본래 자신이 살아야 할 삶을 살아가도록 자신의 심법의 단계별로 무엇을 비우고 채워야 할지를, 스스로 이미 모든 것을 알고 있는 자신의 본성을 통해 자신 안에서 알아차리도록 하기 위해서 화두라는 방편이 주어진 것이다.

이러한 모든 이치가 이미 대각경에 담겨 있으며, 대각경을 염송할 때 담겨 있는 경의 울림이 자신의 본성을 비추어 참자신과 하나되도록 각성시킨다. 자신의 삶 속에 마음 일으키는 허상의 자아를 비우고 올바른 선택을 하도록, 조화주 하느님이자 하느님의 분신이자 우주의 법인 그 깨달음의 빛의 결정체인 기운이 화두를 통해 자신의 본성을 밝히도록 전해진 것'이라는 울림이 전해진다.

나는 하느님의 분신으로서 하느님의 무한한 사랑, 무한한 지혜, 무한한 능력을 구사하고 있다. 이것이 자신의 본질이며 알아야 하는 깨달음이며 이것이 시작이자 끝인 것이다. 시작도 끝도 없는 무한한 존재이며 세세생생 존재하는 근원의 조화주 하느님의 분신이 자신이라는 그 이치를 알고자 윤회를 거듭하는 것이다.

천지만물이 하나인 것이니, 이 깨달음이 온전히 자신과 합일이 되어 각성된 의식의 나가 참나인 것이며, 이 깨달음이 뜬구름과 같은 허상의 세계에서 지감, 조식, 금촉 할 수 있는 바탕이 되는 것이다. 이러한 행함 속에 자신의 삶에서 일어나는 선택의 순간에 상부상조하는 대조화의 세계, 하나님과 나, 남과 나, 우주와 내가 하나로 합쳐지는 실상의 세계 속에 살게 되는 것이다.

허상의 거짓 아상은 바로 나와 상대를 둘로 보는 그 마음자락에서부터 비롯되는 것이다. 그러므로 자신의 마음 바깥세상에서 일어나는 모든 것은 자신이 지금 본질의 깨달음을 놓치고 있지 않은지, 무엇을 선택하려 하는지 일깨워 주는 거울인 것이라는 울림이 전신의 세포로 크게 전해진다.

아! 이것은 그동안 스승님의 한결같으신 가르침이셨으며 앞서가시는 현묘지도 수련을 마친 사형들도 이미 알고 행하고 있는 것이 아닌가? 또한 수많은 진리의 서적에서도 강조하고 있는 것들이 아닌가? 진리는 특별하고 새로운 것이 아니구나! 이미 수많은 모래알처럼 밤하늘의 은하수처럼 우주를 가득 채우고 있는 기운처럼 우리 주변의 모두가 아는 것이구나.

그것을 진심으로 받아들이고 그 진리로 자신에게 요구하며 실천하고자 하는지 그 마음을 내고자 하는지 그것을 하느님은 보시는구나! 자신이 잘해서도 아니요 특별히 선택받은 사람이어서도 아니며, 기운이 어디로 들어오고 나가고, 빙의령이 느껴지고 보이고 천도의 능력과 같은, 특별한 구도 과정이 필요한 것만이 아닌 것이구나! 구도 과정 속에서 자신이 정성껏 정진하면 특별한 존재여서만 이루어낼 수 있는 것이 아닌 것이다.

그저 자신이 누군지 알고자 하는, 실낱같을지라도 그 마음 한 자락으로 간절히 찾고자 하면 진리는 천지간에 두루 존재하며 내 안에 이미 존재하는, 본성의 조화주 하느님이 기운이라는 형태로 백회로 들어온다. 중단전이 막히고 하는 기감이 바로 내가 삶 속에서 어떤 마음을 내고 있는지 알아차리도록 돕고 있는 것이며, 항상 본래의 자신으로 존재하며 살 수 있도록 근원의 기운이 자신을 바라볼 수 있도록 안내하는 것이다.

조화주 하느님의 발현인 천지간의 모든 만물이 태초부터 다양한 모습을 통해서 모든 사람들에게 그 법을 전해 왔으며 자신 안의 참자신을 만나도록 그렇게 자신의 삶을 통해 고행 속에서 이뤄낸 깨달음의 빛을 선대의 모든 스승님들께서도 나에게 전해 주시는 것이구나. 삼공 스승님 또한 조화주 하느님의 분신으로서 사명을 다하고 계시는 것이다.

강을 건넜으니 배가 필요 없다 하나 수많은 조화주 하느님의 분신이 각자의 자리에서 우주를 밝히며 우주의 진리를 삶에 담아내며 이 세상을 밝히고 있는 것이다. 진정 자신이 누군지 알도록 자신의 본성을 밝혀 주고 일깨워 주는 역할을 하는 또 다른 자신을 존중하고 귀하게 여기는 것이 당연한 것이 아니겠는가?

빛은 자신을 비추지 않는다. 밤하늘의 별들의 밝기가 모두 다르고 크기가 다르나 모든 별들이 빛날 수 있는 것은 그들을 빛내 주는 어둠이 있기 때문이다. 그 또한 밝은 빛이나 밝음이 극에 다다르면 어둠이 되며 어둠이 극에 다다르면 빛이 되듯, 별이 생성되고 소멸되어 어둠으로 회귀하듯 형상만 다를 뿐 서로를 더욱더 밝혀 주고 있는 것이 진정한 빛의 역할이다.

화두는 화두를 위한 수련이 아닌 이미 자신에게 화두를 전해 준 또 다른 자신이 진리를 깨우치기까지의 고통을 보리로 승화한 깨달음의 빛을 상대에게 전해 준 것이니 어찌 감사하지 않을 것인가? 참자신이 누군지 알면 지금 여기 이 순간 저 하늘, 저 바다, 저 산을 바라보며 그 속에 담겨 있는 자신의 본성 조화주 하느님의 존재를 알아차릴 수 있도록 모든 우주만물이 수많은 세월을 감당하며 겪어 내며 살아 내며 저기 저 자리에 존재하는 이치를 안다면, 존재하는 모든 것에 감사할 수밖에 없으리라.

모든 우주만물이 자신의 영적 진화를 위해 돕고 있다는 사실을 깨우친다면 조화주 하느님의 크신 사랑 속에 염화미소를 지을 수 있을 것이다. 고요함 속에 울림이 전해진다. 이 울림이 과거로부터 현재까지 내가 낸 마음을 비춘다.

빙의령이 들어오면 마음 한 켠으로는 내가 지은 인연법으로 갚아야 할 빚이기는 하나, 빙의령의 살아생전 자신이 낸 마음과 비우지 못한 원한들로 중단을 누를 때면 숨조차 제대로 쉴 수 없기도 하다. 그리고 행복하게 하는, 백회로 들어오는 기운도 막히면서 걷기조차 힘들 만큼 온몸의 힘이 빠져 버리는 등 견디기 힘들 만큼의 육신의 고통이 느껴지는 시간들이 찾아오면 감사하기보다는 찾아오는 손님들이 결코 반갑지 않았던 지난 시간 속의 내 마음들이 보인다.

그들은 육신이 없기에 스스로 일깨울 기회를 잃은 존재이다. 빙의령의 존재로 인해 힘든 것이 아닌 그들이 살아생전에 일으킨 마음과 공명하는 같은 파장의 내 안의 미처 비우지 못한 마음의 심파가 동조하는 것이구나. 그들의 방문은 내가 내는 마음을 더욱 잘 느끼고 알아차리도록 안으로 찾아 밝히도록 돕고 있는 것이구나. 그들은 나를 괴롭히는 존재가 아니라, 내가 천도해야만 하는 대상이 아니라, 그들도 수많은 생의 인연관계에서 인연을 맺고 존재의 형태만 다를 뿐, 그들의 자리에서 나의 진화를 도우면서 함께 상생하고 있는 것이구나!

모든 존재하는 것은 상생하며 대조화의 세계를 이루기 위한 역할만이 있는 것이다! 하는 울림에 한없이 부끄러워 고개가 숙여진다. 수많은 형상으로 존재함으로 대조화의 세계로 상생하는 것이 실상의 세계라는 말씀에 그동안 빙의령으로 인해 힘들다 느껴졌던 감각들도 사라진다. 이제는 그들이 방문해도 여여하며 감사하며 내 안에 무엇을 비우지 못하고 있는지 알려 주는구나!

내 안을 더 깊이 성찰해야 하겠구나 하는 마음이 일며 중단전에 환한 연꽃이 피어오르듯 감사함의 기운이 환하게 번져 나간다. 지금까지의 모든 울림이 우주 이 끝에서 저 끝까지 동시에 존재하며 모든 우주를 진동하는 듯 저의 모든 세포가 울리며 진동함이 느껴진다.

자신의 본질에 대한 일깨움이 있은 뒤, 자신은 어떠한 삶을 살고자 하는가? 삶의 의미와, 살아갈 삶에 대한 소명과 선택에 대한 물음으로 밤하늘의 빛나는 별이 되고자 하는 것인지, 그 무수한 별들을 두루 빛내는 짙은 어둠의 역할을 하고자 하는지에 대한 물음으로 다가온다.

짙은 어둠으로 존재토록 하소서! 모든 우주만물이 그들 자신의 본성을 알고 하나될 때까지 밤하늘의 별을 빛내는 짙은 어둠의 역할을 하는 그 길을 가고자 합니다. 감사드립니다. 감사드립니다. 감사드립니다.

삼공 스승님께서 주신 모든 화두가 순서대로 중단전에서 하나로 합쳐지고 압축되어 세포 하나하나에 각인되며 단전에서 용해되어 빛살처럼 전신으로 확장되며 어느 순간 몸이 빛으로 화하여 우주공간으로 흩어지며 사라진다.

1단계 화두

화두를 염송하자 은하성단이 회전하면서 중단이 우주공간처럼 확장되며 한없는 자비심이 일어난다. 어떠한 화면이나 기운의 느낌도 없이 고요하고 여여하다.

2단계 화두

화두를 염송하자 상단전인 인당으로 밝고 강한 기운이 응집되고, 중단전에서 하단전으로 강하게 기운이 축기된다. 기운의 흐름이 원통을 반으로 나누어 앞면과 뒷면이 있는 것처럼 오른쪽으로 회전하며 만물이 생성되는 이치를 파노라마처럼 보여 준다. 대각경이 떠오르며 염송하자 화면이 사라지고 고요해지며 다음 화두로 이어진다.

3단계 화두

화두를 염송하자 정수리 후두부로 서늘한 기운이 느껴지며 중단에 머물다 하단전으로 이동한다. 기운의 이동이 아주 천천히 움직이며 서늘한 기운에서 따뜻하고 온화한 기운으로 안착이 되면서 본래의 치우침이 없는 음양 평형의 기운으로 느껴진다.

깊이가 가늠이 되지 않는 깊은 무게의 기운으로 느껴지며 부동심은 이 기운이 밑바탕이라는 메시지로 전해진다. 태초의 우주의식 그 자체이며 우주의 생성과 소멸이 있기 전 '空'의 우주 전 단계의 우주라는 느낌으로 전해진다.

4단계 화두 - 무념(無念) - 11가지 호흡

화두를 염송하자 11가지 호흡이 다양하게 일어난다. 몸속 깊은 곳에서 전신으로 미세한 진동이 일어나며 동시에 목이 좌우로 도리도리, 어깨가 춤을 추듯 진동하고 몸속을 휘젓듯 반응이 일어난다.

오직 하단전에만 의식을 집중하되 일어나는 현상을 고요히 바라보며 마음이 그쪽으로 가지 않도록 호흡에만 집중하니, 몸이 알아서 필요한 호흡을 하면서 우주 삼라만상의 생명의 생기를 불어넣는 우주기운의 작용이 내 안에 일어나는 것이구나 하는 느낌이 든다. 11가지 호흡이 끝나고 이윽고 고요해지면서 호흡하고 있는 의식만이 존재한다.

5단계 화두

화두를 염송하자 화두가 중단전으로 들어와서는 바로 하단전에 안착한다. 그리고 마치 블랙홀처럼 그 깊이를 알 수 없는 호흡이 이어진다. 하단전이라고 느꼈던 그 위치에서 끝도 없는 어느 공간까지 호흡이 의식과 함께 따라 들어간다. 보이지는 않으나 존재하는 우주 중심 자리 같은 느낌이다. 하단전은 관문과 같은 역할을 하는 것 같다.

화두에 대한 답이 기운으로 호흡으로 내 의식과 몸이 하나된다. 끝없이 하단전을 통과해 블랙홀같이 압축되며 아주 작은 점으로 응축되다가 하단전이 그득하게 차오르며 중단전, 하단전으로 솟아올라 상단전을 밝게 비추며 상단전을 벗어나 내 주변의 오라로 확장이 되며, 그 확장이 거듭되며 우주의 밝음 그 자체로 하나된다.

검은 작은 점이 우주 전체를 가득 채우는 밝음으로 형이 바뀌나 같은 것이라는 느낌이 든다. 음양의 본질이며 음양으로 나뉘기 전의 우주기운의 상태이며 이 기운은 밝음 속에 빛과 하나된 의식으로 호흡이 고요하며, 이 호흡을 관하고 있는 의식만이 존재한다.

6단계 화두

화두를 염송하자 상단전으로 식(識)의 한자가 들어와 인당에 자리한다. 이 한자가 인당에 자리하면서 인당 안에서 회오리 같은 바람이 일기 시작한다. 강하게 인당이 조여 오면서 인당의 빛이 응집되며 한순간에 꽃이 피어오르듯 에너지가 확장되며, 고개가 강한 기운에 이끌려 하늘을 향하며 인당이 하늘을 향해 고개가 젖혀진다. 인당에서 회음까지 빛으로 투과되면서 하나로 관통된다.

전신의 세포에 식(識)의 한자가 빛으로 새겨진다. 본래 자신이 누군지 아는 그 앎이 실상의 세계를 살도록 하는 혜안으로 자리잡도록 지원하는 기운처럼 느껴진다. 온몸의 세포가 인당이다. 본질의 나는 우주 근원 의식과 하나이며 앞 단계의 화두들을 통한 앎과 기운이 하나로 관통되며 지원된다.

5단계, 6단계 등 각 앞 단계들의 화두들이 주는 의미와 역할이 다르며 돕는다. 싹이 터서 잎을 내고 성장한 뒤 꽃을 피우며 열매 맺고 씨를 맺는 것이 하나의 원으로 하나가 되듯 연결되어 있다. 이윽고 평상시와 같이 고요하고 온화하며 호흡하고 있는 의식만이 존재한다.

7단계 화두

화두를 염송하자 무소유(無所有)의 한자가 상단전, 중단전, 하단전의 원통으로 합일된 하나의 빛 자체로 존재하고 있는 한가운데 중심점에 자리잡는다. 화두와 한자를 함께 염송하자 의식이 깊어지며 고요해짐도 깊어진다. 깊은 우주 바닷속에 침잠한 느낌이라고 할까?

본래 나라고 알고 있는 내가 아닌 깊은 바다 밑은 파도도 일렁임도 없이 고요하듯 고요한 우주의식 그 자체와 닿아 하나된 느낌이다. 나의 본 모습을 기운으로 느끼며 하나됨 속에 의식도 호흡도 고요함 속에 그 고요함을 바라보고 있는 의식만이 존재한다.

8단계 화두

화두를 염송하자 비유상비무상(非有想非無想) 한자가 보인다. 앞 단계의 화두와 하나된 깊은 고요함의 의식 속에 어떤 기운도 어떤 느낌도 없이 고요한 삼매에 들어 우주공간과 완전히 합일된 상태로 우주만물에 대한 자비심만이 발현된다.

선계의 모든 스승님, 삼공 스승님, 우주만물에 삼배 올립니다.

2017년 10월 21일 새벽 5시 33분
정정숙 올립니다.

【필자의 논평】

2017년 10월 19일 혜성처럼 삼공재에 나타나 나흘 만에 제출한 정정숙 씨의 현묘지도 8단계 화두 수련기의 마지막 결론은 "어떤 기운도 어떤 느낌도 없이 고요한 삼매에 들어 우주공간과 완전히 합일된 상태로 우주만물에 대한 자비심만이 발현된다"이다.

내가 보기에는 그녀가 우여곡절 끝에 제가 갈 자리를 제대로 찾은 것 같다. 부디 그 자비심을 바탕으로 동포와 온 인류를 하화중생하는 데 이바지하기 바라면서 31번째 현묘지도 수행자로 내보낸다. 도호는 자산(慈山).

현묘지도 화두수련 후 이틀 동안의 수련일지

정 정 숙

『선도체험기』를 읽으며 수련을 하던 과정과 수련 점검을 위해 스승님께 메일을 보내고 기다림의 시간 (2017년 10월 16일~10월 18일)

삼공 스승님을 뵙기 전 1월 달부터 수련을 하면 특정한 네 개의 한자가 중단전으로 와서 하단전으로 안착을 하면서, 화면의 전개와 천리전음이 있은 뒤 아무 화면도 느낌도 없는 상태가 되었다. 이어서 수련 중 특정 한자가 중단전에서 하단전으로 자리잡으며 다양한 변화를 겪고 고요해짐을 체험했었다.

이러한 일을 겪은 후부터는 일상에서 보다 더 여여해짐을 느꼈으나 내 안에서는 더이상 『선도체험기』만을 보고 정진하는 수련으로 이어가서는 안 되며, 하루 2끼 생식을 하는 것도 더이상 미루어서는 안 되니 급히 스승님께 연락을 드리고 찾아뵈어야 한다는 메시지가 계속 강하게 느껴졌다.

가족들에게는 지금부터는 생식만으로 식사를 하며 자신을 돌아보는데 매진하고 싶다는 뜻을 전했다. 5년 전부터 지금껏 1일 1식 ~ 2식 생식과 음양식사법을 적용하며 지내도 아무런 불편함이 없고 오히려 활력이 넘치고 몸도 마음도 밝아짐을 지켜보았기에 가족들도 흔쾌히 응원을 해 주었고, 이제야 홀가분한 마음으로 스승님을 찾아뵙고 생식 처방을

26

받고 수련을 할 수 있겠구나 하는 용기를 내어, 스승님께 간략하게 자신에 대한 소개와 그동안 어떻게 수련을 했는지의 과정을 말씀드리고 허락하시면 수련의 진도에 대한 점검과 생식 처방을 받고 싶다고 요청을 드리는 메일을 16일에 올리고, 10월 18일에 찾아뵈도 되는지 답장을 기다렸다.

18일 당일 아침까지도 답장이 없어서 '아! 아직 내가 찾아뵙고 가르침을 받기에는 너무 부족한 것이구나!' 죄송한 마음과 부끄러운 마음이 일어날 때 자성의 메시지가, 찾아뵙게 될 것이니 기다리면 소식을 주실 것이라는 느낌이 일어 호흡에 들어 관을 하기 시작했다.

'스승님이 메일조차도 보실 수 없을 정도다. 지금보다는 더 깊은 단계로 진입하시기 위한 과정 중의 흐름으로 인하여 이 시점에 찾아뵈면 더욱 힘들게 해 드릴 수도 있다. 그러나 이 시점에 인연된 이유가 있는 것이니 허락하시면 반드시 찾아뵈어야 된다.'

'나와 인연된 영가로 인해 얼마나 많은 영가들로 스승님이 힘드실지, 스승님께서 홀로 감당하시며 해내셔야 하는 가장 중요한 시점에 들어 계시는데, 이러한 시기에 내가 찾아뵈어 더욱 힘드시게 한다면 그것이 무슨 제자이며, 욕심으로 자신의 진화를 위해 스승님을 힘들게 한다면 그 진화가 무슨 의미가 있으며, 그런 욕심으로 수련을 하고자 하는 자에게 무슨 참일깨움이 있겠는가? 이것은 진정한 나의 자성의 울림이 아닌 내 욕심이 나를 부추기는 것은 아닌가?' 하며 다시 안으로 관을 했다.

'지금의 선택이 스승님께서 감당하시기 힘들도록 하는 시간일 수도 있다. 삼공 스승님이 지금껏 어떻게 생사일여조차도 초월한 마음과 정성으로 인연된 제자들을 안내해 오셨는지 명확히 알게 될 것이며, 그것은 그 무엇으로도 갚을 길이 없는 것이다.

오직 그러한 진정한 일깨움이 하나된 삶 속에서 깨달았다는 사실조차 비워진 상태에서만이 안내해 올 수 있다. 그러한 참자성의 안내자로서의 모습을, 언어가 아닌 삶 속에 담아내시며 한순간도 머뭇거림 없는 스승의 사랑을 체감할 것이며, 그러한 시간들이 온전히 참자성을 찾아가는 데 등불이 될 것이다.

그만큼 이 수련은 귀한 것이니 헛되지 않도록 정진해야 할 것이다. 수련은 단순한 호기심이나 취미로 하는 것이 아니며 깨달음을 드러내기 위해 하는 것도 아니다. 온전히 자성의 본질을 깨우치고자 하는 마음으로 선택해야 할 것이다.'

'아! 새삼 『선도체험기』를 읽을 때 느껴졌던 햇살 같은 사랑 빛과 같은 밝고 따뜻한 행복감이 온몸을 휘감는 환희지심이지만, 심장 박동은 고요한 내면 깊은 감사와 사랑이 번져왔던 그 순간들처럼 그것이 바로 우주를 가득 채우고 있는 자성의 빛이며 그 빛을 스승님을 통해 전해 받고 있었구나.'

'시공을 초월해 오직 자신을 찾고자 하는 그 마음 한 자락을 갖추고 책을 보기만 하여도 자신의 본래 진면목을 찾을 수 있도록 이처럼 아낌없이 기운을 열어 두고 계시며, 책을 읽고 있는 제자들의 사기와 영가까지도 감당해 오시는 역할을 드러냄 없이 해 오신 것이구나. 저와 같은 중생들이 참자신을 만날 수 있도록, 뵐 수 없어도 좋으니 시공을 초월한 존재하심으로 미망의 어둠 속에서 방황하는 중생들을 위해서 밝은 빛으로 인도해 주셔야 합니다.'

'지금껏 제가 걸어왔던 여정처럼 책을 읽으며 전해 주시는 가르침을 자신의 삶에서 스스로 돌아보며 걸어갈 수 있도록, 지난 시간 동안 스승님께서 개인적인 삶이 아닌 안내자로서의 외로운 길을 묵묵히 걸어와 주셔서 감사드립니다. 제자들의 영가와 보이지 않는 세계의 일을 감당하셔야 하는 힘든 시간들 속에서도 아낌없이 에너지를 지원하시는 스승님의 깊은 사랑과 자성의 사랑을 느낍니다. 스승님! 감사드립니다.'

17일 일요일 저녁부터 18일 아침까지 수련에 들어 조금이라도 저 자신을 비우고 뵐 수 있기를 간절히 기원하며 호흡에 들어 있던 중, 메일을 열어 보고픈 마음에 이끌리어 확인을 하니, 오전 11시에 메일을 확인하시고 삼공재 방문을 허락하시는 답장을 받았다. 한편으론 기쁘면서도 왠지 가슴이 먹먹하면서 울컥 눈물이 흘러나왔다.

헤아릴 수 없는 큰 사랑을 받은 느낌과 함께 뭔지 아련함 속에 스승님께서 삼공재 방문을 허락하시는 답장을 주실 수 없는 시점인데도 방문을 허락하셨다는 느낌이 강하게 일었으나, 생사일여의 초월함 속에 오직 자성을 찾고자 하는 그 누구에게라도 역할의 마지막 순간까지도 안내자로서의 길을 가시고자 하는 스승님의 깊은 사랑이 느껴졌다.

19일 첫 방문 후 현묘지도 화두를 받고 수련에 들어 화두를 마치고 점검받기 위한 메일을 보내기까지 (2017년 10월 19일~21일 새벽)

스승님께 화두를 받은 19일 날, 집에 돌아와 현묘지도 수련을 하고자 호흡에 들자 첫 방문까지의 순간들이 주마등처럼 지나간다. 마치 16일부터 19일까지의 3일간의 시간이 수십 년의 시간이 흐른 듯 아련한 기억으로 다가온다.

지금 나에게 전해진 이 화두는 때가 되고 인연이 되어 전하셨다 하시나, 어떤 순간에도 역할하심에 멈춤이 없으신 스승님의 사랑이기에 가능하다는 감사함으로 중단전에서 따뜻하고 밝은 빛이 온몸으로 빛살처럼 퍼지며 염화미소를 짓는다. 스승님께서 한 장의 종이에 친히 친필로 적어 주신 화두를 확인하니 5단계와 6단계는 이미 찾아뵙기 전 자성의 울림 속에 받았던 화두임을 알게 되었다.

첫 번째 화두를 염송하니 화두의 한자 하나하나가 중단전으로 들어오며 은하성단이 회전하며 중단이 우주공간처럼 확장되니 더이상 화면의 전개는 없이, 삼단전에 맑고 따뜻하며 상쾌한 기운이 큰 원통형으로 연결되어 조화를 이루며 전신의 세포로 숨을 쉬고 있으나, 느껴지지 않을 만큼 고요함 속에 우주공간과 하나된 의식만이 존재하며 자성으로부터 '끝났다'는 느낌이 전해진다.

두 번째 화두를 염송하자 상단전인 인당으로 밝고 강한 기운이 응집되고, 중단전에서 하단전으로 강하게 축기되며 기운이 원통형으로 회전하고 만물이 생성되는 이치를 파노라마처럼 보여 준다. 대각경이 떠오르며 염송하자 화면이 사라지고 고요해지며 자연스럽게 다음 화두로 이어지며 7단계 화두인 한자와 8단계부터 12단계까지의 한글 화두가 차례대로 염송이 되면서 그 단계별로 맞는 한자 화두가 찰나지간으로 이어지며 조화를 이루며 하나가 된다.

화두에 담긴 기운들의 밝은 빛의 결정체가 스승님을 뵌 첫날 이미 화두를 적어 주실 때 중단전에 안착이 되며, 무한한 법열 속에 자신의 존재의 의미와 사명을 인식하게 되었으며 모든 우주만물과 둘이 아닌 하나임을 각인하는 시간이었다. 집에 돌아와 화두수련에 들었을 때는 그 기운들의 응집체들이 압축 파일을 열어서 확인을 하는 과정처럼, 그 의미들이 화면과 다양한 기운의 변화 속에 화두에 연결된 기운으로 온전히 자신과 하나가 되는 것을 경험하였다.

현묘지도 수련을 시작한 19일 밤 11시부터 20일 새벽 3시까지 화두수련을 마치고 이후부터는 화두수련의 깨달음을 재차 확인하는 보림 수련의 과정이었다. 글로 정리하여 스승님께 올려 인가를 받아야 끝나는 것이라 알려 주셨기에 21일 새벽 5시 33분까지 화두수련을 마친 수련일지 작성을 완료하였다.

22일 새벽 3시경에 현묘지도를 마친 수련일지를 첨부 파일로 올려 드린 뒤 메일로 보내 드린 수련일지와 현묘지도 수련에 대한 점검을 받고자, 23일 월요일에 찾아뵙고자 메일을 올려 드리고 스승님으로부터 23일 방문을 허락하시는 메일을 받았다.

2017년 10월 23일 월요일 3시, 삼공재 두 번째 방문

23일 3시에 조금 일찍 삼공재 현관 앞에 도착하자 먼저 오셔서 대기하고 계신 도반님이 계셨다. 왜 들어가지 않고 계시는지 의아해서 여쭈어보니 3시까지 기다리다가 함께 들어가서 수련한다고 친절히 알려 주신다.

"이곳이 처음이신가요?"하고 물으신다. "네! 청도 감 홍시를 들고 계시는데 혹시 대구에서 오셨는지요?"라고 여쭈어보니, "아닙니다. 저는 안산에서 왔습니다. 이 감 홍시는 인근 과일 가게에서 사 온 것입니다." 많은 말씀은 하지 않으시나 많은 시간을 자신의 내면을 관하는 데 더 마음을 쓰고 계신다는 것이 느껴진다. 진중하며 상대방이 배려받는다는 것이 불편하지 않도록 이미 역지사지하는 이타행이 익어져 있는 마음 써 주심이 편안하게 느껴진다.

"『선도체험기』에 보면 앞서서 현묘지도 수련을 하고 계시는 사형분들이 계시던데, 혹시 현묘지도 수련 중인 사형이신가요?"

"현묘지도 수련 중에 있습니다."

이윽고 두 분의 중년 여성 도반과 한 분의 남성 도반님이 함께 도착하자, 안산에서 오신 도반님이 함께 들어가자 하시며 벨을 누르신다. 사모님이 문을 열어 주시자 안산에서 오신 도반님이 문을 잡고 계시며 길을 양보하신다. 그런 모습이 의식해서 하는 행동이 아닌 자연스럽게 녹아 있다. 평상시 누가 먼저 문을 열고 기다리면 미안하고 불편한 마음이었는데, 이분은 그렇지 않구나. 무엇을 한다는 마음조차 없이 행을 하기에 이렇듯 편안한 것인가 보다.

반갑게 문을 열어 주신 사모님께 다 함께 인사드리고 삼공 스승님이 계신 곳으로 가서 자신의 자리를 잡는다. 조금 늦게 들어가니 스승님을 정면으로 바라보는 자리를 비워 두고 다들 앉아 있다. 마지막으로 들어온 나에게 그 자리를 권하신다. '일부러 중간 자리를 비워 두고 앉으셨구나. 이곳에서 선도수련을 하는 도반님들은 늦게 온 사람을 위해 누구나 앉고 싶어 하는 자리를 양보하고 계시는구나!' 선도수련을 하는 도반님들의 배려심과 이타심이 말없음 속에 전해 온다.

조용히 자리에 앉아 내가 제대로 가고 있는 것인지 관하며 호흡에 든다. 나의 수련 과정을 정확히 보고 계시고 점검해 주시는 스승님께서 육신으로 현현하며 존재해 주신다는 것이 얼마나 감사한지 새삼 실감된다.

호흡을 고요히 하고 화두를 차례대로 염송하여도 그 어떤 화면도 기운의 변화도 없이 고요함으로 염화미소 속에 무한한 자비심만이 발현된다.

수련일지를 스승님께 메일로 올려 드린 뒤 백회 전체로 몸을 덮어씌우듯 얼음 같은 기운이 자꾸 들어와 모자를 쓰고 자는데도 잠이 오지 않아 할 수 없이 앉아서 수련을 하곤 했는데, 호흡에 들어 있으니 백회와 송과체로 시원한 기운과 따뜻한 기운이 조화된 음양 평형의 기운이 동시에 강하게 들어오면서 염화미소가 번진다. 중단으로는 환한 빛이 번져 확장되며 사방으로 빛이 뻗어 나간다. 상단전, 중단전, 하단전의 구분이 없어진다. 호흡이 안정적이며 호흡을 하고 있는지도 모르게 고요한 호흡이 수련이 끝날 때까지 지속된다.

스승님께서는 저의 수련 경과를 116권에서 확인하라고 일러 주신다. 저의 수련에 대한 짧으나 자상하신 말씀에 "감사합니다"라는 부족한 표현의 언어로 인사를 올리고 책을 구입한 후, 내일 한 번 더 삼공재를 방문해도 되는지 여쭙자 그러라고 허락해 주시면서 일정하게 요일을 정해서 오면 좋다고 말씀을 해 주셨다. 무심한 듯 말씀하시나 깊은 사랑이 느껴진다.

삼공재를 나와 백회와 송과체의 구분 없이 상단전 전체가 하나로 느껴지며 마치 얼음을 부은 듯 시원하다 못해 시릴 정도로 청명한 기운이 계속 이어진다. 육신의 경계는 없으나 상·중·하단전이 하나이나 상단전으로 느껴지는 기운으로 인해 의식이 계속 깨어 있다. 대각경이 끊임없는 되돌이표처럼 울림이 되어 내면을 가득 채운다. 전신이 막힘이 없이 소통되고 하나임이 느껴지며 대각경의 울림이 진동이 되어, 세포 깊은 곳에서 외부에는 어떤 움직임도 없으나 세포 내부에는 작은 진동이 큰 파장으로 느껴진다.

삼공재 인근에 정한 숙소에서 『선도체험기』를 읽으며 호흡에 들어 화두를 염송하며 지금부터는 어떻게 수련을 해야 하는지 관하였다. 화두를 차례대로 염송하여도 어떤 화면도 보이지 않고 평상시처럼 하단전, 중단전, 상단전이 하나의 관으로 연결되어 있어 구분이 없는 것 같은 중에 호흡만이 고요하고 깊어지며 그 호흡을 지켜보는 의식만이 존재한다.

'이제부터 진정한 수련의 시작이다.' 자성의 소리와 함께 심(心) 자의 한자와 의식이 하나가 된다. '마음이란 무얼 의미하는 것이지?'라고 묻자 관(觀)이란 한자와 의식이 하나가 된다.

'나는 하느님의 분신으로서 하느님의 무한한 사랑, 무한한 지혜, 무한한 능력을 구사하고 있다. 이 깨달음으로 매 순간을 관하면 이 큰 깨달음을 통하여 지감 조식 금촉으로 뜬구름과 같은 오감의 세계를 윤회하도록 하는 것을 벗어나게 되며 상부상조하는 대조화의 세계, 하느님과 나, 남과 나, 우주와 내가 하나로 합쳐지는 실상의 세계에 살게 하는 마음이 주인공으로서 일상을 영위할 수 있는 선택을 하는 것이 보림이다.'

'얼마나 이 앎이 자신의 참자성인 마음과 하나되어 매 순간을 깨어 관하느냐에 따라서 앞으로의 수련이 진정한 수련인 것이다.'

'깨달았다는 사실에 빠져서도 안 되며 몰락 놓아 버리고 자신의 우주를 고요히 하라. 오직 자신의 본질이 무엇인지 앎 속에 그 앎조차도 놓아 버린 우주의식과 하나될 수 있는 관으로 매 순간을 살아야 한다. 자신이 하느님이듯 이 우주를 이루고 있는 모든 존재들 또한 하느님의 분신임을 안다면 감사함이 자리할 것이다. 관(觀)은 감사함에서 비롯된다.'

'감사드립니다.'

'기운으로 느껴지는 환희지심도 자비심도 내 마음 상태에 따라 사라지는 신기루 같은 것이나, 현묘지도 수련을 마친 후 백회로 지속적으로 연결되는 청명한 기운은 매 순간 일상 속에서 선택하는 마음 한 자락에 따라서 내가 무엇을 선택하고 있는지를 알려 주는 것이기에, 내 마음이 지금 이 순간 어느 곳을 바라보고 있는지를 관하는 중심점으로 삼겠습니다.'

'현묘지도 수련을 마친 후 현재의 나를 다스리고 중심이 될 깨달음이자 나를 비춰 줄 거울인 화두가 관심(觀心)이며, 이 화두는 대각경 안에 새겨져 있는 것이구나!'

앞으로의 명확한 삶을 위해 밑거름이 되어 실상의 세계를 살 수 있도록 하는 대각경의 한 글자 한 글자가 단순한 문자가 아닌, 살아 있는 투명한 빛처럼 세포 하나하나마다 관(觀) 자와 심(心) 자의 한자로 변화되어 새겨지며 밝고 환한 빛으로 오른쪽으로 강하고 빠르게 회전한다. 전신의 세포가 경계조차 없어지며 일체가 된 순간 전신이 빛으로 허공으로 흩어진다. 동시에 대각경이 온 우주공간을 울리며 끊임없이 되돌이표처럼 울린다. 이 모든 것을 바라보고 있는 의식과 온전히 하나된다. 의식이 대각경의 경이며 대각경이 나이다. 아침까지 입정에 들어 깊은 호흡에 들었다.

2017년 10월 24일, 삼공재 3번째 방문

벨을 누르고 언제나 환한 미소로 맞아 주시는 사모님의 안내를 받아 스승님이 계시는 방에 들어 인사 올리고 호흡에 들었다. 아침까지 이어진 호흡이 일상의 눈떠 있는 생활이나 호흡에 들어 있을 때의 구분이 없이 편안하고 고요함이 이어진다. 강하게 인당으로 빛이 모이며 전신으로 염화미소가 피어난다.

'이 염화미소는 어디로부터 오는 것인가? 기쁨조차도 기쁨에 빠져서는 아니 된다' 하며 관하니, '우리 몸을 이루고 있는 세포들의 본질은 하느님의 분신이며 근원우주의 의식의 나툼이다. 이 일깨움이 오행의 빛으로 화현하여 인간의 물질 세포로 존재하는 것이며, 육신을 이루고 있는 세포들이 발현하는 파장이 염화미소인 것이다. 이렇듯 자신이 누군지 깨어 있는 의식이 담긴 육신의 세포는 근원우주의 본질의 빛의 파장을 전하고 있기에 존재함만으로 우주만물의 진화를 주관하고 있는 것이다. 이 의식으로 우주만물을 바라보아야 한다.'

대각경이 계속 전체의식을 울리며 잔잔한 진동으로 전해진다. 호흡은 점점 더 깊어지고 의식 또한 하단전의 블랙홀 저 너머의 깊은 우주의식이 있는 곳까지 닿는 듯, 호흡조차 없는 경지가 되면서 염화미소를 짓고 있는 상태에서 눈물이 천천히 흘러내린다. 어머님의 품 같으며 우주공간 가득 채우고 있는 사랑, 감사라는 기운에 에워싸인 상태에서 끝없는 감사가 자리한다.

'이 눈물은 무슨 의미인가?'

'아상으로 가려졌던 자성의 실체와 합일됨 속에 표현되는 흐름인 것이며 이는 사랑, 감사라는 단어로도 표현될 수 있다. 이와 같은 마음으로 자신을 그리고 상대를 바라보아 주고 대해야 할 것이다.'

호흡을 하는 것인지 느껴지지 않는 고요한 호흡이 이어지고 인간의 언어로 형용할 수 없는 기운과 합일된 의식만이 뚜렷하다.

'저의 본질과 우주만물의 본질을 현묘지도 수련을 통해 명확히 알았습니다. 어떻게 살아야 하는지 알았습니다. 그러나 현재의 저는 아직도 습의 아상과 망각으로 알았다고 하나 선택을 해야 하는 시점에는 놓칠 때가 많습니다. 이런 저를 끝까지 포기하지 않겠습니다. 매 순간 제가 누군지 이 일깨움을 놓치지 않고 본질의 깨달음으로 뜬구름과 같은 허상의 세계를 벗어나 상부상조하는 대조화의 세계, 하느님과 나, 남과 나, 우주와 내가 하나로 합쳐지는 실상의 세계를 사는 그 길을 가겠습니다. 지금까지의 가르침이 헛되지 않도록 이 길을 멈추지 않겠습니다. 감사드립니다.'

수련을 마치고 인사를 올린 뒤, 삼공재를 나서는 걸음걸음이 호흡과 하나로 연결되어 있다. 집으로 가는 내내 기운과 대각경의 울림이 계속된다.

2017년 10월 30일, 삼공재 4번째 방문 전

30일 월요일 삼공재를 방문하기까지의 시간 동안 『선도체험기』를 읽었다. 강렬한 느낌이 느껴지며 어딘가를 다녀온 듯 아련하다. 무엇인가를 아는 것 같기도 모르는 것 같기도 하다. 일상으로 돌아오면 매일이 같은 생활인 것 같으나 그 삶을 살고 있는 내가 다르다. 확연히 다른데 무엇이 다른 것이지?

기운으로 느껴지는 것은 분명 지금 이 순간을 살고 있는 것이 허상이 아닌, 확실히 현묘지도 수련을 통해 본질을 보고 하나되어 현실을 살아가고 있음을 느끼게 해 준다. 기운이 다가 아니지 않는가? 매 순간 수련에 들었을 때의 그 환희지심과 자비심과 염화미소는 내 안에 발현되고 있는가? 1일 2식 생식으로만 두 끼를 하면서 하루 1시간 도인체조와 달리기, 걷기를 챙김하고 수련을 하면서 나 자신을 바라보는 의식은 뚜렷하나, 그 의식이 지켜봄 속에 일상을 살아가는 나를 관하는 내가 더욱 선명하고 명확해진다.

인연 따라 오는 영가에 대한 인식도 많이 달라졌다. 영가를 어떻게 보아야 할 것인가? 그들은 육신의 옷만 없지 영원히 죽지 않는 영혼으로 존재하기에, 그들이 살아생전에 비워 내지 못한 그들의 오욕칠정이 내 안에 비워지지 못한 것들과 함께 동조되어, 그들의 것이 아닌 내 안의 것들을 바라보고 알아차리고 비워 내도록 비추어 주는 거울 역할을 하고 있다는 사실이다.

두렵고 힘들게 하는 존재가 아닌, 그들의 존재조차도 나를 진화하게 하기 위한 역할을 하고 있으니 상생의 세계이며, 그들과 내가 하나로 합쳐지며 내 안에서 비워질 때 그들도 나와 둘이 아닌 존재로 하나인 상태에서 일깨워져 본시 가야 할 곳으로 가는 이치라는 것이다. 더이상 그들이 오는지 가는지 누군지 의미를 묻는 것이 나에게는 의미가 없게 되었다. 그들의 방문으로 인해 호흡이 깊어지지 않고 기운의 흐름이 정체되면 더욱 깨어서 안을 살펴보게 되니 오직 내 안에 감사함만 자리할 뿐.

중단전에 누르고 막히는 기운이 느껴질 땐 인간의 마음을 일으킨 결과가 이러하단 것을 알려 주니, 아픔조차도 태어남조차도 없는 본시 하느님의 분신이 우리의 본질이나, 이 본질을 망각하고 탐·진·치로 오욕칠정의 마음 냄의 결과가 이러함을 확연히 느낄 수 있으니 감사함이다.

대각경을 염송하면서 본질의 자신을 호흡에 실어 관한다. 수많은 생의 윤회 속에 실상의 세계를 깨닫지 못하고 마음 냄의 결과물이 무엇인지 어리석음을 반복하지 않도록 내 안에 있는 비우지 못한 것들을 비추어 주고 있으니 내 안을 더 깊이 들여다보며 오직 호흡에 집중한다. 이럴 때는 걷거나 산행을 가면 내면으로 관하며 집중하는 데 도움이 되었다. 걸음걸음에 집중하며 호흡에 집중하면 더 많은 인연들이 함께하며 대각경의 일깨움과 하나되며 밝아진다.

더이상 영가란 의미는 자신을 밝혀 비추어 보도록 하는 이정표 외에는 다른 의미가 없으며, 그들과 내가 둘이 아닌 하나의 존재이니 구분 지을 필요가 없으며 구속받을 이유도 없었다. 그런 뒤 중단전이 막히거나 힘들 땐 나의 어떤 마음이 본성을 흐리게 하고 있는가 하고 바라보며 오로지 호흡에 들어 관하는 시간이 많아진 게 큰 변화이다. 이러한 흐름들이 현묘지도 화두수련을 마치고 삼공재를 세 번째 방문하고 나서부터 더욱 깊어졌다.

이번 4번째 방문을 약속한 하루 전에 인연된 영가는 형체나 화면으로도 전혀 보이지 않는다. 그동안 세상사에 여여하게 반응하였는데, 이번 주는 사람들의 마음 냄이 명확히 보이면서 표현하지 않으나 품고 있는 마음까지 느껴지고 알아지니 내 마음이 따라 움직인다.

호흡이 금방 안정이 되기는 하나 상단전 전체에서는 각성된 나와 청량한 기운은 계속 쏟아지고 있고, 중단전은 마음 냄의 결과로 답답하고 막힌 느낌이 들며 숨을 쉬기가 힘들다가 편안해진다. 마음을 일으킨 이후로 잠깐잠깐이지만 호흡이 흐트러지는 것도 느껴진다. 이런 나를 바라보는 의식이 명확하니 한심하고 부끄러운 마음이 일어난다.

'현묘지도 화두를 통해 느꼈던 기운과 일깨움들은 내 안에 있긴 하는가? 그렇게 행복해하고 마치 우주를 다 얻은 듯, 하나된 듯 느꼈던 순간들과 일깨움들은 어디로 갔단 말인가? 내가 진정 일깨움은 있었단 말인가?'

한순간 기쁨으로 빛이 되어 우주와 하나되었던 기쁨만큼이나 자괴감이 짓누른다.

'한순간도 지켜 내지 못하고 흩어지는 이 깨달음으로 스승님과 우주만물에 누를 끼치는 존재이구나! 나란 존재는! 어떤 사랑으로 기회를 주신 것인데 이렇듯 지켜 내지도 못하는가... 참으로 한심하구나!'

'강력한 영가가 나에게 깃들었다면 백회로 쏟아지는 기운들과 금방 안정이 되는 호흡은 무엇을 의미하는 것인가? 어떤 인연이기에 이처럼 무참히 모래 위에 지은 집처럼 흩어져 버리는 것인가? 어떤 연유이며 어찌해야 하는가? 부동심과 평상심이 유지되어야 하거늘... 이런 내가 무엇을 깨달았다고...'

호흡에 들어 관을 하여도 그 어떤 것도 감지되지 않는다.

'이런 상태로 스승님을 찾아뵐 낯이 없구나. 확연히 보았다면 흔들리지 말아야 할 것이고, 확연히 내 것이 되었다면 무엇을 선택해야 할지 올바른 선택을 할 수 있어야 하는데, 깨닫기 전과 깨닫고 나서 무엇이 다르단 말인가? 우주의 기운만 낭비하고 귀한 가르침만 헛되게 하는구나. 모든 우주가 지켜보고 기록되고 평가받고 있을진대 참으로 부끄럽구나!'

식구들이 모두 잠든 후 내일이면 스승님을 찾아뵈어야 하는데 내일은 가지 말까? 안 간다고 모르시겠는가? 고요히 호흡에 들어 스스로 보기에도 부족하고 앎이 크면 그만큼 책임도 따르며 옳은 선택을 할 수 있을 거라 믿었는데 여지없이 무너지는 자신을 바라보며 호흡 속에 바라보았다.

'자신이 부끄러운가?'

'숨고 싶고 잠시라도 마음 일으키며 깨달음을 망각한 제가 너무 한심하고 용서가 되지 않습니다.'

'참자신을 망각하고 살아온 세월의 습이 남아 있으나 참자신이 누군지 안 명확한 앎이 방향등이 되어 줄 것이다. 그러나 그 앎 속에는 지금껏 살아온 자신을 온전히 있는 모습 그대로 인정하고 용서하며 헤아려 줄 수 있어야 한다.

참주인공인 나와 아상의 습에서 헤매었던 내가 동시에 내 안에 존재하기에 혼돈스러울 것이다. 그러나 참자신이 누군지 일깨워진 주인공이 이제부터는 어떻게 살아야 하는지 길을 명확히 밝혀 줄 것이다. 그것이 일깨움인 것이다. 일깨워졌다고 모든 것을 한순간에 해탈할 수 있다면 그렇지 못한 사람들을 어찌 헤아릴 수 있으며 그들을 구도할 수 있겠는가?

이러한 과정에서 참자신과 허상의 자신의 모습이 하나로 합쳐지며 참자성으로 합일되는 이치이니, 이런 일깨움만이 자신의 존재함만으로 우주만물의 진화의 빛으로 무언의 파장 속에 전달되는 이치인 것이다. 모든 것에 감사할 수 있어야 한다.'

관심(觀心)이란 화두가 진동을 한다.

'누가 누구를 평가한단 말인가? 자신의 우주에 존재하는 하느님으로 자신의 우주를 다스림에 현재의 나도 과거의 나도, 모든 생의 나도, 다양한 형태와 모습으로 존재하는 영가나 우주만물도 결국은 하나이지 않는가? 현재의 이 나를 부인한다면 근원의 나도 부인하는 것인 것을, 내가 보았고 느꼈다는 진리로 나는 나를 죽이고 있구나.

그 진리로 나를 심판하고 있으며, 자칫하다가는 알고 있다는 깨달음으로 다른 사람을 평가하고 자신의 잣대로 규정지으며 한계 지어 그 틀에 갇히도록 하는 큰 업을 지을 수 있는 것이구나. 무엇을 더 알아야 하겠는가? 오직 지금 여기 이 순간의 모든 존재함에 감사할 수 있고 숨쉴 수

있음에 감사할 수 있어야 하겠구나.'

내 안의 자성의 대화가 마무리되며 나를 눌렀던 자괴감과 아픔들이 따뜻함으로 더욱 확장된다. 이런 일이 일어나는 과정에도 여전히 가슴에는 따스한 에너지가 감돌며 상단전에는 청명한 기운이 계속 강하게 내려온다. 내 마음이 어디를 향해 있는지를 느껴 알아차릴 수 있도록 하는 것이 기운의 막힘 현상이라면, 내 본질이 무엇인지 명확히 안 상태에서는 계속 청명한 기운이 끊임없이 이어진다. 강력한 영가로 알았던 것이 영가가 아니라는 생각이 든다.

'더이상 외부로부터 나를 흔들어 보거나 나를 힘들게 하는 존재는 존재하지 않는다. 영가의 의미를 알았고 그들도 나와 둘이 아닌 존재이며, 나를 돕기 위해 자신의 역할을 하고 있는 것이니 두려운 존재가 아닌 것이다. 진정 나를 힘들게 하였던 것은 영가가 아닌, 이생에 내가 옳다고 느끼며 알고 있는 그 틀 안에서 마음 내었던, 응집되고 정체된 기운들이 내 안에서 주인으로 살아왔기에 그러한 허상의 아집 속에 있는 내가 동시에 존재하며, 참나와 거짓 나의 경계에서 내가 무엇을 선택하는지를 지켜보며 자신도 참자신으로 합쳐지는 과정 중에 있음이구나.

그래서 "대각경에 하느님과 나"라는 문구가 먼저이구나. 모든 것을 알아차린 나는 하느님이며 아직 그 일깨움과 하나로 합쳐지지 못한 내가 먼저인 연유이구나. 이런 내가 용서되고 이해되고 사랑할 수 있다면, 또 다른 나인 남과 내가 어찌 하나되지 못하겠는가? 그 마음이 확장된다면 모든 우주만물과 하나로 합쳐지며 상생하는 삶을 누리는 삶을 사는 것이구나.

내 안의 관념이 사라지며 하나되는 순간이구나. 모든 것이 감사함이

구나... 그래서 깨달았다는 사실조차도 비워 낸다는 것이 화두의 마지막이며, 그 모든 것을 녹여 내어 현실의 삶에 매 순간 선택하며 온전히 자신의 것으로 녹여 내는 과정이 보림 과정인 것이며, 관심(觀心)의 화두의 의미가 온몸으로 진동하며 앎과 하나된다. 아!...'

더이상의 영가도 깨달았다는 나도 없다. 그저 우주의식으로부터 오는 근원의 기운과 내가 감사함 속에 하나로 존재한다.

2017년 10월 30일 3시, 삼공재 4번째 방문

삼공재에 도착해 지난주 현묘지도를 마치고 현묘지도를 통과했고 앞으로 발간될 116권에서 확인하라는 말씀을 듣고, 이번에는 수련을 마치고 몇 가지 궁금한 점을 확인받고 싶었다. 지난번 삼공재를 두 번째 방문했을 때 뵈었던 도반님들이 들어오시는데 한동안 떨어져 있던 가족이 상봉을 한 듯 반갑고 아련한 마음이 느껴진다. 자신을 찾아가는 과정의 여정에 뵙는 분들이라 더욱 그러한 것 같다. 젊은 청년 같은 한 분도 먼저 와서 앉아 있다. 이곳에서 뵙는 분들은 다 편안하다. 처음 만나도 불편하지 않고 낯설지 않다.

스승님께 인사를 올리고 다른 분들은 수련을 하시는데 수련 전에 질문을 해야 하는 것인지, 수련을 마치고 질문을 해야 하는 것인지 몰라 여쭈니, 지난번 안산에서 오셨던 도반님이 스승님 가까이 가서 여쭈어보라 자상히 일러 주신다. 아직은 스승님 가까이 간다는 게 너무 죄송하여 방석을 들고 조심히 스승님께 다가가서 두 가지를 여쭈었다.

"스승님. 지난번 제가 스승님을 찾아뵙겠다고 메일을 올려 드리고 처음 왔을 때, 지금껏 『선도체험기』를 보면 사형들의 걸어가신 여정은 대주천 인가를 해 주시고 벽사문을 달아 주시는데, 저는 그렇지 않고 바로 화두를 주셨습니다. 혹시 그렇게 하신 연유를 여쭈어봐도 되는지요?"

"이미 그러한 수준을 넘어섰기에 의미가 없어서입니다. 현묘지도 화두 수련은 통과가 되었고 116권에 서평을 달아 두었으니 책을 통해 확인하세요."

"아! 네. 감사드립니다! 이곳을 방문하기 전 인연된 영가가 어떤 연유인지 이번에는 어떤 화면도 보이지 않고 느껴지지 않으나 제 마음이 그와 동화되어 가는 것 같습니다."

"영가로 인해 마음이 동화되지는 않습니다. 관을 해 보면 어떤 인연인지도 알 수 있으며 정정숙 씨는 할 수 있을 것입니다. 이제 시작이니 너무 마음 조급하게 생각지 말고 관을 해 보세요."

"감사드립니다."

인사를 올린 뒤, 자리로 돌아와 호흡에 들었다. 한 시간 동안 결가부좌를 하고 호흡에 드니 따스한 햇살 같은 사랑이 중단전으로 번져 우주 공간처럼 확장된다. 백회로는 은하수 성단의 무수한 별들이 쏟아지듯 청량한 기운이 응축이 된다. 호흡을 하는데 11가지의 호흡이 일어나나 조용하면서 부드러운 움직임으로 내면의 빛의 세포를 깨운다. 자신을 이루고 있는 세포들이 물질 세포가 아닌 다른 우주공간과 소통되는 통로라는 느낌이다.

중단전으로 강하게 에너지가 모였다 이완되기를 두 번을 반복하다 연꽃 형태로 응축된 빛무리를 양손으로 중단 앞에서 받아들고, 어느 순간 중단으로 흡수되어 허공으로 사라진다. 대각경의 울림이 전신을 울리면서 다양한 수인법이 나오며 마지막으로는 양 무릎 위에 단정히 자리한다. 이러한 기운의 변화 뒤에 오는 울림은 모든 존재에 대한 무한한 자비심으로 발현된다.

'모든 생명들은 존귀하고 소중하다. 잊지 말아야 한다.'

차가운 눈물이 계속해서 흘러내리며 내 안의 우주공간으로 대각경이 파장으로 울리며 전해진다. 그동안 무심코 알고 있었던 부처님의 모든 수인법에 대한 의미 또한 관함으로 알아진다.

'수련 중에 내 의지와 상관없이 일어나는 이러한 수인법은 무슨 의미인 것인가?'

'특별히 자신이 선택받은 존재라고 느끼는 이들은 이러한 수인이나 수련법에 대한 자신의 존재에 대한 의미 부여가 크다고 느끼나, 너와 내가 둘이 아닌 신성한 빛의 존재라는 일깨움을 주기 위한 방편인 것이며, 모든 존재하는 생명은 망각의 잠 속에 빠져 있을 뿐 구원받아야 할 존재가 아닌, 이미 깨달은 신성한 존재라는 것을 수인 속에 파장을 실어 전하는 이치이다.'

이윽고 눈이 떠지며 수련 시간이 끝나 간다. 『선도체험기』 90권부터 100권까지 구입을 하면서 조심스럽게 여쭈었다.

"스승님, 결례가 되지 않는다면 스승님 저서에 사인을 받을 수 있을까요?"

"이걸 다?" 하며 소년 같은 해맑은 미소를 보여 주신다.

"아뇨. 한 권만요!"

스승님께 인사를 올리고 자리를 나서자, "같은 요일을 정해서 오세요!" 지난번에 이어 요일을 정해서 일정하게 오는 것이 더 좋다고 당부를 하시는 말씀에 제자의 진화 외에는 관심이 없으신 스승님의 따스한 사랑이 전해 온다.

　발걸음을 옮겨 나오는데 수련을 함께하신 도반께서 책이 무거울 거라고 친히 들어 주겠다고 하신다. 어쩜 이분들의 마음 쓰심이 이리도 편안하고 따뜻한가? 함께할 수 있음에 감사하다. 어색해하며 감사의 마음을 제대로 전달 못 하는 이 못난 나를 어찌한단 말인가? 도반님들의 사랑에 수줍음으로 인사를 나누고 총총 발걸음을 재촉했으나 내 마음에 그분들의 향기가 머물러 있음을 느낀다.

2017년 10월 18일

경산에서 정정숙 올립니다.

【필자의 회답】

　수련기 잘 읽었습니다. 현묘지도 화두수련 마치고 이틀 동안에 겪은 심리적인 변화가 너무나도 절실하고 리얼하게 묘사되어 놀라울 지경입니다. 앞으로도 지금의 열정을 오래 간직하고 계속 용맹정진하시기 바랍니다.

〈117권〉

【이메일 문답】

현묘지도 화두수련 체험기 (32번째)

유 영 숙

1. 글을 시작하며

나는 1956년 전남 영광의 농촌 마을에서 2녀 3남 중 장녀로 태어났다. 할아버지는 상당한 부농으로 내가 초등학교 다닐 때까지도 머슴을 두고 농사를 지었고, 집안은 대가족으로 항상 식구가 많아 나는 어머니와 둘이 사는 친구를 부러워하곤 했다.

할아버지와 할머니는 자손에 대한 사랑이 남달라 첫 손녀인 나를 늘 데리고 다니셨고 정말 예뻐해 주셨다. 초등학교 졸업 후 중학교는 광주에 있는 전남여중에 친구와 두 명이 시험을 보러 갔는데, 교무실에서 선생님들이 처음이자 마지막으로 전남여중에 합격하라고 격려해 준 기억이 난다.

우리 초등학교에서 당시까지 한 명도 전남여중에 합격하지 못하였고 우리가 중학교 시험 마지막 세대이기 때문이다. 둘 다 전남여중은 떨어지고 후기인 중앙여중에 같이 합격하였다. 하지만 할아버지께서 중풍으로 쓰러지시고 집안이 급격하게 기울어 2학년 1학기를 마치고 고향으로 전학하여 중학교를 졸업하였다.

아버지는 당시 마을에서 드물게 고등교육까지 받았고 좋은 직장에 취직도 했지만 한 달을 다니지 못하고 사업을 한다면서 할아버지의 재산을 탕진했고, 평생 돈을 벌어 보지 못했으면서도 소비 수준은 높아서 우리 가족 모두를 힘들게 했다.

중학교 졸업 후 서울로 올라와 직장생활을 하면서 나는 공부를 계속하고자 했지만, 상황은 녹록지 않았다. 할아버지는 중풍으로 15년을 앓으셨고 이제 남동생의 고등학교 학비마저 내가 도와야 할 만큼 집안은 몰락했다. 더하여 내가 2년간 벌어 놓은 돈마저 아버지가 가져다 써 버렸다.

중학교 졸업 후 10여 년이 지난 스물일곱 연초에 고등학교 졸업 검정고시 학원을 야간에 다니게 되었는데 국어, 수학, 기타 과목은 따라갈 만했지만 영어는 너무 어려웠던 기억이 난다. 학원 다닌 지 3개월 만에 모의시험을 봤는데 전체 3등을 했다고 노트 등을 상품으로 받고 자신감을 얻어 대학에 가기로 마음먹었다.

검정고시 보는 해에 대학을 가기 위해 직장을 그만두고 대입학원을 병행해 다녔는데, 새벽에 영어 단과, 오전부터 오후까지 대입 종합반, 야간에 검정고시 학원 등 하루 종일 학원을 다닌 몇 개월은 지금 생각해도 아득하다. 검정고시 본 첫해에는 대입에 실패했지만 서른 살이 되는 그다음해 감사하게도 성균관대 회계학과에 합격했다. 늦은 나이의 대학생활은 내 인생의 선물 같은 것이었다.

대학 갈 때부터 공인회계사가 될 생각이었기 때문에 회계사 공부에 전념했다. 졸업한 다음해 1차 시험에 합격한 것은 다른 친구들과 비슷했다. 그러나 2차 시험에서 정말이지 간발의 차로 계속 떨어지면서 1차 시험을 6번 합격하고도 2차는 합격하지 못하였다.

시간이 가면서 2차 성적도 합격권에서 점점 멀어졌다. 할 수 없이 시험을 포기하고 부산 해운대에 새로 설립하는 건설 시행사에 취직을 하였다. 하나의 프로젝트가 끝나 회사를 폐업할 때까지 10여 년 직장생활을 하다가 퇴직하였다. 그 후 서울로 올라와 직장생활했던 경력으로 관련 일을 프리랜서로 몇 년 했고, 백수생활도 몇 년 하고, 올겨울에는 내년 지방선거에 나오는 어느 후보자의 회계 담당으로 준비를 하고 있다.

2. 선도수련과의 인연

1996년 여름 당시 회계사 2차 시험에 연속 4번 간발의 차로 떨어지면서 최악일 때 같이 공부했던 동생을 만났는데, 단전호흡을 했더니 너무 행복하다고 하여 아무 생각 없이 ○○선원을 다니면서 선도수련과 인연을 맺게 되었다.

다닌 첫날부터 기를 느끼고, 처음 등록할 때 나눠준 『신인이 되는 길』이란 책을 받고 고압선에 감전되듯 읽다가 밑줄을 긋고 뭔가를 쓰기도 하고, 숨을 들이쉬기만을 한참 하다가 내쉬더니 그때부터 통곡하고 소리지르고, 나 스스로는 통제 불능 상태가 상당 기간 계속되었는데 나중에 어느 글에서 각성되는 과정 중에 그럴 수 있다는 글을 보고 이해가 되었다.

선원에서 어느 날은 모여서 서로 등을 두드려 주는 수련을 하는데 뒷사람이 내 등을 두드리자 거대한 파도가 내 등을 휘몰아치는 듯한 느낌이 몇 번 나더니 갓난아기처럼 누워서 손발을 내 의지와 무관하게 휘저었다. 그 후 설사를 많이 하고 온몸에서 탁기를 배출하는데, 마치 거센 바람이 불 듯 탁기가 옷자락에 바람을 일으키며 빠져나갔다. 사실 공부하면서 스트레스로 몸이 많이 아파 2차 시험 앞두고 1분이 아까운 시점에 이틀에 한 번씩은 사우나를 가야 견딜 수 있었다.

집에 와서는 다른 사람이 꿈꾼 것을 내 의지와 상관없이 말하기도 해서 식구들, 특히 어머니는 나이든 딸이 결혼도 못 하고 공부한다고 하더니 무당이 되나 하고 걱정이 많았다. 당시 나는 단전호흡에 대한 지식이 전혀 없었고 관련된 책 한 권도 읽어 본 적 없었다. 나의 여러 상황에 대해 이유를 묻는 내게 선원에서는 고향에 와서 그렇다면서, 선원으로 들어와 공부하라고 했지만 동의할 수 없어 2달 남짓 다니고 선원을 그만두었다.

당시 2차 시험을 몇 달 앞두었기 때문에 마지막 정리를 위해 학원을 다녔는데 앉아 있기 무척 힘들었고, 두 팔로 화장실 벽을 힘껏 밀면 팔이 시원하곤 했다. 당시 누워서 아랫배에 손을 대 보면 농구공 같은 게 왔다갔다하는 게 느껴지면서 뿌듯했던 기억이 있다. 여러 과정을 겪으면서 몸 아픈 것은 거짓말처럼 나았고, 근원적인 외로움이 없어졌으며 하늘, 바람, 구름 등 자연이 너무 좋아졌다. 걸어 다니면 누군가 밀어 주는 것처럼 가볍고 누워 있으면 구름 위에 떠 있는 것 같았다.

막연하게 내가 너무나 중요한 기회를 놓치고 있지 않을까 하는 생각도 했다. 많은 궁금증이 남아 있어서, ○○선원에서 선사라는 분이 구민

회관에서 일주일에 하루씩 지도하는 수련을 다니면서, 선원에서 시행하는 어떤 프로그램에 참가시켜 달라고 요청해서 갔는데 거기서 또 이상한 경험을 했다.

1박 2일 진행하는 어느 과정에서 참가자가 모두 마룻바닥을 걷는데 누군가 내 뒷머리를 세게 때려서 쓰러지는 순간 어떤 물체에 얼굴이 부딪혀 턱밑을 다쳐서 피가 났다. 그때부터 선원에서처럼 통곡하여 울기 시작했다. 그 소리는 내가 들어도 소름 끼치도록 슬프게 들렸다. 사실 턱밑 얼굴이 찢어져서 피가 나는 것은 여자인 내게 큰일인 데도 그것과 상관없이 하늘 멀리 크게 소리쳐 울고 울었다. 같이 갔던 후배가 말하기를 그렇게 슬픈 소리는 처음이라면서 걱정했다고 했다. 얼굴의 상처는 열 바늘 정도 꿰맸는데 지금도 턱밑에 상처 자국이 있다.

같은 해 또 다른 경험은 당시 고시원에서 후배들에게 어떤 과목을 가르쳐 주고 끝나서 쫑파티를 하기 위해 고시원 입구에 서 있었고, 내 주위에 아무도 없었는데 갑자기 누군가 나를 미는 것처럼 느끼면서 경사진 상당히 높은 계단을 저절로 뛰어 내려가다가, 끝에서 앞으로 넘어지면서 앞이마와 눈썹 근처 그리고 이가 하나 부러지고 하나는 흔들리는 대형 사고가 발생했다. 이 사고로 앞머리와 이마 경계선을 30바늘 정도, 눈썹을 15바늘 꿰매고 이빨도 3개를 브릿지 하였다.

많이 적응되었지만 여러 의문은 또다시 나를 흔들었다. 여러 의문을 풀기 위한 노력은, 이후 직장생활하면서 ○○원에서 하는 명상 수련도 참석하고, 선원 관련 힐링센터에도 찾아가 일종의 마사지 같은 것을 받았는데, 끝나고 부산 내려갈 때 백회에서 아이스크림 같은 액체가 온몸으로 녹아내리면서 너무나 행복했던 기억이 생각난다.

힐링센터에서도 나보고 센터로 들어와야 한다고 하면서 두어 번 전화가 왔지만 나의 의문을 풀기는 어렵다고 보고 가지 않았다. 그곳에서의 수확은 『천부경』을 노트로 만들어 매일 쓰도록 했는데, 이후 『천부경』에 관심을 가져 암송했더니 나도 모르게 항상 『천부경』을 암송한다.

여러 상황을 겪으면서 교보문고 다니면서 관련 책을 많이 보았고, 어느 날 문을 닫는 서점이 책을 싸게 팔아서 몇 권의 책을 사면서 단전호흡과 관련된 듯하여 『선도체험기』도 십여 권 구입하였다. 그러나 집에 와서 펼쳐 본 내용이 하필 빙의 관련 내용으로 당시에는 공감하기 어려워 보지 않다가, 2014년 겨울 복잡한 일로 마음 정리할 일이 생겨 여러 책을 보다가 갑자기 『선도체험기』를 다시 보게 되면서 유림사에 40권을 추가로 구입하여, 2015년 여름까지 50여 권을 몰입하여 보고 선생님께 전화 드려 2015년 7월부터 삼공재에서 수련하게 되었다.

좀더 일찍 『선도체험기』를 보았더라면 나의 혼돈의 시간이 줄었을 것이지만, 이제라도 삼공 선생님과 인연을 맺게 되어 현묘지도 수련까지 받게 된 것은 내 인생 최대의 행운이라 생각한다.

3. 유영숙 화두수련 체험기

2015년 7월부터 일주일에 두 번씩 삼공재에 다니면서 삼공 선생님 지도하에 수련을 하였고, 2017년 6월 카페 가입을 계기로 수련은 상승곡선을 이루면서 선생님께서는 2017년 8월 14일 461번째로 백회를 여는 대주천 인가를 해 주셨다. 대주천 인가를 하시면서 현묘지도 수련을 하려면 선배들의 현묘지도 체험기를 읽고 자신 있을 때 말하라고 하셔서『선도체험기』에서 현묘지도 체험기 목록을 작성하여 체크하면서 계속 현묘지도 체험기를 읽었다.

어느 날 새벽꿈에 선 채로 하늘로 1미터 정도를 날아오르더니 옆으로 날기 시작하는데 앞에 두꺼운 벽이 나타나자 "내가 저 벽을 넘을 수 있을까" 생각하니 휙 스쳐 통과한다. 순간 가슴 깊은 곳에서 환희지심이 일어난다. 빠르게 구조물들을 통과하는데 앞은 어둡고 아무것도 보이지 않지만 현묘지도 체험기에서 보면 하늘도 날고 우주공간도 가던데, 나는 기력이 달려서 바닥에 바짝 붙어 날아가나 보다고 꿈에서도 생각한다.

이제 현묘지도 수련을 받아도 되겠다고 생각했다. 내가 현묘지도 수련을 받을 수 있으리라고는 생각 못 했는데 너무나 감사하게도 이를 받게 되어 지극정성으로 수련에 임할 것을 스스로 다짐해 본다.

1단계 천지인삼재 (2017년 9월 8일 ~ 9월 18일)

9월 8일 삼공재 수련

삼공재 방문하여 선생님께 현묘지도 수련받겠다고 말씀드리니 첫 번째 화두를 주신다. 좌선하고 앉아 화두를 외우니 하단전이 먼저 타오르고 이어서 중단전이 타오르면서 백회에서 강한 기운이 들어오고 자세가 바르게 세워진다. 온몸에 주천화후가 일어나면서 땀이 전신으로 흐른다. 저녁 식사 후 어머니와 성북천을 걸으면서도 화두에 집중한다.

9월 9일

오전 뒷산 산책을 갔다 와서 샤워 후 선계의 스승님들, 삼공 선생님, 지도령, 보호령께 삼배를 드린 후 좌선에 들어 화두를 외우니 고개를 좌우로 천천히 돌리는데 너무나 아프고 시원하면서 중단전을 쭉쭉 펴 준다. 목과 등이 시원하게 풀리는 스트레칭을 계속하는 걸로 봐서 긴장된 근육을 먼저 풀어야 되나 보다. 저녁 수련 시 『천부경』, 『삼일신고』, 『참전계경』 등 삼대경전을 소중히 여겨야 한다는 메시지가 가슴에 사무치게 느껴진다.

9월 10일

오늘도 삼배를 드린 후 입정에 드니, 고개를 들어 얼굴은 하늘을 보고 목과 등의 근육 이완을 위한 스트레칭은 계속되는데 화두가 종종 생각나지 않는다. 쉬운 단어인데 이상하다. 저녁에 성북천을 걸으면서도 화두에 집중한다.

9월 11일 삼공재 수련

생식으로 점심을 먹고 삼공재에 가서 수련하다. 좌선하고 앉아 화두를 외우니 온몸으로 열감이 휘돌면서 바람 같은 기운이 막힌 기혈을 뚫어 주는 듯하다. 저녁 수련 시 화두를 외우니 입정에 들면서 목을 천천히 돌리는 자동 스트레칭을 한참 하다가, 두 손을 모아 합장하다가 절에서 본 부처님의 각종 동작들을 두 손으로 기기묘묘하게 표현한다.

이어서 각종 요가 동작들, 춤추는 듯한 동작들, 고대 조각들의 모습과 같은 동작들을 순간순간 재현한다. 두 손을 높이 들어 열 손가락으로 천기를 흡수하기도 하고 온몸의 탁기를 배출하기도 하는 동작들을 반복한다. 열 손가락 끝은 강한 기감으로 감전된 듯 찌릿찌릿하다. 밤에 누우니 꽃향기가 난다.

9월 12일

오전에 북한산 백운대에 친구와 둘이 올랐다. 백운대 근처는 몇 번 왔지만 백운대는 처음인데 오르고 보니 이런 바위 정상까지 오를 수 있는 게 신기하다. 자주 와야겠다고 생각했다. 저녁 수련 시 빙의령 천도하다. 명상음악 틀고 수련하는데 화두와 음악과 내 몸은 하나가 되어 깊은 입정 상태에 들다. 오늘도 열 손가락으로 기운을 받아 단전에 쌓고 탁기 배출을 위한 동작을 반복하다가, 간절한 기도 같기도 하고 춤추는 것 같기도 한 동작을 계속한다.

9월 13일 삼공재 수련

좌선하고 『천부경』3독하고 화두를 외우니 백회에서 들어온 기운이 단전에 쌓인다. 백회가 아프면서 넓이가 넓어진다. 백회에 보석이 쏟아지는 듯하더니 액체 같은 게 수도꼭지에서 흐르듯 백회로 흘러 들어온다.

저녁 10시부터 12시 30분까지 수련. 백회로 강하고 시원한 기운이 들어오고 온몸에 상서로운 기운이 가득하고 마음이 더없이 평화롭다. 좁은 돌계단이 있는 골목길이 희미하게 보인다.

9월 14일 삼공재 수련

오전 10시 선계 스승님들께 삼배 드리고 수련 시작하다. 백회에서 지속적으로 시원한 기운이 들어오고 단전은 열감으로 뜨겁다. 현묘지도 수련기를 읽다. 머리가 띵하고 어지럽다. 빙의령이다. 삼공재 가는 지하철에서도 머리는 어지럽다. 삼공재에서 선생님께 일배 드리고 좌선하니 중단전 구석구석 쌓인 탁기를 배출하며 백회가 아프면서 무슨 작업을 하듯 요란하다.

선생님께서는 1단계가 아직 끝나지 않았는지 물으셔서 아직 끝나지 않았다 말씀드렸다. 기운이 딸리는지 화면은 보이지 않고 기운은 계속 들어온다. 돌아오는 길, 빙의령이 천도되었는지 어지러움은 사라지고 머리가 맑다.

9월 15일 삼공재 수련

오전 동네 앞산인 북악산에 올라갔다 왔다. 가끔 가는 산으로 한양도성 중 와룡공원에서 말바위 매표소를 지나 숙정문을 거쳐 북악산 정상에서 되돌아오는 코스이다.

어제부터 백회에서 요란한 공사를 계속하더니 오늘 삼공재 수련 시도 계속 공사를 진행하다가 머리 윗부분이 바늘로 찌르듯 따끔거린다. 그러더니 굵은 통이 상중하 단전에 연결되면서 삼합진공이 시작되면서, 삼합진공 회로도에서처럼 기운이 폭포처럼 쏟아지면서 마음은 더없이 평화롭다.

9월 16일 삼공재 수련

여동생은 고등학교 3학년, 1학년인 두 아들을 두고 2002년 6월 월드컵

이 한창일 때 위암으로 사망했다. 제부는 그보다 10여 년 전 애들이 초등학생일 때 사망해서, 여동생 사망 후 조카들은 외할머니인 어머니가 뒷바라지를 했고 나는 부산에서 직장생활하면서 어머니가 하는 것 이외의 모든 일로 조카들을 보살폈다. 요즘도 무슨 일이 생기면 나에게 상의하곤 한다. 큰 조카가 오늘 상견례를 했는데 색싯감이 요즘 보기 드물게 참해서 마음이 흐뭇하다.

점심으로 상견례가 끝난 후 삼공재 수련에서 여동생 부부가 내 가슴속 깊은 곳에 있음을 느끼면서 천도를 시도했다. 아직 어린아이들을 두고 가면서 걱정하는 그들의 슬픔이 느껴지기도 하고, 오늘 상견례를 기뻐하면서 나에게 감사함을 전하기도 하면서 그들은 백회로 빠져나가는 것 같다. 내가 선도수련한 보람을 느끼는 순간이다.

9월 17일

저녁 9시 3배 후 수련 시작. 하단전에 화두를 쓰면서 수련. 중단전이 아프다. 깊은 입정 상태에 들면서 몸밖에 막이 씌워지는 듯하며 몸이 가벼워지고, 중단전의 아픔이 사라지면서 깊은 명상 상태에 들다.

9월 18일 삼공재 수련

삼공재에서 좌선하니 백회가 송곳으로 찌르듯 하고 기운이 단전으로 내려온다. 온몸에 땀이 흐르고 뒷머리에서 공사를 요란하게 한참 진행하더니, 화두와 의식과 호흡이 일치하면서 집중되다가 온몸이 사라지면서 단전만 남는다.

단전에서 심장이 뛰듯 쿵쿵거리다. 저녁 수련 시 내 마음속에서 "모두가 하나다. 모두가 하나다. 하늘, 땅, 사람 모두 모두 하나다"라는 소리가 계속 들리며 기운이 끊긴다. 1단계가 끝났음을 감사드리며 삼배 드렸다.

2단계 유위삼매 (9/19 ~ 9/25)

9월 19일 삼공재 수련

삼공재에서 선생님께 2단계 화두를 받아 외우니 백회, 장심, 용천으로 부드러운 기운이 들어와 단전에 쌓인다. 화두가 낯설고 익숙지 않다. 돌아오는 길, 백회 위에 신령스런 기운이 나와 함께한다. 조심조심 걸으면서 단전에 의식을 집중한다.

9월 20일 삼공재 수련

오전 산에 가면서 불어오는 바람과 하나가 되고, 이 바람은 어디서 올까 생각해 본다. 매일 다니는 산길 큰 소나무에 기대어, 내게서는 이산화탄소가 나무에게로 나무에서는 산소가 내게로, 자신에게는 불필요하지만 상대방에게는 꼭 필요한 것을 상대에 보낸다고 생각하면서 수목지기를 해 본다.

아침부터 졸리더니 삼공재 가는 지하철에서도 환승역에서 졸다가 한 정거장을 더 가고, 삼공재에서도 초반 졸립다. 기운이 들어오는 것을 보니 명현반응인 거 같다. 한참 졸다 정신 차리고 집중하니 백회가 아프면서 삼합진공이 된다. 저녁 식사 후 어머니와 성북천을 걸으면서도 화두에 집중하다.

9월 22일 삼공재 수련

오늘은 단독 수련이다. 인사드린 후 입정에 드니 명문, 장심, 용천으로 기운이 들어오면서 대맥에 이어 소주천이 돌고 온몸 구석구석으로 기운이 돌면서 막힌 부분을 유통시킨다.

9월 23일

수련 시간을 좀더 늘리기 위해 새벽 수련을 시작하다. 오전 산책 시 화두에 맞추어 걷다. 오전 11시 30분부터 삼배 후 좌선 수련. 깊은 명상 상태에서 양손을 이리저리 움직이면서 어깨와 등의 탁기를 제거한다. 열 손가락 끝에 기의 장이 형성되면서 유장한 손놀림을 하다.

마음은 더없이 평화롭고 화두에 지극정성 집중하다. 중단전이 아프다. 화두를 중단전에 두고 암송하니 중단전이 점점 시원해지면서 화두가 중단전에 퍼져 가면서 막힌 곳을 뚫어 준다. 발바닥 전체가 전기 오듯 찌릿찌릿하다.

9월 25일

아침에 일어나니 온몸이 천근만근 실컷 두들겨 맞은 것 같다. 계속 관을 하면서 빙의령 천도를 위해 해원상생 인과응보 극락왕생을 암송해 본다. 오후 7시 30분부터 밤 12시까지 좌선 수련. 양손을 높이 들어 느린 동작으로 각종 동작을 하면서 탁기를 배출한다. 두 팔을 옆으로 쭉 뻗으면 누군가 양옆에서 잡아당기듯 하고, 고개는 하늘을 보며 깊은 입정 상태에 들고 숨을 멎은 듯하다.

양손을 가슴 앞에서 합장한 채 선계의 스승님들, 삼공 선생님, 지도령께 깊이깊이 감사드리며 현묘지도 수련이 잘 끝날 수 있기를 간절히 기원드리면서 기운이 끊어지는 것을 보니 2단계가 끝난 것 같다. 몸이 새털처럼 가볍고 말로 표현할 수 없는 기쁜 마음이 까닭 없이 샘솟으면서 피부호흡이 계속된다.

3단계 무위 삼매 (9/26 ～ 10/7)

9월 26일 삼공재 수련

오전 뒷산 산책에서 운동기구 있는 의자에 누워 하늘을 보니 하늘이 높고 푸르다. 생식으로 점심을 먹고 삼공재에 가서 3단계 화두를 받다. 2단계 화두 받을 때 3단계 화두가 예상되었는데 예측한 대로다. 3단계 화두를 외우니 강한 기운이 들어오면서 백회에서 전선이 나와 하늘로 연결되기도 하고 명문, 장심, 용천 등에서 기운이 강하게 들어오고 숨을 쉬는지 쉬지 않는지 모호한 피부호흡이 계속된다. 집에 돌아와 저녁 식사 후 동네를 한 바퀴 돌았다.

9월 27일 ～ 9월 30일

요 며칠 현실적인 몇 가지 일이 있어 30분 이상 수련에 집중하지 못했더니 기적인 변화를 느끼지 못했다. 하지만 항상 염념불망 의수단전하고 화두를 놓치지 않으려 했으며 몸공부인 걷기는 매일매일 잊지 않았다.

강한 원령인지 몹시 피곤하고 눈 실핏줄이 터져 눈이 충혈되었다. 빙의령 천도를 위해 업장소멸 해원상생 인과응보 극락왕생을 염원하였다. 등뒤에서 백회로 조금씩 빠져나가는 느낌이 들지만 화면으로 보이지는 않는다.

10월 1일

오전 산에 오르면서 화두에 발걸음을 맞추어 화두를 노래처럼 부르며 걷는다. 산에서 돌아와 『천부경』을 3회 염송하고 화두를 외우니 백회로 기운이 쏟아져 들어온다. 열 손가락을 비롯한 양손이 얼얼하도록 장심으로 기운이 들어와 쌓인다.

현실적인 머리 아픈 일이 아주 좋은 쪽으로 해결되었다. 선도수련으로 운명이 좋아진 걸까? 좋은 일이 생겼지만 마음은 덤덤하고 '평상심'을 유지한다. 희노애락에 흔들리지 않는 '부동심'이 생긴 걸까? 저녁 식사 후 어머니와 성북천 산책하다. 밤에 좌선하고 화두를 암송하다.

10월 2일

오전 산에 갔다 와서 좌선 수련하면서 화두에 집중. 오후 2시부터 와공하면서 잠도 자고... 며칠간 몇 가지 일로 피곤했나 보다. 6시까지 수련하니 등을 면도칼로 잘게 잘라서 기운으로 씻어내듯 아프면서도 시원하다. 나는 등 쪽에 특히 탁기가 많이 쌓여 있었던 듯하다. 저녁에 성북천을 산책하는데 내일모레가 추석이라서 둥근달이 선명하다.

10월 4일

추석날인 오늘 새벽 꿈결에 커다란 호랑이 한 마리가 넓고 잔잔한 호수 위를 달려서 내가 있는 곳으로 온다. 물에 빠지지 않고 달리는 것을 보고 신통력을 발휘하나 보다고 꿈속에서도 생각한다. 양지바른 곳에 호랑이와 둘이 앉아 이야기를 하는데 조금도 무섭지 않고 자연스럽다.

지나고 생각하니 어떻게 대화가 통했는지 궁금하다. 꿈이 너무나 생생하다. 오후부터 밤까지 이어진 수련에서 강한 스트레칭을 동반하면서 양손을 높이 올려 다양한 동작들을 구사하고 깊은 입정 상태에 들면서 숨을 쉬는지 쉬지 않는지 피부호흡이 계속되면서 온몸이 새털처럼 가볍고 몸이 사라지는 듯하다.

10월 7일

지난 밤 깊은 입정 상태에서 피부호흡이 계속되고 내 몸이 허공과 하나가 된 듯한 느낌이다. 이것이 우아일체일까? 양쪽에 가로수가 늘어선 한적한 2차선 도로가 보이고 알 수 없는 여러 형상들이 어지럽게 보인다.

4단계 11가지 호흡 : 무념처 삼매 (10/8)
10월 8일

오전 수련 중 기운이 끊기면서 3단계가 끝났음을 느낀다. 4단계 11가지 무념처 삼매는 그동안 강하고 깊은 자동 스트레칭과 대부분 겹치는 부분이 많았고 나머지 몇 가지는 화두를 암송한 지 몇 시간 안 되어 거의 나타난다.

선생님께 전화하여 5단계 화두를 받으니 화두를 듣자마자 가슴이 철

렁한다. 누구나 살면서 한 번쯤은 생각해 봤을 만한 화두인데 나는 아직 깊이 고민해 보지 않아서인가 보다. 좌선하고 앉아 화두를 외우니 온몸이 즉각 반응하니 신기하다. 아~ 그런데 30분 이상 집중하지 못한다. 화두가 두려운가? 화두에 적응할 시간이 필요한 걸까? 늦은 밤까지 긴 시간 수련했지만 집중한 시간은 얼마 안 된다. 정신을 가다듬고 "선계 스승님들께 모든 것을 맡기겠습니다" 하고 삼배를 드렸다.

5단계 공처 (10/9 ～ 10/31)

10월 9일

저녁 수련 11가지 호흡을 동반한 강한 스트레칭이 계속되고, 백회가 몹시 아프기도 하고 얼음이 박힌 듯 시원하기도 하고, 양손을 높이 들었다가 합장한 손을 상중하 단전 앞에서 화두를 지극정성으로 외운다. 단전이 뜨겁고 명문, 양 손바닥, 발바닥 전체가 따끔거리고 기운이 온몸을 휘돈다. 마음은 더없이 평화롭고 고요롭다. 나 자신이 귀한 존재가 된 듯하다.

10월 10일 삼공재 수련

오전 뒷산 산책 가는 길. 가을빛이 완연하다. 지난여름의 무더위가 생각나면서 현상계에서 변하지 않는 것은 없다는 무상함이 생각난다. 용변부동본, 쓰임은 바뀌어도 본바탕은 변하지 않는다는 구절이 생각난다. 삼공재에 가서 선생님께 인사드린 후 좌선에 드니, 단전이 끓고 중단전도 뜨겁고 무념무상의 상태가 지속되면서 단전은 용광로처럼 소용돌이친다.

10월 11일

지난밤부터 비가 오더니 아침까지도 계속 내린다. 어제저녁부터 몸이 무겁더니 아침에 일어나기도 어렵다. 머리가 아프고 눈이 뻑뻑해 뜨기도 어렵고 가슴이 답답하고 등이 뻐개지는 것 같다. 최대의 강력한 손님이다. 계속해서 해원상생을 외워도 소용없더니 밤이 되어서야 등에서 백회 쪽으로 조금씩 조금씩 빠져나간다.

10월 12일

정도는 나아졌지만 어제의 손님은 오늘까지도 영향이 막강하다. 하루종일 천도를 위한 해원상생을 염원하면서 관하였다. 영안이 열렸으면 이유라도 알 텐데... 계속 백회로 빠져나가다가 밤이 되어서야 정상으로 돌아왔다.

10월 13일 삼공재 수련

오전 산길에서 걷는 걸음걸음에 화두를 맞추어 걷는데 오늘은 얼굴 스트레칭을 계속한다. 얼굴을 늘리고 당기고 찡그리고, 입을 벌리고 오므리고를 반복한다. 당기는 부분이 시원하면서 뭉친 근육이 쭉쭉 늘어나는 게 신기하다. 얼굴 근육을 풀어 주고 평소 쓰지 않던 굳은 표정도 부드럽게 하려는 것 같다. 오전부터 가슴이 답답했는데 삼공재 수련 시 등쪽에서 빙의령이 줄줄이 빠져나간다. 며칠 전 등이 뻐개지듯 아프더니 그 잔영들인가?

10월 14일~15일

오전 산에 오고가면서 얼굴 스트레칭은 오늘도 계속된다. 사람이 별로 없어 다행이다. 얼굴 스트레칭을 하면 얼굴만 시원한 게 아니고 등 근육도 같이 시원하다. 아마도 얼굴 근육과 등 근육이 밀접하게 연관되어 있나 보다. 저녁부터 밤까지 깊은 입정 상태에서 수련하였다.

10월 16일

아침 산에 갔다 와서 샤워 후 삼공재 갈 준비하는데 사모님께서 전화하시어 선생님이 편찮아서 오늘 삼공재 쉰다고 하셨다. 선생님 연세가 있으셔서 걱정된다.

오후 와공 수련 시 열 손가락 장심 용천에서 강한 기운이 들어온다. 오후 좌선 수련 시 등 쪽이 시원하면서 깊은 명상 상태에 들면서 등이 많이 풀어진 것 같다. 귀에서 딱딱 소리가 난다. 선배들의 체험기를 보면 귀에서 관음법문이 들린다는데 나도 그 현상인지 모르겠다. 관해 보아야겠다. 독수리가 날아가는 모습이 잠깐 보인다.

10월 20일

오전 수련 시 깊은 입정 상태에 들면서 새털처럼 가볍고 피부호흡이 지속된다. 한 무리의 사람들이 말 타고 활 쏘고 칼로 싸우는 모습이 스쳐 지나간다. 전쟁하는 장면이 나와 무슨 상관이 있는지 모르겠다. 이어서 소녀의 모습이 보이고 유관순이 떠오른다. 아직 기력이 약한지 화면이 흐리다.

오후부터 밤까지 긴 시간 깊은 입정 상태가 상당 시간 계속되면서 마음은 지극히 평화롭고 몸과 밖의 경계가 사라지는 듯하다. 내 몸은 허공과 하나가 된다. "비무허공." 있지도 않고 없지도 않으면서 어디나 있지 않은 곳이 없는 존재, 허공이면서 허공 아닌 그러한 존재...

10월 21일

오전 산에 오르내리는 길, 그 후 수련에도 얼굴 스트레칭은 계속된다. 오후 수련 시 인당에 압박감이 상당하고 의식과 화두와 호흡이 일치하지만 화면이 보이지는 않는다. 『선도체험기』를 몇 시간 계속 보고 저녁부터 밤까지 깊은 입정 상태에서 수련하다.

10월 23일 삼공재 수련

선생님께서 며칠간 편찮으셨다고 하여 걱정이 많았는데 오늘부터 수련 가능하다고 해서 삼공재에 다녀왔다. 선생님 얼굴이 핼쑥하긴 하지만 표정이 밝아서 다행이다. 좌선에 들자 선생님에게서 오는 기운이 다른 때보다도 두 배 이상 강렬하다.

입정에 들자 단전이 뜨겁고 온몸으로 뜨거움이 번지면서 열탕 속에 앉아 있는 듯 얼굴이 특히 후끈거린다. 호흡이 깊어지자 내 몸이 사라지고 단전만 남는다. 단전 속에 화두를 넣고 계속 암송하니 한 시간이 금방 간다. 오늘 이렇게 수련할 수 있음이 얼마나 감사한 일인가? 선생님의 건강 회복을 간절히 기원한다.

10월 24일

어제 삼공재 다녀오고부터 하단전에 뭔가 장착된 느낌이다. 발전기? 원자로? 하여튼 단전이 다른 날과 비교할 수 없다. 선생님께서 어려운 고비를 넘나들면서 획득한 기운의 파장에서 얻어진 숭고한 그 무엇... 거의 하루 종일 좌선하고 앉아 있는데 보이지는 않지만 단전에서 사방으로 빛이 퍼져 나가는 느낌이다.

10월 26일

오전에 볼일이 있지만 오늘 삼공재 갈 예정이기 때문에 서둘러 뒷산에 갔다 왔다. 다른 날도 뒷산 산책은 일상이지만 운기를 위해 삼공재 가는 날은 특히 빠뜨리지 않으려 하기 때문이다. 오전 일 보고 삼공재 가서 수련하니 온몸에 열감이 휘돌고 단전은 타들어 간다. 백회로 기운이 들어와서 단전에 쌓이는 삼합진공이 계속되고 깊은 입정 상태에 든다.

선생님에게서 오는 기운은 뭐라 말로 표현하기 어려운 경이로움, 언어도단의 경지이다. 내가 무슨 복으로 이런 경험을 하고 있는지 감사함이 가슴 저 깊은 곳에서 계속 올라온다. 『선도체험기』 115권을 구입하여 선생님의 사인을 받았다. 내가 쓴 글도 있어서 부끄러우면서도 이상했다.

10월 27일

오늘도 산에 가는 길 얼굴 스트레칭은 계속되는데 아무리 생각해도 현묘지도 수련은 현묘하다는 생각이 든다. 일부러 얼굴 근육을 풀기 위한 스트레칭을 하려면 얼마나 신경을 써야 할 것인가? 아니 지속적으로 하는 것이 가능하기나 하겠는가? 그런데 이렇게 저절로 스트레칭을 통하여 근육 사이사이 세포 하나하나에 쌓인 탁기를 배출해 내면서 스스로의 삶을 뒤돌아보게 하는 것은 어떤 종교적 행위보다도 실질적이고 현실적인 것 같다.

10월 29일

오전 뒷산 산책 후 오후 수련 시 얼굴 스트레칭은 입 주변으로 범위가 좁혀져서 입을 벌리고 하는데, 입 벌림을 통해 내장기관에 있는 탁기를 배출하는 동작을 반복한다. 연관된 등 근육이 풀어지는 시원한 느낌은 계속된다. 온몸이 봄볕을 쬐듯 따뜻한 기운이 감돈다.

10월 31일 삼공재 수련

새로운 직장 관련 일 때문에 밤을 거의 새워 작업했더니 몹시 피곤하여 누워 와공 수련하는데, 기운을 보충하기 위함인지 온몸으로 기운이 들어오고 단전이 뜨겁더니 내 몸이 허공중에 사라지면서 내 몸에서 빛이 사방으로 퍼진다. 이대로 누워 있고 싶지만 삼공재를 가기 위해 집을 나섰다.

삼공재에서 좌선하니 전신에 시원함이 흐르고 등에서 백회로 빙의령이 계속 빠져나간다. 내 몸은 허공중에 사라지고 아무것도 없다. 5단계 공처 수련에서는 전생을 볼 수 있다고 해서 기대를 많이 했었는데 화면으로 보이는 전생의 장면은 못 보았지만 주변과의 경계선이 없어지면서 나와 남, 나와 허공인 나와 우주가 하나임을 무수히 경험했다. 우아일체... 오늘로 5단계가 끝나 감을 느낀다.

6단계 식처 (11/1 ~ 11/7)

11월 1일 삼공재 수련

선생님께 6단계 화두를 받아 외우니 초집중이 되면서 부드러운 기운이 온몸으로 강하게 들어온다. 마치 이 화두를 기다리고 있었던 것처럼... 5단계 화두를 받을 때 예상해서일까? 이상하게 이 화두는 어색하지 않다. 꼭 끼는 왕관을 썼을 때 머리 둘레를 누르듯 압박감이 느껴지면서 인당이 터질 듯하다.

단전이 재건되는지 아랫배가 요동을 하고 옆 사람도 들릴 정도로 꼬르륵거리고 난리도 아니다. 화두 하나가 바뀌었을 뿐인데 신기하다. 돌아오는 지하철에서도 화두에 집중한다. 저녁 수련 시 화두를 외우니 중단전이 타는 듯하고, 임맥을 따라 인중까지 둥근 막대가 느껴지면서 막대기 내부가 막힌 듯하면서 답답하다.

11월 2일

아침에 일어나니 목감기 걸린 것처럼 목이 아프고 코에서 귀 연결 부분까지 아프면서 불편하다. 평소 목에 뭔가 낀 듯하여 편치 않았는데 이것이 치료되는 과정인가 하고 기대해 본다. 목뒤, 어깨, 뒷머리도 아프고 눈알이 아픈 것이 강력한 빙의령이다. 점심 약속이 있었지만 견디기 힘들어 간단히 밥만 먹고 집에 와 와공으로 천도를 시도하니 등을 시원하게 하면서 서서히 빠져나간다.

11월 3일

저녁 수련 시 중단전에서 시원함이 퍼지고 전신에 기운이 돈다. 목에서도 시원함이 퍼진다. 거울을 보니 아직 눈 흰자위가 붉고 목도 아프다.

11월 4일

오전 뒷산 산책 시 경치 좋은 곳에서 도인체조를 하고 왔다. 시원하고 상쾌하다. 입 주변 스트레칭을 계속하면서 입을 벌리고 몸 내부에 있는 탁기를 계속 배출한다. 스트레칭 따라 목 근육 하나하나가 시원하다.

11월 6일

오늘은 뒷산 산책을 위해 다른 날보다 1시간 늦게 집을 나섰다. 화두에 발걸음을 맞추어 걷고 있는데 옆 도로에서 자전거 탄 사람이 비명을 질러 보니 자전거에 다람쥐가 치었다. 다람쥐는 기절했는지 죽었는지 꼼짝 안 하고 누워 있다. 사고 낸 사람은 그냥 가 버리고 그대로 두면 다른 차에 또 치일 것 같아, 다람쥐를 들고 보니 다행히 외상은 없어서 나뭇잎 많은 곳에 뉘어 놓고 왔다.

기절했으면 깨어날 테고 죽었으면... 『선도체험기』에 보면 사고도 인과라고 하던데 이 사고도 인과 때문일 테고, 다른 날보다 1시간 늦게 산행을 시작해서 하필 이 순간 내가 여기를 지나다가 다람쥐를 안전한 장소로 옮긴 것도 어떤 인과 때문일까?

11월 7일

부동심, 평상심에 대해 생각해 본다. 오후 수련 시 깊은 입정 상태에서 한반도 지도가 보인다. 내 고향 마을을 하늘에서 내려다본다. 고향 마을의 저수지와 주변 산들이 익숙하고 정겹다. 젊은 엄마가 웃으면서 어린 나를 달려와 안아 준다. 행복했던 유년 시절들이 생각나면서 가슴이 따뜻해진다. 내 모습이 사라지고 텅 비어지면서 "부모미생전본래면목"이란 단어가 떠오른다.

7단계 무소유처 (11/8 ~ 11/12)

11월 8일 삼공재

선생님께 인사드린 후 7단계 화두를 받았다. 좌정하고 화두를 외우니 내 주변에 울타리 같은 막이 쳐진다. 백회에서 나무뿌리에서 잔가지가 퍼지듯 온몸으로 기운이 흘러내린다. 돌아오는 지하철에서 화두를 외우니 내 목소리로 "시작도 끝도 없는 존재, 일시무시일 일종무종일"을 반복하면서 노래처럼 흥얼거리며 왔다.

11월 9일

오전 산에 갔다 오는데 오른쪽 눈이 불편하고 머리가 몹시 아프면서 등이 뻐근하다. 집에 돌아온 후 와공 수련하면서 화두를 외우다. 2시간 이상 지나니 등이 시원해지면서 백회로 빠져나간다.

11월 10일

오후 좌선 수련 시 마음이 한없이 편해지며 나 자신이 고귀하고 기품 있고 사랑이 가득한 귀한 존재로 느껴지며, 나 자신뿐만 아니라 내 주변 모두가 사람이든 사물이든 모두 소중하고 원래 귀한 존재라는 생각이 든다.

11월 11일

아버지의 건강이 급격하게 나빠져 어머니가 보살피기 어려워 남동생 들과 요양원을 몇 군데 알아보고 그중 환경 좋은 한 군데를 결정했다. 식사 중인 어르신들 모습은 대부분 애기 같은 표정들이다. 수련을 열심 히 하여 건강하게 살다가 의연하게 죽음을 맞아야겠다고 다짐해 본다. 오후에 시장에 가서 요양원에 가져갈 물건들을 준비하면서도 내가 할 수 있는 최선을 다하고 마음은 평상심을 유지한다.

11월 12일

아버지가 요양원에 가시는 날이다. 그동안 가장으로서의 책임감이 전 혀 없을 뿐만 아니라 가족들을 희생시키면서 오직 본인만을 위해 평생 을 살았기 때문에 나와 참 많이 부딪혔지만 모든 것이 허무하다. 요양원 차에 오르면서 두려워하는 모습을 보니 마음이 짠하다. 늙는다는 것과 죽음에 대하여 많은 생각을 해 본다. 인생무상이다. 오후에 누워 와공 수련하니 내 몸이 사라지면서 몸에서 빛이 난다. 빛 속에 내가 있다. 눈 부신 하얀 빛 빛 빛 빛... 7단계가 끝나가고 있다.

8단계 비비상처 (11/13 ~ 11/19)

11월 13일

오전부터 서둘러 아버지가 다니시던 병원에 들러 서류 몇 가지 떼고, 동생 차로 어머니와 함께 요양원에 들렀다. 아버지는 식사도 잘하셨다는데 불편하다고 하소연하신다. 아마도 담배를 못 피운 영향이 큰 것 같다. 사실 집에서 담배 피우다 실수로 불낼까 봐 걱정이 컸었다. 요양원에 적응하는 데 한 달 정도 걸린다고 한다. 아버지는 평생 놀고 사셨기 때문인지 사교성이 좋은 편이므로 요양원에서도 잘 적응하실 것이다.

오후에 삼공재에 들러 생식을 주문하고 8단계 화두를 받았다. 오늘 여러 군데 다니면서 머리도 아프고 목뒤가 뻣뻣하면서 눈도 아팠는데 좌선하고 앉으니 빙의령이 백회로 빠져나간다. 중단전에 박하향 같은 게 퍼지면서 중단전 구석구석까지 시원하다. 고개를 뒤로 젖혀 좌우로 돌리기를 반복하니 아프면서도 시원하다.

11월 14일

지난주부터 성당 다니는 친구가 자원봉사할 인원이 부족하다고 나에게 도움을 요청하여 동자동 쪽방촌에 사는 사람들에게 줄 반찬 만드는 일에 동참했다. 이런 일은 처음인데 감자 껍질 벗기기, 고구마 씻기, 파 다듬기, 옷 정리하기 등 보조적인 일을 주로 했다. 대략 40대 이상으로 30명 정도에게 일주일에 2번, 4가지의 반찬을 해 준다고 한다. 오늘은 닭도리탕, 무생채, 깻잎김치, 김칫국, 찐 고구마 등을 그들이 가져온 통에 담아 준다. 원래는 집에 배달했는데 너무 집에만 있어서 밖에 나오게 하기 위해 가져가게 한다고 한다.

기다리는 동안 수녀님이 동요나 가요를 함께 부르면서 손뼉도 치고 웃는 연습도 함께한다. 오늘은 기부받은 겨울옷을 나누어 주는데 수녀님은 옷 하나당 1,000원을 받고 팔아서 그들의 자존감도 키워 주고, 한 사람이 불필요하게 여러 개 가져가지 못하게 한다고 한다. 대부분 얻어먹는 것을 당연하게 생각하지만 그중 몇은 일찍 와서 야채 다듬는 것을 돕기도 하고 끝나고 바닥 청소도 하고 간다고 한다.

끝나고 식사 시간에 자원봉사 같이하신 분 중 한 분이 저 사람들(쪽방촌 사람들)과 우리는 모두 같은 사람이라면서 우리 모두는 하나라는 취지로 얘기하셔서 좀 놀랐다. 연세도 많고 교육 수준도 높아 보이지 않았지만 올바른 종교인의 모습을 보여 주신다. 저녁 수련 시 삼배 드리고 좌선하고 앉아 화두를 외우니 단전만 남는다.

11월 15일 삼공재 수련

며칠간 쉬었던 뒷산 산책을 하면서 화두에 발걸음을 맞추면서 걷는다. 산 정상에서 몸이 움직이는 대로 도인체조를 하고 나서 산길을 내려오니 발걸음이 경쾌하다. 오후에 삼공재에 가서 좌선 수련하니 청아한 기운이 전신을 감싸고 따뜻한 봄볕에 앉아 있는 듯하다. 저녁 수련 시 오직 단전만 남고 단전에서 빛이 사방으로 퍼진다.

11월 16일

새로운 일 관련하여 자료를 얻기 위해 선관위 방문하고 교보문고에 들러 선거 관련 책도 몇 권 샀다. 이제 현묘지도 수련이 끝나면 내게 너무나 감사하게 주어진 일에 최선을 다할 생각이다. 참모로서 후보자가 당선되도록 나의 모든 역량을 쏟아부어야겠다. 밤늦은 시간까지 좌선 수련하였다.

11월 19일

저녁 수련 시 깊은 입정 상태에서 고개를 뒤로하고 천천히 돌리기를 반복한 후 피부호흡을 계속하는 상태가 지속되더니 "공이다. 공이다." 천리전음이 내 안 깊은 곳에서 들린다. 현묘지도 8단계가 끝나 감을 느낀다. 일어나 선계 스승님들과 삼공 선생님, 지도령, 보호령께 감사의 삼배를 드렸다.

4. 글을 마치며

두 달 반 정도의 현묘지도 수련 기간 대부분의 시간을 수련에 집중할 수 있었음을 감사하게 생각한다. 다행히 놀고 있는 기간이어서 시간이 많았고 집안 살림도 어머니께서 하셨기 때문이다. 어머니는 대부분의 어머니 세대가 그러하듯 아들들을 더욱더 정성 들여 키우셨지만, 노후를 딸인 나에게 의지할 뿐만 아니라, 가족 간 갈등(경제적, 의견 차이 등)이 발생할 때마다 결국 내가 해결해야만 하는 상황이 반복되어서 내게 미안한 마음이 크다 보니 집안일을 손도 못 대게 하신다.

아직 정정하시고 나보다 살림은 월등 잘하시니 전체 집안일을 맡아하셔서 나는 수련에 전적으로 전념할 수 있었다. 긴 세월 수련 관련하여 많은 의문을 품고 살았는데『선도체험기』와 삼공재에서의 수련, 현묘지도 수련을 통하여 많은 부분 해소되었다.

선배들의 수련기처럼 화려한 화면들은 보지는 못하였지만 현묘지도 수련 중 나는 아무것도 아닌 존재이면서 우주 전체이고, 작으면서도 무한히 크고 영원한 존재이고, 눈부시게 빛나는 존재임을 알았다. 억겁을 살아오면서 쌓인 습을 벗는 보림의 과정을 성실히 수행할 것을 다짐해 본다.

이런 수련을 할 수 있도록 도움을 주신 선계 스승님들과 삼공 선생님, 보호령, 지도령께 감사의 인사를 드린다. 28대 현묘지도 통과자인 김우진 님과 선후배들께도 감사함을 전한다.

【필자의 논평】

이제 또 한 사람의 구도자가 세상에 나간다. 그녀의 수련기를 읽은 독자들은 우선 군더더기 하나 없는 그 간결하고 객관적인 관찰에서 온 차분하고 독특한 문장에 흥미를 느끼게 될 것이다.

그녀가 삼공재에 나타난 것은 2015년 7월 13일로 2년 남짓밖에 안 되지만 적어도 10년 이상 된 고참으로 느껴질 수도 있을 것이다. 수련 기간보다는 깨달음의 질에 따라 평가되기 때문이다.

"아무것도 아닌 존재이면서 우주 전체이고, 작으면서도 무한히 크고 영원한 존재이고, 눈부시게 빛나는 존재임을 알았다. 억겁을 살아오면서 쌓인 습을 벗는 보림의 과정을 성실히 수행할 것을 다짐해 본다."

　　수련기를 마치면서 남긴 위와 같은 한마디가 그녀의 수련 정도를 대변하고도 남는다. 이에 그녀가 삼공재에서 32번째로 현묘지도 수련을 성공적으로 마쳤음을 인정한다. 도호는 우해(宇海).

현묘지도 화두수련 체험기 (33번째)

성 민 혁

어렸을 적부터 막연하게 동경했던 단전호흡이나 그와 관련된 여러 수련법들... 그 당시 하고자 하는 욕망은 있었으나 금전적, 시간적인 여유가 구비되지 않았기에 책을 보고 독학으로 몇 번 시도는 해 봤지만, 책에 나오는 내용대로의 진전은커녕 부자연스러운 호흡으로 인해 상기만 돼서 내려놓았다가 새로운 책을 보면 다시 시도해 보는 그런 과정들을 많이 겪었습니다.

그러한 과정을 거치면서 선도라는 부분은 실체가 아닌 환상이라는 쪽으로 생각이 바뀌게 되었고 몸공부 쪽으로 신경을 많이 썼습니다. 그러던 중 우연찮게 『선도체험기』를 접하게 되었고 이는 잠들어 있던 수련 욕구를 다시 불러일으켰습니다. 처음 책을 보면서 단독 수련 1년 정도 이후 단독 수련은 발전이 더딘 것 같아 어떤 단체에 들어가 1년 반 해 보았지만, 그곳에서도 항상 제가 생각하던 선도와는 거리가 먼 것 같아 그만두고 6개월 정도 단독 수련을 진행했습니다.

그러나 이대로는 예전과 같은 전철을 다시 밟을 것이란 생각이 들어 선생님한테 삼공재 방문을 요청하게 되었습니다. 첫 방문 시 느꼈던, 난로같이 따스하면서도 뜨뜻한 기운 그리고 난생처음으로 느꼈던 진동. 원래는 일하던 직장의 근무 시간하고 겹쳐 삼공재 수련이 아닌 단독 수련 및 타 단체 수련을 택했던 것인데, 이렇게 기운을 느끼고 나니 더이상 어영부영할 수 없다는 생각이 들어 월 2~4회씩 삼공재 수련을 시작하게 됐고, 약 1년 정도 지나 대주천 인가 및 현묘지도 수련까지 진행하게 되었습니다.

여여하게 흘러갈 줄 알았지만 수련을 진행하면서 여러 사건들이 생기고 이로 인해 인생의 진로와 수련 방향에도 많은 변화들이 있었습니다. 이러한 것들에는 수련을 진행시키기 위한 선계의 스승님들의 영향이 컸다고 봅니다. 덕분에 어영부영하다가 끝나 버릴 수도 있었던 현묘지도를 완수할 수 있게 되었고 부족한 체험기지만 다른 구도자분들에게 도움이 되었으면 하는 마음입니다.

16/4/9 (현묘지도 첫 화두)

삼공재 수련 마치고 선생님에게 현묘지도 수련을 받고 싶다 말씀드리니 첫 화두를 주셨다. 집에 가는 길에 암송을 하는데 첨에는 오싹한 느낌이 순간 들다가 시간이 조금 지나니 백회 쪽이 욱신거렸다. 컨디션이 좋은 편은 아니라 가볍게 화두 암송 후 수련 마침.

16/4/10

화두를 외우기 시작한 지 얼마 되지 않아 백회 쪽이 먼저 욱신거리기 시작하면서 기운이 들어오는 게 느껴진다. 시간이 지날수록 인당까지 욱신거리면서 집중이 된다. 하단전에 집중을 해야 하는데 인당 쪽이 뻐근하다 보니 자꾸 눈앞에 아른거리는 느낌이 있어 안대를 착용하고 다시 수련 진행. 시간이 지날수록 백회에 들어오는 기운은 점차 안정화되어

가고 머리의 욱신거림도 점차 줄어들면서 기운이 몸 전체로 뻗어 가면서 진동이 시작되었다. 원래 진동이 잦은 편이지만 이때 진동은 평소보다도 몸의 움직임이 격렬하다. 그와 동시에 기운도 처음에는 독맥으로 확 올라오다가 임맥으로 올라오는 식으로 기운 유통이 강하게 일어나는 게 감지된다. 화두 하나로 인해 기운이 바뀌고 이로 인해 몸과 마음이 변화될 수 있는 현묘지도 수련기를 쓸 수 있게 되어 감사하는 맘이 들었다.

16/4/13

기운이 아직까지는 익숙지 않아서 백회와 인당이 많이 뻐근하다. 어제저녁부터 눈이 많이 충혈됐는데 아침에도 그 여파가 남아 있다. 저녁에 대회 준비하는 형님과 같이 운동을 하는데 어느 순간 다리에 땀이 줄줄 흐르는 느낌이 들면서 뭔가 시원하면서 찌릿함이 다리 중간중간에 느껴진다. 그동안 수련을 하면서 다리에 대해서는 기운 유통되는 느낌이 없었는데 오늘은 그 느낌이 너무나도 선명하게 느껴진다.

16/5/7

요즘 피로가 가중되었다. 여러 가지 요인이 있긴 하겠지만 기운 자체가 바뀌면서 거기에 명현 현상이 진행 중인 듯하다. 이전에는 삼공재에 가면 단전과 장심 위주로 기운이 들어오는 게 느껴졌는데 이제는 백회로도 계속 기운 들어오는 게 느껴진다. 그런데 지속적으로 들어온다는 느낌보다는 간질간질하고 콕콕 쑤시는 듯한 느낌이다. 백회가 완전히 열리지 않은 듯하다. 화면이나 소리가 들리지 않고 기운으로만 판단해야 되다 보니 언제 끝나겠다는 느낌이 올진 모르지만 아직은 갈 길이 먼 것 같다.

16/5/28

화두수련을 한 지도 2달 정도 되어 가는데 화면이나 이렇다 할 메시지는 없지만 기운 유입으로 인한 변화는 꾸준히 진행 중이다. 그중 제일 큰 변화는 백회의 감각적인 부분인 듯하다. 대주천 인가를 받고 한동안은 백회에 기운이 들어오긴 해도 어딘가 좀 약하다고 느껴졌는데 요새는 장심이나 단전보다도 백회를 통해 기운 유입이 점차 강해지고 있다.

강남구청역부터 백회가 간질간질하기 시작하더니 삼공재에 들어오고 어느 정도 시간이 지나자 백회 쪽에 기운 들어오는 게 너무 강해서 관을 꽂아 놓고 기운을 퍼붓는 느낌이다. 그 순간 구부정했던 허리가 확 펴지면서 온몸에 묵직한 기운이 계속적으로 느껴진다. 확실히 대주천 이후 삼공재 방문 시 들어오는 기운이 점점 강해진다고 느꼈는데 오늘이 여태껏 방문한 날 중에 기운을 제일 강하게 느꼈다.

보통 수련을 하다가 잠깐 다리를 풀거나 다른 분들 얘기하는 것에 집중을 하다 보면 그 순간은 기운이 잘 느껴지지 않았었다. 그런데 오늘은 새로 방문하신 분이 있어서 그쪽에 신경을 상당히 많이 썼다. 그런데도 불구하고 백회에 들어오는 기운이 너무 강해서 들어오는 순간부터 나갈 때까지 단 한순간도 빠지지 않고 느낄 수 있었다.

평소 책상다리를 오래하지 못해 수련 시간 채우기가 힘이 들었는데 기운이 너무 강하게 들어오는 느낌이 좋아서 수련 시간이 끝났는데도 더 앉아 있고 싶었다. 『선도체험기』를 다시 보기 시작했는데 내가 경험하고 읽은 내용들이 늘어나다 보니 가슴에 와닿는 것들이 많아졌다.

16/7/21

요 근래 들어 화두를 외우다 보면 독맥 쪽을 통해서 백회로 기운이 올라오는 게 종종 느껴진다. 그리고 백회가 들썩들썩 기운이 움직이는데 『선도체험기』를 보다 보니 빙의령이 빠져나가기 위해서 기운이 몰리는 현상과 일치하는 것 같아 그쪽으로 관을 했더니 한참 뒤에 기운이 스르륵 하면서 빠져나가는 게 느껴진다. 확실히 기운이 빠져나가고 나니 백회로 기운이 확 들어오는데 머릿속이 빵 뚫린 기분이다. 보통은 삼공재 방문 후 며칠 지나면 기운이 달린다는 느낌을 많이 받았는데 오늘은 백회, 명문, 장심, 단전, 전중으로 기운이 확확 들어오니 컨디션이 다른 날에 비해서 매우 좋아졌다.

16/7/31

삼공재 수련을 하면서 평소보다 격한 진동이 일었다. 그리고 수련 자체의 집중도 잘돼서 다른 날에 비해 수련 시간도 짧게 느껴졌다. 화두수련을 하다 보면 기운이 너무 쎄서 다 수용하지 못한다는 느낌이 들었는데, 책을 읽다 보니 들어오는 기운에 비해 마음이 열리지 못해서 정체되어 있다는 대목을 보고 나니 지금의 내 상태를 가리키는 것 같았다.

요 근래 화두수련을 하면서 마음공부보다는 기운에만 집중했던 것 같은데 그로 인해 들어오는 기운 자체를 다 소화시키지 못했다는 생각이 들었다. 그걸 의식하고 다시 수련을 하자 머리 주변에 옥죄던 느낌이 사라지면서 기운이 한결 부드럽게 변하더니, 시간이 좀더 지나자 화두를 외울 때 강하게 느껴지던 기운의 유입이 거의 멈추게 되었다.

혹시나 해서 이전에 하던 주문수련과 사람들의 기운을 불러 봤을 때 기운 유입이 다시 되는 걸 봐선 1차 화두는 여기서 끝났다는 생각이 든다. 화면이나 소리를 통해 느낌이 오지 않을까 했지만 내 경우는 기운의 유입으로 수련의 마무리 신호가 온 것 같다.

16/8/3 (2단계 화두)

지난 삼공재 수련 이후로도 1차 화두를 암송해 봤지만 기운 유입도 약하고 더이상 하지 않아도 된다는 느낌이 와서 다음 화두 받기 위해 삼공재 방문. 1차 끝났다고 말씀드리니 별말씀 안 하시고 화두를 주신다. 화두를 외우는 순간 바로 기운이 다시 유입이 되는데 1차 때는 기운이 전반적으로 쎈 느낌이었으면 2번째는 부드러운 듯하지만 묵직한 느낌이 들었다. 백회로도 들어오긴 하지만 인당으로 유입되는 기운이 더 많은 것 같다.

16/9/3 (서울시장배 보디빌딩 대회)

작년 이맘때쯤에 운동을 배우는 과정에서 첫 육체미 대회 준비를 했었는데 4위 입상을 했었다. 그 당시 3등 안에는 들겠지 하고 있었는데 그게 아쉬워서 올해도 작년 나갔던 대회를 다시 나가게 되었다.

올여름이 너무 덥다 보니 집에 있기도 힘들고 해서 연휴 기간에도 체육관에 계속적으로 나가서 운동을 했었고, 다이어트 막바지다 보니 머릿속은 배고프다, 덥다 이 두 가지 생각만 났던 것 같다. 다이어트 들어가기 전 체중이 계측 맥시멈 체중이다 보니 다이어트 이후에는 상당히 왜소하다는 느낌. 다른 선수들을 봤을 때 체격들이 나보다 커서 압도되는 느낌은 있었지만 여기까지 온 이상 확실하게 하나 가져가자는 생각으로 대회 시작.

시상식에서 하위 입상자부터 차례로 호명을 하는데 3등부터는 가슴이 조마조마하고 2등에서 내 이름이 불리지 않았을 때 가슴이 터져 나갈 것 같은 기분이다. 끝나고 같이 왔던 지인들 얘기 들어 보니 사이즈는 좀 작았어도 다이어트하고 포즈가 잘돼서 다른 선수들보다 눈에 확실히 띄었다고 한다. 대회 준비하는 걸 센터에서 좋아하지 않다 보니 얘기도 안 하고 준비를 하면서 악으로 운동을 했었는데 이러한 것들이 보상받는 느낌이다.

17/1/28

2차 화두를 시작한 지도 4개월 정도가 지난 것 같다. 처음에는 부드럽고 묵직한 듯한 느낌의 기운이었지만 시간이 지남에 따라 기운이 점점 강해짐을 느낄 수가 있다. 화두를 외지 않다가도 수련 시작하면서 화두를 외기 시작하면 바로 기운이 쏟아져 들어오면서 백회 쪽이 뻐근해짐이 바로 느껴질 정도로 기운이 강렬하다. 그와 동시에 독맥 쪽을 쭉 뚫고 들어오면서 나도 모르게 허리가 쭉 펴지고 시간이 좀더 지나면서 양팔 쪽으로도 기운이 뻗쳐 나간다. 진동은 여전히 1차 때와 마찬가지로 강하게 나온다.

하지만 작년 대회 이후로 운동 가르쳐 주는 형님이 내가 타고난 근육질이 좋기 때문에 체중 늘리는 부분만 제대로 된다면 상위권 대회에서도 충분히 입상을 노릴 수 있으니 제대로 준비를 해 보자고 한다. (미스터 서울, 미스터 코리아) 이 두 가지 대회 준비를 해 보자고 했고 그러려면 목표 체중을 90 정도까진 만들어 놓고 다이어트를 해야 된다고 한다.

삼공재 다니기 이전부터 몸을 만드는 것과 수련을 하는 것 이 두 가지 성격이 판이하게 다르다 보니 몸을 만들기 위해 체중을 불리다가 과정이 잘못돼서 다시 밥물 일일이식으로 컨디션을 조절하는 식으로 오락가락하는 측면이 있었는데, 이번 기회에 몸을 제대로 한번 만들어 보고자 하는 욕심이 있어 올해 있을 대회 준비에 일단 치중하고 그 이후에 수련을 다시 잡는 쪽으로 생각을 하게 된다.

17/5/13 (미스터 서울 보디빌딩 대회)

저번 대회 직후부터 시작해서 준비한 것들을 오늘 다 풀어 버리는 시간이다. 목표 체중인 90까지는 못 갔지만 87까지 체중을 늘린 후 다이어트를 들어가니 지난번 대회 대비 75→82kg으로 사이즈를 상당히 많이 붙여서 나갔다. 그래서인지 저번 대회에선 몸이 왜소해서 다른 선수들을 봤을 때 압도되는 느낌이 있었는데, 이번에는 계측하러 다른 선수들 몸을 봤을 때 내가 1등이구나 하는 걸 직감했었다.

인원이 워낙 많다 보니 비교 심사를 2번 진행했는데 막상 끝나고 나니 허탈한 느낌. 시상식이 시작되고 밑에 등수부터 한 명 한 명 호명해 주는데 지난 대회 같은 긴장감이 전혀 없다. 1등 호명되고 나선 그래 내가 1등이지, 이 생각 말고는 크게 별생각은 없었던 것 같다. 이후 응원해 주러 온 지인들 식사 사 주고 집으로 돌아오는데 뭔가 좋은 거 같으면서도 마음의 공허함이 자꾸 생기는 기분. 이후 미스터 코리아를 나갈지 여기서 끝낼지를 결정해야 하는데 여기까지 와서 내려놓기에는 미련이 남는다.

17/5/17

대회도 원하는 결과가 나왔고 이제는 잠시 소홀해졌던 일에 대해서 집중하고자 생각했다. 앞으로 나갈 방향이나 전단 디자인을 어떻게 할지 구상하기 위해 직원들 회의를 열었는데 형님 한 분이 어딘가 표정이 떨떠름하다. 뭐가 안 좋나 싶었는데 한참 있다가 운을 뗀다.

센터가 넘어갈 거 같은데 아마 90프로 정도는 기정사실이라고 보면 될 것 같다고 했다. 센터를 매입하는 사장님하고 가끔 연락하는 사이다 보니 미리 얘기를 전해 들은 모양이다. 듣고 나니 멍해진다. 이제는 센터 돌아가는 좀더 세부적인 부분까지 일을 신경써 보라면서 광고적인 부분이나 여러 가지를 얘기해 놓고선 뒤에선 일언반구 없이 센터를 내놨다는 게 참 기가 차다. 일을 하면서 내 센터라는 생각으로 애정을 가지고 일을 했는데 돌아오는 결과가 이러니 기분이 착잡하다.

17/5/25

센터가 넘어가는 건 지난주에 기정사실이 됐고 내일이면 잔금 치르고 실질적으로 매매가 이뤄지는데 오늘에서야 얘기를 한다. 미리 알았어도 바뀌는 건 없다고 하면서 본인은 미리 언질을 줬었다고 했는데, 생각해 보니 1개월쯤 전에 다른 지점으로 가서 일하라고 하면 일할 수 있냐고 물어본 적이 있긴 했었다.

차라리 있는 그대로 얘기를 했다면 이후에 같이 일하는 걸 고민을 해봤겠는데 적당히 사람 떠보고 반응을 살피는 게 참 기분이 나쁘다. 그래도 전 지점 통틀어 제일 오래 일을 했는데 이 정도로밖에 못해 준다면 앞으로는 더이상 볼 필요도 없다는 생각이 든다. 앞에서는 위해 주는 척하다가 뒤에서는 깎아내리고, 이전에도 알고는 있었지만 몸이 온전치 않은 상태다 보니 그걸 들었을 때의 감정 추스르기가 참 쉽진 않다. 앞으로는 절대 같이 일하지 않을 사람이지만 마무리는 확실하게 지어 놓고 끝내야겠다.

17/6/5

5월부로 내가 할 수 있는 모든 업무는 마무리됐고 앞으로의 진로에 대해서 고민을 하게 된다. 이 직업이 매력적이지만 오너에 따라서 워낙 영향을 많이 받아 보니 일을 하면서도 마음 한 켠에는 언제까지 일을 할 수 있을까 하는 불안감이 항상 있었다.

그래도 처음 이 직업을 했을 때 구속받는 게 덜하고 식단이나 생활 패턴을 내 마음대로 할 수 있다는 부분과 다른 사람들을 가르친다는 성취감으로 시작을 했던 것 같다. 하지만 지금은 내가 하고 있는 파트의 전문성이나 스펙을 쌓으려면 지식적인 부분과 보여지는 부분이 중요한데, 이론적인 부분만 가지고는 한계를 느껴 지속적인 대회 준비를 하게 되었다.

문제는 적당히 하면 괜찮은데 성격상 적당히 해서 적당한 결과가 나오는 것에 대해서 못 참는 성격이다 보니 그 과정에서 건강적인 부분의 리스크가 항상 생길 수밖엔 없었던 것 같다. 이는 수련을 위해 이 직업을 선택했던 처음의 내 결정과는 배치되는 부분이다. 그리고 이렇게 대회를 준비하는 과정에서 센터 측에 피해가 되지 않도록 내 할일은 놓지 않으면서 준비를 했음에도, 그 자체를 부정적으로 보거나 지원해 주는 부분이 전혀 없다시피 하니 회의감이 들었던 것도 사실이었다.

1년 정도 된 레슨 회원 중에 경찰 준비하시는 형님이 계신데 30 중반이 거의 다 돼서 준비를 시작하셨다. 이전에는 늦었다 생각하고 생각지도 않았었는데 그 형님을 보면서 그쪽 방향으로 하나의 가능성을 생각해 봤었고, 지금 내가 선택할 수 있는 부분 중에 쉽지는 않지만 충분히 도전해 볼 만하다는 생각이 들었다. 올해는 몸 추스르면서 어떤 식으로 움직여야 될지 방향을 잡아보도록 해야 될 것 같다.

17/6/6

보름 정도는 쉬면서 그동안 못했던 걸 해 보려는데 그중 하나가 마니산 등반이다. 우리나라에서 생기가 가장 강한 산이라는 얘기를 들어서 몇 년 전부터 가려고 했지만, 시간적 여유 때문에 못 가다가 드디어 가게 됐는데 확실히 다른 산이나 장소에 비해서 기운이 강하다는 느낌이 든다.

대회 이후 체중이 89까지 올라갔다 조금씩 빠지는 중이긴 한데 힘든 코스가 아님에도 너무나 숨이 찬다. 그나마 날씨가 선선해서 좀 낫긴 했는데 이렇게까지 체력이 떨어졌음을 체감하기는 처음이다. 참성단에 도착하니 확실히 기운이 강하게 들어오는 게 느껴진다. 백회로 기운이 관통하면서 노궁과 명문 쪽이 묵직해질 정도로 기운이 강한 게 느껴졌다. 사람들만 많이 없으면 좀더 있고 싶었지만 잦은 소나기와 등산인들로 인해 10분 정도만 정좌하다가 하산.

17/6/9

마니산 등반 이후 다음날 몸살기가 느껴져 가급적 무리하지 않고 휴식을 취했는데도 몸살기가 더 심해졌다. 약속이 있어 나갔지만 몸이 너무 안 좋아져서 다시 귀가. 휴식을 취하려고 누우면 두통과 더불어 왼쪽 눈까지 아프면서 승모근 라인이 전체적으로 뻣뻣한 느낌이 너무 심해 눕지도 못하고 엎드렸다 앉았다 누웠다를 반복하다. 다음날 아침이 되고 나서야 취침.

17/6/10

마니산 등반으로 인한 기갈이와 빙의로 인해 오늘도 아무것도 하기 싫을 정도로 힘들다. 몸은 안 좋아도 마냥 누워 있을 수도 없기에 삼공재 방문. 확실히 방문 이후 머릿속에서 조여지던 느낌은 많이 사라졌고 눈 쪽 압박은 거의 사라짐.

덕분에 저녁에는 편히 잘 수 있을 것 같았는데 간부터 시작해서 심장, 위, 장 전체적으로 오장육부가 두근거리면서 빵빵하게 부푼 듯한 느낌이 강하게 오면서 어제와 마찬가지로 취침 불가. 수련이라도 하려고 주어진 화두 암송을 해 봤지만 할 때는 좀 나아지는 거 같은데 워낙 컨디션이 안 좋다 보니 집중 자체가 잘 안돼서 결국 전날 밤과 마찬가지로 왔다갔다하다가 아침 이후 취침.

17/6/11

컨디션이 좋아지면서 기운 유입도 점차적으로 늘어나고 있다. 보디빌딩을 위한 쪽으로 훈련 및 식단을 강하게 가져가다 보니 빙의와 기갈이를 하는 과정에서 몸과 마음이 너무나도 힘들었고, 이제는 방향을 다시 수련 포커스로 맞춰서 식단과 생활 패턴을 조정해야 될 것 같다.

일지 작성하면서 화두 받은 날짜를 보니 9개월이 다 되어 간다. 이전

『선도체험기』를 보다 보면 2단계에서 더 나아가지 못하고 그만두는 내용을 볼 수 있었는데, 그 당시 보면서 왜 그만두지? 하는 생각을 했었다. 하지만 지금 내 모습을 보니 여기서 멈추면 그게 내 모습이 될 수도 있겠다는 생각이 든다.

17/6/13 (3단계 : 무위 삼매)

어제에 이어 오늘도 삼공재 방문. 수련 시 전반적인 진동이 약해진 것 같아서 오늘도 그 부분에 유의해서 수련을 진행을 해 보는데, 시간이 지나니 발동이 좀 걸리는가 싶더니만 역시 어제와 비슷하다. 컨디션이나 빙의 문제는 아닌 것 같고 다른 수련 시 들어오는 기운과 비교해 보니 이제는 다음 단계로 넘어가야겠다는 생각이 든다.

수련 마무리 후 다음 화두 받아야 될 것 같다 말씀드리니 내가 현묘지도 진행 중이신 걸 잊으신 듯하다. 상황 설명해 드리고 2차 화두 내용 확인 후에 3차 화두를 받았다. 그리고 수련 변화에 대해선 기록을 하라고 당부하신다. 그걸 통해서 현묘지도 마무리 시 종합적인 평가가 이뤄진다고...

글쓰기가 잘 안되는 것도 문제지만 보디빌딩 쪽으로 초점이 맞춰져 있을 때는 외적인 변화에만 포커스가 맞춰져 있다 보니, 수련기라고 하기에는 내용이 부실해서 손을 놔 버렸던 게 더 컸던 것 같다.

3차 화두를 암송하니 독맥이 뻐근해지면서 기운이 위로 올라간다. 어느 정도 기운 유통이 되고 나서는 하단전을 중심으로 복부 전체적인 부분이 꽉 조여지는 느낌이 굉장히 강하다. 그와 동시에 진동이 일어나는데 이전에 일어나던 진동 패턴과는 전혀 다른 움직임이 나오기 시작. 백회나 장심으로 들어오는 기운의 강도는 은은한데 하단전을 기점으로 임맥으로 기운 유통이 강하게 느껴진다.

수련을 하면서 좀더 여러 가지가 바뀌어야 하는데 아직은 많이 부족하다. 지금 바뀐 상황이 힘들지만 이러한 부분들을 통해 더 많은 것들이 변할 수 있다는 생각이 든다.

17/6/24

요즘 수련의 시작과 식사 패턴이 바뀌면서 손님들이 찾아오는 횟수가 부쩍 는 게 체감이 된다. 눈은 항상 침침하고 머리를 짓누르는 느낌이 어마어마하다. 덕분에 주말 쉬는 날이 되면 계속해서 누워 있는데 자도 자도 끊임없이 졸립다. 특히 꿈을 꾸는 횟수가 잦아졌는데 현실적이지는 않지만 뭔가 부정적인 분위기인 건 어렴풋이 기억에 남는데, 그러고 나면 말로 표현 못 할 무기력증에 빠지곤 한다.

체중도 84에서 고정되던 게 한 번 내려가기 시작하더니 82 초반까지 확 내려가 버렸다. 원래 식사를 하면 2인분에 가까운 양을 혼자 먹었는데 이제는 1인분 식사하기가 점점 힘들어진다. 단걸 워낙 좋아해서 초코바를 하루에 2~4개씩은 매일 먹었는데 이제는 별로 땡기지 않아서 하루에 1개 먹는 날도 드물고, 그냥 생식 입에 털어 넣고 5분 이내로 식사를 마치는 날이 많아졌다.

운동하면서는 1kg 늘리려고 그렇게 악을 썼는데 이렇게 빠지는 체중을 보니 뭔가 허탈하다. 삼공재 도착해서도 머리가 멍하니 집중이 잘되지 않아 책장에 기대서 수련 진행. 머리가 멍한 상태로 수련을 하려니 집중은 잘되지 않아서 책장에 기대서 화두만 암송. 백회가 들썩이면서 손님이 나갈 듯한 느낌은 들지만 집중력 부족으로 딴생각이 나 버린다. 수련 이후 토요 멤버님들과의 가벼운 식사. 이전과는 달리 수련 이후 정보 교류하고 격려를 받으니 수련 진행함에 있어 많은 도움이 된다.

17/7/17

머리가 묵직하여 빙의령 천도 목적을 두고 화두 진행. 오늘은 별다른 잡념 없이 집중이 잘되다 보니 장심부터 시작해서 하단전, 독맥 쪽이 달아오르는 것이 느껴지고 백회에 꽉 막혀 있던 기운이 점차 느슨해지면서 빠져나간다.

이후 기운이 들어오나 싶더니 다른 기운이 등줄기를 타고 올라와 다시 백회를 막아 버린다. 그래도 페이스가 나쁘진 않아서 별생각 없이 집중을 하니 30분 정도 지나서 서서히 약해지는 게 감지된다. 이분까지 보내 드리고 나니 시간이 1시간이 좀 넘게 지나간 것 같다.

3차를 받은 이후에도 몸 회복이 덜 돼서 졸음도 많이 오고, 간으로 기운이 흘러가는 양이 상당히 많았다. 이제는 좀 회복이 됐는지 간으로 흘러가는 기운도 많이 적어졌고 흰자위도 많이 깨끗해졌다. 확실히 몸이 건강하지 못하면 기운이 치유되는 쪽으로 쓰이다 보니 수련 진도가 더딜 수밖에 없는 것 같다.

17/7/29

최근 들어 자기 전에 수련 시간을 늘리고 나니 기감이나 진동이 강해지고 있다. 삼공재 도착 이후 화두 시작과 동시에 기운이 느껴지며 장심과 백회로 유입 시작. 평상시는 안개 같은 느낌으로 기운이 느껴질 듯

말 듯 하다가 그 페이스로 쭉 가는 경우가 많았다.

그러나 오늘은 액체 같은 느낌으로 기운이 장심으로 시작해서 어깨까지 타고 올라가 독맥으로 합쳐지며 전신으로 확장되는 느낌을 받았다. 기운이 변화하다 보니 진동도 새로운 형태로 발산된다. 워낙 몸이 여기저기로 움직여서 많은 분들이 방문하셨다면 다소 민폐가 될 수도 있었겠다는 생각이 든다. 진동이 너무 거세서 체력적으로 힘이 달린다. 어쩔 수 없이 진동을 누르고 수련 진행.

이번 주는 혼자 수련을 하다 보면 기운이 크게 치고 나가려고 하는데 독맥 중간중간 길이 좁아서 등 쪽이 상당히 뻐근했던 적이 있는데, 이번에도 역시 막히는 느낌이 살짝 있었지만 치고 들어오는 기운이 세니까 얼마 지나지 않아서 완전히 뚫려 버렸다. 잠시 후 임맥으로도 기운이 올라가면서 중단까지 뚫린다. 뚫린 중단을 통해 기운이 확 들어오는데 가슴이 뻐근하다.

기감이나 전반적인 페이스가 좋아서 지난 화두를 외우면 어떻게 반응할까 싶어 화두를 외워 보니 그 순간부터 들어오던 기운이 거의 끊기면서 몸을 감싸고 있던 기운들이 일순 사라진 느낌. 더이상은 해도 의미가 없다는 느낌이 들어서 중단.

17/7/30

어제 삼공재 방문 이후 백회로 관이 박혀서 묵직하다는 느낌이 수시로 든다. 자시가 조금 넘어 수련 시작. 화두 암송과 더불어 백회, 장심으로 기운 유입 이후 전체로 퍼져 나간 후 한바탕 진동이 일어난다. 진동 이후 단전이 빵빵해지며 복부 전체가 거대한 풍선처럼 부풀어오르는 느낌이다.

이후 임맥으로 기운이 올라가면서 중단이 한 번 뚫리고 거기서 멈추지 않고 인당까지 강하게 치솟았다. 인당이 뻐근해지면서 기운 유입. 처음 대주천 받을 때 인당으로 받은 기운이 뜨거웠다면 지금 들어오는 기운은 묵직한 느낌이다. 대주천 인가 이후 인당으로 이렇게 강하게 기운 들어오기는 처음이다. 기운이 어느 정도 안정화되면서 눈앞이 어질어질하면서 우주처럼 보이는 형상이 펼쳐진다.

17/8/5

요 근래 수련 페이스가 점차 올라가는 게 보여서 오늘은 삼공재 가는 게 많이 기다려진다. 지하철 타고 가면서 화두 암송하는데 기운이 묵직하게 머리를 누르는 게 느껴진다. 삼공재 방문하니 오늘은 많은 분들이 와 있다. 덕분에 거실에서 수련하게 됐지만 수련만 들어가면 진동이 심해져서 다행이라는 생각이 들었다.

좌선하고 화두 암송하니 백회, 장심으로 기운이 들어오는데 특히 백회 느낌보다도 장심으로 들어오는 기운이 강하다. 호스를 하나 넣어 놓고 물을 넣어 주는 느낌이다. 기운이 전체적으로 한 번 주천하고 나니 진동이 시작되는데, 전체적으로 부르르 떨리면서 손을 가볍게 털다가 왼손 진동, 오른손 진동 순으로 왔다갔다하는데, 진동이 점점 세지다가 순간 주먹이 꽉 쥐어지면서 중단전을 쾅쾅 두드리는 동작이 나왔다. 소리가 너무 컸는지 선생님께서 "무슨 소리야?" 하는 소리가 들리고, "진동입니다" 하면서 선생님께 말하는 소리가 들린다. 진동이 어느 정도 더 지속되다가 중간에 기운이 덜 느껴지기 시작하면서 나도 모르게 꾸벅 졸아

버렸다.

17/8/10

이번 한 주는 생활 패턴이 한 번 깨지고 나니 밤낮이 거의 바뀐 듯하다. 그래도 오늘은 운동을 쉬는 날이라 다 내려놓고 4시에 잠들어 13시 정도에 일어나니 그동안 쌓였던 피로가 다 풀리는 느낌.

간단히 식사 및 집안일 마무리지어 놓고 출근. 요즘 들어 느끼는 건 집에 있는 게 편하긴 하지만 밖으로 나와 걷는 순간에 기운이 나면서 뭔가 해야 되겠다라는 생각이 많이 든다. 수련을 포함해서 내가 지금 하고 있는 모든 일들에 대해서 의욕이 일면서 일을 나가는 발걸음이 상당히 가벼워진다.

몇 개월 전만 해도 내가 하고 있는 모든 것들이 의무적으로 해야 되기 때문에 어쩔 수 없이 끌고 나가다 보니, 몸과 마음이 지치면서 아무것도 하기 싫다라는 생각을 하루에 몇 번이고 했었는데 이러한 부분이 많이 바뀌었다는 게 느껴진다.

17/8/11

오늘부터 휴가인데 특별히 가고 싶은 곳도 없고 그냥 집에서만 쉬자니 무의미해서 삼공재에 방문. 몇 분 와 계실 거라 생각했는데 오늘은 단독 수련이다. 요즘은 자주 나가려고 해서 그런지 선생님의 표정이 "요즘 열심히 해서 뿌듯하네"라고 말씀하시는 것 같다.

앉아서 화두를 외우니 바로 진동이 시작되지만 지난번처럼은 강렬하지 않다. 중간중간 진동이 크게 오려고 하지만 그렇게 되면 진동 자체에만 너무 집중이 되는 것 같아 호흡이 거칠어지지 않는 선에서 멈추고 호흡과 화두 자체에만 집중을 해 본다.

그 상태로 얼마 지나고 나니 강하게 들어오는 기운이 점차 줄어들면서 주변에 아무것도 없는 느낌이 든다. 하지만 그와 동시에 잡념도 같이 생기면서 어느 순간 졸려고 하는 내 자신을 보게 된다. 시간을 보니 1시간 정도 지났는데 아직 남은 시간이 많아 오늘은 집중하면서 뭔가 제대로 해 보자는 생각이 들어 다시 화두에 몰입.

항상 수련을 하다 보면 다리가 저린 것 때문에 흐름이 끊기는데 예전에 조광 님이 이마저도 없다고 생각하다 보면 그러한 부분이 많이 경감된다고 해서, 없다 없다 결국은 아무것도 없다는 느낌으로 화두를 암송하다 보니 시간이 꽤 지난 것 같은데도 다리 저림이 확실히 줄어든 느낌이다.

그리고 백회로 들어온다고 생각했던 기운이 인당으로 들어오고 있었는데 눈앞이 울렁거림이 시작된다. 시간이 좀 지나고 나니 형체가 더 확실해지는 느낌이다. 어딘가를 계속해서 달려가는데 위에 사람이 한 명 타고 있고 갑옷을 입은 듯한 느낌이지만 거기서 화면은 끝났다.

17/8/19

오늘은 도선 님의 현묘지도 통과로 많은 분들이 올 거라 생각했는데 역시 도착하고 나니 서재에는 앉을 자리가 없다. 거실에 앉아서 수련 들어가니 집중은 잘된다. 기운이 장심으로 시작해서 하단전에 혹 몰리다 점차 올라가면서 중단전 쪽으로 몰리면서 뻐근하게 기운이 안으로 뚫고 가려는 느낌이 한동안 진행.

그 이상으로는 기운이 치고 나가는 건 없고 진동도 잔잔하게 일어나다 다시 없어진다. 요즘에는 화두수련 진행하다 보면 눈앞에 어떤 형체가 계속 일렁거림이 보인다. 뭔가 하고 한동안 집중해서 봐도 알아볼 수 없는 부분이고, 보이든 안 보이든 그냥 나는 내 수련할 부분만 하면 되는데 뭘 자꾸 보려고 하나 하는 생각이 들었다. 화두 암송 시에는 울렁거림이 계속된다.

수련 마무리 후 선생님이 도선 님에게 현묘지도 통과 축하 및 도호 내려 주실 걸 기대하고 있었는데 그냥 평상시와 똑같이 가길래, 내가 오기 전에 말씀하셨나 했는데 그것도 아닌 것 같다. 조만간 나올 115권에서 도호 및 선생님의 평을 봐야 될 듯하다.

저녁 식사를 하러 가면서 조광 님과 이런저런 얘기를 하면서 가는데 하단전이 후끈하고 피부 모공이 확장되면서 찌릿찌릿한 느낌이다. 내가 감각이 예민해진 건지 아니면 조광 님이 기운이 세어진 건지 긴가민가 했었는데 다른 분들과 있을 때는 평상시와 비슷하다. 마무리 티타임까지 마치고 조광 님과 가는 방향이 같아 얘기를 하는데 아까와 똑같은 현상.

요즘 수련이 잘 안된다고 하시지만 기운이 이렇게 느껴질 정도면 조만간 엄청 치고 나갈 것 같다는 생각이 든다. 카페 개설 이후 토요반에 참석 인원도 늘어나고 전반적으로 진도들이 빠른 편이다 보니 나도 자극 받고 더 열심히 하게 되는 것 같다.

17/8/25 (11가지 호흡 및 5단계)

지난주부터 화두수련 시에 진동이 점차 약해지기 시작했는데 어제는 화두수련이 끝났을 때 느껴지는 텅 빈 느낌이 왔다. 혹시나 해서 몇 번 확인을 해 봤는데 이 단계는 마무리됐고 어서 다음 화두를 받아야 된다는 생각이 계속해서 든다.

마침 오늘은 시간 여유가 돼서 삼공재 방문. 3단계 화두 마무리돼서 다음 화두 받아야 될 것 같다고 말씀드리니, 화두 내용 확인해 보시고 11가지 호흡을 해 보라 하시면서 종이를 한 장 주신다. 끝날 때 다음 단계 화두를 주신다는 말씀과 함께.

내용을 보니 이전 수련하면서 체험했던 부분들이지만 다시 한 번 정리하고 지나가는 차원에서 진행. 처음에는 내용대로 기운을 돌리면서 따라갔는데 어느 정도 진행이 되니 내가 생각하지 않아도 순차적으로 적혀 있는 단계대로 호흡진행이 되는 것을 확인했다.

수련 이후 11가지 호흡 유무를 물어보시고 나서 다음 화두를 주셨다. 그런데 그 내용이 생소한 게 아니라 어렸을 적부터 가끔 생각하던 내용이라 순간 어리둥절했다. 화두 내용 듣고 아무 말도 안 하니 선생님이 다시 말씀해 주시고 확인한 이후 수련을 마무리했다.

평상시 같으면 집에 와서 바로 화두를 외면서 바로 수련 들어갔을 텐데, 아직 어벙벙한 느낌이 있어 오늘은 지하철 타고 출퇴근하는 도중에만 잠시 화두 암송. 아직은 처음이라 그런지 기운의 유입이 느껴지기는 하지만 발동이 걸리려면 며칠간은 공을 들여야 할 것 같다.

17/8/28

하루 일과 마친 후 새로 받은 화두 암송을 해 본다. 아직은 입에 붙진 않지만 어렵진 않은 문구다 보니 시간이 지날수록 암송이 자연스러워진다. 백회 장심으로 기운이 들어오는 게 느껴지긴 하지만 포근한 느낌이고 시간이 지날수록 호흡이 점점 길어지면서 나중에는 멈춘 듯한 기분이 든다. 그리고 주변이 고요해서 내 주변으로 자기장이 펼쳐져 다른 공간에 있는 느낌이다. 진동은 거의 일어나지 않았고 그 이후로는 별다른 변화가 없어 수련 종료.

17/9/9

요즘 제시간에 잠자는 게 쉽지가 않다. 오늘도 5시 넘어서 잠들었다가 12시 정도에 기상. 일어나니 개운하지도 않고 뭔가 하루가 훅 지나가는 느낌이다. 잠이 잘 안 오는 이유를 생각해 보니 첫 번째로는 중단이 꽉 막혀서 눕고 나면 속이 더부룩한 게 문제다. 수련이 어느 정도 들어가고 나서는 이런 부분 때문에 불편함을 느낀 적은 없었는데, 이번 한 주 동안은 풀면 막히고 풀면 막히고 계속적인 반복인데 그 정도가 심하다 보니 누웠다 일어났다의 반복이다.

두 번째는 모기의 기승. 이런 와중에 어느 정도 잠이 들려고 하면 모기소리가 들리거나 여기저기가 가려워서 나도 모르게 일어나게 된다. 이게 2번 정도 반복되면 그날 밤은 잠들기를 포기한다.

식사하고 뭐 정리하다 보니 삼공재 갈 시간이다. 그런데 오늘은 정말 마음이 오락가락한다. 다 준비하고 나가면서도 마음이 오락가락한다. 가방 챙기고 나가다가도 중간에 발걸음을 돌렸는데, 이렇게 한 번 두 번 빠지면 나중에 후회할 것 같아 예정대로 삼공재 방문.

오고 나니 확실히 마음은 편안해진다. 이번 주간은 여러 손님들과 탁기에 이래저래 치였는데 아무것도 없는 듯한 포근한 기운이 이러한 것들을 다 풀어 주는 느낌이다. 중단이 막히면서 간이 욱신거리는 느낌이 같이 와서 한 주간 어떻게 해야 되나 고민이 있었는데, 중단이 풀림과 동시에 이러한 증상이 거의 없어졌다. 삼공재 방문 이래 가장 힐링이 됐다고 느끼는 날이었다.

요즘 손님이 오는 강도나 중단이 막히는 것도 그렇고 먹는 양을 줄이려고 하는 건 아닌데 자꾸 줄어들고 있다. 그 때문에 체중도 70대로 떨어졌다. 확실히 기운적인 부분이 변화하다 보니 나를 둘러싼 환경들이 변화하는 게 느껴지는데 따라가기가 아직은 좀 빡빡한 느낌이다.

이전에 지감, 금촉 부분이 머리로만 아는 부분이었다면 지금은 이렇게 안 했을 때 내가 힘들어진다고 하다가도 점차 피하게 되는 쪽으로 방향이 바뀌고 있다. 이러한 부분 중에는 나를 지도하는 스승님들의 작용도 크다는 느낌이 온다. 이렇게 되니 신경쓰는 게 점차 줄어들어서 수련에 무의식중 더 신경을 많이 쓸 수 있게 되어 감사하다는 생각이 든다.

17/9/15

이번 한 주는 여러모로 벌여 났던 일들이 많아서 해야 될 것은 많은데 몸이 따라가기 벅찬 한 주였던 듯하다. 아침 개인 레슨이 있어 아침 5시 반 기상. 지하철을 타고 가면서 능엄주 청취. 예전에는 가요를 많이 들었는데 요샌 가요보다는 능엄주를 듣는 게 마음이 편안해서 자주 듣는 편이다.

나갈 때는 나름 개운했는데 3시간 정도밖에 못 자서 그런지 피로가 몰려온다. 출근 전 같이 운동하는 동생이 오늘 안색이 영 안 좋아 보인다고 한다. 확실히 잠을 못 자면 얼굴에 바로바로 나타나는 것 같다. 언제쯤 돼야 잠으로부터 자유로워질 수 있을까?

퇴근 후 수련 시작. 처음에는 호흡도 거의 느껴지지 않고 주변이 굉장히 조용해지는 느낌. 백회, 인당, 옥침으로 기운이 유입되면서 눈앞이 울렁거리기 시작. 머리가 지끈거리는 느낌이 들어 상단전으로 기운 들어오는 건 무시하고 의식을 단전 쪽으로 가져가지만 기운이 상단전으로 확 몰린다.

집중이 한창 되는데 모기소리 때문에 잠시 중단. 다시 수련 진행을 해봤지만 똑같은 이유로 수련 흐름이 깨져서 잠이나 자려고 누웠지만, 운동 전 먹은 카페인 음료 때문인지 정신이 말똥해서 와공 자세로 수련 시작.

백회로 기운이 느껴지긴 하지만 와공 시에는 그러한 부분은 신경쓰지 않고 화두 자체에만 집중한다. 얼마 지나지 않아 눈앞이 일렁거리면서 원 형태로 위에서 아래로 왔다갔다하면서 불교 벽화풍의 그림이 보인다. 처음에는 갑옷과 검을 찬 장군의 모습이었고 이후에 4번 정도 벽화가 보였는데 어떤 직업인지 잘 모르겠다. 무엇인지 더 자세히 보려고 하였더니 점차 어두워지면서 화면 종료.

삼공재 처음 방문했을 때 선생님께서 내가 전생에 장수였었는데 전쟁과 관련해서 그것과 관련된 빙의령이 붙어 있다고 말씀해 주셨던 기억이 난다. 그때는 크게 와닿는 부분은 아니었고 또 거기에 대해서 뭔가 계속 물어본다는 게 왠지 실례되는 것 같아 별다른 질문은 하지는 않고 넘겼었다. 아직은 좀더 확실하게 체감해야 하는 부분이지만 내 성향이나 직업에 관한 화면으로 보아 무관으로 지내왔던 적이 많았던 것 같은 느낌이다.

17/9/30

이번 한 주는 수련이나 공부 부분에 있어서 긴장감이 떨어진 한 주였던 듯하다. 기운 자체는 잘 들어오는데 기운이 간으로 상당히 많이 가면서 뻐근한 느낌이 많이 든다. 그리고 이상할 정도로 잠이 많아져서 자도 자도 피곤한데, 빙의에 의한 것도 있지만 몸 자체적으로 피로가 쌓였다는 느낌이 들고, 수면 시간이 다른 주간에 비해 굉장히 길어진 것 같다.

삼공재 도착하니 9분이 먼저 와 계신다. 수련 들어가서 얼마 안 되어 진동 시작. 최근 집에서 혼자 수련할 때는 30분 넘어가도 진동이 나올까 말까 하는데 삼공재 수련 시에는 진동이 바로바로 와 버린다. 진동에 몸을 맡기는 동안 기운의 일부는 간으로 몰리면서 특유의 뻐근함이 계속된다.

이후 상단전으로 기운 유입되면서 벌거벗은 남자가 뒤돌아 앉아 있는 듯한 형상이 떠오르고 이후 늑대의 형체를 한 동물이 뛰어가는 듯한 이미지가 순간 지나간다. 이후 진동이 짐승이 네 발로 걷는 듯한 형태로 손과 무릎으로 기어가려는 듯한 진동이 한동안 진행되고 별다른 변화 없이 수련 마무리했다.

조광 님의 현묘지도 졸업 축하를 해 드리고 도선 님이 만들어 오신 케이크 촛불을 같이 끄자고 하신다. 다음에는 내가 수련 마무리하면 케이크 선물을 해 주겠다고 한다. 토요 멤버님들과 헤어지고 전 센터에서 일하던 직원들과 회식.

오랜만에 보는 얼굴들인데 한결같은 반응들이 살이 빠졌냐고들 한다. 당시에는 몸을 유지하기 위해서 수시로 체중계 올라가고 먹을 것 체크하고 하다 보니 몸은 확실했던 것 같은데, 계속 신경을 쓰니 나도 모르게 긴장되어 있었던 것 같다.

지금은 놓아 버리고 나니 맘이 참 편한데 얼굴에도 나타나는 것 같다. 말투나 표정에서 이전에 보지 못했던 여유가 생겼다고들 한다. 그런 얘기를 들으니 수련을 하면서 여러 가지가 바뀌고 있다는 게 느껴지는 순간이었다.

17/10/13

전에 같이 일하던 직원 부탁으로 오전 타임 센터 카운터 업무. 크게 힘든 건 없는데 아침 일찍 일어나서 가만히만 있으려니 잠이 와서 견디기가 힘들다. 회원들 어느 정도 빠지고 난 뒤 기구 점검 및 수리. 오너가 센터를 넘기려고 내놓은 상태라 센터를 제대로 관리해 줄 사람이 없다 보니 여기저기 삐걱대는 게 은근히 보인다. 어디든 마음이 떠나면 시간이 지나면서 그 부분이 눈에 보이는 건 어쩔 수 없는 것 같다.

점심시간 일 부탁한 직원이 고맙다고 피자와 치킨 주문을 해 준다. 어제부터 군것질은 최대한 지양하고 몸의 건강을 끌어올리기 위해 생식 외에 인스턴트 식품을 최대한 자제하려고 하는데 첫날부터 쎈 게 들어온다.

어제저녁 이후 18시간 동안 공복 상태여서 일단 먹고 보자는 생각으로 먹는데 생각보다 많이 들어간다. 식사 이후 속이 더부룩하거나 답답한 느낌은 별로 없는데 몸에 힘이 빠지는 게 영 좋지 않다. 이 페이스로 운동까지 진행되는데 정말 노동하는 기분.

점심 여파로 배가 고프진 않아서 생식 가볍게 입에 털어 넣고 저녁 식사 마무리. 20초부터 사타구니 쪽이 쓸려서 짓물러지곤 했다. 여름이 되면 심해지다 날이 선선해지면 가셨는데 이번에는 생각보다 오래가고 가려움까지 동반. 일 끝나고 집에 오면 맨날 가려워서 긁다 보니 피부가 점점 거칠어지고 각질이 많이 났는데 오늘은 뭔가 역한 내가 확 풍긴다. 속옷을 보니 사타구니 쪽만 누렇게 물들어 있는 부분이 보임. 씻고 나니 가려움이나 각질은 특별히 나지 않는다. 중간 공복이 길어지니 기운은 좀 딸리는데 몸안에 독소를 해독시키는 쪽으로 몸의 방향이 변하고 있는 것 같다.

17/10/20

며칠 동안 밥물 2식으로 전환해 봤는데 배고픔과 빈혈 증세가 살짝살짝 일어나서 3식으로 전환. 첫날은 아침이 잘 들어갔는데 다음날부터는 식사가 별로 땡기진 않지만 먹어 놔야 배고픔에서 해방이 되는 것 같다.

인강을 듣다 보면 1시간쯤 됐을 때 무섭도록 잠이 와 버린다. 살짝 졸린 정도면 그냥 참고 가겠는데 눈을 붙이고 나면 누가 업어 가도 모를 정도로 2~3시간은 그냥 가 버리는데, 요 근래 계속 이 패턴으로 진행 중. 자고 일어나면 상당히 몸이 회복되는 느낌이라 일단은 참지 않고 잠이 오는 대로 놔두고 지켜보는 중이다. 그나마 오늘은 잠이 안 와서 1시간만 가볍게 낮잠을 잤다.

출근 시 능엄주 들면서 화두 암송. 요즘은 백회로 들어오는 느낌은 거의 없다시피 한데 단전을 중심으로 하복부 전체가 땡땡한 고무공을 넣어 놓은 느낌이다. 그리고 기운이 대맥, 임독맥으로 동시에 빙글빙글 도는데 걷다 보면 몸이 흔들흔들한다.

간만에 체중을 재 보니 78 후반에서 고정돼 있던 체중이 77대로 떨어졌다. 이제는 그만 떨어져도 될 것 같은데 야식과 군것질의 힘이 큰 것 같다. 그리고 사타구니도 거칠었던 게 많이 부드러워지고 가려움도 많이 완화. 얼굴에 자잘하게 보이던 여드름도 들어가고 나니 얼굴이 좀더 말끔해 보이는 느낌.

저녁에 새로 나온 버거가 있어서 먹어 봤는데 이전 같으면 정말 좋아할 것 같은데 느끼하고 속이 답답하다. 안 좋은 걸 먹으니 물 생각이 간절하지만 2시간 참고 나니 갈증은 많이 가셨다.

정좌하고 수련을 하다 보면 눈앞에 일렁임이 생기면서 무언가 보이는 건 많은데 지난번처럼 확실한 건 없다. 그리고 전반적으로 들어오는 기운들이 약해졌다. 기운의 강도와 진동 유무에서 차이가 난다. 다음 삼공재 방문 때까진 최대한 해 보고 다음 진도로 넘어가야 될 것 같다.

17/10/26

요즘 저녁 이후 군것질을 안 하니 배가 고파서라도 아침 기상이 자동적으로 된다. 이제는 7시간 정도 취침을 하고 나면 이후에 졸리지 않았다. 아직은 4시간 정도만 자고 나면 중간에 오는 잠을 막기 힘들다.

오늘도 인강을 듣고 잠시 눕자 눈앞이 환해지면서 푸른 하늘을 배경으로 황금빛 구체가 보인다. 모양을 보니 축구공처럼 생겼는데 가까이 가서 자세히 보려 하니 보호막이 쳐져 있어서 그 이상 접근하지는 못하고, 그대로 있다가 공이 서서히 없어지면서 화면이 꺼지고 잠이 들어 버렸다.

몸이 회복되면서 들어오는 기운 자체가 많이 강해졌다. 지금은 화두를 통해서 들어오는 기운이 미비하여 들어오는 기운 자체에만 집중하는 편이다. 하단전 기운이 제일 강하고 인당 부근으로는 묵직하게 기운이 들어온다. 그리고 출근 전까지는 삐 하는 소리가 지속적으로 나고 공부하는 도중에도 느껴지니 적응이 안 되었다.

몸이 나아진다는 느낌은 있지만 전반적으로 나른해져서 아무 의욕도 없었다. 할 건 많은데 마음만 있고 실천은 못 따라가고 있다. 지금은 뭔가 하려고 하기보단 그냥 보면서 어떻게 변하나 관찰 중이다.

17/10/28 (6단계 화두)

지난번 선생님 몸이 안 좋으셨다가 다시 회복되시면서 기운이 바뀌었다는 얘기가 있다. 오늘은 어떤 느낌이 올지 기대가 된다. 지금 식단 조절도 같이하는 중이라 몸이 회복되면서 약간의 명현반응과 민감성이 다시 살아나는 중이라서 제대로 된 감각을 느낄 수 있을 것 같다.

삼공재 방문하니 미리 오신 5분 계시고 선생님 얼굴을 보니 좋아 보이셔서 다행이라는 생각이 든다. 좌선하니 5분도 안 돼서 진동이 일어나기 시작하는데 상당히 강렬했다. 옆에 다른 분들이 있어서 최대한 민폐 안 끼치게 조용조용하려고 했는데 퍼덕거린 듯하다. 이전 삼공재 방문 시 수련 중 텅 비어 있는 느낌이었다면 지금은 포근한 막 같은 게 내 몸을 둘러싸고 있는 기분이다. 화두가 끝나서인지 5차 화두 암송을 하는데 기운 들어오는 것도 약하고 마무리된 느낌이 있어, 수련 마무리짓고 선생님에게 6차 화두를 받았다.

17/10/29

전날 저녁에 데이트하면서 간만에 자극적인 음식들을 먹었더니 아침이 피로하다. 수련에 집중될 컨디션은 아니라서 공부하고, 중간중간 『선도체험기』를 보면서 안보 시사 편까지는 읽고 현묘지도 수련기는 접어 놓고 수련 시작.

화두 암송한 지 얼마 안 되어서 진동 시작. 기운이 크게 들어오는 느낌은 모르겠는데 진동이 일어나는 순서나 호흡이 일정치가 않다. 피로감이 생겨서 시계를 보니 30분 정도 경과. 좀더 수련 시간을 늘리면서 관찰해 봐야 될 것 같다.

17/10/30

출퇴근 시 5단계 화두에서는 손이 쥐었다 펴졌다를 반복했다면, 이번에는 주먹이 꽉 쥐어져서 펴지지 않고 그대로 고정이 된다. 쉬는 시간에 114권 현묘지도 수련기를 보는데 진동이 시작된다. 고개가 크게 돌아가길래 몇 번 지켜보다가 눌러 놓으니 다리가 퍼덕거리면서 멈출 생각을 안 한다. 중간에 일이 생겨서 많이 보진 못했는데 글을 읽으면서 자동적으로 진동이 일어난 건 이번에 처음인 것 같다.

17/11/1

화두 받고 둘째 날까지는 기운이 들어오고 진동도 잘 왔었는데 오늘은 거짓말같이 모든 것이 딱 끊겨 버린다. 그나마 잡념은 안 생겨서 계속적으로 화두 암송을 하는데 그냥 뭘 봐야겠다든가 느껴야 한다는 생각 없이 그냥 화두만 암송. 다음날 일찍 일어나야 할 일이 있어서 시간을 보니 1시간 정도는 수련을 한 것 같은데 느낌이 애매하다.

17/11/2

어제에 이어 출근하면서부터 화두 암송 시작. 내 마음에 절실함이 부족한가 생각하면서 더욱 화두에만 몰입 또 몰입. 이 정도 되면 뭔가 하나쯤 와야 하는데 뭔가 애매하다. 퇴근 후 다시 수련 들어가는데 앞에 벽이 하나 크게 있는 느낌이다. 계속 진행하다 보니 기운이 들어오긴 하는데 느껴지긴 하지만 없는 듯한 기운이 들어와서 묵직했다. 독맥, 단전, 중단전으로는 느껴지지만 그것마저도 강한 느낌은 아니다.

17/11/3

어제에 이어 지속적인 화두 암송. 도선 님도 6단계에서 이렇다 할 만한 반응이 없어서 몇 번 더 시도해 보시다가 다음 단계로 넘어갔는데 이렇게 아무것도 없이 끝날 수 있나 하는 의문점이 든다.

내일은 주말이라 부담도 없고 요즘 들어 머릿속에서 떠오르는 건 정성과 집중력 이 두 가지다. 뭘 하든 이 두 가지 요소가 있어야 빛을 발하고 더 나아갈 수 있고, 지금 이 상황에선 다른 어느 때보다도 이 두 가지가 더 절실하다고 여겨졌다. 오늘은 시간제한을 두지 않고 갈 데까지 가 보기로 하고 수련 시작.

초반에는 다소 이런저런 잡념들이 머릿속을 스쳐가지만, 해야 된다는 생각이 강하게 머릿속에 있다 보니 잡념이 오래 남아 있진 않는다. 시간이 지나면서 간헐적으로 진동이 오기 시작했다. 얼마 안 있어 화두 특유의 호흡이 나오면서 진동의 강도가 점점 강렬해진다. 이번 화두는 외부에서 유입되는 것보다는 내부적으로 폭발하면서 정체되어 있는 흐름을 활발하게 해 주는 느낌이 강하다.

처음에는 독맥으로 해서 위로 치고 들어가는데 중간중간 흐름이 원활하지 않은 곳들이 있어서 굉장히 뻐근하다. 독맥이 끝나고 한참 있다가 하단전부터 시작해서 임맥으로 치고 올라가는데 중단전에서 한참 막혀 있다가 서서히 뚫리면서 다시 한 번 백회까지 치고 들어간다.

고개가 하늘로 치켜 올라가고 다음에는 양손이 위로 쭉 뻗어 올라갔다가 서서히 떨어진다. 몸이 전체적으로 더워지고 인당을 중심으로 순간 몰입이 된다. 보여지는 화면은 없지만 그냥 그 자체로 충분하다는 기분. 이후 잔잔한 진동이 몇 번 더 반복된 후에 수련 마무리.

17/11/4

어제 수련은 잘된 것 같은데 아침에 일어나니 몸은 영 찌뿌둥하다. 다른 날과 차이가 있다면 관음법문이 귀에서 잘 들린다는. 경혈과 단전을 중심으로 해서 기운이 묵직하게 차 있는 느낌이다. 점심시간쯤 되니 또다시 졸음이 오기 시작. 눕고 나니 간 쪽으로 기운 유통이 되면서 묵직하게 느낌이 온다. 이게 회복이 다 되어야 이 피로감으로부터 벗어날 수 있을 것 같다.

다음주 생일이라 어머니가 식사하자고 해서 삼공재 방문은 다음으로 미루게 됐다. 어머니하고 있으면 건강 쪽으로 얘기가 많이 나오는데, 대장내시경에 관한 얘기를 종종 하신다. 용종이 있으면 나중에 암으로 되니 정기적으로 검진하고 그때그때 제거를 해야 된다고 한다.

나는 내 몸에 칼 대는 걸 별로 안 좋아하고, 설사 있다 하더라도 내 식습관을 개선해야 된다 생각하므로 의견 차가 좁혀지진 않는다. 지금은 따로 살다 보니 부딪칠 일은 많이 없지만 내 가족 설득하는 일이 제일 힘든 것 같다는 느낌이다.

17/11/11 (7단계 화두 : 무소유처)

이번 주 수련을 하면서 6단계가 끝난 느낌이 와서 삼공재 방문이 다른 날보다 기다려진다. 선생님께 일배 드리고 나니 당분간 수련 시간은 70분만 진행하신다고 하신다. 얼굴은 좋아 보이시는데 아직 체력 회복이 덜 되셨다는 생각이 들었다.

좌선하자마자 몸이 팽이처럼 빙글빙글 돌아가기 시작한다. 마지막 확인차 6차 화두 암송. 역시나 들어오는 기운도 약하고 진동도 멈춘다. 4시가 거의 다 돼 안종윤 도우가 왔는데 처음 뵙지만 어딘가 낯이 익은 느낌이다. 수련하면서 동생분 몇 번 수련하시는 걸 봤는데 진동이 워낙 격렬해서 기억에 남는다. 수련 마무리하고 나서 다음 화두 받고 싶다 말씀드리자 지금 하고 있는 화두 내용 확인받고 7단계 화두를 받았다.

이후 뒤풀이 자리서 조광 님의 제안으로 안종윤 님의 수련 시작부터 해서 현묘지도 때는 어떤 식으로 수련 진행이 되고, 지금은 어떻게 수련하는지 등등 여러 가지에 대해서 얘기를 해 주는데 목소리는 잔잔하지만 힘이 있다. 그동안 카페 멤버 외 현묘지도 통과자와의 만남이 없었는데 이렇게 시간 내서 열정적으로 얘기해 주시니 감사한 마음이다.

17/11/13

아침 기상해서 단어 공부 이후 화두 암송 시작. 중단과 백회로 기운 유입. 요즘 개인적으로 신경 쓰이는 게 있어 속이 답답했는데 그 때문에 중단이 막힌 것 같다. 얼마 안 가 중단이 뚫리고 크게 진동이 한 번 온

뒤에 피로가 엄습해 왔다. 옆으로 누워 화두 암송을 하는데 어떤 존재가 내 뒤로 다가오는 게 느껴진다. 1미터가 조금 넘고 굉장히 어두운 느낌이며 가까이 올수록 너무 무섭다는 생각이 든다.

다가오던 존재는 느껴지지 않고 얼마 안 있어 점같이 작은 TV가 보이는데 채널이 고정되지 않고 지지직거리는 상태다. 점차 내 앞으로 가까이 오더니 화면이 크게 고정. 예전에 한창 보던 어떤 만화가 나오는데 처음에는 보여지기만 하다가 어느 순간 내가 그 안에 들어가서 활동을 하고 있다. 이건 꿈이고 환상이다라고 생각하니 눈앞에 것들이 흐릿해지면서 그 형체가 사라졌고 얼마 안 돼서 잠에 빠졌다.

꿈을 꿨는데 그 안에서 내가 가지고 있는 힘은 굉장히 많지만 어떤 이유로 힘을 감추고 어떤 마을에서 생활을 하고 있었다. 그 안에서 마찰이 생겨 힘을 쓰게 되는데 너무 지나치게 쓰게 돼서 마을 사람들의 대부분이 마을을 떠나게 되고, 촌주와 동생 몇몇 사람들만이 마을에 남아 있는 걸로 끝이 난다.

예전부터 힘이 있다면 억울하게 당하는 상황이 됐을 때 시원하게 복수를 해 주고 싶다는 생각을 많이 해 봤었고, 그 때문인지 학원 액션물 주인공이 쎄서 악을 일방적으로 징벌하는 종류의 만화들을 즐겨 봤었다. 그런데 꿈에 힘을 쓰는 순간은 통쾌했었지만 마을 사람들이 떠나면서 나를 보고 화내고 욕하면서 지나갈 때 뭔가 착찹하고, 내가 그동안 생각했던 것과는 다른 찜찜함만이 남았다. 그냥 내가 참았더라면 다른 사람들은 잘살고 있을 텐데...

잠들면서도 바로 기록해야 더 살릴 수 있는 내용이 많다고 생각하면서도 쏟아지는 수마를 이기지 못해 요 정도밖에는 내용 기억이 안 난다.

아마 기억하지 않아도 될 내용들인 듯하다.

17/11/14

이제는 아침 일찍 기상을 해도 몸도 가볍고 컨디션도 많이 좋아진 것 같다. 새벽 공기가 많이 쌀쌀해졌는데 벌써 올해도 다 지나간다는 생각이 들면서 내가 해야 될 일들이 생각난다. 어느 것 하나도 무시할 수 없는 것들이지만 우선 현묘지도를 마쳐야 다른 부분들에 대해서도 더 집중할 수 있으므로 마냥 여유 있게 갈 수는 없는 일이다. 출근 시 화두 암송. 이렇다 할 만한 반응은 없다.

일 마치고 다시 수련 시작. 기운이 특별히 들어오는 느낌이 없고 '빛이다. 빛이다'라는 생각이 드는데 이게 다른 분들의 수련기를 본 탓인지 내 내면의 목소리인지는 긴가민가하다. 한동안 고개가 크게 한 번씩 돌아가는 것 빼고는 조용하다.

6단계에서도 비슷한 경우를 경험했기 때문에 반응이 없더라도 할 때까지 해 보고 그래도 안 되면 넘어가자는 생각이 든다. 어느 정도 시간이 지나니 백회 쪽으로 크게 기운이 한 번 꽂히는데 독맥 쪽으로 기운이 흘러 내려간다. 걸쭉한 액체 같은 느낌인데 독맥 중간중간 기운이 들어오는 만큼 수용을 못 한 탓인지 정체되어 있다가 서서히 뚫려서 단전까지 돌아간 뒤 중단전까지 쭉 치고 올라간다.

그 상태로 한동안 독맥에서 중단전까지 쭉 연결된 느낌으로 가다가 가벼운 진동이 살짝 일어난다. 이후 기운이 명문으로 들어오면서 기운의 흐름이 반대로 올라가기 시작하는데 처음보다도 통로가 더 막혀 있는 느낌이다. 이전 소주천 돌릴 때도 독맥이 중간중간 막혀 있어 뚫을 때

고생 좀 했었는데 그때보다 올라가는 속도는 빠르지만 뚫고 올라갈 때 뻐근함은 그때 배 이상은 되는 느낌이다.

17/11/20

전날 과식을 해서 속이 답답하다 보니 1시간 반 정도 눈 붙이고 나갈 준비. 요즘 체중이 너무 떨어져서 웬만하면 아침을 챙겨 먹는데 안 먹어도 될 걸 괜히 먹었다는 느낌이다. 찹쌀빵 2개만 먹었는데도 배가 빵빵하다. 그리고 다시 집에 와서는 에라 모르겠다는 심정으로 집에 남아 있던 우유와 씨리얼로 마무리.

덕분에 점심은 생략하고 저녁은 생식으로 가볍게 마무리. 저녁에 피부를 보니 확실히 거칠어지고 완화되던 증상들이 다시 안 좋아지는 게 보인다. 다음에 웬만해선 10시 이후 먹는 건 자제해야 될 것 같다.

17/11/21

속이 답답해서 전날 저녁 식사를 조심하니 속이 확실히 편해지기는 했다. 집 밖을 나가는데 강한 기운이 백회로 콱 들어온다. 그 페이스를 이어서 화두 암송을 해 보지만 뭔가 좀 되려고 하니 이미 도착 시간이라 뭔가 한 것도 안 한 것도 아닌 느낌이다.

집에서 속을 비워 냈는데도 계속 방구가 나온다. 그런데 아직 독소가 남았는지 냄새가 상당히 지독하다. 거의 퇴근할 때까지도 방구가 계속 나오는데 막판에는 거의 냄새도 없어지고 호흡이 깊게 들어가니 기운 유통이 잘됨이 느껴진다.

퇴근 후 수련하니 지난번과 같이 독맥의 좁아진 통로를 기운으로 확장하고 좁아지고 확장하고 좁아지고의 과정 반복. 한 번 뚫렸으면 그대로 유유히 가면 좋겠는데 들어오는 기운을 제대로 수용을 못 하다 보니 뻐근함의 연속이다.

어느 정도 안정화가 되니 진동이 시작. 좌우 움직임도 크고 중간중간 손날로 위아래 양옆으로 치는 동작을 반복하는데 휙휙 소리가 날 정도로 몸에 힘이 많이 들어간다. 이후 손바닥이 양옆으로 제껴지면서 하늘로 쭉 뻗는데 백회와 더불어 장심으로도 기운이 들어와 독맥으로 만나서 단전으로 흘러 들어간다.

17/11/22

전날 기운을 많이 받은 덕인지 예상했던 시간보다 1시간 일찍 기상. 생각보다 피로감도 없고 잠이 와야 될 시간이 됐는데도 나름 견딜 만하다. 이대로만 갔으면 참 좋았을 거 같은데 운동 진행하면서 컨디션 급다운. 집중도 잘 안되고 운동 거의 끝날 때쯤 거울 보니 눈이 충혈돼 있고 상당히 피로해 보이는 기색이 보인다.

이후 저녁 식사하고 들어오니 몸이 으슬으슬하고 추운 게 몸살 올 듯한 느낌이긴 한데, 이전 마니산 다녀왔다 며칠 고생한 게 생각난다. 더 이상 무리하면 안 될 듯해서 수업 급하지 않은 건 캔슬하고 수업도 패딩 껴입고 진행. 명현반응에 손님까지 겹친 것 같은데 앓아눕지 않도록 컨디션 조절을 잘해야 될 것 같다.

퇴근 후 수련 시작. 얼마 안 지나 귀에서는 관음법문이 요동치고 잔잔하던 호흡은 무식호흡으로 바뀌어 있었다. 명문으로 시작해서 독맥으로 기운이 치고 올라가는데 오늘도 역시 뻑뻑하다. 페이스 조절하면서 백회

라인을 넘기고 나니 단전까지 기운 연결은 금방 진행이 됐다. 연결된 이후 기운이 더 쎄게 유입되는데 처음은 물을 반 정도 틀어 놨다면 지금은 수도꼭지를 완전히 개방한 느낌이다.

기운이 고르게 가지 않고 꿀렁꿀렁하면서 올라가는데 몸도 그 리듬에 맞춰 좌우로 꿀렁꿀렁하게 움직인다. 단전까지 기운 유입이 되고 나선 임맥, 독맥이 연결되어 하나의 커다란 고리를 형성, 장심으로부터 유입되는 기운도 같이 연결되어서 온몸이 기운으로 충만함을 느낀다. 수련 도와주신 스승님들에게 감사 인사드리고 마무리.

17/11/28

주말이 지나고 몸살기가 좀 가라앉나 싶었는데 아직도 기운에 적응을 못 한 탓인지 오히려 더 심해진 느낌이다. 기운은 잘 들어오는데 무기력하고 수면 패턴도 오락가락한다.

출근 전 이전 대회 영상을 보니 화이팅이 샘솟는다. 같이 운동하는 동생에게 이 얘기를 하니 지독한 나르시즘이라고 하면서, 내가 젊었을 땐 이랬지 하는 거 같다고 별로 좋아 보이진 않는다고 한다. 틀린 말은 아닌 것 같은데 어느 순간부터는 다른 좋은 분들 봐도 이렇다 할 만한 감흥이 많이 떨어졌는데, 내 건 그냥 보면 또 재미가 있어서 보게 된다.

컨디션에 비해 몰아붙인 게 과했는지 어깨 운동을 하다가 대추혈 쪽에서 전기가 찌릿하는 느낌이 오면서 근육통이 왔다. 대회 준비할 때도 뭉쳐서 3일 정도는 목도 제대로 못 돌렸는데 또 말썽이다. 다행히도 증상이 그때보단 약한 것 같아서 관리만 잘해 주면 될 듯싶다.

운동 전 약간의 카페인 섭취와 회원님이 사다 주신 카페라테까지 합쳐지고 나니 집에 돌아가서도 잠이 올 기미가 보이지 않는다. 수련 시작하니 20분 정도는 무진동으로 수련 진행되다 이후 목 쪽으로 해서 진동이 오는데 너무 아파서 진동을 중간중간 억누르면서 수련 진행. 2시간 정도는 한 느낌인데 시계 보니 70분 정도 경과.

목 때문에 누워서 수련 진행하는데 문구가 중간에 생략이 되고 자꾸 끊긴다. 옆으로 돌아누우니 좀 있다 눈앞이 훤해지다가 얼마 안 있어 눈앞에 검은 공들이 수없이 떨어진다. 최근 내 자신은 운전자, 몸은 자동차라는 『선도체험기』 내용이 떠오르는데 감정에 이끌리려고 할 때 종종 생각이 난다.

그동안은 하고 나면 후회할 거야라는 걸 생각해도 실행을 하고 봤다면, 지금은 갈팡질팡하다가 안 하게 될 정도로 자제력이 나름 강해졌다. 자동차 트렁크에 넣어져 끌려다니지 않고 온전히 내 맘대로 운전하려면 더 많은 수련과 자아성찰이 필요할 것 같다.

17/11/29

아침에 일어나려니 목이 굳어서 일어나기가 쉽지 않다. 손으로 받치고 겨우 일어나긴 했는데 어디 한군데가 불편하면 전반적인 생활의 불편함이 많이 생기는 걸 다시금 느낀다.

요새 잠이 올 때 간간이 즐기는 게임이 하나 있는데 이벤트 때문에 온 신경이 그쪽으로 가 있다. 시간이 한정적이라 남은 시간에 모든 집중이 그쪽으로 계속해서 간다. 이럴 때의 집중력과 집착은 남들보다 한 발짝 앞서 나가는 데 도움은 되지만 이후 모든 일에 있어 무기력증을 유발하는 원인이 되곤 했다.

그리고 남들과의 경쟁에서도 정말 못하는 걸 제외하고 어지간해선 이겨야 된다는 성격까지 더해지면 며칠간은 오로지 그것만이 내 머릿속을 지배한다. 그 폐해로 급격한 허무감을 느끼고 모든 걸 정리한 뒤에 아무것도 안 하는 식의 패턴이 반복이 됐는데, 오늘도 이전처럼 심하진 않지만 그런 양상이 다시 한 번 보였다.

저녁쯤이 돼서 하고자 하는 건 마무리됐는데 오늘은 뭐 했지? 하는 느낌이 강하다. 그래도 이전보단 조금 나아졌다는 것에 의의를 둬야 될 것 같다.

17/12/1

컨디션 회복도 전반적으로 되고 하루 스케줄에 여유가 있어서 맘이 가볍다. 요즘은 수련 마치고 새벽 2시 반이나 3시 정도에 눕는데, 무리하지만 않으면 6시 반에 기상은 된다.

오전 10시 반쯤 피로가 몰려와서 낮잠 겸 누워서 화두 암송을 잠깐 하는데, 밑에는 바다가 펼쳐져 있고 동서남북으로 하얀 장막이 펼쳐져 있다. 눈앞 장막으로 그림자 실루엣이 보이는데 관복을 입고 의자에 앉아있는 모습이다. 익숙한 실루엣이었는데 이순신 장군이라는 느낌이 들었다. 그리고 봉산탈춤에서 볼 수 있는 사자가 나타나서 어디론가 데려가는데 그 이후에는 내용이 잘 기억나지 않는다. 기록으로 남기려고 생각했는데 막상 일어나니 기억나는 건 이 정도고 오늘 수련에 있어 집중을 더 해야겠다는 느낌이 온다.

일 마치고 수련 들어가니 다른 날보단 진동이 잔잔하게 온다. 얼마 안 있어 눈앞에 일렁임이 점차 선명하게 보이는데 오른쪽에서 왼쪽으로 빛이 이동하면서 불상 얼굴이 보이는데, 다양한 각도로 보여짐과 동시에 머리에는 화려한 장신구나 관을 쓰고 있는 모습들이다. 5번 정도 화면이 지나간 이후 다시 깜깜해지면서 수련 마무리.

17/12/2 (8단계 화두)

선생님께 인사드리고 좌선하니 앉자마자 몸이 빙글빙글 돌아가기 시작한다. 손이 떨리고 고개가 돌아가다 다리까지 진동이 와 버리니, 주변에 민폐가 되는 것 같아 진동을 억누르고 나니 잠잠해지다가 멈췄다.

화두의 들어오는 기운이 처음에 비하면 많이 약해진 것 같고 오늘이 마지막이라는 느낌으로 바짝 해 보자 하고 집중하니, 얼마 안 되어 인당으로 꿰뚫듯이 기운이 확 들어오고 나선 뚝 끊긴다. 끝났다는 느낌이 들어 자성에게 화두수련을 넘어가도 좋겠냐고 물어보니 격렬한 진동이 온다. 좀더 확실하게 가기 위해 지금 하는 화두수련을 더 진행해야 되는지를 물으니 아무런 반응 없이 잠잠하다.

수련 이후 삼공재에서 우해 님의 현묘지도 축하 파티가 열렸으며 이를 보시는 선생님의 표정은 굉장히 밝으셨다. 그동안은 수련하고 집에 가고 커뮤니케이션이 많이 없었는데 선생님이 함께하는 자리에서의 축하 파티는 굉장히 신선했다. 이후 선생님에게 8단계 화두를 받았는데 그동안 내가 해 왔던 것들의 종지부를 찍는 내용이라는 생각이 들었다.

17/12/7

8단계 화두를 받은 지도 약 5일 정도 지난 것 같다. 마지막 화두는 비교적 빠르게들 넘어가시는 편이라 가벼운 맘으로 들어갔는데 여태껏 했던 단계 중에 가장 큰 정성과 집중이 요구되는 것 같다. 문구가 다른 주문 수행에 비하면 그렇게 긴 편은 아님에도 불구하고 외다 보면 어느새 딴소리를 하는 걸 볼 수 있고, 그러다 보니 화두를 자연스레 외기보단 자꾸 맞는지 틀리는지 의식을 하면서 진행하게 된다. 집중도가 떨어지니 기운이 들어오는 강도도 약하다.

6단계 시작했을 때처럼 반응이 거의 없다시피 해서 이번에도 이렇게 하다 끝나나 하는 생각도 해 봤는데 이번 월요일부터 이어져 오는 여러 가지 상태를 봤을 땐 화두 자체에 적응을 못한 것 같다. 토요일 화두 받고 일요일부터 시작했는데 그날은 탁주를 마셔 일찍 잠든 걸 제외하면 월~수 밤중 잠든 시간이 평균 2시간인데, 숙면을 취해서가 아니라 신경이 예민해져서 잠이 안 올 때의 증상이다. 월, 화 이 두 날은 수련 진행을 하다가도 기운 들어오는 것도 미미하고 진동도 잠깐 일어나다 말고 하다 보니 약 30분 정도씩만 하고 끝낸 거 같다.

오늘은 나름 숙면을 취해 보고자 운동 패턴이나 먹는 부분 등 여러 가지를 나름 신경쓴다고 했는데도 다른 두 날보다 더 심각하다. 오히려 이렇게 잘 때가 아니니 일어나라는 느낌까지 든다. 몸은 정말 피곤한데 어차피 잠은 안 오니 그대로 수련 진행. 오래 앉아 있으니 확실히 다른 날보다는 여러 가지로 진행되는 느낌은 있지만 이렇다 할 만한 건 없고 들어오는 기운이 편안하진 않다. 약 2시 정도 시작해서 시계 보니 3시 반이 넘었다.

그런데도 잠이 올 기미는 안 보이는데 오래 앉아 있다 보니 다리도 아프고 화두 집중도 힘들어서 누워서 수련 전환. 얼마 되지 않아 태극의 반쪽 모양만 눈앞을 획획 돌다가 이후 가운데 점이 점차 커지면서 모양을 갖추기 시작하는데 긴장이 탁 풀리면서 다시 캄캄해져 버린다. 마치고 보니 30분 정도 시간 경과. 1시간 정도 잠깐 누웠다 기상하는데 이번 한 주는 수면 패턴이 이렇다 보니 내가 뭘 하면서 시간이 지나가는지 모를 정도다.

17/12/11

날씨가 갑자기 추워진다 했더니 온수관이 얼어 버린 모양이다. 그래도 다행인 건 냉수라도 잘 나오니 설거지와 샤워는 할 수 있는 최소한의 여건은 보장이 된다는 점. 간만에 냉수 샤워를 하니 고등학생 때 피부 및 컨디션 증진을 위해 아침마다 냉수 샤워를 했던 게 생각이 난다.

당시 아침 기상 시 15~20분 스트레칭 및 냉수 샤워, 밥따로 물따로, 육식의 최소화 및 인스턴트 식품 X, 자기 전 스트레칭. 당시 피부가 울긋불긋하고 외모에 대해 신경이 많이 쓰이던 시기다 보니 몇 번의 시행착오를 거치다가 30일은 일탈행위 없이 내가 하고자 하는 방향으로 진행했던 기억이 난다.

그 과정에서 68~9를 오락가락하던 체중은 62~3까지 감량이 되고 진행 시 보름 정도 이후부터는 하루하루 피부가 달라진다는 느낌을 받았었다. 그리고 당시에 즐겁게 하던 게임이 있었는데 자연스레 흥미가 떨어져서 놓게 되고, 성욕이 떨어져 금욕을 생각한 건 아니었지만 자연스레 같이 진행이 됐었다.

항상 무겁던 머리는 명확해지고 자도 자도 졸립기만 했던 수면 패턴은 4시간만 자도 더이상 잠이 안 올 정도로 줄어들었다. 감각이 예민해져 으스스한 장소에 가거나 하면 나 이외의 다른 존재가 있다는 느낌이 강하게 느껴져 그 당시엔 그런 장소들은 피해 다녔던 것 같다.

그대로 쭉 갔으면 괜찮은데 30일 이후 리미트 해제를 해 버리고 원래 패턴으로 돌아가니 일주일도 안 되어서 체중은 70을 넘어 버리고, 모든 것이 시작하기 전보다 더 안 좋아져서 그 패턴으로 몇 년간을 쭉 이어 나갔던 것 같다. 지금도 컨디션이나 신체적으로 나아지고는 있지만 그 시절에 느꼈던 만큼의 맑음은 아직도 다가가지 못한 느낌이다.

퇴근 이후 수련 시작. 머리가 지끈지끈한 게 집중이 잘되진 않는다. 30분 정도 경과 후 양옆으로 팔이 쭉 뻗어졌다가 위로 그리고 합장하는 자세로 변화가 된다. 그리고 손이 서로를 밀어내면서 몸이 전체적으로 왔다 갔다 진행. 기운은 그렇게 쎄다라는 느낌은 없고 잘 돌다가 항상 중단에서 막히는데 밀어내기에 기운이 약하다. 1시간 정도 경과 후 누워서 수련 진행. 얼마 지나지 않아 어두운 동굴 안에 있는 이미지가 떠오르는데 외부적인 뭔가에 의해 폭발하면서 나갈 수 있는 출구가 보이는데 그 사이로 강하게 빛이 들어온다.

17/12/15

아침 기상 5시 반. 모닝콜이 울림과 동시에 주변이 밝아지면서 눈꽃 하나가 반짝반짝하면서 보인다. 핸드폰 불빛 때문에 눈앞이 밝아졌나 하고 바로 눈을 떠 보니 주변은 어두컴컴하다.

이번 한 주는 금욕을 두고 정기적으로 자료 열람을 하고 있는데 단순히 참는다고만 될 게 아니고 시각적, 청각적, 마음적인 부분에서의 공부가 같이 돼야 온전한 금욕이 되는 것 같다. 지속적인 음란물 시청 및 생각은 도파민의 순간적인 분비를 유도해 순간의 강력한 촉매제가 되지만,

이후 다른 자극들에 대해 무뎌지기 때문에 점점 더 자극적인 것을 탐닉할 수밖에 없기 때문에 결국에 가선 금욕 유지마저 힘든 상황이 된다고 한다.

그동안 『선도체험기』에서 여러 차례 나왔던 내용이지만 이런 식으로 다르게 풀이해서 나오니 지금 해야 될 일들이 명확해진다. 시각 및 정신적으로 자극 및 스트레스가 되는 게임 삭제 및 도움되지 않는 카페 정리. 일단 이 정도만 해도 개인적인 시간 및 여유가 많이 생긴 느낌이다.

여기서 식단적인 부분만 해결되면 좋을 것 같은데 지난 5월부터 해서 지금까지 체중이 89→75로 지금도 빠지는 중이다 보니, 화식 위주로 식단 구성을 해서 진행 중인데 확실히 속은 좀 불편한 감이 있다. 올해까진 상황을 좀 살펴보고 어느 정도 체중 안정화가 되면 다시 생식으로 조금씩 가야 되지 않나 하는 부분이다.

17/12/16

삼공재 가는 도중의 화두 암송. 백회에 약간의 느낌 있다가 인당으로 관통하듯이 강하게 들어온다. 이후 백회로 잔잔하게 들어오는 상태에서 삼공재 방문. 일심 님과 조광 님 두 분이 먼저 와 계신다. 아무래도 12월이다 보니 시간 내기가 만만치들 않으신 듯하다.

오늘은 진동이 와도 신경이 덜 쓰이겠다고 생각하고 수련 들어갈 준비하는데 조광 님께서 현묘지도 통과했냐고 물어보신다. 아직이라고 하니 지난번에 비해서 기운이 많이 강해져서 통과한 줄 알았다고 하신다. 좌선 시작하자마자 단전이 뜨겁다. 그 열기가 중단전까지 전해지는데 장작 위에 불꽃이 하늘 위로 길게 타오르는 모습이 연상된다. 이후 열기가

식고 나서는 약간의 진동 아른거림. 크게 이렇다 할 만한 건 없었던 듯
하다.

17/12/17

전날 일찍 잤음에도 다소 늦게 기상. 저녁 시간쯤 돼서 수련 시작하는
데 잠만 오고 이렇다 할 만한 반응도 없다 20분 정도 좌선하다 와공으로
진행하는데 명상과 수면의 경계선에서 오락가락하면서 정신이 점점 명
확해진다. 전체적으로 3시간 정도 경과했고 정신이 번쩍 뜨여서 다시 좌
선으로 수련 시작. 뭔가 나오지 않을까 싶었지만 그냥 전반적으로 돌아
가던 페이스대로 진행되다가 마무리 2시간 정도 경과된 것 같다.

17/12/19

금욕 진행하면서 눈에 점점 힘이 들어간다는 느낌을 받고 있었는데 그
게 과했는지 한쪽 눈에 쌍꺼풀이 져서 풀리지가 않는다. 아침에 부기 있
을 때 잠깐 있다가 보통 점심이 지나면 원래대로 되는데, 이번에는 하루
종일 잡혀서 풀리지 않는 걸 보니 이대로 굳어질 것 같은 느낌이 든다.

그리고 성욕이 일어 간만에 동영상을 한 번 봤는데 순식간에 몰입이
되어 시간이 훅훅 지나간다. 행위로까지 이어지진 않았지만 자극적인 걸
보면서 거기에 따라 오락가락하는 감정 때문에 에너지가 상당히 많이
빠진 것 같다.

저녁 일 마치고 수련 시작. 1시간 정도 경과했음에도 다른 날과 비슷
하게 진행. 기운도 어느 정도 들어오고 약간의 진동도 있긴 한데, 혹시
끝났나 하는 마음이 있어 자성에게 화두수련이 끝났는지 질문을 해 본

다. 잠잠하니 아무 반응이 없길래 아직 화두수련이 안 끝났는지를 물어 보자 강렬하게 진동이 온다. 올해 안에 끝냈으면 하는 마음이 있지만 그 것도 욕심이니 좀 더 여유를 갖고 여여하게 가야겠다는 생각이 든다.

17/12/22

금욕 12일 차. 첫 주 차에는 그냥그냥 지나갔던 것 같은데 어제저녁부 터 해서 내면에 에너지가 충만한 느낌이다. 거기에 시험 삼아 약간의 부 스터 섭취(정량의 5분의 1)를 했더니 몸에서 체감되는 약발이 더 강해져 서 밤을 샌 것 같다.

잠 못 잤을 때는 오늘 어떻게 보내나 했는데 막상 잠에서 깨고 나니 몸에 에너지가 충만한 느낌이다. 그런데 에너지가 갑작스럽게 몸에 강제 주입된 느낌이라 이 에너지를 가지고 뭘 해야 될까 하는 인지 부조화가 일어난다. 정신도 말똥하다 보니 시간도 굉장히 천천히 간다. 출근 전 수련도 잠깐 하긴 했는데 이렇다 할 만한 것도 없고 자꾸 뭘 보려고 하 는 욕심만 생겨서 30분 정도 하고 마무리.

센터에서 2시간 정도 하체 운동 빡세게 하고 퇴근하는데도 잠이 절대 안 올 것 같은 느낌이 확 온다. 여자 친구와 통화 50분, 노래방 가서 목 쉴 때까지 지르고 오랜만에 연락 온 동생하고 통화하다 보니 새벽 3시 정도가 됐는데도 음... 힘이 남는다. 삼공재 방문을 위해 강제 취침.

17/12/23

기상 시간은 좀 늦었지만, 어제에 이어 그 기분은 여전하다. 오늘은 7 분 먼저 와 계신데 진동이 크게 오면 민폐가 되지 않을까 했는데 다행히 진동은 잔잔하게. 에너지도 어느 정도는 잠잠해진 것 같다. 수련 이후 쌍화탕과 팥빵 타임 이후 뒤풀이. 조용한 분위기 속에서 우해 님이 이야기를 잘 이끌어 주셔서 시간이 금방 지나갔다.

그리고 여자 친구와 데이트를 하는데 역시 크리스마스 전날이다 보니 거리에 사람이 많아 가급적 돌아다니지 않고 실내 데이트. 헤어질 때쯤 되니 기운이 한층 꺾여서 집에 가도 편안히 잘 것 같은 느낌이고, 여자 친구한테 기운이 넘어갔는지 오늘은 밤새 어딘가 돌아다닐 정도로 쌩쌩한 기분이라 한다. 집에서 별다른 수련하지 않고 취침.

17/12/24

전날 기운 소모가 좀 있었는지 아침에 일어나기가 힘이 든다. 아침에 잠깐 눈떴다가 다시 누우니 점심시간. 좌선하니 얼마 안 지나 눈앞에 검은 물체가 다가왔다 멀어지다를 반복하다 검은 형태의 태극 문양이 되어 눈앞에 휙휙 돌아간다. 피로감이 생겨 와공하니 여러 가지 화면들이 보이는데 확 이렇다 할 만한 게 없다. 8단계부터 화면이 보이면 그중에 글씨가 간간이 보이는데 흐릿하거나 내가 잘 모르는 형태의 문자인데, 보면서도 모르는 문자다 보니 그냥 그러려니 하고 넘어가 버린다.

오늘도 시간이 괜찮아서 저녁 시간에 여자 친구와의 데이트. 평상시는 일주일에 한 번씩만 만나다 이틀 연속으로 만나니 감회가 새롭긴 하다. 어제 워낙 인파가 많아서 오늘은 좀 없지 않을까 했는데 어제보다 더 많은 듯하다. 가고 싶은 맛집이 있어 방문했더니 예약자가 만만치 않다. 어쩔 수 없이 다음을 기약하고 어제와 마찬가지로 실내 데이트.

17/12/25

주말이 지나고 나니 다시 평상으로 돌아온 느낌. 평상시보다 많은 인파가 많은 곳을 지나다닌 것과 여자 친구의 관계에서 마지막까지는 안 갔지만 금욕을 진행한 상태에서 체감해 보니 소모되는 기운이 적잖게 많이 된다는 게 느껴졌다.

집에서 공부하면서 느긋하게 먹고 싶은 음식 먹으면서 하루 일과 진행. 움직임 없이 먹기만 하다 보니 배가 많이 빵빵한 게 중간 맞추기가 쉽지 않다. 여러 가지가 바뀌는 내년을 위해 남은 12월 한 주 마무리를 잘 지어야겠다.

17/12/27

오후 1시 반 기상. 전날 컨디션도 괜찮았고 운동할 때 약간 피로하다는 느낌은 있었는데 카페인 섭취 없고 공부할 때 집중력도 괜찮았던 것 같다. 집에 돌아와서 피로감이 심해 수련 자세만 잡다가 바로 취침했는데 일어나서 보니 점심을 훌쩍 넘겼다. 요즘 금욕 대신에 간간이 야식을 조금씩 하는데 그 영향인지 아침 기상이 점점 더뎌지는 느낌. 체중도 조금씩 올라 77~78 사이를 오락가락한다. 여러 가지를 제대로 하기가 쉽진 않다.

퇴근 후 수련 시작. 기운 들어오는 느낌도 약하고 진동도 거의 없다시피 하다. 자성에게 물어보니 이번에는 수련이 끝났다는 쪽으로 반응이 오기는 하는데 마음 한구석에 뭔가 미진한 구석이 있다는 느낌이다. 은연중에 끝내고 싶어하는 마음 때문에 이런 게 아닐까 싶은 생각도 들어 지나갔던 화두들을 점검차 다시 시행.

1차: 백회로 어느 정도 기운이 들어오면서 명문까지 관통. 이후 약간의 진동과 함께 주천을 하는 쪽으로 마무리.

2차: 처음 들어왔던 기운에서 묵직함이 더해지는가 싶더니 기운이 더 쎄게 들어온다. 이전 2차 진동과 8차 진동이 번갈아 나타나거나 섞여서 진행. 인당 쪽으로 찡할 정도로 기운 유입이 되는데 너무 강해서 이목구비가 인당으로 빨려 들어가는 느낌. 녹색 빛이 아른거리면서 사람 얼굴이 보이는가 싶더니 구름에 가려진 태양 같은 모양으로 바뀐다. 빛을 발산하고 있지만 구름에 가려져 보이는 건 일부분이다. 지나고 나니 여의주일지도 모른다는 생각이 든다. 이후 격렬하게 진동 몇 차례 더 하고 인당으로의 기운 유입을 경험한 후에 점차적으로 약해지면서 마무리.

3차: 부드러운 느낌으로 백회로 기운 유입. 이렇다 할 만한 진동이나 특이 사항 없음.

11가지 호흡: 호흡 진동 순차적으로 나타남.

5차: 특이 사항 없음.

6차: 백회로의 기운 유입은 거의 느껴지지 않는데 단전이 확 뭉치면서 몸통이 빙글빙글 돌아간다. 이후 인당으로 약간의 기운 유입과 대맥 위주로 기운 유통이 강하게 돌아가다가 마무리.

가볍게 테스트만 하려고 했는데 2차에서 생각보다 시간이 길어져서 7차와 8차 화두는 다음날 다시 테스트를 해 봐야 될 것 같다. 왜 2차만 그럴까 생각을 해 보니 끝났다고 느꼈던 시기의 몸 상태가 굉장히 안 좋다 보니 그 상태에 맞춰서만 기운이 들어오고 지금 와서 그때 수용하지 못했던 기운이 들어오지 않았나 하는 생각이 든다.

17/12/28

어제에 이어 화두 점검 및 마무리.

7차: 별 반응 없음.

8차: 백회와 장심 단전으로 은은하게 기운 유입. 이후에 이렇다 할 만한 반응은 안 보이길래 와공으로 추가 진행 후 취침. 의미 없는 꿈을 꾸다 정신이 번쩍 드는데 나선형으로 이루어진 회색 타일이 빙글빙글 돌면서 중앙에 있는 검은 구체 안으로 빨려 들어간다. 타일에 연속적인 이미지가 새겨져 있고, 검은 구체는 타일을 빨아들일수록 점차적으로 커지면서 화면은 끝이 난다.

결국 우리의 인생은 공으로 시작해서 공으로 끝난다는 생각이 들었고 『천부경』의 일시무시일 일종무종일의 문구가 머릿속에 맴돈다. 마지막으로 다시 한 번 자성에게 현묘지도 통과했는지에 대해 물어보자 어느 때보다도 강렬한 진동이 일어나며 수련의 끝을 알린다.

글을 쓰는 지금 갑자기 이유 모를 눈물이 흐른다. 선도를 알게 해 주고 이렇게까지 올 수 있게 해 주신 선계 스승님, 삼공 선생님 그리고 도반님들에게 감사드립니다.

2017년 12월 31일
성민혁 올림

【필자의 논평】

직장인 헬스센터 일을 보면서 보디빌딩과 현묘지도 수련 세 가지 일을 2015년 1월 15일부터 3년 동안 꾸준히 병행하면서 성민혁 씨는 갖가지 어려움을 극복한 이야기를 실감나게 펼쳐 보여 주고 있다. 끝내 현묘지도 수련에 합격한 남모르는 인내의 과정이 돋보인다. 그는 마침내 33번째 현묘지도 과정에 합격했다. 선호는 인암(忍岩).

현묘지도 화두수련 체험기 (34번째)

이 영 호

이영호입니다. 현묘지도 수련일지를 다시 한 번 정리해 보았습니다. 읽어 보시고 통과 여부를 알려 주시길 부탁드립니다.

저는 고등학교 때 헤르만 헤세의 『데미안』과 크리슈나무르티의 『자기로부터의 혁명』을 읽고 궁극적인 실체에 의문을 품기 시작했습니다. 대학교에 진학하여 기독교 써클에 가입하여 성경 공부를 통하여 진리를 찾고자 하였습니다. 그러던 중 증산상제와 천지공사를 접하게 되었고 매력을 느껴 대순진리회란 단체에서 태을주 수행을 하였습니다.

대학교 졸업반 때 도서관에서 『선도체험기』를 우연히 보게 되었고, 밖에서 찾지 말고 내 안에서 찾으라는 가르침에 따라 모든 조직과 단체에서 벗어나 자성구자의 길을 걷기 시작했습니다. 직장생활을 하면서도 『선도체험기』가 발간될 때마다 사서 읽으면서 단독 수련을 계속하였습니다. 20여 년 다니던 회사가 경영상의 어려움으로 구조조정을 단행하게 되었고 저는 정리해고를 당하게 되었습니다.

집에서 쉬면서 『선도체험기』를 1권부터 109권까지 찬찬히 읽어 보게 되었고 삼공재를 찾고 싶은 강한 충동을 느끼게 되었습니다. 처음 찾은 삼공재에서 단전이 따뜻하게 달아오르며 축기가 시작되는 것을 느꼈습니다. 그로부터 꾸준히 다닌 지 일 년이 되었을 때 축기가 완성되면서 기운이 온몸과 임독맥을 순환하는 것을 느꼈습니다.

그런 상태가 6개월 정도 지속되었을 때 선생님께서 백회를 열어 주셨습니다. 선배님들의 현묘지도 체험기를 세 번 읽은 후 현묘지도 첫 화두를 받았습니다. 화두를 외우자 우주선이 백회에 안착하면서 광선을 내뿜는 모습이 보였습니다.

첫 화두를 외운 지 3주가 지나도록 화두를 어떻게 끝내야 하는지 갈피를 잡지 못했습니다. 마음에 작심을 하고 밤을 새면서 화두를 외우던 중 우주선에서 쏟아지던 기운이 끊어지는 것을 보았습니다. 2단계 화두를 받은 뒤부터는 계속 같은 요령으로 화두수련을 진행하였습니다. 밤을 새면서 8시간에서 9시간을 집중해서 외우면 화두의 기운이 끊어진다는 것을 알게 되었습니다.

5단계 화두를 외울 땐 오직 모를 뿐이라는 답이 자성으로부터 느껴졌었고, 6단계 화두에선 시작도 없고 끝도 없는 허공에서 내가 왔다는 답을 느꼈습니다. 7단계 화두에서는 내 본래의 모습이 빛이요 광명이며 부처라는 응답이 왔습니다. 8단계 화두에선 끓는 용광로라는 답을 느꼈습니다.

화두를 마무리하고 수련일지를 보냈건만 어찌된 일인지 두 달이 다 되도록 선생님께서는 아무런 말씀이 없으셨습니다. 저는 눈치로 탈락되었다고 느끼게 되었고, 삼공재와 기 수련을 중단한 채 마음공부와 자기 성찰에 주력하였습니다.

마음 길이 끊어지는 곳까지 가 보고자 하였으나 근본 당처에 이르진 못하였고, 무엇을 알고자 몸부림치는 급한 마음과 분노와 짜증을 일으키는 꿈틀거리는 한 물건의 존재를 어렴풋이 느끼게 되었습니다. 이상으로 현묘지도 수련일지를 끝마치며 백회를 열어 주시고 현묘지도 화두를 가르쳐 주신 선생님의 은혜에 감사를 드립니다.

2018년 1월 5일
이영호 올림

【필자의 논평】

화두수련 일지가 비록 짧기는 하지만 그의 수련과 함께 구비해야 할 조건은 모두 다 갖추었으므로 현묘지도 화두 과정 34번째로 합격되었다. 도호는 광명(光明).

아내라는 존재

김 강 한

새해가 벌써 일주일가량 지나갔습니다. 어제 아침에 북한산 능선에 올라 해발 약 600m 고지에서 서울과 수도권을 내려다보니, 하늘은 파랗게 청명한 날씨였으나 지상에서부터 해발 400m 정도의 대기층까지는 미세먼지가 자욱하게 끼어 있는 것이 보였습니다. 아침 10시경의 따스한 햇볕을 받으니 회색과 보라색을 섞어 놓은 것과 같은 스모그층이 더욱 선명하게 보이더군요.

평소 그 대기권 안에서 생활할 때에는 잘 모르고 지내왔는데 그곳을 벗어나서 보니 '내가 공기가 오염된 곳에서 수십 년 동안 지내왔다'라는 생각이 들었습니다. 더불어, 오염된 공기를 마시는 것은 어쩔 수 없다 해도 열심히 운동을 해서 건강을 지켜야겠다는 생각도 해 보았습니다.

등산 내내 제 머리를 떠나지 않았던 것은 바로 제 아내에 대한 상념이었습니다. 어떻게 해야 할지 고민했지만 뾰족한 해결책이 떠오르지 않았습니다. 사건은 지난 금요일 퇴근하고 집에 와서 발생하였습니다. 가족들과 함께 저녁 식사를 하려고 거실에 앉아 있는데 일주일 후로 다가온 '인사이동' 얘기가 나왔습니다.

와이프는 올해로 육아휴직 기간이 끝나 올 연말쯤 사무실에 복직해야 하는 상황입니다. 아이 엄마는 딸들이 아직 만 10살 이하라서 신경써야 할 부분이 많아 아무래도 일이 많은 부서보다는 업무 강도가 덜하고 칼퇴근할 수 있는 과를 가려고 합니다. 제가 집 현관을 들어서자마자 '어느 과 어느 팀이 좋을까?' 얘기를 꺼내는 것이었습니다. 그런데 제 반응이 시큰둥했나 봅니다.

핑계 같지만 그날 제가 고발 건 관련하여 파주경찰서에도 다녀오고 해서 좀 피곤해서 그랬는지 제 입에서 뜨뜻미지근한 답변이 나오자 아내가 발끈하였습니다. 지금까지 10여 년 동안 사귀고 결혼하고 지내오면서 인사이동 때 제대로 챙겨 준 게 무어냐는 것입니다. 다른 남편들은 '빽'이다 '인맥'이다 죄다 동원해서 인사 청탁을 하고 연줄이 안 닿으면 중간에 다리라도 놓아 부탁을 하는데, 당신은 꾸어다 놓은 보리자루마냥 뭐 한 게 있느냐는 것이었습니다.

차라리 배우자랑 직장이 서로 달랐으면 이런 일이 없을 텐데. 하지만 엎질러진 물이니 주워 담을 수도 없는 노릇이구요. 저는 기분이 나빴지만 아내의 말이 별로 사실과 다른 부분이 없어 '인사이동 때 내 힘껏 물심양면으로 지원을 해 줘야 하는데 못 해 준 부분은 처신을 잘못한 것 같다'라고 시인하였습니다. 아내는 잘못한 것은 잘못한 것이고 어떻게 남편이 아내를 위해 주는 것이 남보다 못하다고 하면서 '어찌 보면 은근히 자기(배우자)가 힘든 부서에 배정되는 것을 즐기는 것 같다'라고까지 하였습니다. '아니 어떻게 팔이 안으로 굽지 바깥으로 굽겠냐면서 '잘 챙겨 주지는 못했지만 마냥 팔짱만 끼고 있지는 않았다'라고 얘기하면서 아내 기분을 누그러뜨리려고 노력했지만 별무효과였습니다.

저는 아내 얘기를 들으면서 아이들에게 상추에 삼겹살과 김치를 싸서 저녁을 먹이고 있었는데 순간 욱하는 심정에 밥상을 뒤집어엎고 말았습니다. '쨍' 하는 소리와 함께 접시들이 두 동강 나고, 먹다 남은 삼겹살, 김치, 밥 등이 마룻바닥에 그대로 내팽개쳐졌습니다. 후회가 밀려왔지만 돌이킬 수도 없고 묵묵히 깨어진 접시 조각과 반찬들을 주워 담고 바닥을 청소하고 있는데, 와이프는 얼굴이 벌게지더니 '이제 하다 하다 밥상까지 엎는다'면서 '두 번 다시 그랬다간 각오하라'고 바락바락 대들었습니다. 열 번을 생각해 보아도 밥상을 뒤집은 것은 제가 잘못하였지만 제가 아내의 인사이동 때 제대로 챙기지 못한 것이 그 정도로 비난받을 거리인가 하는 생각이 치솟아 올라 제때에 사과를 하지 못하였습니다.

저뿐만 아니라 주위 사람들과도 얘기하다 보면 대개 배우자와의 관계가 원활하지 않음을 알 수 있습니다. 의사소통이 제대로 되지 않은 채 그냥 하루하루를 살아가는 것이지요. 『화성에서 온 남자 금성에서 온 여자』란 책 제목처럼 서로 관심 분야가 다르고 똑같은 사실을 받아들이는 것도 서로 달라 상대방을 온전히 이해하기란 애시당초 어려운 것일까요?

와이프 입장에서는 자기에게 관심과 사랑을 더 보여 달라는 애정의 표현일 터인데 저는 왜 그걸 이해하고 보듬어 주지 못하고 알량한 자존심만 지키려고 하는 것인지요? 아내와 나와는 과연 전생에 어떤 인연이 있어 금생에 부부로 맺어진 것일까요? 결혼하기 전 처형이 점쟁이를 찾아가서 저희 부부의 궁합을 보았더니 그 무당 왈 "어디 가서 궁합 볼 생각을 하지 말라"고 할 정도로 좋지 않았다고 합니다.

전생에 좋지 않게 끝난 인연이었다면 이번 생에는 어떻게 승화시켜야 할까요? 혹 채권채무관계에 있었다면 대체 얼마나 마음의 빚이 남아 있는 것일까요? 지금은 알 수 없지만 수련을 계속하다 보면 잡히는 것이 있으리라 생각합니다. 배우자와의 수백 생에 이어진 숙세(宿世)의 끈을 부여잡을 수 있다면 아내를 더 잘 이해하고 따뜻하게 챙겨 줄 수 있을 거란 기대를 가져 봅니다. 그날이 올 때까지 이를 화두로 삼아 수련해 나가고자 합니다. 그때가 되면 산에 올라 아래를 내려다보는 것처럼 확연히 뭔가가 드러나 보이겠지요. 수행이 그 단계에 이를 때까지 열심히 산을 오르려 합니다.

스승님이 저에게 "배우자를 사형처럼 모시고 뜻을 거스르지 말라"고 하셨을 때 저는 스승님이 그렇게 말씀하신 연유가 분명 있으리라 생각했습니다. 그럼에도 불구하고 이를 제대로 이행하지 못한 것 같아 죄송스럽습니다. 인격수양이 많이 부족한 저의 탓이지요. 남이 변하기를 바라지 말고 나 자신이 변해야 한다는 것을 알고 있습니다. 기 수련을 통해 전생을 살펴보는 것과는 별도로 아내에게 서둘러 미안하다고 말하려고 합니다. 진정 어린 사과라면 와이프도 받아들이겠지요.

수련 상황에 대해 말씀드리면 몸공부는 스승님의 지침대로 따르고 있으며, 기 수련에 있어서는 축기를 계속하고 있습니다. 요즈음은 기 감각이 예민해진 것인지 빙의가 될 때 몸 상태가 느껴집니다. 며칠 전에는 직장 동료들과 점심때 식당에 가서 해물순두부를 시켰는데, 아직 먹지도 않았는데 머리가 띵하면서 어질어질 현기증이 나더라구요. 배가 고플 때 에너지가 딸려 현기증이 나는 경우와는 다른 것 같습니다. 일상생활을 해 나가면서 경험이 쌓이면 빙의될 때의 느낌이 확실해지리라 생각합니다. 마음공부는 제 아내에 대한 메일 내용에서 보신 것처럼 진창에 빠져 허우적대고 있습니다.

올해 스승님께 바람이 있다면 항상 건강을 유지하셔서 좋은 글도 많이 쓰시고 오래도록 제자 양성에 힘써 주시는 것입니다. 수련 진도가 더

딘 제자이지만 『선도체험기』를 통해 좋은 가르침을 주시고 이 한 마음을 전하면서 이만 줄입니다. 그리고 생식 대금을 계좌 이체하였으니 표준 4봉지 발송 부탁드립니다.

4351년 1월 7일
파주에서 제자 김강한 올림

【필자의 회답】

아내가 남편에 대하여 불평을 한다든가 잔소리를 할 때는 그것 자체가 그동안 쌓여 온 남편에 대한 아내의 스트레스 해소 과정이라는 것을 알아야 합니다. 그럴 때는 바로 그 순간부터 아내의 잔소리가 완전히 시들 때까지 벙어리가 되는 것이 상수입니다. 맞상대는 하수 중의 하수입니다.

지금은 역학으로 보아 여자의 기세가 상승할 때입니다. 앞으로 최소한 1만 년 동안은 그리될 것이라 합니다. 과거의 1만 년 동안은 남존여비(男尊女卑) 시대였고 여자들의 남자들에 대한 원한이 사무칠 대로 사무쳐 왔으니, 다음 1만 년 동안은 여존남비(女尊男卑) 시대가 활짝 꽃피게 될 것입니다.

의식이 있고 민감한 남자들은 진즉부터 이에 대비했어야 할 일입니다. 부부싸움에서는 지는 것이 이기는 겁니다. 여성상위 시대에 접어든 이즈음 냉정한 눈으로 살펴볼 때 김강한 씨는 집에서 쫓겨나지 않은 것을 다행으로 알아야 할 것입니다.

자산의 천지개벽에 대한 수련일지

삼공 스승님!

증산도의 『도전』을 읽고서 수련에 들어 관찰한 수련일지를 보내 드립니다. 『증산도 도전』에서도 인간계의 모든 일들이 인간만이 아닌 존재들과 인연된 신명계와 연결되어 진행되기에 강증산 상제도 척을 두지 말라고 강조하였습니다. 그리고 앞으로 일어날 일들에 대해 미리 그 시점에서만 할 수 있는 천지공사를 진행하며, 참사람으로 살기 위해 어떤 마음을 내어야 하는지를 전한 것입니다.

그리고 그러지 못할 경우에 일어날 예언된 일들을 말해 주고 있습니다. 그러나 그 또한 피할 수 없는 일이 아닌 우주의 이치를 깨달은 각자들의 각성과 역할 속에서, 현생을 살아가는 모든 사람들의 선택에 따라 바뀌기를 바라는 간절한 마음에서 남긴 메시지임을 느낍니다.

운기가 되는 순간부터 자신과 인연된 영가를 천도하며 이생의 한순간의 마음 한 자락도 허투루 여기면 안 된다는 것을 체감하였습니다. 그리고 세세생생 윤회하며 빚어진 인연의 고리들의 인과관계를 해업하며, 자신뿐만 아니라 주변도 밝히어 변화시켜 나가는 것이 수행자가 반드시 행하여야 할 사명이라는 것이 더욱 명확해집니다.

이웃의 지인이 겪고 있는 영병과 관련된 자신의 오랫동안 어디에도 털어놓을 수 없었던 삶의 고민을 차 한잔 들며 도담을 나누는 과정에서, 그동안 『도전』을 읽고서 관하였던 흐름과 함께 내면으로부터 전해진 자성의 메시지를 수련일지로 올립니다.

혹심한 한파로 인해 서울이 시베리아에 비유될 정도로 춥다고 합니다. 혹한 속에서도 지금처럼 밝은 햇살로 늘 존재해 주셔서 감사드립니다.

2018년 1월 24일
자산(慈山) 정정숙 올립니다.

자성과의 대화

현묘지도 화두수련을 마치고 관심(觀心)이란 화두를 받고서 매 순간 자신의 내면을 성찰하고, 나와 남이 둘이 아닌 하나의 존재인 나라는 존재 이외의 모든 존재들을 바라봄이 다르다. 요즘 한국과 지구 곳곳에서 천재지변과 전쟁 위기설 등 세상의 어수선한 소식이 밀려온다. 세상이 불안하니 주변 사람들이 앞으로 일어날 일들의 예언들에 대한 관심이 많은 듯하다. 이웃님이 잠시 차 한잔 나누자며 찾아와서 조심스레 자신의 고민을 털어놓는다.

"요즘 제가 작업을 하면서 누구에게도 말할 수 없는 고민이 있답니다."

"네. 무슨 고민이신데요?"

"왠지 내 얘기를 이상하게 여기지 않을 것 같다는 확신이 들어서요. 말하지 않으면 내가 겪는 것이 마치 꿈을 꾸고 있거나 아니면 정신적인 문제가 있는 것이 아닌가 여겨지는데, 내가 느끼는 것은 너무나 명확한 것이라 어디다 얘기할 수도 없었답니다."

"네. 너무 걱정 마시고 편안히 말씀해 보세요."

"어젯밤에 도자기 작업을 하고 있는데 태엽 감는 소리도 들리고, 저 외에는 아무도 없는데 저벅저벅 걷는 소리도 들리고, 사람 형태는 보이지 않는데 분명 누군가가 저를 지켜보고 제가 있는 공간에 함께하고 있다는 게 느껴져 너무 무서워서 작업장을 바삐 도망치듯 나와 버렸답니다. 그런데 이런 일이 어제가 처음이 아니어요.

우리 아들은 제가 요즘 들어 자꾸 아기 말투로 얘기한다 걱정해요. 제가 생각해도 이상하게도 내가 이런 말을 쓰지 않는데, 혀 짧은 말을 한다는 게 느껴지고요. 게다가 밤에는 통 잠도 못 이루고 소화도 안 되고 음식도 먹을 수가 없는 것이...그래서 남편은 조심스레 정신과라도 다녀오면 어떻겠냐고 하면서, 저를 바라보는 눈빛이 거리감도 느껴지고... (잠시 침묵을 유지한다.)

사실 마음이 이래저래 편하지도 않지만, 내가 지금 이렇게 사는 게 맞나 싶어요. 남편도 아이들도 다 저에게 잘해 주고, 저도 가족들을 사랑하는데 왠지 모를 허전함과 허망함, 왠지 다른 세상에 나만 버려진 느낌이라고 해야 할까요. 그리고 어느 순간부터 사람 마음이 척 알아지고 그러니, 이젠 이런 제가 무섭다는 생각이 들어요."

이웃님의 말씀을 들으며 이미 이분이 오기 전에 이분과 함께 한 인연을 관하며 함께한다. 이분과 인연 되신 분이 세 분 함께하신다. 전생에 도자기를 구우며 초상화를 그렸던 도공 부부와 어린아이가 이웃님과 함께하면서 이분이 이생에 하고자 하는 일을 돕고 있다. 이웃님이 굽는 도자기에 표현되는 예술적인 세계는 마치 살아 있는 대상을 그대로 옮겨 놓은 듯 그 생동감이 뛰어나고 사실적이어서 해외에서도 인지도가 있는 도예가이기도 하다.

어찌하여 이분과 인연되었는지 제 안으로 관하니 이분들은 전생에 이웃님과 함께하며 힘든 생활을 버티어 나갈 수 있는 도움을 받았던 인연이다. 이웃님은 전생에 양반의 아녀자로 기품이 있고 정이 많아 이 부부와 가족들을 살뜰히 살피며 아꼈던 사이였음을 알게 된다. 도공의 아이가 괴질에 전염되어 마을 사람들이 두려워 정상인 이들 부부와 아이를 깊은 산중 헛간에 가두어 죽도록 방치한 것이다. 치료의 손길이 필요한 아이와 함께 음식도 물도 공급받지 못하고 고통스러워하는 아이를 지켜보아야 하는 고통 속에 숨지고 만다.

이분들을 아꼈던 이웃님이 도공 가족이 보이지 않아 수소문 끝에 산속 버려진 헛간에서 두 부부와 아이의 시신을 거두어 고이 묻어준 은혜를 잊지 않고, 현생의 인연으로 육신은 함께하지 못 하나 자신을 아꼈던 이웃님과 함께하며 이분의 꿈이 이루어지도록 도운 것이다. 이웃님이 만든 작품에 도공 부부의 아이의 혼령이 깃들어 마치 살아 있는 대상처럼 자연의 친구들이 생동감 있게 보이며, 이웃님이 도자기를 구울 때 도공 부부가 함께하며 그들의 재능이 함께 반영이 되어 작품이 탄생하는 것이다.

도공 부부의 이야기를 알고 나니 마음이 아리어 온다. 그들은 자신이 죽었으나 삶을 마감하는 시점에 아이가 죽어 가는 것을 보고도 그 무엇도 해 주지 못한 것이 한이 되어 아이와 함께 삼계를 떠나지 못하고 남아 있는 것이다. 이들은 누구를 해칠 마음도 없으며, 그저 자신을 아꼈던 인연에 감사하며 죽어서도 그 은혜를 갚으려 한 것이다.

그들이 이생을 떠날 수 없었던 것은 그러한 모든 것들이 삶의 전부로만 알았기 때문이 아닌가 한다. 마음이 그 시점에 멈추어 있기에 진정한 사람의 태어남의 의미가 무엇인지, 얼마나 많은 생을 윤회하며 자신이 누군가에게 버림을 받듯 자신도 누군가에게 아픔을 주는 존재로 살아온 그 대가를 치르며 업을 갚고 있는 중이었다는 것을 알았다면, 마지막 눈 감는 순간에도 그들은 자신에게 주어진 삶에 감사할 수 있었을 것이다.

모든 존재가 이미 깨달은 존재이며 부처라는 사실을 알기 위해 윤회하고 있다는 내 안의 앎과 그들의 의식이 하나가 되어 공명하며 빛이 강하게 확장된다. 그들과 내가 둘이 아닌 하나의 존재임을 알고 있는 나로서 그들이 인연된 연유를 그들에게 묻는 것이 아닌 내 안으로 호흡과 의식이 하나된 채, 고요한 가운데 오직 그 모든 것을 관하고 있는 의식에 의해 이러한 이치가 알려진다.

그리고 내 안의 일깨움들과 그들의 의식이 하나로 연결되어, 산 자와 죽은 자의 경계도 없이 오직 깊은 감사와 사랑의 빛의 기운으로 하나가 된다. 그들과 모든 의식이 연결된 상태에서 대각경을 염송한다.

'나는 하느님의 분신으로서 하느님의 무한한 사랑, 무한한 지혜, 무한한 능력을 구사하고 있다. 이 큰 깨달음을 통하여 나는 뜬구름과 같은 오감의 세계를 벗어나 상부상조하는 대조화의 세계, 하느님과 나, 남과 나, 우주와 내가 하나로 합쳐지는 실상의 세계 속에 살고 있다.'

대각경에 담긴 빛의 기운과 그분들의 본래의 빛이 하나되며 인간의 형상은 더이상 존재하지 않은 채 환한 빛만 발현된다. 모든 우주만물이 바로 빛의 존재임을 보여 준다. 밝고 환한 의식이 그들의 외형을 이루는 모습도 아름다운 빛으로 발현되면서 세 가족이 공손히 합장을 하며 빛무리가 되어 다른 공간으로 이동한다.

이어 자성에게 관한다.

"태을주 등 주문수련을 하는 의미에 대해 관합니다."

"자신이 누구인지 일깨워지기 전에는 이러한 주문수련을 염송하는 것이 특정 주문에 연결된 기운의 변화 속에 본래의 자신에게로 안내하며 지원하는 것이나, 자신이 누구인지 명확히 안 이후에는 이미 주문수련의 단계를 초월한 것이니 화두를 위한 화두수련이나 주문에 의지한 주문수련 또한 의미가 없는 것이니, 이때부터는 구도중생의 역할로써의 활용하는 도구인 것이다.

우주를 이루고 있는 근본 깨달음은 오로지 의식과 기운으로만 존재하며 창조주의 근원의식의 빛으로 표현될 수 있다. 이 의식은 인간이 살고 있는 삼계의 3차원뿐만 아니라 다양한 차원으로도 존재하고 있으며, 각 차원마다 빛의 에너지의 형태로 존재하는 생명체들이 있으며 그 이상의 차원에는 형체를 갖춘 생명체가 아닌 우주의식으로 이루어져 있으며, 이러한 모든 존재들이 근원의식과 연결된 하나의 존재이다.

삼계인 이곳 지구에서는 본래의 자신이 누군지 알지 못하는 인간은 육신이 있는 영가이며, 영가는 육신이 없는 인간인 것이다. 오직 육신을 갖추고 본래의 자신이 누군지 알고자 하며 지감, 조식, 금촉으로 참자신을 찾아가는 여정 속의 작은 일깨움일지라도 그 일깨움으로 자신뿐만 아니라 육신이 없는 인간과, 이러한 참자신을 알도록 돕고 있는 지구와, 지구에 존재하는 수많은 생명의 존재들인 동물과 식물들뿐만 아니라 죽어서 존재하는 영체가 아닌, 인간의 진화를 돕고 있는 수많은 차원의 영성체들과 연결되어 영적 차원의 상승을 돕고 있다는 것을 알아야 한다.

인간만을 위한 진화가 아닌 다른 모든 생명에게도 서로가 모두 일체라는 일깨움으로, 지구 전체의 모든 생명체에 해원상생의 염원을 담은 간절한 파장을 전송해야 할 것이다. 지구는 인간만의 생명체가 아닌 다른 여러 생명에게도 살아야 할 권리가 있는 것이며, 현재 지구 곳곳에 일어나는 천재지변과 전쟁 등 그동안 수많은 선각자들에 의해 전해진 예언대로 진행될지는 오직 지금 이 순간을 살아가는 일깨워진 인간들의 선택에 달려 있는 것이다.

이러한 확장된 의식 속에 우주의 전체의식과 자신이 하나됨 속에 발현되는 율려의 파장은 인간으로 현현한 일깨워진 의식을 통해 모든 만물과 공명할 수 있는 것이다. 진정한 주문수련의 참뜻은 그 의미를 알지 못하는 존재들에게 본래 알아야 할 깨달음의 빛의 파장을 율려에 담아 전하는 이치인 것이며, 이미 본래 진면목을 찾은 구도자에게는 특별한 의미 부여가 될 수 없는 것이다.

오직 고요함 속에 자신의 일깨워진 세포 하나하나가 본성의 빛의 파장으로 승화되어 모든 만물에 대한 무한한 자비심이 발현되는 우주의식과 하나됨이 모든 주문을 초월하는 것이다. 같은 주문을 염송하여도 어떤 마음으로 염송하느냐가 중요한 것이니, 자신을 위해 얻고자 하는 마음으로 하는 수련으로는 연결되는 기운이 한정될 것이나, 나와 모든 생명체들을 하나의 존재로 의식이 연결된 고요함 속에 자비심을 발현하는 상태에서 염송하는 주문은 온 우주를 진동하며 영적 차원을 상승시키는 진화의 빛인 것이다.

이러한 이치를 알고 이런 의식으로 매 순간을 살아가는 구도자들이 더 많이 깨어나야 할 것이다. 보이지 않는 차원의 세계에서의 육신이 없는 인간들도 이러한 일깨움으로 염송하는 율려의 파장은 본래 자신의 자리인 빛으로 돌아가도록 안내하고 지원하는 것이니, 지구를 포함한 모든 생명체들의 영적 차원을 상승시키는 것은 주문수련이 아니라 이러한 앎과 행에 있다 할 것이다."

"다가오는 미래에 대해 많이들 불안해합니다. 근자에 전 세계적으로 지진, 화산 폭발 등 여러 자연재해 현상으로 앞으로 천지가 개벽할 것이며 지축이 정립되며 물과 불로 다스리니 수많은 생명이 죽을 것이라 하며, 선각자들이 전한 주문들을 외우면 살 수 있다 하는데 이러한 예언들에 대해서는 그 의미를 어떻게 받아들여야 하는지요?"

"증산이 후세에 전하고자 했던 개벽(開闢)의 참뜻은 더불어 나누는 삶이며, 이것이 증산이 보여 주고자 한 해원상생과 개벽의 참뜻인 것이다. 개벽을 천지를 개변하고 살아 있는 생명체들의 대부분이 절망적인 상황에 처한다는 사실로만 받아들이는데, 반드시 절망적인 메시지만은 아닌 것이다. 주변 사람들이 불행한 상황에 처해 있을 때 자신만의 안위를 생각하는 이기적인 수행이 아닌 서로 돕고자 하는 간절한 마음이라 할 것이다. 상생의 진정한 의미를 바로 알아 더불어 나누며 함께 살아가자는 것이 개벽(開闢)의 진정한 뜻이다.

세상 사람들을 구원한다는 명목으로 증산의 천지개벽(天地開闢) 사상에 심취한 사람들이 많은 세상이다. 그러나 증산의 사상을 바탕으로 해원상생과 천지개벽론을 펼치고자 했던 많은 구도자들이 얼마나 증산이 펼치고자 했던 뜻을 자신의 삶 속에 온전히 녹여내어 행으로 실천했는지는, 그동안 증산 사상을 세상 속에 전파한 단체들의 실상과 지나온 과정들이 현실에 어떻게 반영되었는지를 보면 될 것이다."

"이 시점에 이미 자신이 누군지 확연히 알고 자신뿐만 아니라 모든 존재들 또한 자신과 같은 존귀한 존재라는 사실을 아는 사람들이 어떻게 해야 하는지요?"라고 관하자 눈앞에 큰 화면이 빛으로 투영되며 그 속에 많은 의미를 내포한 문자들이 밝고 영롱한 빛의 형태를 이루고 있고, 이러함은 내면의 깊은 의식 속에서의 알아짐이다.

"새 세상을 보기가 어려운 것이 아니오. 마음 고치기가 어려운 것이라. 이제부터 마음을 고치라. 대인(大人)을 공부하는 자는 항상 남 살리기를 생각하여야 하나니, 어찌 억조를 멸망케 하고 홀로 잘되기를 도모함이 옳으리오.(『증산도 도전』 2:75: 11, 12)"

눈앞에 펼쳐진 글을 모두 읽자 환한 빛의 장막 속에 밝게 빛나던 이 문자들이 사라지고 짙은 암흑처럼 고요하다. 깊은 호흡으로 고요함 중에 자성과의 대화를 이어간다.

"증산 사상이 거듭 강조하는 것은 개벽이란 거창하고 새로운 것이 아니며, 새 세상이란 세상 사람 모두가 하느님의 분신으로서 하느님의 무한한 사랑, 무한한 지혜, 무한한 능력을 구사할 수 있도록 허상의 나를 비우고 참자신으로 새롭게 태어난다면 바로 이것이 새로운 후천 세상을 여는 것이며, 너와 내가 둘이 아닌 하나의 존재로서 더불어 함께 나누는 진리를 전하고 있는 것이며, 이것이 천지개벽의 참뜻이라 할 것이다.

종말론적인 모든 종교 사상이 추구하는 것들 중 잘못된 행태는 천지개벽으로 세상천지가 종말을 고하는 흐름 속에서 개벽 사상이나 종말론적인 사상을 추구하고 맹신하는 자신들만 선택적으로 구원을 받아서 새로운 세상 속에서 부귀영화를 누릴 것이라는 이기적이고 맹목적인 믿음이라 할 것이다.

이들은 진실한 마음으로 말법 시대 속에서 세상 사람들을 구원하겠다고 다양한 방편을 통해서 역할들을 하고 있으나, 종말론적인 천지개벽론에 심취해서 자기 자신도 온전히 추스르지 못 하는 것이 안타까운 현실이다.

증산 사상의 핵심은 천지개벽론에 심취해서 본말이 전도되는 흐름이 아니라 본래의 증산이 전하고자 했던, 타인과 함께 상생하는 삶을 글과 말로만 전하는 논리적인 사상이 아닌, 인간의 본래 진면목을 찾아서 본래의 개벽 사상의 핵심인 삶 속의 행 속에 담아냄 속의 상생 정신을 되찾자는 것이다.

강증산이 전한 '내 세상에는 내가 있는 곳이 천하의 대중화'라는 말속에는, 모든 사람들은 자신이 존재하는 우주의 주인공으로서 나를 출발점으로 삼아 새 세상을 연다는 뜻이 담겨 있다. 모든 것이 나로부터 다시 시작된다는 증산의 말은 내가 있는 곳이 세상의 중심이요, 나로 말미암아 새 세상이 열린다는 뜻이다.

지금껏 수많은 사람들을 혹세무민하게 했던, 세상을 구원할 메시아가 와서 개벽 시대를 여는 것이 아니요, 허상의 나를 온전히 비우고 참나(眞我)로 거듭난 모든 사람들이 자신의 삶 속에서 새로운 정신문명을 만들어 가는 주체라는 사실을 전하고 있는 것이다.

무엇이 본질인지 정확히 알지 못함 속에 이러한 예언된 일들이 반드시 일어난다고 믿는 집단주의 의식으로 인한 맹목적인 믿음으로 인해, 일어나지 않아도 되는 일들을 끌어당겨 앞당기고 있음이며, 인간 본래의 본성을 잃어버리고 인간만을 위한 이기적인 삶 속에서 상생의 법칙을 무시한 채, 자연을 끝없이 파괴하는 탐욕에서 비롯된 인간의 마음의 결과로 인하여 현재의 자연재해들이 일어나는 것이다. 앞으로 어떤 형태로 새로운 세상을 이뤄 나갈 것인지는 오직 참의식으로 일깨워진 사람들의 의식의 확장과 실천하는 행이 전 우주의 의식의 파장을 높일 수 있는 것이다.

이러한 함의를 알고서 일깨워진 구도자들이 평범한 듯 여겨지나 자신에게 주어진 삶의 자리에서 참사랑을 선택하는 일상을 영위한다면, 그러한 행위가 우주 전체의식의 차원을 상승하여 예언되어진 일을 겪지 않아도 되는 것이니, 이미 정해진 예언대로 진행된다면 이러한 예언의 의미가 무슨 의미가 있겠는가? 모든 것은 인간의 선택에 달려 있다고 하는 것이 바로 이런 의미인 것이며, 진정한 개벽을 이루기 위해 먼저 다녀간 선각자들이 일깨움의 장을 마련한 연유인 것이다."

얼마나 많은 인류가 참자신의 본질을 각성하며 그러한 의식으로 인간의 언어로 전함이 아닌 다양한 차원의 생명체들에게 하나로 연결된 의식으로 참사랑을 전할 수 있느냐에 달린 것이라는 것을 알았습니다. 매일 반복되는 하루 같으나, 이렇게 일깨워진 의식을 오직 지감, 조식, 금촉 속에 지구와 함께하는 생명들과 사랑과 감사를 누리며 전하느냐에 따라 그 파장의 공명의 주파수가 각 차원의 의식을 상승시키는 것임을 알았습니다.

밝게 빛나는 하늘과 바다, 생동하는 자연의 친구들, 사람과 공생하며 함께하는 동식물들과 육신이 존재하지 않으나 사람들과 함께하며, 이 모든 인과들을 해원상생할 일깨움을 간절히 찾는 영혼들과 그들과 함께하며 누리는 지금 여기 이 순간들이 얼마나 감사한 것인지를 자각(自覺)하는 것이 바로 수행인 것이며, 이러한 의식들을 더 깊이 관하여 주변의 많은 존재들과 하나의 의식으로 연결되어 고요함 속에 발현되는 깊은 자비심으로 일상을 영위하는 것이 먼저 일깨워진 사람들의 삶의 의미라는 것을 알게 되어 감사드립니다. 지금 이렇게 존재하는 모든 것들에 대한 감사함을 더 많은 존재들과 누리며 나누겠습니다. 감사드립니다."

이러한 자성의 대화까지 고요함 속에 마무리하며 앞에 있는 이웃님과의 찻잔이 비워져 간다. 어느새 이웃님이 자신의 마음이 고요하고 평온하며, 자신의 가슴을 짓누르고 두려워했던 마음들이 사라진 자리에 감사와 사랑의 감정이 자리한다며 눈물을 보인다.

이분의 손을 살포시 잡고, "삶의 모든 고비들을 잘 견디어 주어 감사합니다. 이렇게 제 앞에 고운 마음으로 자신의 삶을 지켜 내고 존재해 주어 감사합니다" 하니, "제 얘기를 들려 드리면서 제가 얼마나 소중한 존재인지 느껴집니다. 늘 존재하는 세상인데 지금은 너무나 맑고 투명하며 모든 존재하는 것이 아름답게 느껴집니다. 이 마음 이대로 제 삶으로 돌아가서 더 밝게 살아 보겠습니다" 하며 눈물을 훔치신다.

이웃님과 제가 두 눈을 마주하며 감사의 마음으로 하나된 존재로 공감함을 나눈다. 돌아가는 이웃님께 『선도체험기』를 드리며, "지금의 그 마음으로 세상을 살아가는 사람들의 얘기들이 이곳에도 있답니다. 편안히 그냥 곁에 두셔도 좋고, 읽고 싶으실 때 저를 찾아오셨듯 그 안에서 자신의 본질을 찾아보세요."

감사하다는 인사를 하고 돌아서서 가는 이웃님의 뒷모습이 어쩜 그리 아름다운지! 자신의 참마음을 찾아가는 여정에 또 한 분의 도반을 만나 감사함이다.

2018년 1월 24일
자산(慈山) 올립니다.

【필자의 회답】

우아일체의 경지에 도달한 구도자의 심정이 구체적으로 실감나게 잘
묘사되어 있습니다. 계속 용맹정진하기 바랍니다.

현묘지도 화두수련 체험기 (35번째)

정수진 대주천 수련일지

2017년 12월 22일, 삼공재 첫 방문

현묘지도 수련을 마치고 도호(慈山)를 받은 언니와 친자매로서, 둘째 동생인 정수진 인사 올립니다.

겸손과 역지사지로 자신의 자리에서 자신을 드러냄 없이 조용히 역할을 하는 사람이 세상에 필요한 사람이라는 부모님의 가르침 속에서 성장한 저희 세 자매들에게, 삶 속에서 자신의 내면을 바라보고 오욕칠정을 비워 가는 수행의 흐름은 철이 들 무렵부터 항상 숨을 쉬듯 자연스러운 일이었습니다.

부모님의 가르침을 따라서 동생과 저에게 부모님의 빈자리를 대신하는 큰 그늘이 되어 주고, 인생이라는 삶의 갈림길에서 항상 지혜로운 이정표가 되어 주며 어찌 살아가야 하는지 말이 아닌 행으로 보여 주는 자산 언니입니다.

그녀의 행보를 따라서 그림자처럼 함께 수련하는 흐름 속에서 삼공 스승님을 찾아뵐 때가 되었다는 자산 언니의 인도로 삼공재를 처음으로 방문을 하였다.

그동안 언니와 함께 수련도 하고 음양식과 생식도 하였기에 스승님을 찾아뵐 수 있다는 기회가 주어짐에 감사함으로 자산 언니를 따라서 동생과 함께 찾아뵈니, 반갑게 맞아 주시는 사모님과 삼공 스승님을 뵈면서 온화하고 인자하신 기운에 긴장감은 편안함으로 풀어지며 따스한 봄날 같은 행복감이 피어올랐다.

인사를 올리고 오행생식 처방을 위해 맥을 안정시켜야 하니 호흡에 들라는 말씀에 호흡을 가다듬기 위해서 좌선에 들어갔다. 30분쯤이 지난 후 스승님께서 맥을 짚어 주시면서 맥 상태가 아주 좋고 평맥이니 표준을 먹으면 된다고 말씀해 주셨다.

오후 3시 수련 시간이 되어 양손을 합장하고 먼저 대각경을 암송하며 호흡에 들고자 하였다. 지금 이 자리에 오기까지 이 자리를 지키며 이끌어 주시는 삼공 스승님과 사모님께 감사드리며, 선배 도반님들과 우리 세 자매가 스승님 앞에서 함께 수련할 수 있는 축복에 감사함으로 가슴 뭉클하였다.

백회에서 하단전까지 원통형으로 강하게 내려오는 기운이 하단전으로 엄청나게 조여들 듯 응축됨을 느낄 수가 있었다. 수련하는 동안 내내 밝고 맑은 강한 기운이 축기되었으며 하단전으로 안정이 되면서 깊은 삼매에 젖어 들 수가 있었다.

2017년 12월 23일, 삼공재 두 번째 방문 수련

집에서도 『선도체험기』를 읽으며 자산 언니의 안내에 따라서 동생과 함께 매일 수련을 이어가는 흐름 속에 임, 독맥이 더욱 크게 확장되며 소주천의 흐름이 시시각각으로 활발해지고 기경팔맥의 운기유통이 더욱 활발해진다.

자산 언니가 수련 중에 나와 동생의 운기 상태를 점검하고서 이제는 삼공 스승님을 찾아뵙고, 대주천이 되고 있으니 이번에 방문하면 점검을 받아야 한다고 해서 동생과 함께 언니를 따라서 삼공재를 방문하였다.

그동안 자산 언니로부터 전해 들었듯 늘 한결같이 반갑게 맞아 주신 다는 말씀처럼 다정하신 사모님께 감사의 인사를 먼저 올리자 긴장감이 사라진다. 편안하고 부드러운 모습의 스승님을 뵐 때는 어느덧 감사함 속에 행복한 미소로 마음이 확장되었다. 수련을 마치고 동생과 함께 백 회에 벽사문을 설치해 주시고 대주천 인가를 내려 주셨다.

이러한 축복을 내려 주심에 감사한 마음을 표현할 길이 없으니, 지금 껏 삶을 온전히 올인하시며 지금 여기 이 순간까지 제자들을 이끌어 주 시는 스승님께 부끄럽지 않은 구도자로서 더욱 정진하는 삶을 살아가고 자 가슴속 깊이 각인하며 삼공 스승님께 삼배를 올렸다.

정수진 현묘지도 화두 수행기

2018년 2월 9일, 네 번째 삼공재 방문

삼공 스승님께 현묘지도 첫 번째 화두를 받고서, 2018년 2월 9일부터 2월 15일까지 현묘지도 화두수련 일지를 작성하였다.

1단계 화두

첫 번째 화두를 받고서 새벽에 호흡에 들어 화두를 염송하자 온몸과 의식이 끝없이 밑으로 가라앉듯 낮아지며 조용히 호흡에 들어 있는 나를 바라본다. 큰 별과 주변의 수많은 행성들이 소용돌이처럼 돌면서 무수한 빛무리들이 소나기처럼 백회 위에서 전신으로 쏟아진다. 전신이 하나의 큰 원통으로 연결되어 하단전으로 투명한 액체가 원통의 관을 통해서 쏟아지듯 들어오며, 단전이 크게 확장되다가 압축되며 둥그런 구 형태로 응축이 된다.

중단에서는 형용할 수 없는 환희지심이 일어나며 감사함으로 가득 채워진다. 얼마나 시간이 지났을지 시간이 멈춰 버린 듯 너무도 고요한 적막함 속에 우주공간에 홀로 남겨졌으나 두렵지도 외롭지도 않고 여여하고 충만하다. 화두가 끝났다는 것을 내면의 울림으로 알아진다. 첫 번째 화두가 끝났음을 확인하고 나서 선계의 스승님들과 삼공 스승님께 감사의 인사를 올리며 수련을 마치고 나서, 너무도 생생한 실상의 현상들을 기록하기 위해서 수련일지를 작성하였다.

2단계 화두

화두를 염송하자 백회 위 10미터 정도의 상공에서부터 맑고 투명한 빛줄기가 백회로 연결되면서 강한 기운이 쏟아지며, 상·중·하단전이 투명한 빛줄기로 연결되어 단전으로 회오리치듯 회전하며 강한 기운이 축기된다. 맑고 투명한 기운의 흐름에 의해 자연계의 다양한 모습들이 영화의 장면처럼 눈앞에 펼쳐지며, 전생부터 이어져 온 이생의 인연들에 대한 의미가 저절로 알아진다.

육신의 세포 하나하나의 의미가 단순한 물질 세포가 아닌 우주 삼라만상의 모든 이치를 담고 있는, 단순한 물질이 아닌 빛의 파동으로 이뤄진 세포라는 의미로 다가온다. 세포 하나가 끝없이 확장되니 그 속에 천

체망원경으로 보았던 장엄한 우주가 펼쳐진다. 인간의 육신을 우주를 축
소한 소우주라고 말하는 의미를 눈앞에 펼쳐지는 너무도 경이로운 장면
들을 통해서 온몸에 각인된다.

지금껏 나라고 여기고 살아온 허상의 육신의 나와 참나의 의미가 명
확히 알아진다. 온몸이 완전히 이완되며 몸이 끝없이 커졌다 작아졌다
변화무쌍한 흐름 속에서 서서히 다양한 변화들이 사라지며, 적막할 정도
의 고요함의 삼매에 들어서 화두가 끝났음이 인식된다. 어느덧 2시간 50
분의 시간이 훌쩍 지났으나 찰나지간처럼 느껴진다.

3단계 화두

화두를 염송하자 신묘한 느낌의 기운이 온몸에서 연기처럼 피어오르
며 몸의 주변을 투명하고 신비로운 빛으로 감싸며, 타원형의 빛의 형태
가 주변으로 끝없이 확장되며 주변의 탁한 모든 것들을 씻어내듯 정화
한다. 단전에서 기운이 강하게 조여들 듯이 응축되며 들이쉬고 내쉬는
호흡 속에 단전이 서서히 확장되며, 동시에 몸 주변을 감싸고 있는 타원
형의 빛이 함께 확장된다.

내가 존재하는 주변의 모든 것들을 정화하던 타원형의 빛이 지구를
벗어나서 우주공간까지 끝없이 확장되며 확장과 수축을 지속적으로 반
복하며 정화한다. 한동안 지속되는 흐름 속에서 도심 속 상공을 뿌옇게
덮고 있던 탁한 오염물질들이 정화되며 맑고 투명한 하늘이 펼쳐진다.

3단계 화두를 염송하면서부터는 전생과 이생의 인과로 인해 인연되는
영가들의 흐름이 기다렸다는 듯 더 많아졌으나 힘들지 않다. 그들과 내
가 해원상생의 의미로 자신의 깨달음의 역량만큼 인연됨을 알기에 힘들

지 않고 오히려 감사함 속에 유한함과 무한함의 의미가 알아진다.

이러한 경이로운 모든 현상들을 내면의 의식이 여여하게 바라본다. 인간의 끝없는 탐욕의 결과로 자연계의 생명의 순환의 고리를 끊어놓고 파괴하고 있는, 인간들의 탐욕의 결과물인 자연재해의 현상들과 현시점의 우리들의 자화상을 고요함 속에 성찰한다. 내면으로부터 화두가 끝났음이 전해진다.

4단계 화두, 11가지 호흡법

화두를 받고 바로 호흡에 들어 화두의 의미를 관하며 몸에서 일어나는 현상들을 바라본다. 어느 순간 단전에서 뜨거운 액체가 용암이 끓듯 부글부글 끓어오르다 둥그런 형태로 압축이 되면서, 뜨거운 원형의 구가 배 속에서부터 몸속을 무한대의 흐름으로 상체와 하체를 순환하듯 오르내리며 몸이 전후좌우로 회전하듯 돌면서 진동이 일어난다.

다양한 형태로 호흡이 저절로 이뤄지며 예정된 프로그램처럼 진행된다. 신기함에 호흡을 멈추면 동작이 멈추고 호흡에 들어 화두를 염송하면 기다렸다는 듯 다시 시작된다. 이러한 흐름이 오전 동안 반복되다가 오후가 되면서 편안해지며 안정이 된다. 온몸이 내부와 외부로 강력한 스트레칭을 한 것처럼 진동 수축과 늘어짐을 반복함 속에 그 어느 때보다 편안하고 완전하게 이완됨이 느껴진다. 내면으로부터 화두가 끝났음이 전해진다.

5단계 화두

좌선을 하고 화두수련에 들자 대각경이 염송되며 전생부터 현생이 있기까지 수많은 인연들과의 관계 속에서 지금껏 나라고 알고 살아왔던 내가, 참나인 본성을 잃어버리고 미망에 사로잡힌 시간 속을 영화처럼 비춰지는 화면을 통해 돌아본다. 모든 인간들이 오욕칠정에 사로잡힌 허상의 세계 속에서 자신이 왜 태어난 것인지 의미도 모른 채, 때가 되면 육신을 벗고 인과의 법칙에 따라서 덧없는 인생을 마치는 허상의 울타리 속에 갇혀 살아왔던 자신을 바라본다.

우주공간으로부터 커다란 섬광이 번쩍이며 번개가 치듯 백회로부터 온몸의 세포에 내리치며 번쩍이는 섬광의 빛무리에 휩싸인다. 한순간 대각경의 문자에 내포된 모든 이치가 꿰뚫어진다. 지금껏 허상의 고정된 관념으로 한정 짓고 살아왔던 어리석은 삶의 순간들이 영화 속 장면처럼 투영되는 화면 속에서, 허상의 모습 속에 가려졌던 모든 존재들의 생명의 실상과 본래의 참나의 실체가 알아지며 존재하는 모든 것에 대한 감사함으로 심연 가득 채워진다. 화두가 끝났음이 인식되며 다음 화두로 이어진다.

6단계 화두

5단계의 일깨워짐이 더욱 깊어지며 화두의 기운과 내가 온전히 하나된 상태에서 고요한 삼매 속에서, 너와 나의 구분 없이 우주의 근본의식과 일체됨 속에 나라는 개념의 육신의 형상이 우주공간으로 한순간에 사라지며 그러한 모든 것들을 바라보는 의식만이 존재한다.

7단계 화두

허상의 나를 벗어난 본래의 나는 하느님의 분신으로서 하느님의 무한한 사랑, 무한한 지혜, 무한한 능력을 구사하고 있는 하느님이 나이고 내가 하느님이며, 깨어난 모든 존재들이 나와 하나의 의식으로 연결된 하느님이다. 대각경이 암송되며 본래의 나와 근원우주의 의식이 하나로 연결되어, 고요하고 편안함 속에 참자신을 찾아가는 지금 여기 감사함의 울림으로 가득 채워진다.

8단계 화두

화두를 암송하고 난 이후에도 별다른 현상 없이 고요하다. 우주공간 속에 녹아들어 깊은 우주공간을 유유히 유영하듯 너무도 편안하고 안온함 속에 감사함만이 우주공간에 가득하다. 나라는 고정된 관념이 사라지며 내가 우주이고 우주가 나임을 자각하는 흐름 속에 존재하는 모든 것들에 대한 감사함으로 우주공간이 충만하다.

이생의 삶 속에서 나와 인연된 허상의 울타리 속에 갇혀 있는 모든 이들에게 참자신의 의미를 일깨우는 역할을 하기 위해서, 본래의 자신을 찾은 구도자의 역할이 새삼 중요함으로 심연 깊이 각인된다. 광명의 혜안의 빛으로 이끌어 주신 선계의 모든 스승님과 삼공 스승님께 마음 깊이 감사드립니다.

2018년 2월 15일
정수진 올립니다.

【필자의 논평】

정수진의 현묘지도 화두 수행기를 감명 깊게 읽었다. 선도수련의 핵
심을 꿰지 못했다면 도저히 나올 수 없는 주옥같은 말들이 쏟아져 나왔
다. 이에 또 하나의 수행자가 등장했다. 그녀의 언니인 자산(慈山) 정정
숙에 이어 자해(慈海) 정수진이 나온 것이다.

현묘지도 화두수련 체험기 (36번째) :
황영숙 현묘지도 수련기

현묘지도 수련 전

저의 소개를 잠깐 하겠습니다. 저는 울산에 사는 황영숙입니다. 『선도
체험기』와의 인연은 어느 지인이 가지고 다니는 것을 빌려 먼저 보게 되
면서부터였습니다. 이상할 정도로 『선도체험기』에 매혹되어 인터넷으로
구해서 41권을 보고 삼공재를 방문하게 되었습니다.

선도 책 읽기 전에는 절에서 스님을 통해서 좋은 경전을 많이 보고 듣
고 했지만 마음에 와닿지가 않고, 남 따라 왔다 갔다 세월만 보냈습니
다. 선도 책으로 인해 좋은 생식과 참나를 찾을 수 있게 되었습니다. 길
이 멀어 자주는 못 다니지만 무소뿔처럼 꾸준히 공부를 하다 보니 오늘
이 오지 않았나 싶습니다.

어릴 적 물가에서 많이 놀아 귓병이 들어 시간이 많이 흐른 후 수술을
하여 기 수련에 지장은 있었지만, 조금씩 향상이 되고 있음을 느꼈습니
다. 그렇지만 현묘지도 수련을 받는다는 생각은 못 했습니다. 수련이란
현묘지도 수련을 해 자기 실상은 알 수 있지만, 화두수련을 못 해도 그
나름으로 자기 자성 공부를 통한 깨달음이 있지 않나 하는 생각으로 수
련의 끈을 놓지 않고, 선도 책과 스승님 도움으로 현묘지도를 하게 되었
습니다. 스승님께 감사의 인사를 드립니다.

현묘지도 수련기

2/7 수요일

오늘 삼공재 예약을 하여 2시 30분에 도착했다. 선생님께 일배 드리고 자리에 앉자 스승님께서 백회 점검을 해 주시면서 일 단계 화두를 주신다. 절 삼배 올리고 앉는 순간 깜짝 놀랐다. 기운이 평소하고 다른 것을 느꼈다. 화두를 외우는 순간 강하고 청순한 기운이 백회로 인해 단전 온 기혈 하나하나에 파고든다. 나는 감정이 둔한지 눈물도 흐르지 않는다. 마음은 한없이 벅차오르는데, 일 단계 화두가 끝나면 전화드리기로 하고 나왔다. 1시간 30분이 5분 정도 흘러가는 기분이다. 이 모든 것을 스승님께 감사드린다.

2/8 첫 화두

새벽에 첫 화두를 외우면서 수련에 들어갔다. 강하고 청량한 기운이 세포 하나하나에 흐르고 있다. 백회, 인당, 중단, 단전 4합을 이루면 액체 같은 기운이 물 호스로 내려온다. 요즘 부쩍 전 세계적으로 지진이 자주 일어난다. 수련 중에 왜 문뜩 지진을 떠올렸을까? 한 사람이라도 더 살려야 될 것이라는 생각이 든다. 수련 시 화두를 외우니 몸은 흔들흔들하여 머리를 세차게 돌린다.

자시에 수련을 하였다. 화두를 암송 시작하니 귀에 기운 소리가 들린다. 강한 기운이 백회, 삼단전, 온몸을 기운 덩어리로 만든다. 귀 수술 자리에서 기운이 감지된다. 하단전이 용광로와 같다. 등, 목, 다리, 기운이 안 가는 데가 없다. "혼신을 다해라"는 메시지가 온다. 2시간 수련을

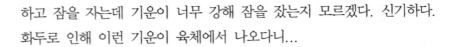

하고 잠을 자는데 기운이 너무 강해 잠을 잤는지 모르겠다. 신기하다. 화두로 인해 이런 기운이 육체에서 나오다니...

2/9 금요일

아침 운동하러 갔다. 금요일에 화두 받고부터는 남과 대화를 간단하게만 하고 관을 한다. 운동하는 사람과 마주치고 몇 마디 인사 정도 하니 머리가 아파 온다. 마치면 곧장 집으로 와서 집 정리, 점심 식사 마치고 수련을 시작한다. 삼배 올리고 자리에 앉는다.

선도 책 앞 장에 있는 스승님 사진 펴놓고 화두를 외우면 몸과 머리가 세차게 돌고 몸이 흔들린다. 다시 조용해진다. 여자분 빙의가 수다를 떠는 장면이 떠오르고 천도가 되었다. 중단이 서서히 풀어져 다시 기운이 들어온다. 다른 이상은 아직 없다.

2/10 토요일

아침 수련에 화두 외우는 순간 온 기혈 하나하나 살아난다. 용천, 노궁, 다리에 청량한 기운과 온화한 기운이 들어와 머리가 세차게 돌고 몸은 흔들거린다. 기운에 비해 화면도 뜨지 않고 천리전음이 아직 없다. 자성에 물었다. 반응은 없다. 화두만 외우고 무념으로 가고 있다. 귀에 아득히 관음 소리가 윙윙 잠시 들린다. 기운은 첫날보다 많이 줄어도 삼합과 단전은 달아오른다.

삼공재 수련 시간에 따라 절 삼배 올리고 화두를 외우며 수련에 집중을 한다. 아무 반응도 없고 진도도 나가지 않는다. 평상시에는 화면도 뜨고 빙의도 자주 보는데, 화두 받고부터는 기운만 강하고 다른 것은 반응이 없어 1단계 화두가 끝났는지 자성에 물어본다. 끝났다는 느낌이 와서 스승님께 문의하니, 2단계 화두를 주신다. 스승님 말씀이 떨어지는 순간 단전에서 온몸으로 기운이 쌓인다.

2/11 2단계 화두

아침 2단계 화두를 외우면서 수련을 한다. 액체 같은 기운이 삼단전을 통해 단전이 빵빵해져 온다. 강한 기운이면서 온화한 기운이 쌓이며 피부호흡이 된다. 화두를 외우면 입정에 들었다가 "일체유심소조"가 메시지로 전달되며, 전생인지 희미한 집과 사람의 한 장면이 지나간다. 오늘은 일요일이라 산에 가야 되므로 아침 수련을 마쳤다.

산에 올라가면서 간밤에 꿈이 생각이 난다. 어떤 여자분이 나보고 돈은 안 줘도 되고 이모들만 주라고 한다. 내가 볼 때는 세 명 더 있다. 얼마 줄까? 2십만 원을 줄까 하는 순간 굿을 하는데, 나는 잠에서 누구 이름을 부르면서 오너라 하고 몇 번을 부르고 있는 순간, 몸을 쿵쿵 뛰고 아무리 해도 일어나지를 못한다. 이것은 실체의 느낌과 같은 기분이다. 산에서 계속 관을 해 보니 아주 심한 빙의가 현묘 수련을 못 하게 방해하든지 시험을 해 보는 것 같다. 섬찟하다.

2/12 월요일

화두를 외우면서 몸이 흔들흔들한다. 기의 흐름을 느끼면서 액체 같은 기운이 위아래로 일고, 강하면서 온화한 기운이 단전에 쌓인다. 수술 관계로 기혈이 댕기는 것은 있어 조금 힘은 들지만, 단전으로 축기가 되고 온몸으로 기운이 퍼진다. 상체를 바로잡아 꼿꼿하게 세우고, 목도 세차게 들면 멈춘다. 몇 번 반복된다.

"우리는 하나다" 메시지가 온다. 동계 올림픽에서 북한 예술단에게 눈길이 갔다. 셋이 나와 노래를 돌아가면서 부르는데 감상적이고 슬픔이 일어났다. 몸에서 전기가 찌릿찌릿 통하면서 눈시울이 따갑다. 우리는 하나인데... 불쌍하고 애처로움을 느꼈다.

한쪽 귀에서 바람 소리가 아득히 들린다. 희미한 화면이 몇 편 지나간다. 알 수가 없다. 기운이 상체, 목, 등으로 돌고 하늘을 보고 제자리로 온다. 화두 첫날보다 기운이 떨어졌다. 3단계로 넘어갈까 생각해 본다. 삼배 올리고 수련을 마친다.

2/13 화요일

오후 수련을 시작한다. 화두를 외우면서 수련에 들었다. 백회, 중단전이 꽉 막힌다. 숨쉬기가 힘들어진다. 화두를 외우면서 길게 깊게 관을 하며 숨을 쉬어도 안 된다. 원한, 빙의 같은 것이 감지된다. 잘 보이지도 않지만 수련을 시작하고부터는 숨이 꽉 막히는 것은 처음이다. 화두를 외우면서 계속 관을 하니 조금씩 풀리는 느낌이다. 중단전이 아프다. 여자 빙의라는 느낌이 와 사죄를 하였다. 남은 인생을 하화중생하면서 바르게 살아야 되겠다.

2/14 수요일

새벽 수련에 윙 하는 바람 같은 관음 소리가 들린다. 인당, 코 사이에 기운이 내려오면서 상·중단의 강한 기운이 단전에 축기가 되고 있다. 꽉 막혀 있던 백회와 중단이 활짝 열려 기의 운동이 잘되면서 깊은 명상에 들었다. 머리 위에서 구름 같은 묵직한 기운이 돌고 있다. 청량한 기운이 온몸을 감싸면 피부호흡이 되면서 시원하고 추움을 피부로 느낀다. 마음은 한없이 편안하고 자비심이 온다. 기의 흐름에 따라 상체가 등뒤로 넘어간다. 몇 번 반복하니 시원하고 신기하다. 평상시 할 수 없는 몸동작인데 마음은 무심으로 가고 있다.

오후 수련에 들었다. 기운이 호수처럼 백회에서 내려온다. 인당과 중단이 열려 축기가 잘되고 있으면 오른쪽 고관절이 안 좋아 기운이 오른쪽으로 소모가 되고 있다. 몸의 탁기가 많이 빠져나간다. 피곤함을 느낀다. 관음 소리가 자주 들린다. 3단계로 넘어갈까 생각을 해 보니 설이어서 며칠 수련을 못 하지 싶어, 설 지나고 스승님께 전화를 드려 3단계 화두를 받기로 결정지었다.

2/17 토요일

새벽 수련 시 수련에 많은 기의 변화가 일어났다. 매일 오던 진동은 많이 줄었지만, 기운이 머릿속으로 파고들고 있어 귀 수술한 것이 조금 걱정이 된다. 기운이 너무 강해 중단 깊은 속 단전까지 기운 덩어리가 돌고 있다. 별 내용은 없지만 수련 중에 집 한 채가 보이면서 누군가 식사를 하고 있는 장면이 지나간다.

2/18 3단계 화두

오후 스승님께 전화해서 3단계, 4단계 화두를 받았다. 3단계 화두를 받는 즉시 온몸에 전율이 일고 단전이 따뜻해 온다. 선계 스승님, 스승님, 지도령님께 삼배 드리고 자리에 앉아 화두를 외우면 몸은 흔들거리

고 머리는 세차게 돌고, 강약으로 몇 번 반복하면 앞의 화두보다 강하면
서 조용하고 온화한 기운이 단전에 축기가 된다. 1시간 무심으로 수련을
마쳤다.

2/21 수요일

새벽 수련 시에 앉는 즉시 화두를 외우니 윙 하며 바람 같은 소리가
왼쪽 귀에서 들리고 몸에 진동이 느껴진다. 화두가 몸을 많이 정화시킨
다. 기운이 삼단으로 내려와 단전에 축기가 빵빵해 오면 피부호흡이 된
다. 얼음 같은 차가운 손이 따뜻해지면 온기가 온몸에 흐른다.

오후 3시 삼공재에 오면서 수련을 한다. 입정에 드는 순간 낯선 얼굴
이 스크린을 꽉 채우면서 지나간다. 빙의 얼굴인지 잘 모르겠다. 화면도
별로 뜨지 않고 천리전음도 없다. 화두 공부는 하고 있지만 불안한 마음
이 든다.

2/22 목요일

새벽 수련 시 백회와 단전이 꽉 막힌다. 빙의가 감지되고 화두를 외우
면서 관을 한다. 좀처럼 풀리지 않다가 1시간을 지나 서서히 중단이 조
금 풀려 단전이 따뜻해 온다. 몸은 호전반응이 와 눈이 아프고 얼굴이
많이 붓고 몸도 무겁다.

예전에는 2, 3일이면 정상으로 돌아오는데, 기운이 강해서 그런지 좀
처럼 돌아오지 않는다. 드러눕지는 않고, 일상생활에 큰 지장은 없다.
백회와 중단이 서서히 풀어지면 인당에서 콕콕하며 압박이 온다. 불꽃같
은 빛이 두 번 번쩍하고 지나간다.

2/23 금요일

오후 수련 시 기운이 줄고 있다. 화두를 외우면서 수련에 집중하니 중단이 꽉 막혀 있다. 강한 빙의가 심하게 감지된다. 화면이 잠시 뜬다. 버스가 사람을 가득 태우고 달린다. 그 많은 사람이 빙의란 말인가? 짜증 없이 수행해야 할 나의 사명이자 업인데 지혜롭게 해야 되겠다는 마음이 일고, 항상 바른 마음으로 살아야 되겠다. 3단계를 마치고 4단계로 넘어가야 되는 느낌이 온다.

2/25 4단계 화두

저녁에 4단계 수련 화두를 암송한다. 11가지의 호흡은 평상시에도 몸의 진동이 심해 일부는 되고 있다. 척추가 똑바로 세워지면 기의 흐름을 관하고, 몸이 끄떡거리고 세차게 돌고 상중하로 기운이 돌아가면서 몰린다. 액체 같은 기운이 중단, 단전을 휘젓는다.

호흡에만 집중하니 동계 올림픽 점화시키는 것처럼 불이 펄펄 올라오는 장면이 지나간다. 강한 기운이 중단전 깊숙이 파고들면 열기가 온몸으로 퍼지면서 몸의 아픈 곳도 치료가 되는 것 같다. 11가지 호흡을 마치며 신기함을 느낀다. 5단계 화두를 받으려는데, 스승님께서 편찮으셔서 전화드리기가 죄송스럽다.

2/28 수요일

5단계 화두를 스승님으로부터 전화로 받았다. 스승님의 기운이 감지되었다. 삼배 마치고 이 앞 화두보다 갈수록 강한 기운이 상중하로 들어와 수술한 자리 경락이 당기면서 머리에 기운이 많이 모여 터질 것 같다. 집중도 안 된다. 일단 수련을 중단하고 자시 수련으로 들었다.

기 수련이 안정되었다. 온화하고 박하 같은 기운이 몸을 감싸고 11가지 호흡이 되면서 집중에 들었다. 머리에서 묵직한 물체가 뜨며 따뜻한 기운이 내려온다. 기의 흐름을 관하고 윙 소리가 귀에 들리는데 화면은 없다.

3/1 목요일

새벽 수련 시 몸과 목을 흔들흔들하면서 진동이 온다. 삼합이 이루어지면서 호흡은 깊고, 온화한 기운이 단전에 모인다. 화두를 암송하니 1단계 화두가 메시지로 들어온다. 무슨 뜻인지 모르겠다. 불꽃이 반짝이며 지나간다. 목이 뒤로 넘어가 세차게 도리질해 정신이 하나도 없다. 멈추고 나니 목이 시원하다.

아침 수련을 마치고 산에 올라가면서 화두를 암송하니 힘든 줄도 모르고 정상에 도착했다. 산을 내려오는 중에 어떤 남자분이 길을 물어보는데 중단이 막힌다. 숨을 크고 깊게 두 번 반복하니 괜찮아졌다. 화두 수련에서 많은 도움을 받는다는 느낌이 든다. 중단 구멍이 두 배로 넓어져 호흡의 길이가 많이 길어지고 기운이 단전으로 차곡차곡 쌓인다.

3/2 금요일

몸이 무겁고 만사가 귀찮다. 그대로 잠만 자고 싶다. 수영하러도 안 갔다. 이럴수록 정신을 차려야 되겠다 싶어 생식과 과일로 식사를 하고 수련을 한다. 생각보다 집중이 잘되고 있다. 화두를 암송하니 기운이 활발하여 앞뒤로 기운이 흐르면 중단전이 약간 막힘이 있어도 단전이 **빵빵**해 온다. 화두의 뜻은 무엇일까? 관을 하니 "참나를 깨우치는 뜻"이란 메시지가 왔다. 참은 무엇일까? 아상을 벗어 진정한 나를 찾는 것이라는 느낌이다.

3/3 토요일

새벽 수련에 들어 잡념이 몰려온다. 대각경을 암송해 호흡이 진행되면서 수련에 집중한다. 단전이 강해져서 온몸이 따뜻하고 시원한 피부호흡을 하고 있다. 흰 새가 한 마리 날아가고, TV에 나오는 젊은 사람들의 한 장면도 지나간다. 인당에 기운이 뭉실 모이다가 중단으로 왔다가 단전에 모인다. 몇 번 반복한다. 마음 심 한자가 뜬다. 수련하면서 단전에 항상 마음 심을 새기면서 수련을 한 영향일지도 모른다.

오후 수련 시 기운이 활발해 단전에서 구멍이 나 박하 같은 기운이 솔솔 나온다. 다른 도우님 체험기에는 백회에 기운이 들어온다는데 나는 왜 단전에서 나오는지, 바로 하고 있는지 모르겠다. 비몽사몽으로 있는데 동물과 사람들이 몇 장면 지나간다. 5단계 화두를 마치고 6단계로 넘어갈 예정이다. 일요일은 산에 가고 월요일에 스승님께 전화로 6단계를 받을 예정이다.

3/5 6단계 화두

오후 봄비가 촉촉이 내린다. 마음에 준비를 하여 6단계 화두를 받을까 생각하는 즉시 기운이 엄청 들어온다. 화두를 받고 자시 수련에 들었다. 암송을 하니 조용한 기운이다. 피곤하지도 않고 밤을 새워도 될 것 같다. 흔들흔들하는 진동은 조금 있어도 많이 조용해졌다. 산과 바다가 보이고, 남자와 여자가 보인다. 오리도 보이고 지나간다. 암송을 계속하니 불꽃이 번쩍인다. "공이다. 공이다. 진공묘유" 메시지가 온다. 기운과 마음이 하나가 되어 삼천 대천세계가 내 속에 다 있는 느낌이다.

3/6 화요일

오늘따라 점검하러 사람이 많이 온다. 머리가 서서히 아파 오고 중단이 꽉 막힌다. 숨쉬는 것도 힘들어진다. 빙의에 초점을 맞추어 관을 하니 여자 빙의가 보이고 누구인가 물어도 답이 없다. 넓은 기와집 마당에 단정한 머리를 하고 옷을 차려입은 여자가 앉아 있다.

3/7 수요일

새벽 수련 시 중단이 수월한 느낌이다. 빙의가 계속되고 있어 나를 공부시키는 과정이라 생각하니 마음은 편하다. 상구보리 하화중생이다. 화두를 외우니 집중에 들었다. 바구니에 빛도 없는 구슬이 몇 개가 보인다. 잠시 피곤해 누워서 화두를 암송해 본다. '일체유심조' 단어가 스친다. 공부는 나 하기 나름이라는 생각이 들어 희망을 가진다.

3/8 7단계 화두

비가 자주 온다. 오후 수련 시 단전에서 기운이 솔솔 나온다. 화면도 없다. 계속 무심으로 수련을 했다. 수련을 마치고 우울한 기분이 든다. 정신이 번쩍 들어 보니 빙의 작용이다. 잠시도 정신을 놓치면 안 되겠다. 스승님께 화두를 받기 위해 전화를 걸까 생각하는 즉시 전과 같이 기운이 엄청 들어오면서 단전은 뜨겁다.

오후 늦게 스승님께 전화로 문의하니 7단계, 8단계 화두를 같이 주신다. 삼배 마치고 화두를 암송하며 수련을 한다. 엄청 강한 기운이다. 기의 흐름을 관하다 피곤해서 일찍 잠들었다.

3/9 금요일

새벽 수련 시 암송하니 기운이 온몸을 감싸면서 들어온다. 집중으로 11가지 호흡이 된다. 상단전에서 기운이 모이다가 중단으로 내려와 단전에 청량한 기운이 솔솔 바람을 내며 쌓인다. 화두의 뜻을 새기면서 집중에 들어 내 마음과 몸, 우주와 내가 하나가 된 느낌이다. 호흡은 자동으로 되고 "공이다, 공이다" 하는 메시지가 온다. "하나님의 분신이다. 무한한 사랑이다" 하는 메시지가 온다. 나의 자성이 공에서 머물고, 공으로 인해 이 자리에 있는 것을 깨닫게 되었다.

3/10 8단계 화두

새벽 와공으로 수련한다. 인당에서 기운이 솔솔 들어와 다시 좌공으로 바꾸어서 화두를 암송하니 "하나님과 나, 남과 하나가 되어 우주 속에 살고 있다"는 메시지가 온다. 대각경이 자동으로 외워진다. 상체가 커졌다 작아졌다 하면서 내가 없어지는 느낌이다. 마음은 한없이 편하다. 8단계 화두가 끝났다는 느낌이다. 선계 모든 스승님, 삼공 스승님께 삼배 올립니다.

현묘지도 수련 후

현묘지도 수련의 기운이 단계별로 하나하나 다르다. 현묘지도 수련 후에는 기분 변화가 많이 왔다. 단전에서 구멍이 생겨 온몸에 청량한 기운이 퍼져 하루 종일 인당에 솔솔한 바람과 묵직함이 이루어지고, 백회는 인당과 단전 기운보다는 약하고 피부호흡이 되고 있다. 현묘지도 수련 전과 후의 기 순환이 차이가 많아 신비스럽기만 하다.

현묘지도 수련을 마친 후부터는 지금부터 수련 시작이라는 메시지가 온다. 기운, 마음, 몸 3박자의 수련을 해 생사일여를 깨달음에 임하며 열심히 해야 되겠다는 다짐을 한다. 『선도체험기』 책을 잘 써 주셔서 여기까지 오게 된 것을 진심으로 스승님께 감사드립니다. 도반님께 감사드립니다.

【필자의 논평】

황영숙 씨의 수련기를 읽다 보면 글솜씨는 별로지만 그 서툰 문장이 도리어 읽는 사람으로 하여금 진리를 깨닫게 하는 특이한 매력이 있다. 그리하여 그녀의 말 한마디 한마디는, 사람은 누구나 우주의 분신이고 결국은 우주 자신이라고 하는 확신을 갖게 해 준다. 앞으로 그녀의 이야기들은 많은 구도자들에게 도움이 될 것이다. 도호는 우화(宇話).

현묘지도 화두수련 체험기 (37번째)

정 수 정

대주천 수련일지

31번째 현묘지도 수행자인 慈山 언니와 2018년 2월 15일 현묘지도 수련을 마친 정수진 언니와 친자매인 막내 정수정 인사 올립니다.

그동안 수진 언니와 함께 음양식과 생식을 하고 자산 언니에게 수련지도를 받으면서 소주천을 이루고 대주천 수련을 하고 있던 시점에, 자산 언니의 인도로 삼공 스승님을 찾아뵙고 생식 처방과 가르침을 받기 위해서 2017년 12월 23일 삼공재를 방문하여, 스승님께 인사 올리고 두 언니와 함께 삼공재에서 수련을 할 수 있게 되었습니다.

자산 언니의 인도로 수진 언니와 함께 삼공재에 수련하러 가는 길이 명절에 고향집에 가는 길처럼 즐겁고 행복하다. 삼공재에 가면 매번 한결같은 모습으로 부모님처럼 반겨 주시는 사모님과 삼공 스승님을 뵙는 시간들이 봄날에 소풍을 가는 심정으로 설레고, 뵙고 나면 가슴속 깊이 따뜻한 참사랑으로 가득 채워 오는 시간들이기에 소중하고 감사하다.

2017년 12월 29일 수진 언니와 함께 삼공 스승님께 대주천 인가를 받는 축복을 누릴 수 있었기에 마음 깊이 감사드립니다.

현묘지도 수련일지 : 2018년 3월 14일부터 19일까지

3월 14일 1단계 화두

삼공 스승님께 첫 화두를 받는 순간 아직 염송하지도 않았는데 하늘로부터 반경 1미터 정도 되는 투명한 백색의 빛이 몸 전체를 관통하며 상·중·하단전의 구분이 없어졌다. 몸 전체가 투명한 빛으로 변화되며 화두수련 시작부터 일어나는 신묘한 현상에 경건한 마음으로 화두를 염송하며 일상을 마무리하고, 저녁 수련 시간에 더욱 집중하여 화두를 염송하는 중 입정에 들어 오색영롱한 터널 같은 곳을 순식간에 통과하여, 어느덧 무수한 별무리들이 있는 광활한 우주의 공간을 유영하고 있다.

장엄하고 경이로운 우주공간과 신묘한 색상을 발현하는 무수한 행성들 속에서 일정한 형태로 자리한 몇 개의 행성들이 내가 유영하는 눈앞에 펼쳐지며, 그중 하나의 행성과 내가 하나의 투명한 빛으로 합쳐지며 그 행성의 태초부터의 모든 것들이 스캔하듯 통찰된다.

두 언니의 화두수련에 대한 경험과 지도가 없었다면 이러한 현상에 대해서 두려울 수도 있었을 텐데 어떠한 두려움도 없이 자성의 느낌대로, 첫 번째 행성부터 마지막 행성까지 표현할 수조차 없는 다양하고 신묘한 흐름 속에서 시간차를 두고서, 빛으로 하나됨 속에 실상을 확인하며 우주의 생성과 지구와 인간의 상생의 이치가 찰나지간에 통찰된다. 다양하게 전개되던 모든 화면들이 사라지고 화두를 염송해도 더이상 어떠한 현상도 없이, 고요함 속에 화두가 끝났음이 자성으로부터 전해진다.

3월 15일 2단계 화두

오늘은 길을 지나가다 유난히 가게 앞 강아지가 눈에 들어온다. 강아지가 나에게 무슨 말을 하는 것만 같았다. 평상시에는 나의 일이 우선이라 별 관심 없이 지나쳤지만 화두수련 시작하고 나서 지나던 발걸음이 멈추어진다. 역지사지란 무엇일까? 생각하다가 먼저 앉아서 강아지와 눈높이를 맞추고 서서히 다가가서 머리를 쓰다듬어 주면서 가려운 부분을 긁어 주었다. 이심전심으로 눈빛만으로도 서로 교감을 하며 강아지의 이곳저곳을 보살펴 주었다.

인간만을 위한 역지사지와 헤아림은 아닐 텐데 그동안은 인간의 소유로 키워지고 있는 강아지로만 인식하고 있다가 서로 교감을 하면서, 나와 똑같은 귀한 존재라는 말씀처럼 강아지 또한 나와 다르지 않은 귀한 생명이며 우주와 하나로 연결된 존재라는 것이 느껴진다. 강아지와 교감하는 동안 중단이 어머니 품처럼 포근해지면서 강아지의 사랑이 느껴진다. 너와 내가 둘이 아닌 하나라는 인식과 함께 강아지를 통해서 인간만을 위한 지구가 아닌 우주만물이 더불어 상생하는, 둘이 아닌 하나라는 의미가 더 깊이 전해져 온다. 서로 교감하며 소통한다는 것이 무슨 의미인지 가슴으로 터득된다.

막내인 나를 부모님을 대신해서 항상 살펴 주는 두 언니를 통해서 세상을 배우고 익히며, 수련의 길 또한 두 언니의 영향이 크다. 자산 언니를 바라보면 인연되는 사람들과 모든 동식물들을 품어 주는 헤아림의 깊이와 정성이 나와 너무도 다름을 보면서, 항상 사랑이 부족한 자신을 돌아보게 된다. 자산 언니는 철부지인 나를 일깨워 주고 품어 주는, 내게는 세상에서 가장 존경하고 사랑하는 스승이자 엄마 같은 존재이다. 화두수련에 들어서 자산 언니와 수진 언니에 대한 사랑과 감사함이 더욱 깊어진다.

업무상 사람들과 전화 통화를 하고 만남을 가질 때마다 단순히 사람과의 소통이 아니라 상대와 인연 있는 영가도 함께 인연이 된다. 그동안 두 언니를 통해서 옆에서 지켜보았지만, 화두수련을 하면서부터 인과의 업연과 해원상생에 대한 허상의 습과 실상의 인식이 더 깊이 각인된다. 아직은 습관적으로 업무에 집중해서 삶과 수련에 대한 인식을 자각하지 못할 때는 머리가 무겁고 중단 막힘 현상이 더 심해지면서 온몸에 힘이 빠진다.

자산 언니가 이러한 시점을 놓치지 않고 가르침을 주며 항상 자신을 관하고 있는 내가 있어야 하며, 이를 알아차리지 못할 경우 영가가 본래의 자신이 가고자 하는 곳으로 천도시켜 주길 원하는 흐름 속에서, 수행자가 알아차리도록 더 강하게 신호를 보내는 것이라고 가르침을 주었다. 자신의 마음 안에서 일어나는 마음조차 알려고 하지도 않고 모든 원인을 외부에서 찾고 있었다.

내가 어떤 마음이었으며 내 마음과 세포의 반응도 모르면서 그동안 상대를 손가락질하며 잘못된 점을 지적하며 살았다. 모든 원인은 자신 안에 있음을 영가를 통해서 더 깊이 알아차리며 천도되기까지 힘들고 어려움도 있었지만, 한 사람의 영혼이 나의 알아차림으로 인해 함께 공명할 수 있고 상생할 수 있다는 사실에 감사함이 더 깊어진다.

천(天), 지(地), 인(人)의 이치를 첫 번째 화두를 통해서 체득한 이후로 전신으로 운기되는 흐름이 더 깊어지고 강해지며 온몸으로 숨을 쉬는 것 같다. 두 번째 화두를 염송하자 물줄기 형태의 빛이 백회를 통해서 회음까지 관통하며 음양에서 오행으로 무지개처럼 다양한 색상과 형태로 변화되어 펼쳐진다. 자연계의 순환의 원리와 인간의 생로병사의 모든 이치가 하나로 꿰뚫어진다.

화두를 염송하는 흐름 속에서 인간의 세포 하나하나의 의미가 단순히 물질 세포가 아니라 빛의 파동으로 채워진 빛의 세포라는 것을 자각하며, 그동안 겉모습의 육신이 나라고 알고 살아온 허상의 육신에서 참나의 의미가 명확해진다. 자연계와 인간의 상생의 의미를 깊이 인식함 속에서 다양한 변화들이 안개가 걷히듯 사라지고, 고요함 속에 무한한 감사함으로 채워지며 화두가 끝났음을 인식하고 감사의 삼배를 올리고 수련을 끝냈다.

3월 16일 3단계 화두

3단계 화두를 염송하자 온몸의 세포들이 수축 이완을 반복하며 강력한 운기 현상이 일어난다. 몸 전체가 머리부터 하체까지 양쪽으로 절반으로 나뉜 듯 명확하게 구분되며, 시원한 기운과 따뜻한 기운이 교차하며 시시각각 다양한 변화가 일어난다.

얼음을 부은 듯 차가운 기운과 따뜻한 기운이 물줄기가 흐르는 것처럼 몸의 절반을 정면에서 반으로 나뉘듯 흐르다가, 어느 시점부터는 몸의 옆모습을 기준으로 앞면과 뒤의 등 쪽으로 구분되며 차갑고 뜨거운 기운이 흐른다. 마치 인체의 큰 줄기인 음양의 이치를 깨치게 하려는 듯 다양한 현상들이 일어난다. 차가운 기운이 흐르는 부위를 만져 보면 얼음을 만지는 듯하다. 그러나 한겨울 차가운 바깥바람을 맞았을 때 느끼는 것처럼 오한이 들거나 고통스럽지는 않으니 신기하다.

어느 시점부터 멀쩡하던 잇몸이 들뜨고 온몸이 움츠러들듯 춥다가 찜질방에 있는 듯 덥고, 한열이 몸의 전면, 후면, 상체, 하체, 양손, 양다리를 기준으로 교차하며 음양의 기운을 온몸으로 체감한다. 그리고 호흡기로 숨쉬던 흐름에서 전신의 피부 모공으로 호흡하듯 변화되는 미세한 흐름까지 느껴진다.

음양오행이 균형을 이룬 투명한 오색의 기운이 백회에서 상단, 중단, 하단으로 폭포수처럼 쏟아지며 상단, 중단, 하단에서 각각 시계 방향으로 빠르게 회전하다가 응축되면서, 오색의 빛이 점점 투명한 황금색으로 변화되어 둥근 형태로 안착된다.

새벽녘까지 전신으로 숨을 쉬는 고요한 흐름 속에서 화두에 집중하는 중에 첫 화두수련 시 경험했던 것처럼, 결가부좌로 좌정하고 화두를 염송하는 육신의 나를 또 다른 투명한 상태인 내가 몇 미터 상공에서 물끄러미 바라보고 있다.

어릴 때부터 자산 언니, 수진 언니와 함께 다양한 기적인 현상과 신묘한 체험을 했었기에 당황하거나 두려운 마음 없이 여여하게 바라보며 화두에 집중한다. 유체이탈, 투시를 활용하여 호기심 충족과 초능력을 추구하는 것은 구경각을 이루는 데 오히려 장애가 됨을 자산 언니로부터 항상 가르침을 받았다. 그리고 삼공 스승님께서도 누누이 강조하시는 가르침이시기에 수행의 완성을 통해서 대의를 위한 흐름에 사용하는 것이 수행자가 갖춰야 할 덕목이며, 자신을 드러내고자 이러한 능력을 사용하는 것은 결국은 자신을 삿된 길로 빠뜨리는 어리석은 선택이라 생각한다. 수행자가 반드시 경계해야 할 흐름을 성찰하며 돌아봄 속에 화두가 끝났음이 전해진다.

3월 17일 오전 4단계 화두

화두를 염송하자 백회에서 양 용천까지 강력한 기운이 회오리처럼 일어나며 고개가 좌우로 도리도리 흔들리고, 온몸에서 미세한 진동과 부르르 떨리는 듯 강한 진동이 동시에 일어나고 몸이 앞뒤로 끄덕끄덕 흔들리며 호흡이 끝없이 이어지듯 깊어진다.

상단, 중단, 하단에 응축된 둥근 공 형태의 투명한 황금색 빛이 각각 평행으로 원을 그리며 돌면서 점점 그 원이 몸의 앞뒤로 확장되며 주변으로 퍼져 나간다. 어느 순간 몸의 앞뒤로 원을 그리며 확장되던 삼단전의 황금색 빛의 원이 점점 본래의 형태로 작아지고 압축되며, 상단전의 빛이 중단에서 합쳐지고 강하고 빠르게 회전하며 하나로 압축되다가 중단에서 하단전으로 합쳐진다.

세 개의 빛이 하단전에서 합쳐지고 더욱 빠르고 강하게 회전하며, 하단전에서 무한대로 부풀어 오르고 주변으로 확장되며 주변이 맑고 투명한 빛살로 채워진다. 우주공간을 정화하는 블랙홀처럼 빛이 빠르게 회전하며 점점 작고 투명한 상태로 압축되다가, 작은 동전 크기의 투명한 빛의 구슬로 하단전의 중심점에 안착된다. 다양한 변화 속에 체험했던 모든 현상들이 고요해짐과 동시에 사라지고 화두가 끝났음을 자각하고 다음 화두로 이어진다.

3월 17일 오후 5단계 화두

5단계 화두를 받고 나서 지금까지의 지나온 순간들을 돌아보니 화두를 위한 화두가 아닌 일상의 삶이 수련이고, 삶 속에서 매 순간 선택하는 모든 것들이 진정한 화두이니 삶과 수행이 하나될 수 있어야 한다고, 항상 가르침을 주는 자산 언니의 보살핌과 존재함이 수진 언니와 나에게는 그 어느 때보다 깊은 감사함으로 다가온다.

삼공 스승님께서 수행의 전 과정을 압축해서 전해 주신 대각경의 핵심인, 하느님의 분신으로서 하루 일상을 어떻게 생각하고 말하고 행동해야 하는지, 항상 의수단전하면서 자신을 지켜보는 내가 있어야 한다는 가르침을 놓치지 말아야 하겠다.

화두를 염송하자 수많은 전생의 장면들이 영화처럼 다양한 형태로 나타나며 현생의 삶의 모습이 있기까지의 과정들과, 이생의 주변 사람들과의 필연으로 인연된 해원상생의 의미가 절실하게 체감된다. 뿌린 대로 거두는 만고불변의 인과의 법칙을 머리의 지식으로 아는 앎이 아닌 생생한 실상의 세계 속에서 체감하면서, 무심코 내뱉는 말과 행동들이 어떠한 결과를 초래하는지 알고 나니 자신을 객관적으로 돌아보는 관이 더욱 익어져야 함을 통감하는 순간이다.

화두수련 과정 중 지인들과 이런저런 대화를 나누면서도 허상의 자신을 바라보는 관을 놓치지 않기 위해, 나는 누구인가에 대한 화두를 각인하며 역지사지와 겸손을 갖추고자 호흡 속에서 대화를 나누었다. 평상시의 습에 의한 목소리가 아닌 내면의 단전에서 울리는 맑고 힘 있는 목소리로, 내가 알고 있는 평상시의 나의 목소리가 아님이 인식된다. 함께 했던 식구들 또한 저와 함께하면서 몸도 마음도 가벼워지는 느낌과 함께 진솔한 대화를 하면서 다들 행복했었다고 전해 준다.

평상시 같으면 서로 대화를 하면서 내 의견과 다를 경우 그 사이에서의 갈등과 감정을 다스리기가 가장 어려웠는데, 상대가 하는 말을 귀 기울이고 먼저 이해하려 하는 헤아림 속에 상대 또한 이심전심으로 나와 같은 마음으로 서로가 서로를 헤아린다. 의견은 달라도 마음이 하나로 서로를 아끼니 서로에 대한 감사함이 봄날의 아지랑이처럼 중단에서 피어나면서 끝없는 감사함으로 채워진다.

일상을 어떤 마음으로 살아야 할지, 일상의 삶의 순간순간 선택하는 모든 순간들의 자신의 마음과 행동을 바라봄이 화두가 되라는 자산 언니의 가르침이 떠오른다. 이것이 머리로 인식하는 앎에서 가슴으로 각인되는 진정한 지혜의 앎으로, 허상의 내가 아닌 본래의 나로서 어떠한 삶을 살아가야 하는지 이정표가 되니 감사하고 행복하다.

화두를 염송할수록 강력한 기운이 운기되며 물질인 육신의 세포들 하나하나에 맑고 투명한 빛으로 채워지며, 전신의 세포가 빛으로 변하며 끝없이 확장이 되고 수축됨을 반복하다 어느 순간 우주공간으로 홀연히 흩어지며 사라지고, 무한한 환희지심과 감사함만이 가득함 속에 화두가 끝났음이 전해진다.

3월 19일 오전 6단계 화두

화두수련에 들어서 그전의 삶과 지금의 삶을 바라보면, 막내로서 부모님의 사랑과 두 언니의 보살핌 속에서 의지하는 마음이 많아서 스스로 세상을 살아가는 지혜가 많이 부족했다. 인간관계에서도 무시당하거나 자신의 뜻과 같지 않으면 감정을 쉽게 추스르지 못했으나, 현묘지도 화두수련을 하면서 수련이 깊어질수록 인과로 인한 전생과 현생의 의미를 깊이 인식하였기에 일상의 매 순간이 화두로써 바라보는 관이 될 수 있도록, 더 깨어 있음 속에서 하루를 보내기 위해 눈뜨는 순간부터 잠자는 순간까지 다짐하고 또 다짐한다.

화두수련을 할 수 있도록 시공을 초월해서 기운을 지원해 주시고 계시는 삼공 스승님과, 항상 곁에서 부모처럼 모든 것을 챙겨 주고 보살펴 주는 자산 언니와 수진 언니, 그리고 같은 길을 걸어가는 도반이라는 이유만으로 이심전심으로 반겨 주는 삼공재 도반님들의 존재함이 가슴속 깊이 감사함으로 다가온다.

화두를 염송하자 자연스럽게 깊은 입정에 들어가며 좌정하고 있는 나를 또 다른 투명한 빛의 존재인 내가 백회 위 상공에서 잠시 바라본다. 이어서 우주의 상공에서 바라보는 지구의 대륙과 바닷속 깊은 곳까지 확대경으로 보는 것처럼 사실감 있게 다큐멘터리처럼 보여진다. 지구의 현재의 형태와 과거의 형태로 계속 형상이 변화되며 지구의 태초의 모습과 생성의 과정과, 안으로도 안이 없고 밖으로도 밖이 없는 거대한 우주의 생성의 이치가 머리의 지식이 아닌 온몸의 세포로 인식된다.

내가 지구에 현재의 모습으로 존재하기까지 나의 본질과 근원우주에 대한 깨달음 속에, 그동안 내가 알고 있는 옳고 그름에 대한 인식과, 그러한 앎을 기준으로 판단하고 살아왔던 지난 시간들 속의 모든 앎에 대한 깊은 자각이 일어난다. 내가 무엇을 알고 깨달았는가? 내가 알고 있다는 어리석은 인식 속에서 알고도 짓고 모르고도 지었을 수많은 업연들의 결과물이 현생의 모습임을 가슴속 깊이 절절함으로 다가온다.

이러한 내가 존재할 수 있도록 매 순간 일깨워 주고 도움을 주는 주변의 모든 우주만물들에 대한 감사함이 깊어지며, 좌정하고 있는 주변으로 투명한 황금색의 밝은 빛이 크게 확장되며, 숨을 쉬고 있는지도 느껴지지 않는 고요함 속에 화두가 끝났음이 전해진다.

3월 19일 오후 7단계 화두

화두를 염송하자 호흡이 끝없이 깊어지며 의식적으로 호흡을 하는 내가 더이상 느껴지지 않고, 물질 세포로 존재하며 때가 되면 소멸되고 사라지는 한정된 유한한 존재가 아닌, 우주공간 속에서 영원불멸한 무한한 생명으로서 우주와 하나의 존재임이 느껴진다. 어머니의 따스하고 안온한 품처럼 평온한 우주공간 속에서 나의 근원과 연결된 깊은 의식만이 존재하며 화두가 끝났음이 전해진다.

3월 19일 저녁 8단계 화두

화두를 염송하자 상단, 중단, 하단전에서 황금색의 맑고 투명한 신묘한 빛이 몸 전체로 퍼지며, 좌정하고 있는 주변으로 수천 가닥의 레이저를 투과하듯 사방으로 햇살처럼 퍼져 나간다. 상단, 중단, 하단전에서 삼태극 도형 같은 투명한 형상이 생성되며 확장되고, 몸 전체가 투명한 빛의 형태로 변화되면서 어느 순간 환한 빛으로 화현한 몸체가 우주공간으로 흩어지며 사라지고, 고요한 정적 속에 만상의 모든 이치를 통찰한 뚜렷한 의식만이 존재한다.

지금 이 순간까지 가르침을 주시고 인도해 주신 선계의 스승님과 삼공 스승님께 감사의 삼배를 올립니다. 지금껏 전해 주신 가르침을 이정표 삼아 하화중생의 삶을 살아가도록 노력하겠습니다.

2018년 3월 19일
정수정 올립니다.

【필자의 논평】

정수정 씨는 그녀의 두 언니 자산(慈山) 정정숙, 자해(慈海) 정수진에
뒤이어 세 자매 중 마지막으로 삼공재 화두수련에 합격함으로써 만만찮
은 실력을 과시했다. 그녀의 말 그대로 하화중생에서도 발군의 실력을
과시하기 바란다. 도호는 자월(慈月).

『선도체험기』 116권을 읽고

삼공 선생님 전 상서

늘 가르쳐 주심에 깊은 감사를 드립니다. 도육입니다. 그동안 안녕히 계셨는지요? 우선 결론부터 말씀을 드리자면, 대개벽이니 지축정립이니 하는 것은 삼공선도를 공부하는 사람들에게는 아무런 의미 부여가 되지 않는다는 생각입니다.

현묘지도를 통하여 우아일체를 깨닫고 참나를 찾은 사람이나, 현 삶속에서 터지게 싸워 가며 진아를 찾아가고 있는 수련생들에게 있어 가장 중요한 것은, 현상과 깨달음에서 얻어지는 그 실상 간의 틈을 줄여 나가는 과정 즉 보림만이 오로지 관심사가 되어야 하니까요. 즉 많은 예언들대로 지형이 바뀌고 아비규환의 세상이 된다 해도 "나는 한 그루의 사과나무를 심겠다"가 전부인 것이지요. 즉 참나는 모든 것에서 자유로우니까요.

그리고 삼공선도가 적어도 국경을 초월하고 한글을 아는 사람들의 것이 되기 위해서도, 지엽적이고 편협적인 면에서의 탈피가 필요한 부분 같습니다. 즉 『선도체험기』에 있어 백미는 메일 문답이라고 생각합니다. 선생님께서도 완독하신 다니구찌 마사하루의 『생명의 실상』(총 40권)을 이전에 구입하여 읽히지 않아 남아 있지만, 한 철학 전공 교수님 왈 "우익적이야"로 이해되니 모든 것을 포용할 수는 없게 되는 것이지요.

그러면 삼공선도는 앞으로 무엇을 추구해 나가야 하나 하는 문제입니다만, 생활행공이라 생각합니다. 즉 체험기에 수록된 메일 문답이 먹고 살기에 바쁘고 그냥 주어진 일에만 최선을 다해 가는 범인들의 마음을 치유해 주는, 그저 그렇고 그럴지는 모르겠지만 은은하게 퍼져 오는 감동을 주는 지침서가 되고, 평범한 수련자들 혹은 일반인들이 모여 관심사를 나누고 치유를 나누는 그런 매개체로서의 역할이 아닌지 생각해 봅니다.

물론 선생님께서는 관심이 없으시지만, 가칭 "삼공 힐링 연구회" 혹은 "현묘지도 힐링 연구회" 등과 같은 관심을 나눌 수 있는 장도 필요한 것이 아닌지 하는 생각도 해 봅니다. 결국 116권에 나오는 증산상제니 여러 주문을 외우는 것보다는 지금 당장 봉착하고 있는 문제들 예를 들면 고민, 스트레스 등을 화두로 삼아 겸허히 하루하루에 최선을 다하는 즉 그를 위한 매개체가 되는 것이 삼공선도의 나아갈 길이 아닌가 하는 생각입니다. 우선 이상입니다만, 늘 건강하시고 안녕히 계십시오.

2018년 4월 6일
도육 올림

【필자의 회답】

매우 핵심적이고 유익한 문제들을 예리하게 지적해 주었습니다. 그러나 내가 지구격변이니 지축정립이니 하는 것을 언급한 것은 그러한 돌변 사태에 처하더라도 당황하지 말고 침착하게 처신하여 반망즉진(返妄

卽眞)을 일깨우자는 데 본뜻이 있습니다. 어차피 우리가 오감(五感)으로 알 수 있는 것은 몽환포영(夢幻泡影)이니까요. 거짓 나를 깨닫게 되면 지구 종말 따위에 흔들리지 않게 됩니다.

이번 메일을 받고, 나는 도육이 삼공재에서 완전히 떠난 사람으로 간주했었는데 지금 와 보니 한때 정을 두었던 삼공재에 그렇게도 깊은 관심을 가지고 있음을 보고 하도 반가워서 말문이 막힐 지경이었습니다. 앞으로도 가끔 이러한 소중한 충고 부탁합니다.

현묘지도 화두수련 체험기 (38번째)

정 영 범

대주천이 되기까지

저는 고등학교 때 『단』이라는 책을 본 후 『민족비전 정신수련법』, 『백두산족에게 고함』, 『한단고기』, 『다물』 등의 한민족 고대사와 수련법에 빠져들었고, 책에서 채우지 못한 허전함을 달래기 위해 대형 서점과 정신세계사 책방을 유랑하곤 했습니다.

고등학교를 졸업하고 재수생활을 거쳐 들어간 대학에서 술과 담배로 방탕한 생활을 하다가 급성 간염에 걸려 입원을 하였고, 퇴원 후에는 자연스럽게 친구를 따라 학원을 다니는 장수생이 되었습니다.

의미 없는 하루하루를 보내던 1993년 여름 노량진 학원가 앞 지하 서점에서 우연히 『선도체험기』를 만나 며칠 동안 선 채로 십여 권의 책을 읽고 한 줄기 빛을 찾게 되었습니다. 인연이 있었기에 『선도체험기』를 만났고, 며칠을 책에 빠져 살았으며, 신간이 나오기만을 기다려 구입해 읽고는 했습니다.

군 제대 후 돈을 벌자마자 삼공재를 찾아갔지만 의지 부족과 어리석음에 1997년부터 2010년까지 몇 번을 생식만 구입하고 수련을 꾸준히 하지 못하였습니다. 어떻게든 삼공재와의 끈을 놓지 않으려고 『선도체험기』 전산화 작업에 참여했지만 "수련의 기회는 스승에게도 양보하지 않는다"라는 귀중한 말씀을 잊어버리고, 고작 일곱 권의 입력을 끝으로 소중한 동아줄을 놓치고 중도 탈락하였습니다.

세월이 흐르고 가장이 되어, 어느덧 사십 대가 된 2015년 11월 잃을 게 없다고 생각하여 수련을 다시 시작하였고, 나약함에 채찍질을 가하려고 유튜브, 아프리카TV 등의 사이트를 통해 매일 명상하는 모습을 방송했습니다. 우연히 지인의 형사재판에 증인으로 참석해 증언을 하고 나오다 기운이 빠지고 급체를 한 것처럼 중단이 꽉 막혀 있어서 이런 게 빙의구나 느꼈고, 인과에 대해 살펴보았습니다.

몸운동은 이백 미터 낮은 언덕 넘어가는 데 오십 분이나 걸리는 저질 체력에서 시작해 일 년이 지나서는 매일, 매주 남한산성을 오르면서 마천동에서 죽전까지, 광주까지, 두물머리까지 종주를 할 수 있었습니다.

생식도 김또순 원장님께 처방받아 준비를 하였고, 삼공재에 나오면서부터 평균 하루에 두 끼 정도 먹었습니다. 블로그 운영을 하면서 김우진 님을 비롯한 많은 도반을 알게 되었고, 2016년 12월 드디어 삼공재에 방문해 매주 한두 번 수련을 해 오고 있습니다.

2016년 12월 27일 화요일 〈삼공재 방문〉

며칠 전부터 방문을 여쭙고자 한다는 메일을 작성해 놓고, 생식 비용을 준비해서 스승님께 메일을 드렸다. 오후에 답장이 와서, 오늘 시간 있다고 말씀드리고 출발했다.

세 시 십 분경에 도착해 인사를 드리니 사모님께서는 여전히 밝은 미소로 맞아 주셨고, 스승님께서도 온화한 미소로 지긋이 바라보신다. 삼배 올리고 이름을 말씀드리니 예전 생식 카드에서 본인 것을 찾아보라고 카드 뭉치를 주신다. 잠시 주위를 둘러보니 책장에 책이 가득 찬 건 그대로이고, 자연스럽게 나무판자로 이어 놓은 책장도 반가웠다.

생식 카드를 열심히 찾다가 뜻하지 않게 돌아가신 아버지 카드를 보았다. 까맣게 잊었는데, 아버지를 모시고 삼공재를 방문해 생식을 처방받았었다. 막걸리를 좋아하셔서 간경화가 진행 중이셨는데, 거동이 불편하셨는데도 삼공재에 모셨었다. 아버지께 스승님과의 작은 인연이라도 만들어 드렸으니 하늘에서 기뻐하실까?

내 카드는 마지막에 있었는데 생식을 많이 사 먹은 걸로 적혀 있었다. 새로 고객카드를 작성하고 자리에 앉아 명상에 드니 갑자기 운기가 활발해져서 땀이 비 오듯이 쏟아진다. 이내 가슴의 답답함은 금방 풀렸고, 다리가 불편해지면 자세가 뒤로 젖혀지면서 저린 느낌이 풀어진다. 아직은 집중이 약해서 평소처럼 고마운 분께 감사의 인사를 드리면서 경전 암송을 계속 반복했다.

네 시 반쯤 되어 다른 네 분이 절을 하고 나가셔서 예전에는 다섯 시까지였는데 시간이 줄었냐고 여쭈어보니 웃으시면서 체력이 예전 같지 않다고 하신다. 생식 처방받고 나오려고 하니 시간이 되면 일주일에 두 번 나와서 수련을 하라고 하신다. 내 생애 마지막 기회라는 생각으로 열심히 다녀야겠다고 결심한 하루였다.

2017년 1월 24일 화요일 〈빙의령을 달고 삼공재로〉

아침부터 체한 느낌이 들면서 속이 쓰리고 답답해서 점심도 건너뛰었다. 삼공재에 앉아 좌정해도 여전히 속은 불편하고, 꼬르륵 소리가 날까

화장실을 가는 것은 아닌지 걱정이 앞선다. 불편한 대로 인과응보 해원 상생 극락왕생 암송을 열심히 돌리는데 배가 너무 아파서 식은땀이 계속 난다.

열심히 외우다 보니 조금씩 가슴 아픈 증상이 무뎌졌는데, 삼공재에 오면 빙의령의 파장이 약해지겠다고 예상은 했지만 막상 증상이 이리 나오니 조금 신기하기는 하다. 마음은 원령이 들어오면 이렇게 힘든지, 원령이 나가고 나면 계속 힘이 빠지고 졸린 것인지 여쭈어보고 싶었으나 용기를 내지 못했다.

세 시 오십 분이 되자 답답한 가슴은 풀어졌지만, 몸의 통증이 사라지진 않고 하품과 함께 눈물 콧물이 모두 흘러내린다. 시간이 되어 인사를 드리고 나와서 선릉역까지 걸어오는 동안 여전히 컨디션이 안 좋다. 삼공재에 가면 빙의령이 알아서 넘어가는 것인지, 스승님께서 보시고 데리고 가는 것인지, 아니라면 스스로 공부하게 지켜보시는 것인지에 대한 관이 필요해 보인다.

2017년 3월 17일 금요일 〈첫 진동〉

조금 이른 시간에 강남구청역에서 몸과 마음을 깨끗이 하고 삼공재로 출발해 세 시에 맞추어 들어간다. 사모님께 인사드리고 스승님께 일배 올리고 앉아 있었지만 아무도 안 오셔서 개인 지도를 받았다.

역시나 폭풍 같은 열감이 쏟아지는데 바닷가에서 알몸으로 바람을 맞는 것 같다. 집중이 잘 안되고 호흡이 짧은 듯해 수식관은 태우지 않고 인과응보 해원상생 극락왕생 업장소멸을 암송한다. 몸이 앞뒤로 조금씩 움직이는데 눈에 크게 보일 정도의 흔들림은 아니다. 몇 번 다른 분의 진동을 보았지만 경험하지 못해서 신기한 느낌은 든다.

약하게 움직이면서 제어가 되는 진동이지만 어쨌든 이제야 오니 얼마나 느리고 답답한가? 살아오면서 지은 죄가 많고 어리석음이 많고 방황이 많으니 모든 것이 느리게 변화한다. 좋은 날도 있고 좋지 않은 날도 있지만 열심히 나아가다 보면 조금씩 바뀌어 가는 것이라고 위안을 삼았다.

2017년 5월 12일 금요일 〈단전의 성냥갑〉

삼공재에서 스승님께 궁금한 점이 있어서 질문을 드렸다.

"수련생이 자신의 축기 단계를 알려면 어떻게 해야 하나요?"

"단전이 늘 따뜻하고 단전에는 성냥갑만한 이물감이 있어야지."

옛날 석유곤로 옆에 있던 육각 성냥갑을 말씀하시는 것 같아서 '그거 굉장히 큰데. 있어도 달걀 같은 거 정도 아닐까?'라고 생각하면서 나의 현재 상태도 말씀드렸다.

"단전은 뜨겁고, 배가 농구공처럼 빵빵하며 가끔 백회가 찌릿찌릿합니다."

"아직 멀었어. 예전에는 독수리 같은 신명이 있어서 쪼아 주고는 했는데, 그냥 자연스러운 게 좋아."

축기가 되면 성냥갑 같은 게 생기고 차고 넘쳐서 대맥으로 돌고 소주천이 되는가 보다. 몇 달 후 여쭈어보니 담배와 같이 가지고 다니는 네모난 작은 성냥갑을 말씀해 주셨다. 혼자만의 착각이었다.

2017년 5월 19일 금요일 〈개인 지도〉

오늘은 삼공재에서 혼자 수련을 하였다. 아무래도 혼자 있다 보면 궁금한 점을 물어보기가 조금 수월하다. 대봉 님 현묘지도 통과 관련해서 말씀을 드렸다.

"육조 혜능 같아. 살불살조. 전부 다 해 봐. 수련은 그렇게 해야 해."

"김우진 씨 덕분에 몇 분이 삼공재에 나오십니다. 무조건 가라고 독려를 합니다."

"삼공재는 그렇게 억지로 나오면 안 돼. 절실하게 무언가 배울 게 있어야 해."

"네, 다 같이 격려하면서 나왔습니다."

문재인 대통령 이야기를 조금 나누고 정치 이야기하고, 대북 안보관에 대해 걱정이 많으시다. 내 주변에는 문재인을 넘어서 심상정까지 간 왼쪽 분이 많으신데, 요즘은 뉴스 볼 맛이 난다고 하시는 분이 많다. 점심 먹으면서 그런 이야기 듣고 삼공재에 와서 스승님 말씀 들으면 열대 지방에 있다가 북극에 와 있는 듯하다.

스승님께서 정치에 대한 의견을 피력하실 때도 전부 관을 하고 글을 쓴다고 하셨던 것 같다. 나라를 걱정하시는 마음이 전부라는 걸 잘 안다. 수많은 스펙트럼을 가진 사람이 모두 만족할 수 있는 정책이라는 건 없다. 어차피 정치는 나와 적이라는 프레임을 만들어서 대립각을 세운다. 모든 정치인이 오로지 나라를 생각하는 마음을 가지고 올바른 방향으로 나아가기를 기원하면서 감사의 인사를 드렸다.

2017년 6월 2일 목요일 〈지박령〉

어제 화성에 있는 친구 회사에 방문해 일을 마치고, 시간이 남아서 옆에 있는 산을 올랐다. 나중에 검색을 해 보니, 백 패킹으로 유명한 화성

건달산이란다. 정규 등산로가 아닌 창고에서 난 오솔길로 올라갔는데, 가다 보니 산딸기가 밭처럼 펼쳐진 곳에서 수풀이 우거지면서 길이 희미해졌다.

오싹하고 이상한 기분이 들길래 내려왔는데, 이상하게 저녁부터 몸이 으슬으슬 춥더니 몸살기가 심해서 옷을 껴입고 잤다. 고작 움직인 건 십오 분에 거리는 육백이십 미터, 고도는 오십 미터 정도 올라갔다 왔는데 지박령이 들어온 것 같다.

고통도 상당해 자고 일어나서도 컨디션이 안 좋아 호흡을 차분히 하면서 억지로 오전 시간을 참았다. 오후에 삼공재에 다녀오고서야 확실히 가슴이 편해졌지만 아직 여파가 있고 몸살기에 복부가 약간 당긴다. 스승님께 지박령 빙의의 영향이 큰지 여쭈어보니, 지박령 때문에 바위에서 떨어지고 물에 빠지는 사람이 많다고 하신다.

친구에게 산에 갔다 와서 몸살 걸렸다고 하니, 그 산이 원래 음기가 흐른다는 소문이 있다고 한다. 귀신이 많고 음기를 누르려고 산 이름을 건달산으로 지은 것 같다고 생각해서 찾아보니 하늘 건(乾)과 통할 달(達)을 쓴다. 하늘과 통할 정도면 기운도 좋아야 하는데 나한테 왜 이리 큰 시련을 주시는지, 좀더 기운이 장대해지면 등산로를 이용해서 다시 한번 올라가 봐야겠다.

2017년 6월 30일 금요일 〈기운이 메신저야〉

어제는 예능 프로그램을 보면서 잠깐 소파에서 잠들었는데, 깨어났다 누우니 잠은 안 오고 온갖 잡념이 가득하다. 수준 높은 영화의 감독을 하면서 혼자 아주 생쇼를 하는데 '오호라 네가 오후에 삼공재에 못 가게 하려고 하는구나. 그래 오늘 못 가면 내일 가도 된다'라고 내려놓고 잠을 청했다.

이제 나를 괴롭히는 증상의 원인을 알았으니 마음이 편하다. 오늘 삼공재에 가서 생식을 들고 오리라. 오늘 시간이 안 되면 내일 가면 된다. 답답한 가슴은 조금 풀어지고 백회는 찌릿하고 단전은 뜨거워진다.

삼공재에서도 가슴 답답한 건 계속되더니 경구를 암송해도 전혀 집중이 안 되어서 겨우 『천부경』 십 회를 암송하고, 네 시가 넘어서는 눈물과 콧물이 나와서 다리를 풀고 질문을 드렸다.

"태을주, 시천주, 운장주를 암송하시면 들어오는 기운이 다릅니까?"

"응 전부 달라. 전부 실험해 봐야지."

"세계의 많은 종교와 수련단체의 방편이 있는데 전부 실험해 봐야 하나요?"

"기운이 들어와야 해. 기운이 하늘의 메신저야" 하시면서 미소를 지어주신다.

오늘의 명언 "기운이 하늘의 메신저야." 아 저 말씀, 가슴에 와서 꽂힌다.

2017년 7월 10일 월요일 〈백회 융기〉

삼공재에서 경구 암송은 안 하고 호흡만 집중하니 천천히 호흡이 깊어지고 컨디션이 좋아지면서도 가슴 통증은 있다. 자리가 좋아서인지 호흡이 길고 깊고, 오른쪽 뒤에서는 훈훈한 열기가 왼쪽 뒤에서는 애틋한 기운이 느껴진다. 가끔 고개를 좌우로 돌리면 두 분이 시야에 들어오는데 선녀 같다고 생각했다.

머리 위로 형광등이 있는데 눈을 감으면 비치는 불빛이 하늘의 오로라처럼 느껴진다. 들숨에 장심과 용천으로 기운을 끌어당기고 이 호흡 상태에서 백회로 기운을 끌어당겨 단전에 쌓는다. 기운이 생각을 따라 움직이면서 마지막에는 세 군데에서 한꺼번에 들어온다. 날숨에 단전을 회전시키면서 기운만 단전에 떨군다.

단전 회전을 생각하니 잘되지 않지만 기운은 떨어진다. 호흡이 길고 깊어지기에 계속 이어가니 시간이 금방금방 지나간다. 관음법문은 안 들리는데 악동뮤지션의 '오랜 날 오랜 밤' 멜로디가 귀에 맴돈다. 가슴이 아픈 것으로 보아 빙의령이 나간 것은 아니지만, 호흡이 이렇게 잘되는 경우는 몇 번 없었던 것 같다. 근래 보기 드물게 삼공재에서 수련이 잘되었다.

아내에게 요즘 내가 가슴이 답답한 사람과 통화를 하면 불편함이 옮겨온다고 했더니, 곧 있으면 작두 타겠다고 한다. 거실 소파에 누워서 머리를 만지작거리는데 백회 쪽이 조금 튀어나온 것이 느껴져서 자랑을 하려고 만져 보라고 했다.

준비한 대화는 "이게 고승이나 성인이 튀어나오는 거야"였는데, "애가 머리 위가 튀어나와서 머리 묶기가 힘들었는데 이제서야 범인을 찾았네"였다. 어릴 때부터 머리를 묶으면 안 이뻐서 고민이 많았다고 하면서 지금도 아이는 불만이라고 투덜댄다고 한다. 매서운 공격과 함께 순식간에 죄인이 되었다.

2017년 8월 14일 월요일 〈백회 여는 것 보고 충격〉

카페 글을 보니 와공, 보공, 좌공에 대한 이야기가 많아 따라 해 보기로 한다. 단전에 의식을 걸어가는 내내 『능엄경』을 듣고, 지하철에서 좌공과 보공을 하고, 수련일지를 쓰거나 인터넷을 보면서도 단전에서 의식을 놓지 않고 입꼬리를 올려 미소를 짓는다.

월요일이 되니 전화와 카톡도 많이 오면서 지하철에서 잘 들어오던 기운은 사라져 가고 가슴이 답답해져 온다. 컨디션이 좋지 않지만 삼공재로 출발해 도착하니 몇 분이 이미 자리를 잡고 계신다. 가는 길에 굽굽하니 땀이 많았는데 앉아 있다 보니 선선하다.

오늘은 기운이 잘 들어오니 중상 이상으로 수련이 되는 것 같다. 노궁, 용천, 백회에서 기운이 잘 들어오고, 『천부경』십 회를 천천히 암송하니 시간도 잘 간다. 수련생 두 분이 백회 여는 걸 직접 지켜보면서 야구 대기 타석에 서 있는 타자처럼 따라서 호흡하고 느꼈다. 백회 여는 장면은 처음 보았는데, 굉장히 충격이고 노력해야겠다고 생각하면서 자극도 엄청 받는다. 어릴 때 놀던 뱀 주사위 게임에서 고속도로로 빨리 가게 하는 것처럼 대변혁 시기의 초고속 수련 방법이라는 느낌이 들었다.

2017년 9월 14일 목요일 〈격렬한 진동〉

어제는 콧물감기 기운이 있어 컨디션이 좋지 않았지만, 물 없이 생식을 씹어 먹고 삼공재로 출발하였다. 다섯 분의 수련생과 같이 정좌해 앉았지만 기운이 불안정해서인지 집중하지 못하고, 이십여 분 정도 책상 앞에 놓여 있는 책 서문만 읽었다.

이 책 저 책 살펴보다가 『구도자요결』의 한자 『반야심경』을 읽고, 『천부경』십 회 암송 후 『삼일신고』암송에 들어가니 갑자기 격렬한 진동이 시작된다. 눈을 떠 봐도 허리를 펴 보아도 책을 읽어도 스마트폰을 보아도 멈추지 않는 심한 진동에 어찌할 바를 모르고 당황했다.

197

　멈추고 싶다는 마음과 이 진동을 계속 느끼고 싶다는 마음속에서 한 시간가량 땀을 빼다가 다리를 푸니 그제서야 멈추었다. 면허를 따고 처음 운전할 때 차선을 바꾸지 못해 계속 직진해서 부산까지 갔다는 초보 운전자가 오늘의 나였던 것 같다.

　오늘은 새벽과 아침에 정좌해 있는 한 시간 삼십 분 내내 너무 심한 진동이 계속되었고, 달리기를 한 것처럼 땀이 범벅이 되었다. 오후에 도서관에서 반가부좌를 하니 진동이 시작되려고 한다. 저녁에는 좌공 중에 가스밸브 안 잠긴 게 보여서 일어났더니 신들린 무당이 추는 칼춤 같은 동작이 나온다.

　노트북을 무릎에 놓고 카페에 댓글을 달 때와 폰으로 수련일지 정리할 때에 다리를 바닥에 붙이면 가슴, 배, 허리 등 살찐 곳 위주로 출렁대면서 요동친다. 진동이 재미있어서 계속 좌정은 하는데, 몸살 기운까지 겹쳐서 땀이 줄줄 나고 힘이 들었다.

　다른 분은 수련 시작하고 얼마 되지 않아 시작한 진동이 이제야 와서 게을렀다는 게 증명되었으니 열심히 노력해야 할 것 같다. 이틀간의 격렬한 진동이 나에게는 기감이든 화면이든 천리전음이든 진동이든 게으르면 안 오는 것이라는 걸 깨우쳐 준 소중한 경험이었던 것 같다.

2017년 10월 14일 토요일 〈밥 먹으면 사기꾼〉

　오후에 집에서 잠깐 집안일하고 눈을 붙였는데 스승님께서 잔뜩 걱정하시는 목소리로 전화를 주셨다.

　"어제는 괜찮았는데 컴퓨터가 이상해."

　"어떻게 안 되시나요?"

"안 되는 건 아닌데. 판이 바뀌었어."

『도전』을 읽으셔서 그러신지 표현이 참 멋있었지만 상황 파악은 어렵다. 오래되었으니 하드디스크에 문제가 있지 않을까 생각하면서 열한 시경 집을 나섰는데, 가다 보니 점심시간인 걸 생각 못 했다. 인사를 드리고 삼공재에 들어서니 맛있는 찌개 냄새가 가득한데 나 때문에 식사를 못 하실까 봐 죄송스러운 마음이 가득하다.

밥을 먹었다고 말씀드리니 사모님께서 참치 샌드위치를 만들어서 송편과 우유까지 내어 주신다. 쟁반을 건네시면서 하시는 말씀이 선생님께서는 세끼 생식을 드시고, 사모님께서는 아침은 생식을, 점심과 저녁은 화식을 드신단다. 좀 먹어 보라고 하시면 "생식 파는 내가 밥 먹으면 사기꾼이야"라고 하셔서 사모님과 깔깔대고 웃었다. 대신 평생 병원은 안 가신단다.

판이 바뀌었다는 컴퓨터는 상황 파악까지 한참 걸렸는데 결론은 공장 초기화가 된 것이었다. 서비스센터에 문의하는 등 여러 우여곡절 끝에 최근에 백업받아 놓은 상태로 복원하고 나왔다.

2017년 10월 27일 금요일 〈제3의 도맥〉

지난주에는 스승님의 건강이 염려가 되어서 미약하나마 기운을 보내 드려야겠다고 생각하고 눈을 감으니 엄지손가락 크기의 얼굴에 LED가 반짝이는 반지 같은 것이 보인다. 불이 세 개 정도 켜져 있고 나머지 열다섯 개는 꺼져 있었다.

스승님께서는 현재 상태가 『선도체험기』 1권에 나오는 침체기와 비슷하다고 하신다. 조광 선배님께서는 손이 차다고 하셨고, 제가 갔을 때는 손이 따듯하다고 말씀드렸더니 왔다갔다하신단다. 무슨 변화가 있는 것 같다고 하신다. 뭔가 있나 보다. 제삼의 도맥인가? 큰 기대가 된다고 말씀드렸다.

나오기 전 스승님께서 말씀하시기를 요즘 『참전계경』을 읽고 계신데 들어오는 기운이 다르다고 하신다. 근래에 희미했던 정신을 차렸다고 하신다. 『참전계경』에 숨어 있는 다빈치 코드가 있던 것일까? 매일 읽는 『구도자요결』도 정성을 들여서 읽어야겠다.

2017년 11월 6일 월요일 〈소주천 연습〉

어제는 도반이 소주천 확인받고 벽사문 달고 대주천 수련받는 것을 옆에서 지켜보면서 경혈 자리를 외우다 보니 나도 덩달아 뜨거워지면서 욱신거린다. 도반이 먼저 가신 후 혼자 남게 되니 나도 점검받으면 어떨까 싶어 굉장히 완곡한 표현으로 여쭈어보았는데, 스승님 눈이 벌겋게 충혈되신 걸 보니 아차 싶었다. 내 욕심이 너무 드러난 질문이었는데 기운 소모가 너무 많다고 하시면서 웃으신다.

오늘은 앉자마자 진동이 심했던 평소와 다르게 소주천 회로도 돌리는 연습을 하니 진동이 멈춘다. 노궁, 용천, 백회, 인당으로 기운을 받아들이고 열감이 쌓이면 하단전, 회음, 장강, 명문으로 밀어서 척중, 신도, 대추로 올린 후 아문, 강간, 백회, 인당, 인중, 천돌, 전중, 중완으로 돌려본다.

수련을 마치고 도우님과 분식집 도담을 나누고 귀가한다. 한 달 정도는 축기에 전념해야 할 것 같다. 수련생에게 도움을 주시고 기운을 나누어 주시기는 아직 힘드신 듯하다. 마른 어미젖에 매달린 다 자란 새끼의 모습일까? 조급해하지 말아야 한다.

2017년 12월 14일 목요일 〈화면〉

새벽에 일어나 호흡을 하고 생식과 녹즙을 먹고, 출근해 오전 일 보고 삼공재로 출발한다. 오늘은 스승님과 삼공재의 기운이 부드럽고 포근하다. 눈앞에 스마일맨, 호빵맨, 아메바가 지나다니고, 삐 하는 소리는 울어 대고, 머리 위로 빛이 비치는 환한 느낌이 든다. 축기만 신경 쓴다.

우주를 여행하는 화면보호기 같은 장면이 이어지다가 잠깐 눈을 뜨니 사십 분이 지나 있다. 잠시 후 눈앞에 가루지기 주인공 같은 큰 얼굴이 나오면서 모골이 송연하고, 소름과 함께 눈물 콧물이 나오고 손님이 나간다. 호흡이 잘되어서 없는 줄 알았는데 미련하게도 잘 몰랐던 것 같다.

이후 편안한 마음으로 수련을 하다가 인사를 드리고 나왔다. 집에 오는 길 도반님과 지하철에서 나누는 도담 중에 백회로 공명이 일면서 기분 좋은 웃음이 난다.

2018년 1월 1일 월요일 〈새해 결심〉

작년 한 해 아쉽지만 많은 진전이 있었다. 일주일에 한두 번 삼공재에서 수련을 하였고, 축기가 시작되었다. 근래에 게을렀지만 주변 상황의 변화에 적응한다고 위로하면서 노력해 보면 좋을 것 같다. 스승님과 삼공재의 모든 도반님께 감사하다는 말씀을 드리고 싶다.

새해 결심은 무엇인가? 손기와 빙의가 있어도 두렵지 않다. 느낌만이지만 금세 복구되고 단전이 달아오른다. 막 쓰고 갑갑해하지는 않겠지만 이미 불이 붙어 있음을 안다. 세상사에 대한 욕심이 없다. 가진 것이 없

201

어도 웃음이 난다. 쳇바퀴처럼 돌아가는 일상 속에서 수련하는 나 자신만이 바뀌어 간다. 일상사가 모두 없어진다. 잡다한 것과 일상다반사 모두 버린다.

2018년 1월 11일 목요일 〈딸아이 꿈〉

꿈을 자주 꾸지는 않는데 새벽에 딸아이가 죽어서 장례를 치르는 꿈을 꾼다. 내용이 자세히 생각나지는 않지만 꿈은 반대라고 하고, 아래 자손이 죽는 꿈은 일이 아주 잘 풀리는 거라니 신경쓰지 않는다.

아침 생식과 녹즙을 먹고 출근길에 『구도자요결』을 일독하는데 단전의 열감이 빵빵하다. 기분 좋은 열감에 『천부경』부터 경구 암송 한 바퀴를 돌리다. 잠시 후 빙의령의 영향에 눈이 침침해지고 답답한데 애써 무시한다. 삐 하는 소리가 공터에서도 들리는데 작은 모터 소리나 기계음 등이 주변에 있으면 울림이 큰 것 같다.

『선도체험기』116권을 읽는데 자산 님은 실제 현묘지도 끝낸 건 세 시간이라는 건가? 도반님의 수련기를 보면서 내 일지를 살펴보는 게 재미가 있다. 지난달에 소주천 운기에 대해 조언해 주시고 책에는 젊은 청년 같다고 해 주셨는데 감사의 인사를 못 드렸다. 요즘 삼공재에서 졸음, 하품, 눈물이 너무 심하게 나오던데, 관을 통해 살펴보아야 할 것 같다.

2018년 2월 1일 목요일 〈삼공재 꿈〉

조광 선배가 수식관을 두 번 해 보는 건 어떻겠냐고 제안해서 집으로 오는 길부터 시작해 자시 수련 시간까지 백 회를 채우고 잠들면서 새벽까지 자다 깨다 백육십 회 진행했다.

중간에 삼공재에 있는 꿈을 꾸었는데 생식 값을 준비하지 않아서 다음번에 구입해야 하나 망설였을 때 스승님께서 "빵 세 개 사가. 오만사천 원이야. 무화과빵이야"라고 하신다. 돈을 준비하지 못한 게 마음에 걸려서 "내일 와서 받아 가거나 못 오면 다음 주에 오겠습니다"라고 말씀드리니 "내일이 맛있어" 하신다. 사모님께서도 맛이 있다고 권하셔서 카드로 결제하니 내일 받을 수 있다고 하셨다.

무슨 꿈인지 모르겠지만 삼공재 꿈을 다 꾸고 희한하다. 꿈 해몽을 찾아보니 무화과나무는 결실의 의미가 있다고 한다. 나쁘지 않은 해석이니 기분 좋게 생각하고 삼공재 열심히 가야겠다. 꿈보다 해몽이라고 하지 않는가?

2018년 2월 6일 화요일 〈백회 개혈〉

삼공재에 가기 전에 집에서 소주천 운기를 뒤로 세 바퀴, 앞으로 한 바퀴 돌려 보니 임독맥과 특히 단전에 열감이 뜨겁게 느껴졌다.

삼공재에서 삼황천제님, 선계의 스승님, 지도 신령님, 보호령님, 삼공 스승님, 여러 도반님께 감사의 인사를 올리고 서서히 소주천 운기를 시작하니 가는 물줄기에서 굵은 느낌으로 점점 빨리 돌았고 진동이 이는데 덩실덩실 춤을 추는 느낌이었다.

수련을 마칠 시간이 되었을 때도 따로 말씀이 없으셔서 다음을 생각할 때쯤 스승님께서 백회에 느낌이 있냐고 물으셨다. 스승님께서 내 인당으로 기운을 보내시고 나에게는 단전에서 스승님의 단전으로 기운을 보내라고 하신다. 인당에 기운이 들어올 때는 몸이 주체를 못 할 정도로 강한 진동이 일었다.

이후 벽사문을 달아 주시면서 위치를 잘못 잡으면 말을 하라고 하셨는데 정확히 보이는 것은 아니었다. 벽사문을 다시고는 손끝 발끝으로 기운이 가는 걸 느끼냐고 물어보시니 평소에 노궁, 용천에서 기운이 들어올 때의 느낌보다 강한 기운이 감지되었고, 특히 통증이 있는 오른쪽 팔목에 시원한 감각이 지속되었다.

이로써 백회를 열고 466번째 대주천이 된 것이라고 말씀하셨고, 얼떨떨한 기분에 삼배를 올리라는 말씀을 듣고 정성껏 삼배를 드렸다. 선배들의 현묘지도 체험기를 읽어 보고 생각이 있으면 도전해 보라고 하셨고, 현묘지도가 스승님께서 해 주실 수 있는 마지막 단계의 공부라고 하셨다.

지하철역을 걸어갈 때도 집에서 텔레비전을 보면서 저녁을 먹어도 일지를 정리해도 백회 부분의 묵직함이 계속되고, 오른쪽 팔목에 시원한 기운이 지속된다. 금생에 지은 죗값이 많아 벗겨야 할 업장이 많은 나에게 큰 기회를 주셨으니, 수련에 매진해 본성을 찾으라는 준엄한 꾸짖음으로 새겨듣고, 착하게 욕심 없이 한 걸음 다가가 보아야겠다.

삼황천제님, 선계의 스승님, 지도 신령님, 보호령님, 삼공 스승님과 여러 도반님께 감사의 인사를 올립니다.

2018년 2월 11일 일요일 〈대주천 이후의 변화〉

기운이 잘 들어올 때는 머리 전체가 너무 묵직하고, 단전과 대맥 부위가 뜨거우며, 아픈 팔목 부분이 시원하다. 빙의령이 있을 때는 무얼 먹어도 속에서 안 받고 울렁거리고, 너무 피곤해 세상모르게 자고, 눈앞에 흐린 안경을 쓴 것처럼 뿌옇게 보이고, 가슴의 통증이 있고, 짜증 대마

왕으로 변신해 주변 사람에게 은근한 공격의 화살을 퍼붓는다.

관음법문은 삐 소리만 조금 커진 상태이고, 보이는 화면도 흑백의 형태만 지나다닌다. 지금의 상태에서 대량의 손기는 강하게 화를 내거나 부부관계 시의 방사인데 빠른 기운의 회복이 이루어진다. 변화는 현묘지도를 시작하면서 수련에 매진하면 시작될 것 같다. 대주천이 되면 많은 것이 바뀌리라 생각했지만 지금은 너무 무덤덤하고 바뀐 것이 없어서 뭐라 말하기도 민망하다.

주위를 찬찬히 둘러보고 살펴보면 현재의 상황이 수련을 해야 하는 방향으로 흐르는 것 같다. 물살에 몸을 맡기듯 순응해 흘러가는 것이 맞지 않을까 생각되고, 지금 나에게 일어나는 것에 대한 관심을 줄이는 것이 필요할 것 같다.

현묘지도 수련기

1단계 천지인삼재 (2018년 3월 21일 ~ 3월 26일)

2018년 3월 21일 수요일

대주천 이후 선배님들의 현묘지도 체험기를 읽으면서 마음의 준비를 하고, 삼공재에서 스승님께 현묘지도에 도전해 보겠다고 말씀드렸다. 왜 말을 안 했냐고 하셔서 선배님들의 체험기를 전부 읽고 지금 처음 말씀드린다고 설명해 드렸다.

현묘지도는 스스로 하겠다고 해야지 화두를 준다고 하신다. 80권 대에 처음 실험하실 때를 제외하고는 스승님께서 먼저 주시지는 않나 보다. 백회 여는 것도 현묘지도 화두를 받는 것도 무조건 자기 밥그릇은 찾아 먹어야 한다. 둥지에 있는 새끼는 무조건 입 크게 벌려야 한다.

첫 번째 화두를 받는 순간 몸 뒤쪽으로 찌릿찌릿 기운이 몰아친다. 그런 현상을 말씀드리니 "뭔가가 오지요?" 하시면서 화두는 가까운 데 사니까 직접 와서 받아 가라고 하신다. 자성의 소리나 끝났다는 소식이나 느낌이 들면 말을 하라고 하신다.

스승님께 정성을 다 바쳐 삼배 드리고, 옆에 앉아서 집필 작업하시던 거 잘되는지 지켜보면서 칠성경 말씀드리니 다른 건 일체 신경쓰지 말라고 하신다. 오직 지구상에서 삼공재 이 공간, 스승님을 통해서만 현묘지도가 되는 거라고 말씀하신다. 그리고 화두의 비밀 유지에 주의하라고 하신다.

오후에 집에 와서 화두 암송하면서 일지 정리하는데 머리 위쪽, 뒤쪽으로 기운이 쏟아진다. 눈이 늘 침침했는데 너무 환하다. 소파에 앉아 잠시 화두를 잡는데 계속 백회로 기운이 쏟아진다. 그동안은 백회 주변이 묵직했는데 지금은 백회의 정확한 포인트로 기운이 들어온다. 저녁을 먹을 때도 화두를 암송하고 책을 읽을 때도 의념을 둔다. 귀의 삐 소리도 더 날카로워지고 양쪽 귀를 관통해서 울린다.

2018년 3월 22일 목요일

새벽에 좌정하여 화두수련 후 1단계 수련의 얼개를 잡기 위해 선배님들의 현묘지도 체험기가 실린 책들을 한군데 모아놓고 1단계만 보면서 화두는 계속 잡고 있다. 왼 손바닥이 아프고 중단이 답답하고 관음법문 삐 소리가 낮게 우웅 하고 머리 뒤를 감싼다. 읽으면서 생각해 보니 스승님께 삶의 활력을 드리는 것은 빨리빨리 소주천, 대주천 통과하고 화두수련해서 제자들이 계속 체험기를 보내는 것이 아닐까?

아침에 동이 트기 전 붉은 하늘을 보며 '나는 어디서 오고 무엇인가?'라는 생각이 들면서 경외심이 든다. 빙의령 덕분에 기운이 안 들어오고 가슴이 답답해도 조금 더 가 보자는 생각으로 운전 중에는 계속 화두를 암송한다. 크게 소리도 질렀다가 장단에 맞추기도 하다가 잊어버리기도 한다.

자성에게 묻고 진동으로 답을 해 본다. 일 단계 화두가 하루 만에 끝나겠습니까? 반응이 없다. 삼 일 만에 끝나겠습니까? 조금 출렁대지만 반응이 없다. 일주일 안에 끝나겠습니까? 고개가 앞뒤로 출렁인다. 삼 일로 당겨 주시면 안 될까요? 약간 출렁이면서 반 정도 움직인다. 열심히 해 보아야겠다.

화두를 잡으면서도 계속 졸더니 결국 못 버티고 낮잠을 세 시간 가까이, 누가 오고가는지도 모르게 잤다. 화두수련, 좌정하니 11가지 진동 중 움직이는 동작 네 개가 계속된다. 백회로 기운은 계속 들어오고 삐 하는 관음법문 소리도 메아리친다.

2018년 3월 25일 일요일

새벽에 좌정하여 수식관 100회로 단전을 데운 후 화두수련에 매진한다. 수식관 때는 백회 원 포인트로 기운이 들어오더니, 화두를 잡자 인당에서 넓은 폭포수 같은 기운이 들어온다. 중단이 트이며 압통이 있는데 빙의령의 가슴 답답함과는 다르다. 흑백의 화면이 일부분 보이는데 세로줄 원고지와 글자들이 보인다. 총 50분 정도 지나자 화두를 암송해도 기운이 들어오지 않는다.

『천부경』을 암송하면 백회로 기운이 들어오고, 끝난 건지 아닌지 아리송하다. 잘 몰라서 다시 1단계 화두 끝나는 장면들을 살펴보니 전부 다르다. 잘 모르겠다. 모르면 가는 거다. 낮에 자리에 앉아 화두를 잡는다. 기운이 쏙쏙 들어오는 게 아니라 백회와 인당 쪽에서 졸졸졸 새듯이 들어오면서 단전만 데워진다.

2018년 3월 26일 월요일

현묘지도 화두수련 중에는 선계의 스승님들께서 잠을 자지 말라고 하시는지 그냥 새벽에 눈이 떠진다. 말씀 안 듣고 좀 빈둥거리다가 좌정하니 역시 화두 기운은 안 들어온다. 소파로 이동하여 일지 정리하면서 화두를 의념하는데 백회 쪽이 살살 묵직한 느낌이 든다. 어차피 오늘은 오후에도 일이 있어서 삼공재 못 가니 하루 더 계속 암송해 보자.

백회로 기운이 솔솔 들어오는 느낌은 없어도 호흡을 하니 단전으로 축기는 되니까 손해 볼 일은 없다. 화두 기운은 없고 단전은 데워지고 좋은 기분에 일지를 정리하는데 또 가슴이 답답하다. 어느 누가 승리하지 못한 채 우열을 가리지 못하고 가슴 답답함과 단전의 열감이 공존한다.

카페에 일지를 올리고 현재 상태를 지켜보고 비교해 본다. 선배님들 중에는 화면도 소리도 그리고 아무 반응이 없는 분도 계셨다. 결론은 기운으로 살펴봐야 한다. 솔솔 들어오는 기운은 없고 미세하게 백회로 기운이 들어오거나 단전만 데워진다. 스승님께 전화 드려 1단계 화두 기운이 안 들어온다고 말씀드리려고 했으나 답답한 가슴을 억누르는 빙의령에 괜한 부담을 드릴 것 같아서 내일로 미루었다.

2단계 유위 삼매 (2018년 3월 27일~4월 1일)

2018년 3월 27일 화요일

새벽에 좌정하여 『천부경』, 『삼일신고』, 대각경을 암송하고 화두를 잡았다. 인당으로 미세하게 간지러운 기운은 들어오는데 백회의 반응은 없다. 11가지 진동 중 움직이는 진동이 다양하게 나오기에 한 30분 내버려 두었다. 신나게 들썩들썩거려도 백회는 반응이 없어서 중단한다.

스승님께서 혹시나 전화상으로 알려 주실지도 모르니 1단계 진행 상황과 상태를 정리해 놓고 노트북을 열어 놓은 상태에서 전화를 드렸다. 사모님께서 받으셔서 바꾸어 주셨는데 목소리가 잠겨 계신다. 쉬시는 중에 괜히 전화를 드렸나 싶어 죄송스러운 마음이다.

"1단계 화두가 끝났습니다"라고 말씀드리니 "끝났어요?" 하시더니 2단계 화두를 주신다. 화두를 듣는 순간 머리 주변이 웅 하면서 머리카락이 쭈뼛 선다. 안 들어오던 기운이 움직이기 시작한다. 구름에 숨어 있던 달을 형상화한 글자라고 해서 구름 운 들어간 글자들을 전부 검색해 봤던 게 떠올라 헛웃음이 났다.

좌정하여 화두를 잡으니 그냥 진동이 바로 시작되는데 여태까지 했던 진동은 진동도 아니었다. 그냥 날아다닌다고 표현하는 게 맞을 것 같다. 이리저리 앉은 채로 방방 돌아가는 느낌에 눈을 떠 보면 이쪽, 다시 눈을 떠 보면 저쪽을 바라보고 있다. 팔도 정말 미친놈처럼 휘젓는다. 너무 심해서 유리창이라도 때릴까 텔레비전도 깨버릴까 싶어서 좀 자제하고 소파로 올라가 일지를 쓰니 단전이 너무 뜨겁다.

관음법문은 다시 시작되고, 땀이 너무 많이 났다. 단 20분 만에 이 많은 일들이 일어나 버렸다. 관음법문과 단전의 열감이 다시 가동되고 있다. 카페 글과 『선도체험기』 속 2단계 수련기를 천천히 읽어 보고 있다. 단전의 열감과 관음법문이 함께 한다. 1단계처럼 확 들어오는 기운은 아니다. 벽공 선배님의 수련기 중 '배려 받지 못한 영혼'이란 말이 가슴에 남는다. 수련기를 읽어 나갈수록 단전이 뜨겁게 데워진다. 책을 읽으면서도 화두를 잡고 있다.

2018년 3월 28일 수요일

현묘지도 화두수련 시 방사는 극도로 경계해야 한다. 운전도 면허 따고 좀 할 만하면 사고가 나는 것이다. 조심조심, 벽사문을 흡기 배기 두 개 다 달아야 하는 건지 참. 새벽에 어제 읽던 『선도체험기』 2단계 현묘지도 체험기들을 살펴보니 비슷한 분도 있고 좀 다른 분도 있다. 느껴지는 기운은 비슷한데 난 진동이 조금 더 강한 거 같다.

차에서는 불경 암송이나 시조 중창처럼 큰 소리로 화두를 내질렀다. 집에 와서 좌정하니 또 진동이 너무 심하게 오려고 한다. '씻은 지 얼마 안 되었는데 진동은 안 됩니다' 하고 자리에 앉아 카페 글들 읽고 일지 정리하고 올렸다.

두 번째 화두수련의 얼개를 잡아 본다. 기운이 인당 앞으로 넓게 퍼져서 들어온다. 관음법문이 삐 하면서 요동친다. 단전이 무척 뜨겁다. 진동이 활발한데 내일 낮에는 한번 내버려 두어야겠다. 기대했던 전생의 모습이나 화면 등은 아직 깜깜하다. 화면이 안 보인다기보다 전원은 켜졌는데 검은색으로만 나오는 거 같다. 더 가 보자고 하고 내가 불을 켜 본다고 하고, 저 끝에 불빛이 보이고 걸어가서 나간다고 생각해도 움직이지 않는다.

자성 진동 응답에 물어본다. 2단계 화두가 일주일 안에 깨지겠습니까? 앞뒤로 끄덕끄덕. 하루 만에 깨지겠습니까? 진동이 멈추었다가 옆으로 흔들흔들. 이틀 만에 깨지겠습니까? 옆으로 흔들흔들. 사흘 만에 깨지겠습니까? 앞뒤로 고개가 끄덕끄덕.

2018년 3월 29일 목요일

새벽에 선배님들의 수련기를 읽으면서 2단계의 특징들을 살펴본다. 진동과 단전 위주의 축기 그리고 아픈 몸의 치유까지 비슷하게 가는 것 같다. 책을 보면서도 화두를 잃어버리지 않는다. 단전이 데워지고 관음법문이 울리는데 우웅 하는 저주파와 삐 하는 고주파가 함께 한다. 아팠던 오른쪽 팔목을 왼손으로 문지르니 따닥거리면서 무언가 자리잡히는 소리가 난다.

운전 중에는 화두로 계속 노래를 부른다. 시조나 아리랑 운율에 태운다고 해야 하나, 계속 으음 거리면서 다녔다. 가슴 답답함과 함께 어떤 갑갑함이 목까지 올라와 있는데 무시하고 그냥 화두만 판다.

오후에 백화점에 갔다 오면서 너무 많이 걷고 사람들 속을 돌아다녀서일까? 오며 가며 화두는 생각했는데 머리가 아프면서 관음법문이 요동친다. 소리는 나고 머리는 아프고 가슴은 답답한데 졸리기까지 하니 결국에는 참지 못하고 잠들었다. 역시 누워서도 삐 소리가 너무 날카롭고 요란하다. 관음법문이 요동치는 것은 좋은데 손님과 함께 머리가 너무 아프니 그 소리마저 고통스럽게 느껴진다.

2018년 3월 30일 금요일

새벽에 좌정하여 화두에 의념하니 관음법문이 요란하고 인당 앞으로 넓은 기운이 들어온다. 운전 중에는 세 시간 반 정도 중간중간 잊어버리기도 했지만 계속 화두를 암송했다. 오후에도 운전 중 천천히 화두에 집중하니 단전이 뜨겁고 대맥도 뜨겁다. 관음법문 삐 소리가 어제처럼 날카롭지만 머리가 안 아프니 한결 편하다.

오후에 도천 형님께 카톡으로 안부 인사를 드렸다. 현재 공처 단계인데 답보 상태이시고 졸음이 너무 와서 미쳐 버릴 것 같다고 하신다. 졸린 것 때문에 자꾸 수련이 중단되는데다가 화면도 안 보이고 진행이 안 되니 많이 답답하신가 보다. 졸린 건 나와 너무 비슷해서 나도 궁금하긴 한데 딱히 답을 알고 있지 못하니 해 드릴 게 없어서 정리해 놓은 현묘지도 체험기 페이지 보내 드리고 파이팅해 드렸다.

집에서 한 시간 정도 좌정하여 화두에 집중하니 기운이 꽂혀서 들어오는 느낌보다는 살짝살짝 건드리면서 백회에서 무언가 작업을 하는 듯 간지러운 느낌도 난다. 잠시 후에는 인당으로 내려오는데 역시 간지럽히는 느낌이다.

아이가 학원에 혼자 간다고 해서 잠시 수련을 중단하고 차로 데려다 주는데 접촉사고가 났다. 우회전 진입 전 건널목이 파란불이어서 정차 중 뒤에서 쿵 하며 박았는데 상대방 운전자 말이 미처 보지 못했단다. 한 시간 정도 사고 처리 정리하고 집에 와서 보니 양말이 땀에 젖어 있다. 별거 아닌 일이라고 생각했는데 긴장을 많이 했었나 보다. 집에 와서 가만히 살펴보니 정신 차리라고 벌주시는 것 같다.

2018년 3월 31일 토요일

새벽에 삼십 분씩 세 번 좌정하여 수련했다. 첫 번째 수련에는 여자 눈 같은 게 보이고 소름이 들었지만 무시하고 계속 화두를 암송하였고, 잠시 후 두 번째 좌정하니 진동도 계속되고 상념이 많이 든다. 여러 상념 중 너무 수련을 대충하는 것 같다는 생각과 절실함이 없다고 느껴지는 것, 그에 따른 행동 변화가 필요할 것 같다는 생각. 가슴 윗부분 답답함이 있지만 화두도 계속 암송하였고, 백회의 간질간질거림은 계속된다.

운전 중에는 화두만 팠는데 자주 놓치고 잊어버렸다. 오늘도 우회전 중에 오토바이가 휙 지나가는 위험한 상황이 생겼는데 더욱 조심해야겠다. 외식을 하면서 식당 창가에서 바라본 문정동 건너편은 십 년 전만 해도 논밭 비닐하우스였는데 세월이 많이 흐른 것일까? 이런저런 상념 중에 무한한 기쁨과 가슴 확장 그리고 단전의 열감을 느꼈다.

2018년 4월 1일 일요일

새벽에 좌정하여 화두에 집중하며 수련하였다. 중간에 시험해 본 자성 진동은 고장났고, 관음법문과 백회, 인당 쪽의 작은 기운이 유입되면서 알 수 없는 화면들이 나오고, 잡념과 화두가 번갈아가면서 들어오고 나갔지만 시간은 잘 갔다. 운전 중에는 화두에 의념하였는데 알 수 없는 염화미소와 함께 단전의 열감이 지속되었다.

저녁에는 덜 말라 냄새가 나려고 하는 수건과 늦게 오는데도 여유를 부리며 들어오는 아이를 보고 짜증이 일어나지만 관을 하며 살펴보았다. 저녁으로 등갈비와 보쌈김치를 포장해 오는데 가스충전소에서 주유원 아저씨와 운전자가 욕을 하고 침을 뱉고 몸을 밀면서 싸운다. 내 차도

213

아닌데 쿵쿵 부딪히면서 싸우니 좀 짜증이 나서 금액 이야기하면서 조금 크게 말을 했더니 그때부터 감정이 움직였나 보다. 감정을 흔드는 빙의령이 나를 흔들고 아이를 슬슬 약 올린다.

아직 많이 부족하다. '나는 관대하다. 관대하다'를 떠올렸으나 결국 약하게 폭발하여 아이에게 화살을 날렸다. 다른 사람들에게는 한없이 부드러우면서 아이에게만 그런다고 아내가 나무라면서 어머니가 이 모습을 아시는지 모르겠다고 한다. 빙의령 때문이라고 말도 못 하고 반성과 후회 속에서 와공으로 화두를 생각하면서 잠들었다.

3단계 무위 삼매 (2018년 4월 2일~4월 9일)

2018년 4월 2일 월요일

새벽, 화두에 집중한다. 더이상 백회로 기운이 들어오지 않고, 외계인 눈 같기도 하고 백열등 빛 같은 화면과 함께 단전의 열감은 지속된다. 어제와 같은 짜증이나 불안감을 일으키는 건 없다. 운전 중에는 화두를 창을 하듯 큰 소리로 길게 내질렀다가 속으로 태웠다가 한다. 가슴 답답함이 조금 있으나 약한 느낌이어서 화두는 끊어지지 않고 계속 이어진다.

어제에 이어서 또 싸우는 분들을 보았다. 택시 두 대가 손님을 태우려고 경쟁을 하다가 시비가 붙었다. 손님을 태운 1차선 택시와 태우지 못한 3차선 택시 두 대가 나란히 섰고, 2차선에 있는 나는 조금 뒤로 빠져있는 상태. 양옆에서 서로 욕이 날아다니고 동전도 날아간다. 동전이 저렇게 정확하게 직선으로 날아가는 줄은 처음 알았다. 어제오늘 왜 이런 모습들이 보이는지. 어제보다는 더 무덤덤하다.

집에 와서 화두에 집중하여 좌정한다. 앉기 전 더이상 기운이 안 들어 오면 3단계 화두를 여쭈어볼 생각으로 집중했다. 30분 정도 앉아서 화두 를 암송해도 기운이 들어오지 않아서 자성 진동에게 물어보았다. 화두가 끝났습니까? 앞으로 흔들흔들. 내일 전화를 드릴까요? 무릎이 옆으로 흔 들흔들. 한 시간 후에 전화를 드릴까요? 옆으로 흔들흔들. 지금 전화를 드릴까요? 앞으로 흔들흔들.

스승님께 전화를 드렸더니 직접 받으신다. "건강은 좀 어떠신가요?" 여쭈었더니 "그냥 그렇지." 목소리는 밝고 경쾌하시다. 컴퓨터는 어떠냐 고 여쭈어보니 그냥 쓰신단다. 2단계가 끝났다고 말씀드리니 3단계 화 두를 주신다. 1, 2단계처럼 무언가 짜릿함은 없고, 그냥 단전이 조금씩 다시 데워지기 시작하면서 백회로도 기운이 조금씩 들어온다. 가슴 답답 함이 있어서인지 뚜렷한 변화가 없다. 화두 기운으로 가슴 답답함을 풀 어 볼까?

진동이 일어나는데 옆으로 도리도리가 많고, 어깨춤을 추듯이 둥실둥 실거리고 머리와 어깨가 타원형을 그리면서 돈다. 진동이 상당히 요란한 데 특징이 어떤 장단에 맞추어서 움직이고 내 입에서도 장단이 나온다. 사고났던 차 수리되어 온 거 인계받고 잠시 집에서 쉬면서 간식을 먹는 데 관음법문이 요동친다.

빙의령이 떡 하니 가슴에 자리를 잡고 움직이지를 않아서 화두 기운 을 잘 모르겠다. 죽을 정도는 아니니 화두 기운에 계속 올라탄다. 선배 님들의 수련기를 읽고 특징을 정리하면서 화두를 잡으면서 나의 수련 상태를 살펴보았다. 두두두두 하는 관음법문이 추가되었고, 단전의 열감이 강하다.

2018년 4월 3일 화요일

새벽에 좌정하여 화두를 잡으니 진동과 함께 인당에 넓은 기운이 잠깐 내려오고 끝날 무렵에는 백회로 기운이 내려온다. 어제 못 본 선배님들의 체험기를 읽으면서 정리하고, 출근길에는 『구도자요결』 한글 하루 분을 일독하면서 간다.

걸어가면서부터 화두를 계속 잡기는 했는데 가슴속 빙의령이 강하고 가슴 답답함이 상당하다. 운전 중에도 계속 생각나는 대로 화두를 잡았지만 중단의 벽은 요지부동이다. 집에 오면서 한 시간 반 정도 걸어오다 보니 조금씩 풀어지는데 느낌이 하루나 반나절은 더 갈 것 같다.

교통사고 치료를 위해 정형외과에 다녀왔다. 사고로 인한 치료는 처음 받아 보는데 주위에 물어보니 몸이 생명이라면서 무조건 치료를 받으란다. 한 시간 반 정도 사진 찍고 물리치료 받고 오니 머리가 너무 아프다.

2018년 4월 4일 수요일

새벽에 자리를 잡으니 백회와 인당으로 화두 기운이 솔솔 들어오고, 'athletic'이라는 글자가 화면으로 보였다. 운전 중에는 화두를 암송하였는데, 이전 단계에서 나오는 창이나 시조 운율과 다르게 서양 오페라나 뮤지컬 노래 같은 음에 맞추어서 소리도 내다가 속으로 읊었다가 한다.

집으로 오는 길 한 시간 반 화두를 의념에 두고 걸어서 왔고, 물리치료 받으러 정형외과 다녀온 후 좌정하여 한 시간 반 동안 화두만 팠다.

졸리고 하품 나오고 눈물이 나와도 졸아도 계속 화두만 파다 보니 백회와 인당에 기운이 내려오고, 알 수 없는 화면들인지 잡념인지 생각들이 지나다닌다. 아이가 집에 와서 함께 고구마케이크 조금 먹고, 다시 자리 잡고 한 시간 좌정하여 네가 이기나 내가 이기나 화두만 판다.

저녁에 괜찮던 컨디션이 나빠지면서 머리가 아파서 아예 일찍 자리에 누웠다. 빙의령이 감정을 자극하는 바람에 휘둘려서 아내와 사소한 신경전이 있었으나 휘말리지 않겠다는 생각에 먼저 잠들어 버렸다.

2018년 4월 5일 목요일

새벽에 좌정하여 화두를 잡았으나 화두 기운이 안 들어오고, 잡념과 생각들이 꼬리를 물었다. 중간에 백회에서 환한 빛이 내려오는 게 보였으나 어제와 같은 선명한 기운과 함께 하지는 않는다.

운전 중에도 화두를 잡았으나 가슴의 답답함과 함께 자주 흩어져서 인과응보 해원상생 극락왕생 업장소멸을 같이 암송하였다. 오후에 좌정했으나 삼십 분 동안이나 고개를 꺾고 졸아서 침대로 이동, 세 시간 자고 나서야 졸음과 답답함이 풀리는 듯하다. 한 시간 침대에서 그대로 앉아서 화두를 잡으니 백회와 인당으로 기운이 솔솔 들어오고, 중단도 느낌이 있고 단전도 뜨거웠으나 역시 잡념이 많다.

가슴 답답함과 졸림이 계속 동반 중이어서 아예 일찍 누워서, 조광 선배님의 댓글 '거룩한 마음으로 수련하십시오. 대개의 빙의령이 범접하지 못합니다'의 의미를 다시 한 번 잔잔히 생각해 보았다. 도천 형님 공처에서 너무 졸리시다고 하는 게 벌써 와 버린 건지 왜 그런 것일까? 생각과 많은 번민이 함께하는 하루였다.

2018년 4월 6일 금요일

새벽에 침대에서 그대로 좌정했더니 백회와 인당에서 솔솔 기운이 들어오나 답답한 가슴은 그대로이다. 오후 집에서 다시 마음을 가다듬고 좌정하여 화두를 판다. 팔각정 또는 암자 같은 화면이 보이고 수염 난 아저씨, 할아버지 얼굴도 보이는데 너무 흐리고 점처럼 보여서 선명하지가 않다. 화두를 온몸의 혈에다 태우니 진동이 격렬하다. 경혈 자리를 다 모르는 게 아쉽다. 태극기도 보이고 일장기도 보이고 간달프 같기도 하고 간디 같기도 한, 수염이 있고 머리숱이 없는 분도 보인다.

2018년 4월 7일 토요일

새벽에 일어나 116권 체험기 보는데 염화미소가 지어진다. 누워서, 앉아서 화두를 암송해도 염화미소가 지어진다. 화두를 잡는데 화두 기운은 안 들어오고 아니 미세하게 백회로 인당으로 들어오고 미소만 계속된다. 운전 중에도 생각날 때마다 화두를 잡는데 미소는 계속되고, 가슴 답답함도 미미하게 이어진다. 카페 글을 읽고 댓글을 다는데 소름이 좌악 내려온다고 해야 하나 갑자기 기운이 바뀌는 신기한 경험을 했다.

2018년 4월 9일 월요일

새벽에 『국유 현묘지도』 책을 보았다. 산상 수련을 떠나는 저자의 구도정신이 치열하다 못해 처절하다. 그분의 노력으로 내가 현묘지도 수련을 받을 수 있었을 것이다. 운전 중에는 창이나 시조 운율에 화두를 태웠다. 화두를 암송하면 운전을 얌전하게 하게 된다. 세 시간이 넘게 화두를 읊었는데도 별 변화가 없다.

4단계 무념처 삼매

2018년 4월 10일 화요일

새벽에 좌정하여 중간에 잠깐씩 쉬면서 총 한 시간 반 정도 화두를 잡았다. 백회로 기운이 미세하게 들어오는데 잡념이 많다. 이번 주는 평소보다 운전 시간이 조금 길어져서 화두 암송 시간도 많아지고 있다. 운전 중에는 화두 기운을 받아들이는 가슴의 확장, 중단의 확장, 백회의 확장, 단전의 확장, 인당의 확장이라는 생각이 들어간다.

오후에 화두 잡고 앉아 있는데 기운이 안 들어오니 답답하고 잡념도 많다. 다시 마음을 잡고 집중하니 머리 앞쪽으로 하얀 기운이 서리면서 내려온다. 순간 드는 느낌이 '스승님이시다. 스승님이시다. 스승님이시다.' 그래서 여쭈어보았다.

삼 단계가 끝났습니까? 앞으로 진동. 일이삼 단계를 다시 암송할까요? 옆으로 도리도리. 삼공재에 전화를 드릴까요? 앞으로 진동. 며칠 전부터 계속 염화미소가 지어졌었는데 아마도 그때 무엇인가 바뀌고 마무리가 되었었나 보다.

삼공재에 전화드렸더니 스승님께서 받으신다. 인사드리고 건강은 좀 어떠신지 여쭈어봤더니 그냥 그렇다고 하시면서 "요즘 왜 안 와?" 하신다. "네. 알겠습니다. 전화드리고 찾아뵙겠습니다." 말씀드리고 삼 단계가 끝났다고 하니 열한 가지 호흡을 하라고 하신다.

화두를 잡는 건지 책 보고 따라 하는 건지 몰라서 그냥 『선도체험기』 14권 펴놓고 보면서 따라 하니 희한하게 그대로 된다. 고개 좌우로 흔드는 것만 빼고 나머지 진동은 미리 다 했었던 것이었고 호흡과 주걱만 새로 했다. 땀을 듬뿍 흘리면서 20분 만에 호흡이 끝났다.

5단계 공처 (2018년 4월 10일~4월 30일)

스승님께 다시 전화를 드려 호흡이 끝났다고 말씀드리고 5단계 화두를 받았다. 5단계가 제일 중요하다고 말씀하신다. 그래서 여쭈어보았다. "저는 화면이 거의 안 보이는데 어떻게 할까요? 괜찮을까요?"

"화면이 안 보이면 안 보이는 대로 가야지. 억지로 할 필요는 없어요. 체험기를 보고 내가 판단해요"라고 하신다. "네 알겠습니다. 방문 드리기 전에 전화 드리겠습니다." 생식도 사야 하니 방문 드려야지 하는 생각과 함께 전화를 끊기 전부터 백회로 기운이 들어오기 시작한다.

집에 와서 화두를 잡는데 멀리서 하얀 한 점이 보이고 알 수 없는 화면들이 이어지다가, 탱크도 보이고 비행기도 날아다니고, 관제탑 송수신 소리가 들리는데 항공 영어다. 뭐라 뭐라 하는데 마지막에 '지로 원'만 들린다. 잠시 후에 아주아주 큰 지렁이 같은 게 보인다. 물어보니 뭐라고 말도 한다.

또 잠시 후에는 복면을 쓴 가수(안에 내가 있다)가 랩 같은 노래를 하는데 '내 이름 공처 화두. 내 이름 공처 화두'만 반복하고 있다. 또 이어지는 화면에서는 하나는 돈데크만같이 생겼고 하나는 이쁘게 생긴 주전자 두 개에서 물이 떨어지고 있는데 백회로 떨어지는 것 같다. 장면이 바뀌어 세로로 세워진 관 위 꼭대기에서 백골이 나오면서 위로 솟구친다. 그리고 별이 많은 밤하늘로 바뀌었다. 40분 정도 지났는데 추워서 그만 일어났다.

2018년 4월 11일 수요일

새벽에 좌정하여 화두를 잡았다. 백회로 기운이 묵직하게 들어오는데 따라온 잡념이 어마어마하다. 역시 어제와 같이 저 멀리 한 점의 빛이 보이면서 화면이 시작된다. '하늘의 기운이다. 하늘의 기운이다. 하늘의 기운이다'라는 느낌이 든다.

운전 중에도 화두를 노래 부르듯이 계속 흥얼거렸는데, 유미리의 '젊음의 노트' 노래를 부르면서 화두를 채운다. '내 젊음의 빈 노트에 무엇을 채워야 하나? 공처 화두.' 여러 노래 중에 그래도 창이나 불경 비슷한 운율에 태우는 게 백회로 기운도 잘 들어오고 제일 좋은 것 같다.

2018년 4월 12일 목요일

운전하면서 화두 암송 중 갑자기 조용필 노래 '어제오늘 그리고 내일'에 맞추어 화두가 나온다. '이제 우리가 찾은 것은 무엇인가? 공처 화두' 그러나 집중도는 떨어진다. 역시 운전 중 화두는 불경이나 창 시조 같은 운율에 맞추어야 맛이 나는 것 같다.

오후에 삼공재로 방문하여 사모님께 인사드리고 들어가 보니 식탁 위치가 바뀌었다. 공진단 하나씩 스승님도 드리고 사모님도 드리니 바로 드신다. 식탁 위에 있는 전등이 머리에 닿을 거 같아서 벨크로로 고정해 올려놓고 스승님께 일배 드리고 옆에 앉았다. 컴퓨터 백업 걸고 117권

집필은 잘되시냐고 여쭈어보니 아직 다 끝나지 않았다고 하신다.

수련에 들어가니 펭귄 두 마리가 양쪽에 아치로 있는 큰 문인데 머리를 숙여 인사를 하는 듯 반복해서 움직이는 화면이 나타난다. 그 사이로 유치원생들이 몰려나온다. 그날 밤에 잠꼬대로 아이들을 구해야 한다고 했다는데 꿈이 이어진 건지 기억은 안 나고 궁금하다. 잠시 후 마차를 타고 가는 모습인데 '배틀 그라운드' 게임처럼 내 다리와 손 그리고 말의 앞모습만 보인다.

공처라고 하니 조바심이 났는지 앉아 있는 내 모습을 바라보고 돌려보는데 돌기만 하고 잡념이 많다. 다른 화면으로 넘어가니 인터넷 쇼핑몰에 거울 2개 파는 곳이 보인다. 브라우저에 거울 두 개만 두 줄이 있는데 왼쪽에 사진과 오른쪽에 설명된 화면으로 구분되어 있다.

순간 드는 생각이 내 자성을 보라는 것인가? 선과 악을 보라는 것인가? 성과 명을 보라는 것인가? 공처에서 하얀 점 또는 빛, 별을 보고 수련이 시작되는데 다른 분들도 그런 분이 많은 것 같다고 말씀드리니 사람마다 전부 다르다고 하신다. 천천히 드는 느낌이 '수련생마다 전에 살던 별이 다르다'였다.

수련이 끝날 때쯤 보니 스승님 눈이 빨갛게 충혈되셨고, 여쭈어보니 손기가 좀 있다고 하신다. 스승님께서는 제자들이 보고 싶으신 것이고, 방문 드려서 수련에 집중하는 것도 좋지만 사는 이야기 등을 나누면 좋을 것 같았고, 아직은 손기에 힘이 드신 듯이 보였다.

2018년 4월 13일 금요일

새벽에 좌정하여 화두를 잡았는데 바로 앞에 둥그런 얼굴에 큰 눈을 한 아이가 보인다. 소름과 함께 다가와서 눈 한쪽만 크게 보여서 깜짝 놀랐고, 인과응보 해원상생 극락왕생 업장소멸을 암송하니 갑갑한 백회 느낌은 사라지고 십여 분 지나자 관음법문과 함께 화두 기운이 들어온다.

마치 비행선 뒤 유리를 통해 우주가 뒤로 지나가는 것 같은 풍경이 보이는데, 별은 안 보이고 가스 구름 같은 것들이 뒤로 지나간다. 화면이 바뀌어서 물소뿔 부는 원주민 또는 원시부족 얼굴 옆모습도 보이고, 바닥에 박혀서 세워진 짤주머니에서 크림이 나오듯 양 갈래로 무엇인가가 한참을 나오면서 계속 위로 올라온다. 그리고는 형태가 흐려지면서 화면은 사라졌다.

오후에 앉았는데 집중이 힘들다. 아이를 피해서 방으로 들어가 또 집중했는데 그래도 안 된다. 금박으로 된 화려한 문양의 가면을 쓴 얼굴이 보이는데 거기까지다. 컨디션도 안 좋으니 폭풍 질주해 보았는데, 현묘지도 수련 시의 부부관계는 세파 속에 있으니 피할 수는 없지만 최대한 자중해야 하고 특히 손기에 신경써야 할 것 같다.

2018년 4월 14일 토요일

새벽에 좌정하여 화두를 잡았는데 나오는 화면은 없고 무언가 뚫어야 되겠다는 느낌만 전해진다. 동굴 속을 한참 기어가 출구를 찾은 거 같은데 우로 45~60도는 기울어져 있는 미세한 출구가 갈수록 좁아지고 작은 틈만 보인다. 좌절인가 싶어 수평으로 돌리고 지렛대를 넣어 벌려서 받침돌들을 밀어넣는다. 알 수 없는 화면들이 보이고 마무리하였는데 더 파야겠다는 생각이 들었다.

2018년 4월 15일 일요일

새벽에 좌정하였는데 화면이 보일 듯 말 듯 하고 잡념이 나올락 말락 하는데 눈떠 보면 시간은 금방 지나간다. 낮에 오십 분 좌정하니 사십 분이 지나서야 화면이 보이는데 오른쪽 아래로 여자아이들 선물 가방 같은 게 보이면서 가슴이 아프다. 머리 풀어헤친 귀신 모습이 보이면서 소름이 돋는데, 연정 관계였던 느낌인데 정확하지는 않다.

2018년 4월 17일 화요일

욕심이 생기는 순간 마가 끼어든다. 빙의령의 존재를 눈 크게 뜨고 늘 지켜보고 있어라. 아침에 내비게이션 오 분 빠른 길로 가려다가 자전거를 타고 가던 남학생이 브레이크를 잘 잡아서 간신히 사고가 나지 않았다. 하나씩 배워가는 거다. 염화미소가 어제에 이어 계속되고, 단전은 따뜻하다.

집에 와서 좌정하였으나 나도 모르게 머리를 상에 대고 자고 있다. 잠시 후 깨어나 정신을 차리니 관음법문 매미소리가 들린다. 강아지들이 보이고 그다음은 너무 조용하다. 화두 기운이 미미해서 자성 진동에게 질문을 하니 공처는 끝났다는데 일주일 더 하란다. 오류인가? 화면 볼 게 더 있나?

2018년 4월 19일 목요일

새벽에 좌정하였으나 화두 기운은 안 들어오고 백회로 묵직한 느낌과 꾸물꾸물하는 느낌만 난다. 기운은 다 들어왔고 공사가 덜 끝났나 보다.

오후에 앉았는데 불암산 같은 절벽도 보이고, 사각형으로 된 고층 빌딩만큼 높은 탑 위에 올라가서 아래를 내려다보는데 내 발도 보이고 식물들도 보인다. 인당이 꾸물꾸물하고 백회도 꾸물꾸물한데 집중은 짧고, 예전보다 시간은 금방 지나간다.

보일락 말락 알 수 없는 화면들이 보여서 댕겨 보고 줌으로 더 댕겨 보아도 뭔지를 모르겠다. 잠자기 전 누워서 와공 중 영어로 소리가 들린다. 'looks at on at on me'처럼 들리는데 뭔 소리인지 정확하게 기억을 하는 건지 모르겠다. 말은 안 되는 단어들이지만 나를 바라보라는 말 같다. 계속 와공으로 화두 잡으면서 잠들었다.

2018년 4월 20일 금요일

새벽에 좌정하여 화두 암송했다. 흑백의 오로라 같은 화면들이 일렁이는데 더이상의 진전은 없다. 화두 기운은 안 들어오고 잡념이 한가득이다. 자리에 누워서 일지 정리하고 카페 글들 보는데, 백회로 기운이 내려온다. 공처는 어느 정도 마무리가 된 듯하다. 화두를 암송했을 때 내려오는 기운과는 다르다. 화면이 안 보이는 것이 아쉽지만. 보림 중에도 얼마든지 볼 수 있으리라고 생각하면서 잠들었는데 꿈을 꾸면서 내가 들을 수 있는 잠꼬대를 한다. "70% 정도 되었어." 조금 더 가 보아야겠다. 화두 암송하면서 와공 중에 잠들었다.

2018년 4월 21일 토요일

오늘 사장님 한 분이 차 안에서 심장마비로 돌아가셨다. 시동을 걸어 놓고 출발을 안 해서 문을 열어 보니 반응이 없었다고 한다. 119에 전화하는 사이 얼른 뛰어올라가 소방서 안전교육 시간에 배운 대로 흉부 압박을 차에서 했고 시트를 뒤로 젖혀서 계속 시도했다.

인영맥은 반응이 없고 내가 심장 압박을 해서 뛴 건지는 모르겠지만 촌구맥은 약한 반응이 있었다. 이내 직원들이 달려들어 평편한 곳으로 옮겨 흉부 압박을 계속 시도했고 곧 119구급대가 와서 기도 확보하고 심폐소생술 하면서 병원으로 이송했는데도 깨어나지 못하신 것 같다.

돌아가시면 바로 영혼이 들어온다고 해서 지켜봤는데 오후까지 소식은 없었다. 둘러보아야 할 것들과 가 보아야 할 곳이 따로 있으셨나 보다. 오후 네 시가 넘어서 가슴이 답답해졌고 꽤나 오랫동안 압박감이 있었다.

2018년 4월 24일 화요일

새벽꿈에 사람들을 만나러 술집에 갔다가 눈앞에서 묻지 마 총격이 벌어지는 걸 보고 얼른 도망쳐 빠져나왔다. 일어나 와공으로 화두 잡으니 비몽사몽 중에 아직도 가슴 답답함은 지속되고 있다.

버스에서부터 가슴 답답함과 함께 피곤에 절어서 졸고 있다. 자야 하나 고민하다가 정형외과로 출발하여 손목 치료받으면서 결국 자 버렸다. 잠들기 전 손목을 치료기에 맡기고 화두를 잡으니 화면이 보이는데 하늘 위에서 내려다보는 시선으로 네모난 옥상에 서 있는 내 모습이 보인다. 줌으로 당겨도 보고 밀어도 본다.

치료 중에 코를 심하게 골면 민폐라서 녹음을 해 보았는데 다행히 조용하다. 카페 글을 보고 이어폰 연결하여 노트북에서 빗소리를 들으니 반응은 더 깊어지고, 잠시 버퍼링이 생겼을 때에는 빗소리 대신 관음법문이 요동친다.

집으로 오는 길 보험사 대인사고 담당자와 통화해서 이번 달 말까지 치료받고 소정의 합의금으로 마무리하기로 했다. 하나씩 마무리되어 가는 번잡함 속에서 일찍 누워 빗소리 그리고 화두와 함께 잠들었다.

2018년 4월 25일 수요일

새벽에 베란다에서 무슨 쿵 소리가 나서 깨어나 살펴보니 아무것도 없다. 잠이 깼지만 혼자 나가 있기는 이른 시간, 옆으로 누워 자세는 이상하지만 와공으로 화두를 암송한다. LED 조명처럼 밝은 호랑이 눈이 보이고, 엄청나게 높은 초고층 빌딩의 몇 배는 될 만한 건물이 무너지는 것이 보인다.

몇몇 화면들이 이어서 보이다가 이내 꿈으로 이동하여 스토리가 더해진다. 어느 높은 아파트를 아내와 가는데 자기부상 열차처럼 엘리베이터가 옆으로 한참을 위로 옆으로 이동하여 도착하니 사람들이 많은 번화가가 있다. 거기서 딸아이와 만나 아내와 둘이 먼저 올라가면서 나보고는 차를 가지러 오라고 한다.

이내 장면이 전환되어 무언가를 받아야 해서 근처 식당에서 만나기로 하고 가는데 트럭이 로봇처럼 보도블록을 걷듯이 올라간다. 잠시 후 잠결에서 깨어 다시 화두를 암송하니 등에 꽃무늬가 있는 새끼 거북이가 얕은 시냇가를 지나간다. 오케스트라가 연주 중인 화면이 보이고 이어서 고풍스러운 올드카 스타일의 자동차가 보인다.

2018년 4월 27일 금요일

오후에 감사 인사드리고 명상에 들어가 화두를 잡는데, 눈앞에 얼굴과 함께 소름이 돋아 지금 공처 단계에서 중요한 전생을 보는데 잠시 대기하라고 했다. 작은 날갯짓이 펄럭이다가 이내 큰 날개의 나비가 펄럭거린다. 이어서 줄에 매달린 인화지가 끝도 없이 펼쳐져 있다. 전생인 듯한데 정작 중요한 인화지 화면은 안 보인다. 끈이 마치 유전자 나선형처럼 길게 이어져 있고, 줄 자체는 투명하고 끈적거리며 요즘 아이들에게 유행인 액체 괴물처럼 안에 별 또는 반짝이 같은 것들이 있다.

잠시 후 조명 장식이 되어 있는 다보탑 같은 큰 탑을 위에서 바라보는 화면이 나온다. 국적, 시대, 언어가 모두 다른 화면들이 무수히 지나간다. 보고 싶은 화면이 안 보이니 의도적으로 어릴 때부터 전생으로 들어가 본다. 어릴 때까지 대표적인 일들이 지나가고 자궁 안으로 들어간다. 반짝이와 별들이 박혀 있는 투명한 공간이 두더지 굴처럼 파여 있으며 좌우로 꾸불꾸불한 공간을 거꾸로 거슬러 가면서 계속 들어간다. 가도 가도 끝이 없더니 금발의 외국인이 보여서 누구냐고 물어보았는데 말이 없다.

2018년 4월 30일 월요일

오후 동네 마실을 가면서 드는 생각. 천천히 가도 되지만 천천히 해도 되는 건 아니다. 치열해야 한다. 한참 진도가 나갈 때는 새벽에 낮에 저녁에 화두에 들었다. 여유가 있는 것은 좋으나 너무 편하게 생각하는 것도 아닌 듯하다.

좌정하여 화두에 든다. 지난주에 보았던 자궁 안 터널 같은 곳을 거슬러 올라가니 줄에 매달린 인화지 같은 사진들이 집게에 걸려 있다. 전생의 모습인데 사진은 여전히 안 보인다. 줄을 따라서 끝도 없이 계속 간다. 가도 가도 끝이 없다. 수십 킬로미터 짚라인을 타는 것 같다. 가다가 다 다 간 듯하니 이제는 줄이 온다. 오고 또 오는데 끝이 없다. 한참 후에 끝이 보이는 듯한데 또 온다. 조금씩 조금씩 속도가 줄더니 저 위에서 줄이 떨어진다. 줄이 다 끝나니 밝은 빛이 보인다. 빛을 따라 위로 구멍 같은 곳을 나가니 너무나도 밝은 빛이 가득하다. 빛이 다 없어지니 어둠만 가득하다. 이내 어둠 속을 움직이니 우주공간 어디로 가는 듯하다. 끝없이 가고 있다. 잠결인지 꿈결인지 헤매고 있는데 초인종 소리에 깨어났다.

자성 진동에게 물어보니 끝났다는 답이 온다. 전화를 드릴까요? 물으니 아니란다. 시간을 보니 수련생들이 오실 시간. 네 시경에 전화를 드릴까요? 그렇단다. 네 시까지 선배님들의 공처 체험기를 살펴보았다. 전생 장면 얼굴 하나만 보면 좋겠다는 생각에 파 보았지만 자세하게는 안 보인다. 네 시가 넘어서 스승님께 전화를 드렸다. 직접 받으신다. 수련생들이 가셨는지 여쭈어보니 조금 전에 일어났단다.

공처가 끝났다고 하니 식처 화두를 주신다. 예상한 듯하지만 또 새로운 느낌. 수련생들이 많이 오냐고 여쭈어보니 케이스 바이 케이스라고 하신다. 올 거면 미리 전화하고 오라고 하신다. 백회로 기운이 내려오고 관음법문이 진동한다. 공처에서 무엇을 등한시했는가? 생각하니 선배님들의 체험기를 꼼꼼하게 읽는 것부터 소홀했다. 그래서 다시 처음부터 찬찬히 살펴보고 읽었다.

6단계 식처 (2018년 5월 1일~5월 17일)

2018년 5월 1일 화요일

오늘로 직업이 바뀐 지 딱 반년이 되었다. 어느 정도 안정화되었으니 수련만, 화두만 파보자. 파다 보면 답이 나오겠지. 매일 10개 쯤씩 읽는 『구도자요결』 속 『참전계경』을 또 한 번 다 읽었다.

오후에 일지 정리하고, 좌정하여 화두 암송에 들어간다. 저 멀리 하얀 별무리 구름이 보이고 이내 다가온다. 가까이 가 보니 은하 같기도 하다. 앞으로 이동하면서 빛의 속도로 앞으로 나아간다. 비대칭적인 하얀 점 8개가 보인다. 나비 날개 같기도 하고 거북등 같기도 하고 무당벌레 무늬 같기도 하다.

2018년 5월 3일 목요일

새벽에 좌정하여 화두수련에 들어간다. 어제부터 있던 가슴 답답함이 계속되었는데 화두에 집중하다 보니 단전과 대맥이 따뜻해져 온다. 하얀 빛줄기를 옆에서 따라간다. 빛줄기라고 쓰지만 앞으로 이동하는 하얀 터널 같고, 영화 '니모를 찾아서'에 나오는, 바다에 있는 해류 같다. 비슷한 속도로 따라가다가 빛줄기에 올라탄다.

주변은 온통 환하고 밝음 속에서 이동하는 속도만 느껴진다. 끝없이 가다가 보니 옆으로 퍼진 은하계 같은 것이 보이고 이내 가까워지면서 커진다. 그 주변으로 가니 블랙홀 같은 곳이 있다. 주변을 모두 빨아당긴다. 그곳을 넘어가니 온통 모든 것이 환하다. 그리고는 다시 모든 것이 어둡다. 완전한 블랙. 장면이 전환되어 높은 건물이 있는 곳을 하늘에서 뒤로 이동한다. 아래쪽 배경이 도시에서 숲으로 바뀌다가 하얀 안 갯속에서 뒤로 이동한다. 느낌이 끝난 것 같아서 자성 진동에게 물어보니 안 끝났단다.

그 순간 소름과 함께 영정사진이 눈앞에 떠오른다. 자성 진동에게 물어본다. 현생 인연이냐? 남자냐 여자냐? 언제 적 인연이냐? 묻다 보니 떠오르는 사람이 있다. 인과응보 해원상생 극락왕생 업장소멸을 암송해 주었다. 오후에도 아침에 보았던 영정사진을 다시 살펴보았는데 아닌 것 같기도 하고 정확하지 않다. 괜히 예전 주소록을 뒤져 보고 했는데 좀 지나고 보니 다 소용없다는 생각이 들고 가슴만 무지하게 답답하다.

2018년 5월 6일 일요일

퇴근길 버스 안에서 『천부경』, 『삼일신고』, 대각경, 『반야심경』 암송 후 눈 감고 화두 암송하니 백회에서 작업이 시작되어 인당으로 이어지는데, 한참 진행이 되면서 기분 좋은 시간이 이어진다.

2018년 5월 8일 화요일

새벽에 좌정하니 백회와 인당에 무언가 작업하는 느낌이 든다. 수련이 게으르면 이 느낌이 없다. 운전 중 브아걸의 노래 'My Style - 어느 별에서 왔니? 내 맘 가지러 왔니?' 가사에 맞추어 화두 암송을 한다. 식처 화두를 암송했을 때 처음부터 이 노래가 자연스럽게 나왔었다. 백회와 인당의 느낌이 계속된다. 집에 와서 좌정하여 앉아 있었으나 백회나 인당에 반응이 없다.

너무 일찍 자서 새벽에 일어났는데 잠이 안 오는 중에 상념이 계속 떠오른다. '나에게 소유란 아무 의미가 없다.' 수련 이외의 상황에 관심을 끄라는 자성의 꾸짖음인 듯하다. 주변 정리는 평생의 화두와 실천할 일이니 제때에 자극이 와서 다행이다.

2018년 5월 10일 목요일

새벽에는 아무 기억도 꿈도 없이 약한 몽정기가 있다. 헐 누가 장난질을 한 건가? 운전 중에는 화두를 노래에 태워 암송하는데 부작용으로 화두보다 노래가 더 자주 튀어나온다.

2018년 5월 11일 금요일

오후 삼공재에서 수련 중 광주에서 여성 독자분이 사전 연락 없이 올라오셨다. 스승님께서는 멀리서 온 것이 안타까우셨는지 십 분 정도 앉아 있다가 가라고 하신다. 가족들의 반대도 심하고 수련 여건이 힘들다고 하신다. 도서관에 가서라도 『선도체험기』를 보고 공통점이 있어야 수련도 할 수 있다고 하신다.

끝나고 나오는데 남들보다 수련에 대한 열의가 부족하다고 하시면서 삼공재에 자주 오라고 하신다. 부끄러움에 얼굴이 화끈거린다. 더욱 열심히 해야 한다.

2018년 5월 14일 월요일

새벽에 좌정하여 화두수련에 들어간다. 하얀빛 덩어리와 함께 화면이 시작된다. 가늘고 입구가 좁아졌다 넓어지는 곳을 지나 온갖 화면들이

232

지나가는데, 조금 지나니 의미 없다는 생각이 든다. 삼십 분이 지나 다시 집중하니 환한 빛이 점점 밝아지다가 밝아지고 밝아지고, 다시 어두워지고 어두워지고 어두워지다가 화면이 끝나고 화두도 끝났다는 느낌이 든다.

일하는 중 숫자 계산이 안 되어 한참 헤맸다. 이럴 땐 손님. 역시 한 판매장 도어록이 방전으로 안 열려서 시간이 계속 지체된다. 비상용 조치로 사용하는 9V 건전지로도 안 열리다가 나오기 직전 어느 누구의 작업 없이 그냥 열려 버렸다. 이럴 땐 손님.

무언가 알 수 없는 꿈들과 함께 잠을 자다가 텔레비전에서 나온 비명 소리를 듣고 아이한테 무슨 일이 생긴 줄 알고 벌떡 일어나 뭐야 뭐야 하면서 소리를 지르며 달려갔다. 가족 모두 깜짝 놀라고, 정신질환 있는 거 아니냐고 물어보고 참. 심신이 많이 약해진 모양이다. 이것도 손님 같다.

7단계 무소유처 (2018년 5월 17일~5월 25일)

2018년 5월 17일 목요일

새벽에 좌정하니 화두는 반응 없고 단전만 데워진다. 자성 진동에게 질문을 한다. 끝났냐? 삼공재에 전화 드릴까요? 오늘 드릴까요? 마칠 수 있겠냐? 잘하고 있는 거냐? 그렇다고도 하고 아니라고도 한다. 오후에 좌정했지만 졸고 있다. 세 시까지 버티다가 자성 진동에게 물어보고 스승님께 전화 드려 식처가 끝났다고 말씀드렸다. 무소유처 화두 받고 내일 방문 허락받았다.

2018년 5월 18일 금요일

새벽에 일어나 준비하고 삼십 분 좌정하였으나 예열이 잘 안된다. 삼공재 방문한다고 말씀드렸는데 하필 기계가 고장난다. 늦게까지 시간이 지체되어서인지 운전 중 화두에 집중하지 못한다. 심지어 화두도 잊어버린다. 늦은 시간 조개 미역국을 전해드리려 잠시 삼공재에 다녀온다. 스승님께서 직접 문을 열어 주셨고 거실에서 잠시 건강 여쭙고 인사드리고 왔다. 삼성동 들어서면서부터 기운이 다르다. 잠시 뵙고 인사드리고 나온다. 사모님께서 전화를 주셨는데 선생님께서 미역국을 잘 드셨다고 하신다. 다행이다.

8단계 비비상처 (2018년 5월 25일 ~ 6월 9일)

2018년 5월 25일 금요일

집으로 가는 길 삼공재에 들고 갈 '버섯 맑은 탕'을 포장하는데 직원분께서 '잠깐만요'라고 하시면서 홀에서 식사하시고 가는 손님 결제를 먼저 한다. 덕분에 환승할 버스를 놓쳐서 십 분이나 기다리는데 짜증이 올라와서 오 분 정도 살펴보니 조금 내려간다.

삼공재로 출발하여 사모님께 인사드리고 스승님께 일배 올리고 앉아서 화두를 암송하니 처음부터 계속 하얀빛이 가득차 있다. 이내 화면이 보이는데 헤어와 스타일이 다른 내 얼굴이 계속 바뀐다. 이어진 화면에서는 상당히 선명한 천연색 장면들이 보이고 사람의 모습이 이전과는 다르게 크게 등신대의 모습으로 다가온다.

자성 진동에게 이것저것 물어본다. 화두가 끝났다고 오늘 말씀드릴까요? 7단계 끝났다고 말씀드리고 다음 화두를 받았는데 첫 느낌이 '이게 뭐지? 길다'였고 잘 외워지지도 않는다.

2018년 5월 26일 토요일

새벽에 일어났으나 졸린 기운이 엄습한다. 화두 생각하며 누워 있는데 잡념 망상이 스토리를 쓰면서 엄청나다. 고등학교 때부터 알던 여인 둘(은 친한 친구)과 우연히 여행지에서 만난다. 그중 한 명은 얼굴 안 본 지 삼십 년이 되어 간다. 이게 무슨 망상인지 아마도 SNS에서 둘의 사진을 보았기 때문에 무의식중에 기억 속에 박혀 있었나 보다. 한참을 말도 안 되는 상상 속에서 헤매다가 다시 잠들었다.

화두 암송하면서 걸어가는데 화두가 자꾸 헷갈린다. 뭐 이런 화두가 다 있나 싶다가도 결국은 핵심적인 이야기라는 생각이 든다. 운전 중에도 화두 암송하고, 노래에도 태워 봤는데 길어서인지 만만치가 않다. 집에 와서 낮잠 자려고 누웠으나 잠이 안 와 빈둥빈둥 화두에 대한 생각만으로 백회가 꾸물거리고 단전이 화끈거린다.

2018년 5월 28일 월요일

새벽에 좌정하여 화두 암송에 들어가니 잡념들이 지나간다. 화면이 보이는데 자꾸 뭔가가 치솟아 올라간다. 메타세쿼이아 같은 나무들도 올라가고, 바닷속에 군집을 이루고 있는 말미잘 같은 것들도 커지면서 올라가고, 수정 같은 것들도 넓은 화면을 가득 채우면서 올라간다. 의미 없는 화면들이 자꾸 나오는데 일단 무시하고 마무리한다.

오후에 어머니 스마트폰 교체해 드리러 다녀왔다. 근래에 어머니를 만나면 머리가 너무 아프다. 내가 해 드릴 수 있는 작은 효도이니 힘들지만 기분이 좋다.

2018년 5월 29일 화요일

새벽에 일어나 일지 정리하고 좌정하여 감사 인사드리고 오래 있었으나 집중이 안 되어 『천부경』, 『삼일신고』, 대각경, 『반야심경』 암송 후 현묘지도 화두를 1단계부터 8단계까지 반복하여 복습했다.

서서히 보이는 화면과 잡념 속에 저팔계같이 눈꼬리가 길게 그려진 여인의 얼굴이 눈앞에 훅 그런데 이쁘다. 어떻게 저팔계 상인데 이쁠 수가 있지? 무시하고 더 집중해 본다. 집게를 가지고 있는 게 종류와 전갈 같은 게 보이는데 검은색 배경에 하얀 형광색 몸이다. 이내 저 멀리에서 하얀빛이 다가오는데 더 다가오지는 않고 등대처럼 돌아서 왔다가 사라지는 모습이다. 그 빛 속에서 동굴 같은 곳이 보이는데 다양하게 살아가는 사람들의 모습이 그림자놀이처럼 움직이면서 사라진다.

졸려서 한 시간 정도 누워서 『선도체험기』 15권에 있는, 기운으로 사랑할 수 있다는 구절이 생각나서 연습해 봤는데 잘 안되고 의미 없는 듯하여 자고, 일어나 다시 이십 분 좌정하여 잡념 속에서 마무리한다.

2018년 5월 30일 수요일

새벽에 좌정하여 화두를 잡아도 처음에는 집중이 안 되다가 『천부경』을 암송하면서부터 백회와 인당에 기운이 내려온다. 『삼일신고』, 대각경, 『반야심경』, 현묘지도 화두 1~8단계까지 암송하니 아까 내려왔던 기운 같은 게 동상 제막식 할 때 드리워진 천이 걷히듯 위로 올라간다. 그러더니 동상 대신 한없이 밝은 빛이 가득하다.

그런데 그 빛 속을 자세히 살펴보니 아무것도 없다. 그리고 소름. 8단계 화두와 기가 막히게 떨어지긴 하는데 기록하기 위해 멈추고 다시 생각해 보니 빛 속을 자세히 살펴본 것은 나의 상상 또는 욕심 같기도 하여 아쉽지만 조금 더 파 보아야 할 것 같다.

출근길 『구도자요결』 일독하고 운전 중에는 화두를 배인숙 님의 노래 '누구라도 그러하듯이'에 태워 본다. 오후에 이십 분 정도 화두 암송에 들어 『천부경』부터 화두 전체까지 순차적으로 암송하면서 예열하니 화면으로 꼴뚜기같이 생긴 얼굴들이 지나다닌다.

2018년 6월 1일 금요일

아침부터 기계 고장이 나 대기하는 시간이 길어지고 있다. 삼공재 방문 여쭙는 메일을 보냈는데 오후에 약속을 잡을 수가 없으니 난감하다. 차 안에서 에어컨 틀어 놓고 나의 지난 수련기들을 지금과 살펴보니 확실히 욕심이 많이 줄었다.

식색 등 기본 욕구가 줄었고 재물, 명예, 자존심 같은 거에는 그전에도 그랬듯이 관심이 없다. 운전 중 화두를 노랫가락에 태워 본다. 그러면서 드는 상념, 놓아야 쥐고, 내려놓아야 물고, 버려야 채우고, 술잔도 없고, 손도 없고, 아무것도 없다. 없는 것도 없다. 퇴근길 『선도체험기』 현묘지도 화두수련 체험기 읽으니 백회가 꾸물꾸물거린다.

2018년 6월 3일 일요일

출근길 『구도자요결』 한글 하루분 일독하고, 걸어가면서 『천부경』부터 시작하여 암송을 하다 보니 몇 년을 끌어오던 『반야심경』을 다 외워간다. 운전하면서부터 들었던 생각이 누워서 화두를 잡을 때까지 이어지는데, 이런저런 상념 속에서 현묘지도 수련 마무리를 잘해야겠다는 생각이 강하다.

2018년 6월 5일 화요일

새벽에 좌정하였으나 절대 수련 시간이 너무 짧다. 여러 화면들이 지나가는데 무의미한 것들이 가득하니 잡념과 함께 흘려보낸다. 출근길 『구도자요결』 한글 하루분 일독하고, 운전 중에는 가슴 답답함에 '영광 영광 할렐루야' 찬송가에 '여유 여유'를 붙이면서 안전운전에 신경 써 본다.

삼성동에서부터 인당, 백회가 꾸물꾸물거리더니 삼공재에 앉으니 인당 주위가 반응한다. 화면들도 보이기 시작하는데 벽에 구멍이 열리고 우주가 보이고, 별들이 어떤 패턴으로 연결되어 있다. 다시 하얀빛이 가득한데 속으로 들어가니 얇은 구덩이가 보인다. 이내 잡념과 의미 없는 화면들이 이어지는데 선거 유세 차량, 무슨 당도 보인다. 수련을 마무리하고 인사드리고 나왔다.

2018년 6월 6일 수요일

새벽에 좌정하여 『천부경』부터 8단계 화두까지 암송하니 잡념이 많고 백회로 기운이 주로 들어온다. 하얀빛이 마치 용암이 끓어오르듯 넘어오는 화면과 함께 인당으로도 기운이 들어오면서 백회와 인당 주변의 묵직함과 함께 마무리한다.

피곤하여 와공. 화두와 함께 누웠는데 잠이 안 온다. 덕분에『천부경』부터 화두까지 그리고 8단계 화두를 계속 암송한다. 별의별 화면들이 지나간다. 잡념과 상상과 화두와 화면이 뒤엉켜 있다. 꽤나 오래도록 화두 속에 있다가 잠들었다.

2018년 6월 9일 토요일

새벽에 좌정하니 화면이 보이기 시작하는데 두꺼비가 꾸불꾸불한 길을 기어간다. 천천히 가도 된다는 의미인 줄 알았는데 가다 보니 큰 도마뱀으로 바뀌어 올라가다가 너구리, 하이에나 같은 걸로 바뀌고 군중 속 사람들의 모습이 가득하다. 소음과 함께 끝까지 올라 어두운 곳을 지나가니 산 정상에서 바라보는 것과 같은 뷰에 산과 강의 모습이 장관인 곳이 나타난다. 은근 다음 장면이 기대되면서 예상과 같이 날아서 가다가 성층권을 지나가고 어딘가에 내리니 직립보행을 하는 유인원들이 있는데 인간만 있지는 않고 생긴 모습이 다양하다.

집에 와서 낮잠을 자기 위해 잠자기 전 누워서 화두를 암송했으나, 잠은 오지 않고 일어나 앉아 다시 좌선한다. 사람들 얼굴이 인파처럼 지나간다. 인파라기보다는 윤전기에 인쇄되어서 나오는 큰 전지에 사람 얼굴들만 가득하다.

끝났는가? 그때(5월 30일 하얀빛이 사라지면서 아무것도 없었던 그 화면) 깨달았다는 생각과 느낌이 든다. 사람들의 얼굴은 풀어야 할 인과, 보림, 하화중생인가 보다. 더 가 보자. 빛 하나, 작은 별이 보인다.

이내 별로 가득찬 우주에서 다시 어둠도 가득하고, '하느님이 되어 보자. 하느님이 되어 보자. 하느님이 되어 보자'라는 생각이 든다.

2018년 6월 10일 일요일

삼 주 만의 쉬는 날. 푹 자고 낮잠도 자고 늦잠도 자는데 조광 선배님께서 전화를 주셨다. 현묘지도가 끝났냐고 물어보신다. 끝났다는 느낌은 받았지만 확실하지 않아서 확인도 할 겸 조금 더 진행을 해 보겠다고 말씀드렸다. 전화를 끊고 생각에 잠겨 있는데 잠시 후에 다시 전화를 주셔서 수련기를 정리해야 한다고 말씀하신다.

나는 진행 상황을 정확히 파악하지 못했는데 제자의 부족함을 멀리서 이미 알고 계셨구나. 한없이 감사한 마음과 큰 은혜와 함께 걱정이 몰려온다. 글재주가 없으니 수정에 수정을 해야 그나마 읽을 수가 있는데 당장 오늘 저녁부터 정리해야겠구나. 괜스레 마음이 급해진다.

작년 11월부터 수입이 일정하지 않았던 프리랜서 일을 정리하고 화물차 운전을 하면서 생활에 대한 걱정을 덜게 되었고, 오전에 일을 하고 오후에 수련을 할 수 있는 시간과 여건이 되면서 대주천과 현묘지도 수련에 집중할 수 있었습니다.

백회 개혈 이후에도 일주일에 한 번 정도 삼공재에 방문 드려 스승님의 기운과 함께 수련에 임하였고, 출근길과 퇴근길에 『구도자요결』 한글 한자 하루분을 꾸준히 암송하고, 카페에 주 일 회 정도 수련기를 올리고 도반님들의 수련기에 응원과 감사의 댓글을 달면서 기운의 소통을 나누었고, 조광 선배님께서 이끌어 주신 자시 수련 시간에 참석하여 현묘지도 수련 전까지는 수식관으로 단전의 축기에, 현묘지도 수련 중에는 화두에 집중하였습니다.

『선도체험기』와 선후배님들의 수련기를 참조하고 배우면서, 힘들 때마다 화두수련과 더불어 적절한 주문수련을 병행하면서 힘든 고비와 나태함 등을 넘겼던 것 같습니다. 돌아보면 아직 식색의 늪에서 헤어 나오지 못해 허우적거리고 있고, 수련의 깊이가 깊지 못해 전생의 장면과 인물을 특정하지 못하는 등 많은 부분이 부족한 상태입니다.

그렇지만 석 달간의 현묘지도 체험을 통해 『선도체험기』에서 보았던 신묘한 경험을 하였고, 대주천 이후 화두에 집중하면서 나의 본성, 나의 어리석음, 나의 억겁 생의 인과, 내가 헤쳐 나가야 할 보림의 단계 단계를 처절히 깨달았습니다.

수련 중에 늘 좌정하여 감사의 인사를 드렸듯이 선계의 스승님과 삼공 김태영 스승님, 지도 신령님, 보호 신령님, 나를 이 자리에 있게 해준 조상님들과, 삼공재 여러 선후배 도반님들 그리고 나의 자성에게 너무나도 감사하고 감사하고 감사드립니다.

막연하지만 보림의 방법과 방향의 시작에 대해서도 화두수련 중에 어느 정도 정리가 된 것으로 보여집니다. 옳은 길인지 방법인지는 모르겠으나 함께한다는 것에 중점을 두어 『선도체험기』 15권 187페이지에 있는 말씀처럼 어떤 종교도 어떤 수련법도 모든 방편이 내 마음의 본바탕 속에 하나로 용해되어 있다고 깨달을 수 있도록 최선을 다해 노력하겠습니다.

감사드립니다. 감사드립니다. 감사드립니다.

【필자의 논평】

정영범의 수련기를 읽노라면 마치 빛의 흐름을 타고 유유히 대해 속을 흘러가는 조각배를 탄 것 같다. 부디 지금까지 도를 가르쳐 준 스승들과 사형들의 기대를 능가하는 업적을 쌓기 바란다. 도호는 유광(流光).

〈118권〉

움직이는 양심

2018년 11월 2일 금요일

우창석 씨가 말했다.

"선생님, 구도자가 자기 자신의 존재의 실상을 깨닫는 데 있어서 신앙인이 되는 것보다 유익하다고들 말하는데 그 이유가 무엇입니까?"

"신앙인은 교주의 등에 업혀 목표 지점인 정상을 향해 오르지만 구도자는 목표 지점이 어디든 간에 관계없이 자기 발로 직접 땅을 딛고 한 발 한 발 오르면서 땅과 직접 교감하는 사이에 자기도 모르게 목표 지점에 접근할 수 있습니다.

다시 말해서 구도자는 땅과 함께 주변 환경과 직접 대화를 나누면서 목표 지점을 향하지만, 신앙인은 어린아이처럼 교주의 등에 업혀 졸거나 잠을 자고 있을 뿐입니다. 따라서 신앙인은 구도자가 주변에서 듣고 스스로 느끼고 깨닫는 과정이 통째로 생략되므로 구도자에 비해서 수행 과정이 늦고 아둔해지게 됩니다.

실례를 들면 신앙인이 교주의 등에 업혀서 헛되이 시간을 보내는 동안 구도자는 스스로 자연 환경과 접촉하는 사이에 자기 능력으로 견성도 하고 성통공완도 하는 과정을 스스로 마치게 됩니다. 그래서 『삼일신고(三一神誥)』 마지막에는 다음과 같은 구절이 보입니다.

　수련을 소홀히 하는 무리들은 착하고 악함과, 맑음과 흐림, 후덕함과 박덕함이 서로 뒤섞여 잘못된 길을 제멋대로 달리다가 태어나고 자라나고 늙고 병들어 죽는 괴로움에 빠지지만, 수행으로 마음이 밝아진 사람은 운기조식(運氣調息)하고 자기 몸을 철저히 관리한다. 이로써 큰 뜻을 세워 어리석음을 돌이켜 참에 이르러 큰 신령스러운 기틀을 발생케 하나니 본성을 통달하고 공을 마치는 성통공완(性通功完)이 바로 이것이다.

　구도자가 자성(自性)을 찾고 성통공완(性通功完)하는 과정이 신앙인과 어떻게 다른가를 『삼일신고(三一神誥)』는 이상과 같이 명쾌하고 자상하게 말해 줍니다.”

　“성통공완이란 쉽게 말해서 무슨 뜻입니까?”

　“구도자가 자기 자신의 능력과 지혜로 하느님에게 접근하여 하나로 합쳐지는 신인일치(神人一致)가 되는 과정을 말합니다.”

　“자기 자신의 능력과 지혜란 쉽게 말해서 무엇을 말합니까?”

　“움직이는 양심(良心)이 가동되는 것을 말합니다.”

　“어떻게 하면 자기 자신을 움직이는 양심으로 만들 수 있을까요?”

　“누구를 대하든지 바르고 착하고 슬기로우면 누구나 자연히 그렇게 됩니다. 이 바르고 착하고 슬기로움을 불러 나가는 것이 양심을 키우는 것입니다.”

　“그럼 하느님과 양심은 어떤 관계를 갖게 됩니까?”

"하느님이 양심이고 양심이 바로 하느님입니다."

의료 후진국 실태

오늘(11월 4일) 아침 뉴스는 왕년의 국민배우 신성일 씨가 향년 81세에 폐암 3기로 사망했음을 알려 주고 있었다. 누구든지 적절한 대체의학(代替醫學)과 인연이 있었더라면 간단히 고칠 수 있는 병이건만 인연이 닿지 않은 것이 안타깝다.

현대의학은 미안하고 창피한 일이지만 암과 같은 난치병 치료율을 겨우 30프로 정도밖에 안 된다고 자인하고 있다. 이걸 보고 어떻게 국민의 건강을 책임진 의학이라고 말할 수 있을까?

기존 의학이 이처럼 무능하면 대체의학이라도 자유롭게 영업을 하게 하여 수익도 올리면서 서로 능력껏 경쟁하여 한 사람의 환자의 목숨이라도 더 살려낼 수 있어야 한다. 이것이 국가와 의료 실무요원들이 다 해야 할 의무이고 역할이다.

그래서 미국, 영국, 독일 같은 선진국들에서는 기존 의학과 대체의학으로 하여금 서로 선의의 경쟁을 할 수 있도록 배려하고 있다. 그러나 한국에서는 당국이 기존 의사들의 권익만을 지켜 주려고 대체의학은 단속만 하다가 보니 설 땅을 잃어버리게 된다.

대체의술로 의료 행위를 하다가 양의사들의 고발을 받으면 경찰은 지체 없이 고발당한 사람을 체포하여 법원에 송치함으로써 최소한 1년 이상 감방살이를 하게 한다. 국민의료 행정을 담당한 보건복지부의 의료 행정이 할 일이 고작 기존 양의사들의 권익이나 대변해 주는 하수인으로 추락하고도 창피한 줄을 모르고 있다.

이러고도 이 나라의 의료 행정 요원들과 보건복지 담당 국회의원들은 얼굴을 들고 떳떳이 거리를 활보할 수 있을까? 그러는 사이에 우리 조상들이 수천 년 전에 개발한 침구(鍼灸)와 동의학(東醫學)은 미국, 영국, 독일과 같은 선진국으로 유입되어 그곳에 유학하는 한국 유학생들의 관심을 끌어 동의학(東醫學)을 조국에 역수입하고 있다. 한국 의료 행정관들은 이처럼 양심에 어긋나는 짓을 하고도 마음이 편안한지 거듭 묻고 싶다.

구안와사

구안와사란 입과 눈이 한쪽으로 쏠리는 일종의 안면신경통이다. 흔한 병이어서 자주 사람들의 입에 오르내리는 넉 자로 된 한자어 숙어인데도 아직 내가 쓰고 있는 컴퓨터로는 표현할 수 있게 준비가 되어 있지 않았다. 구안와사 중에서 비뚤어진 와(喎) 자가 컴퓨터로 이용할 수 있도록 되어 있지 않기 때문이다.

실은 지난 11월 22일 집에서 텔레비전 낮방송을 보고 있다가 모 고관을 지낸, 세간에 널리 알려진 정치인이 요즘 전개되고 있는 정치의 부조리에 대하여 성토하고 있었다. 구구절절이 지당한 말들이어서 귀가 솔깃해졌고 나도 모르게 내 시선은 그의 얼굴을 찾고 있었다.

그런데 그의 얼굴이 어딘가 좀 부자연하다는 생각이 들어 유심히 살펴보았다. 눈과 입은 그대로이건만 어딘가 모르게 생소한 느낌이 들어 자세히 뜯어보니 틀림없이 변동이 있었지만, 나와 같이 텔레비전을 함께 본 사람들은 아무도 눈치를 못 채고 있었다. 그러나 내 눈에는 구안와사 초기 증상이 틀림없었다.

그 순간 나는 그가 역사에 남을 유능한 정치가가 되기는 어렵겠구나 하는 느낌이 들었다. 지금의 저 얼굴을 들고는 그의 고정 팬들의 관심을 끌기도 어렵겠다는 생각이 들었기 때문이다. 그가 제아무리 지당한 이치로 정적을 매도한다 해도 시청자들의 눈에는 똥 묻은 개가 겨 묻은 개를 보고 더럽다고 열심히 짖어대는 것으로밖에는 들리지 않을 것이기 때문이다.

이때 바로 내 옆에 앉아 있던 우창석 씨가 입을 열었다.

"아무래도 저 사람은 지금은 자신이 나타날 자리가 아니라는 초보적인 덕목을 잊은 것 같습니다. 정적 성토보다 구안와사 치료가 먼저라는 것을 깨닫지 못했던 것 같습니다."

"동감이요. 우창석 씨 같은 지혜로운 참모를 거느렸어야 하는 건대. 안타깝군."

"구안와사에 직방으로 듣는 치료법이 있습니까?"

"있구말고."

"그게 뭡니까? 침이나 뜸으로 잡을 수 있지 않을까요?"

"눈과 입이 비뚤어질 정도로 마음이 상했다면 그 상한 마음을 바로잡는 것이 첫째입니다. 관(觀)이 잡힐 정도로 마음을 차분하게 안정시키는 것이 무엇보다도 먼저 해야 할 일이기 때문입니다."

산속에 버려진 돈 가방

중년의 남자 수련생인 서동성 씨가 삼공재에서 수련을 하다가 다른 수련생들은 다 나가고 나와 단둘이 남자 입을 열었다.

"선생님, 한 가지 상의할 일이 있어서 이렇게 저 혼자 남았습니다."

"그래요. 어서 말씀해 보세요."

"제 동생 내외가 지난 일요일에 도봉산에 등산을 갔다가 내려오는 길에 뜻밖에 숲속에서 큰돈이 들어 있는 가방을 발견하고 일단 집에 가져다 놓고는, 이런 일은 처음 당한 일이라 어떻게 할 줄 모르고 뜬눈으로 밤을 새웠습니다."

"아니 돈이 얼마가 들었기에 그렇게 두 장정들을 당황케 했습니까?"

"오만 원짜리로 천만 원씩 묶은 돈뭉치 열 개인데 1억 원이 들어 있습니다. 하도 큰돈이어서 제일 믿음이 가는 선생님에게 상의부터 해 보려고 이렇게 찾아왔습니다."

"큰돈을 처음 만져 보는 것 같습니다. 그럴 때는 돈이란 1억 원이든 5만 원이든 단위만 다를 뿐 다 똑같은 것이고, 내 소유가 아니라고 생각하면 조금도 당황해할 필요가 없습니다."

"그래도 저는 아직도 가슴이 벌렁대는 걸요."

"그럼 서동성 씨는 어떻게 했으면 좋겠습니까? 우선 서동성 씨는 돈 욕심이 없으니까 그런 일로 나 같은 사람을 찾아왔습니다. 그것만 해도 어딥니까? 보통 사람들 같으면 그 돈을 앞에 놓고 어떻게 하면 그 돈을 감쪽같이 자기 것으로 만들 수 있을까 하고 엉뚱한 생각부터 했을 것입니다. 그것이 예부터 전해 오는 세상 사람들의 인심이니까요.

그래서 중국 북송(北宋) 때의 소동파(蘇東坡)라는 시인은 다음과 같이 읊었습니다.

무고이득천금(無故而得千金) 불유대복(不有大福) 필유대화(必有大禍).
(아무 까닭 없이 큰돈이 들어오면 큰 복이 들어오는 것이 아니라 큰 재앙이 들어오는 것이다.)

서동성 씨는 얼굴에 희색을 띠면서,

"진즉 『선도체험기』에 실렸던 소동파의 그 시가 생각났더라면 동생이 상의하러 왔을 때 인근 경찰서나 파출소에 가지고 가서 신고만 하는 것으로 간단히 끝낼 일이고, 제가 일부러 이곳까지 찾아오지 않아도 되었을 것입니다. 선생님 정말 죄송하게 되었습니다."

"그것도 그럴듯하지만 두 형제분들은 그 큰돈을 놓고 소유권 분쟁을 일으키지 않은 것 같습니다. 현부(賢婦)들이 아니면 그럴 수 없었을 것입니다. 형제분들께서는 소동파의 지혜를 능가하는 큰 복을 타고나신 것 같습니다."

"어쩌다 보니 그렇게 되었습니다."

"서동성 씨 마음이 그렇게 바르고 착하니 그런 훌륭한 배필들을 하늘이 점지해 주신 겁니다. 그건 그렇고 그런 거액을 신고한 사람에게는 분실물 총액의 몇 프로를 보상금으로 신고자에게 지급하기로 되어 있다는 말을 들은 일이 있습니다. 행여 거절하지 마시기 바랍니다."

"잘 알겠습니다. 그건 그렇고요. 도대체 누가 무슨 이유로 숲속에 그런 큰돈을 버렸을까요?"

"언젠가 신문에서 읽은 일이 있는데 도봉산 깊은 숲속에는 전문 도박꾼들에게 도박장을 차려 주는 불법 영업을 하는 조직이 있다고 합니다. 아마도 그 조직원들 속에서 분쟁이 일어났거나 경찰의 추격을 피하다가 그런 사고가 난 것이 아닌가 합니다."

"그럴 수도 있겠는데요."

【이메일 문답】

건강은 좀 어떠신지요

선생님께

날씨도 추워지는데 건강은 좀 어떠신지요? 몸은 완전히 회복되셨는지 항상 걱정입니다.

미국에서 이도원 올림

【필자의 회답】

동산에 떠오른 해가 서산에 지듯 사람이 죽고 사는 것도 그와 같이 무상하다고 생각하시기 바랍니다. 그리고 삶과 죽음은 따로 있는 것이 아니라 하나입니다. 그래서 생사불이(生死不二)라고도 하고 생즉사사즉생(生卽死死卽生)이라고도 하여, 살아 있는 것이 죽은 것이고 죽은 것이 살아 있는 것이라고도 합니다.

어떻게 하면 그러한 확신을 가질 수 있느냐고 도반(道伴)이 물어 오면 관(觀)을 일상화하면 누구나 다 그렇게 될 수 있다고 대답하고, 상대와 자기 자신도 그렇게 확신하고 자나 깨나 이를 실천하노라면 누구나 그렇게 될 수 있다고 말해 주어야 합니다.

그런 일이 횟수를 거듭해 나가다 보면 자기 자신도 모르는 사이에 그렇게 되어 버립니다. 어느 날 문득 이러한 일련의 과정이 스스로 느껴지는 날이 오면 그는 깨달음의 고비를 넘어 견성한 것으로 보아야 합니다. 그러므로 진정한 구도자는 생사를 뛰어넘어 생사 그 자체를 잊어버려야 합니다. 왜냐하면 생사는 본래 없으니까요.

수련을 여기까지 진전시켜 놓고 나서 겨우 건강이 어떠냐고 묻는다면 어떻다고 대답하는 것이 온당하다고 할 수 있을지 생각해 보시기 바랍니다.

땅 위에 두 발을 딛고 있는 한

선생님께

깨달음이 가랑비처럼 온몸을 적신다 해도 땅 위에 두 발을 딛고 있는 한, 선생님께 일이 생긴다면 슬퍼질 것 같은 마음은 어찌할 수 없을 것 같습니다. 그리고 아무리 뛰어난 제자가 나타난다고 한들 어찌 선생님만 하겠습니까? 아직 이 세상을 위해 건강하셔야 합니다.

미국에서 이도원 올림

【필자의 회답】

구도자에게 슬픔이 안겨진 것은 관(觀)하여 극복하라는 것이지 언제까지나 그 슬픔을 안고 슬퍼하라는 것은 아니라는 것을 아시기 바랍니다. 그리하여 그 스승이 백번 죽는다 해도 그때그때의 슬픔은 있을지언정 그것에 붙잡혀 있는 일은 없어야 할 것입니다.

사람에게 탐진치(貪瞋癡)와 희구애노탐염(喜懼哀怒貪厭)이 있는 것은 그것을 느낄 때마다 거기서 벗어나라는 것이지 그것에 붙잡혀 고통스러워하라는 것은 아니기 때문입니다.

현묘지도 화두수련 체험기 (39번째)

오 성 국

1단계 천지인삼재 (2018년 1월 5일 ~ 1월 9일)

2018년 1월 5일(금) (삼공재 방문, 천지인삼재 1일째)

오전 2시 10분 취침, 10시 6분에 기상하여 봉서산을 걷고 달리기하며 갔다 와 집에서 캐틀벨 운동하고 샤워 후 아침 겸 점심 생식했다.

오후 3시에 삼공재에서 선생님께 화두수련 허락받고, 3경구 암송 후 화두 암송 수련하다. 하단전의 열감이 조개탄을 품은 듯 타들어 가면서 따뜻함과 포근함이 기에 취한다는 표현이 적절하다. 기운이 중단전으로 올라 열을 내고, 머리는 미미하게 처음으로 도리도리하고, 때론 좌우 앞뒤로 진동하는 걸 잠시 느꼈다. 상단전과 머리 전체가 철모를 쓴 듯 압박이 심하다.

고속버스 타고 내려오는 동안 『선도체험기』 116권 읽다가 버스 안이 어두워 화두에 집중하니 하단전의 열감이 지속되고 머리 전체는 철모를 쓴 듯 압박이 심하고, 중단을 짓누르는 듯하며 오른쪽 가슴 아래 간장을 가끔 훅 할 정도로 치민다. 시간이 지날수록 누구한테 늘씬하게 얻어맞은 후유증처럼 가슴이 아프다.

2018년 1월 6일(토) (천지인삼재 2일째)

70분간 자시 수련. 백회에 천기를 수신하는 위성 원반안테나가 장착되어 머리 전체와 인당으로 시원한 기운이 폭포수처럼 들어오는 것이 시간이 지나면서 어깨, 팔, 손가락과 손끝 등 온몸을 시원하게 하고, 기운이 하단전에 쌓여 화로로 만든 후, 기운이 임맥을 타고 중단으로 올라가면서 간, 위, 심장, 폐장을 마사지하듯 아픔과 시원함을 반복한다. 아마도 오장육부에 기운을 넣어 자연치유력을 높이려고 하는 것 같다.

수련 후반부에는 관음법문 파장이 일어 더 시원함을 준다. 와공을 하다가 자려고 누워서 화두 암송 중 상단전 화면으로, 아름답고 예쁜 파랑새 한 마리가 밤하늘의 많은 별들의 찬란한 은백색의 빛을 받으며 하늘을 몇 바퀴 돌며 날다가 사라졌다.

오전 11시 30분 ~ 오후 12시 30분(1시간) 정오 수련. 3경구(『천부경』, 『삼일신고』, 대각경) 암송 후 화두수련. 어제보다 기운은 약하게 들어온다. 하단전과 중단전의 열감이 마중하고 상호 기운이 교류하며 따뜻함과 시원함을 동반한, 하단전에서 중단전, 상단전까지 충만한 기운이 몸을 앞뒤 좌우로 미미하게 흔들며 어제에 이어 간과 위에 시원한 기운을 주입시킨다.

오후 3시 30분 안양에서 조카 예식 참석하고, 처형 집에서의 숙식으로 오후 수련 못 했다.

2018년 1월 7일(일) (천지인삼재 3일째)

처형 집에서 오전 0시 45분 취침. 오전 8시 20분에 기상하여 팔법체조, 방석체조, 접시돌리기, 쟁기 자세로 몸 풀고, 오전 8시 40분에서 9시

5분까지 3경구 암송하고 오전 수련했다. 단전과 명문 위로 등판이 따뜻
함을 유지하나 더이상 기적인 반응이 없다. 이렇게 빨리 끝날 일이 없는
데? 좀더 지켜보자.

오후 10시 6분에서 10시 38분까지(32분간) 오후 수련. 『천부경』, 『삼
일신고』, 대각경 암송하니 백회로 기운이 회전하여 들어와 단전으로 쌓
인다. 이후로 화두 암송하니 단전의 시원함과 따뜻한 기운이 중단을 뚫
고 천돌혈을 지나 백회로 올라감에 중단이 뺑 뚫리며 환희지심이 일어
나며 눈물이 난다. 나같이 못난 사람도 현묘지도 수련을 하여 본성을 찾
을 수 있는 기회를 얻었다는 것에 감사할 따름이다.

2018년 1월 8일(월) (천지인삼재 4일째)

오전 0시 ~ 0시 36분(36분간) 자시 수련. 응집된 기운이 회전하며 상
단전, 중단전을 지나 하단전에 쌓이고, 기분상 마냥 앉아 있을 수 있을
거 같았으나 기적인 반응이 없어 수련 마치고 오전 1시 취침.

9시에 기상하여 선생님의 현묘지도 수련 관련 14권 읽다가 백회에 기
운이 들어와 9시 33분부터 9시 56분까지 화두수련하였으나 진동이 없고
기운이 끊긴다. 10시 30분 봉서산을 걷고 뛰는데 하단전, 중단전이 화두
수련 전보다 확실히 호흡이 편하고 기분이 날아갈 것 같다. 오후 1시에
아침 겸 점심 생식. 중단이 빙의로 뭉쳐 있다.

오후 3시 ~ 3시 20분(20분간) 오후 수련. 하단전의 열감이 회전하면서
중단전을 나선형으로 뚫고 올라가려고 한다. 수련 중 졸음이 쏟아져서
일어나 거실에서 보공하면서 화두 암송. 화두 암송 시 하단전이 따뜻한
조약돌을 품고 중단전을 시원 따뜻하게 하며 백회로 시원한 기운이 들

어온다.

2018년 1월 9일(화) (천지인삼재 5일째)

오전 2시 취침, 9시 25분 기상하여 보니 눈이 많이 와서 산에 못 가고, 목 운동, 접시돌리기, 도인체조, 팔법체조, 방석운동을 했다. 『선도체험기』 화두수련기 김희선 씨 편 읽었다. 10시 20분 ~ 11시 30분(70분간) 오전 수련. 단전의 시원한 열감이 약한 부위인 좌측 신장과 간을 마사지하며 기운을 넣고 양팔과 손끝까지 시원한 기운이 돈다.

○○○○은 어렸을 때 사람의 수명과 복을 관장한다는 말을 들었는데, 이 화두는 천지인삼재를 뚫는 열쇠인데 무슨 의미인가? 하며 화두수련 중 "○○○○은 우주 중심의 별이고 이 별에서 천기를 받고 땅에서 지기를 받아, 몸의 중심인 하단전에 천기와 지기를 융합하여 몸과 마음에 필요한 에너지를 공급받는다. 그리고 천지인에서 인(人)은 마음을 뜻한다. 어떤 마음이 진정한 인(人)의 마음인가? 짐승의 마음을 가지면 인면수심(人面獸心)의 악인(惡人)이고 착한 마음을 가지면 선인(善人)이다. 고로, 희구애노탐염 즉 오욕칠정에서 초월한 중도(中道)의 마음으로 지혜가 있는 마음이다. 그러므로 무사무념무심(無思無念無心)으로 정선혜(正善慧)를 행(行)하며 어떠한 고난도 인과응보로 보고 희구애노탐염에 휘둘리지 말라"는 각(覺)을 느꼈다.

이 글을 쓰고 마침표를 찍는 순간 맞다고 시원한 기운이 더 감응한다. 삼공 스승님, 선계 스승님, 지도령, 보호령께 삼배를 올립니다. 또한 도반 여러분의 도움에 감사드리며, 특히 현묘지도 1단계 진행에 도움을 주신 대봉 김우진, 도선 이원호, 정영범 씨에게 감사드립니다.

아침 겸 점심 생식하고 오후 1시 15분에서 오후 1시 45분까지(30분간) 오후 수련. 지난 7일 화두가 끝난 걸 오전 화두수련 시 재확인한 거라는 직감이 왔다.

2단계 유의삼매 (2018년 1월 9일 오후 ~ 1월 14일)

오후 1시 50분 선생님께 2단계 화두 받고 곧바로 백회로 반응이 왔다. 1시 55분 ~ 2시 23분(28분간) 2단계 화두수련. 3경구 암송 후 ㅇ 화두 암송하자 중단전이 하단전보다 더 크게 열감이 있고 박하를 발라 놓은 듯 화하며 노궁으로 기운이 쏟아져 들어온다. 백회로 회오리 기운이 나선형으로 중단을 뚫고 하단전에 꽂힌다. 몸은 앞뒤 좌우로 진동이 있다가 회전하는 걸 반복한다. 행공으로 화두 암송 시 중단전과 하단전이 마중하며 교류하고, 인당이 쪼임과 확장을 반복하며 운기되며 얼굴이 얼얼하게 진동한다.

2018년 1월 10일(수) (유위삼매 2일째)

오전 0시 54분 ~ 1시 34분(40분간) 자시 수련. 바다에서 조각배를 탄 것처럼 온몸이 좌우 앞뒤로 계속 흔들리며 어지러울 정도다. 또한 배를 주걱으로 휘젓듯이 아프다. 때론 반가부좌한 한쪽 다리가 들썩들썩한다. 머리 둘레는 시원한 기운 덩어리로 머리의 링이 형성되고, 인당은 열릴 듯이 넓혀져 기운이 들어오고 나간다. 시간이 흐르고 인당이 쪼여지면서 벌레가 움직이는 것처럼 스멀스멀한다. 온몸은 물파스를 바른 것처럼 시원함을 넘어 오싹오싹하며 피부호흡을 한다.

오전 2시 취침. 9시에 기상하였으나 중단전이 뭉치고 몸의 무거움에 다시 침대에 누워 오전 10시 22분에 기상. 꿈속에서 고양이가 네발로 철조망에 매달려 있는 모습을 보았다. 순간적으로 나와 인연이 있음을 느꼈다. 밤사이에 눈이 많이 와서 산책 못 하고 집에서 사이클과 캐틀벨 운동, 방석운동을 했다. 오후 내내 출입문 디지털 잠금장치 수리로 시간 다 보내고, 가게 영업시간이 다 되어 오후 수련 못 했다.

가게에서 행공 시 빙의령과 명현반응 때문에 코감기 증상으로 콧물, 재채기로 수시로 코를 푸느라 일을 제대로 못 하고 화두를 자꾸 잊어버릴 정도다. 그나마 다행인 것은 단전과 아랫배는 따뜻하다. 영업시간 끝날 때까지 몸도 으슬으슬 춥고 하여 따뜻한 물로 샤워하고 눕고 싶은 심정이 간절하다.

2018년 1월 11일(목) (유위삼매 3일째)

오전 0시 17분 ~ 1시 18분(1시간) 자시 수련. (엇박자 진동) 감기 증상으로 따뜻한 물로 씻고 자려 생각했다가 3경구 암송하고 화두수련한다. 관음법문 파장이 요란하고 처음 느끼는 진동이 단전을 중심으로 하반신과 몸이 엇박자를 놓으며 앞뒤로 수련 끝날 때까지 진행된다. 백회의 기운은 빙의 때문인지 간간이 들어온다.

또한 화두 암송 수련 시 기운이 양쪽 신장, 대장, 소장, 폐, 심장 등 오장육부를 마사지하여 아프고, 익모초 쓴맛의 기운이 목까지 운기된다. 무엇이 있단 말인가? ○ 화두를 암송한다. 이 세상은 희구애노탐염, 오욕칠정과 탐진치에 휘둘려 자기 욕심만 채우는 욕계(欲界)의 세상이 판을 치고 있다고 자성은 말한다.

오전 2시 취침. 9시 30분 기상. 감기로 코맹맹이 소리와 목이 답답하고 머리가 아파 띵~ 하다. 10시 44분에 몸이 으슬으슬 추워 와공하려고 침대에 누워 화두 암송 중 화면은 아닌데 어떤 사람이 강아지와 마당에서 놀고 있는 게 느껴졌다.

태양계를 중심으로 목성, 화성, 토성, 금성, 수성, 지구가 돌고, 지구는 오대양육대주가 있고, 사람은 단전을 중심으로 간담, 심소장, 비위장, 폐대장, 신방광이 있다. 태양계는 은하계를 중심으로 돌고, 은하계는 북극성을 중심으로 돈다고 생각하다 잠이 든 거 같다.

아침 겸 점심 생식하고 세면 시 "없다. 없다. 삼천 대천세계도 없다"고 본성의 소리~. 미약하다. 좀더 열공하자. 묵은 때를 벗겨 낸 것처럼 갑자기 몸과 마음이 가벼워졌다는 느낌이 들 때 아무래도 기몸살로 수련이 한 단계 올라간 거 같다. 일체유심조, 심상사성(心想事成)으로 모든 것은 필요한 것을 단지 만들어 이용할 뿐이지 영원한 것은 아니다라는 생각이 든다.

오후 3시 이후 코 막힘, 목마름, 목 아픔에 윗잇몸이 아프고 엎친 데 덮친 격으로 인당과 백회로 기운이 안 들어오니 답답하고, 눕고 싶으나 가게 일도 있고, 끈기로 버티며 꿀물에 고추장을 먹으니 좀 풀린다. 오후 9시 45분 이후 백회와 인당으로 기운이 솔~솔~ 들어온다. 오후 11시경 삭신이 쑤시기 시작한다. 이 악물고 참으면서 일과를 끝냈다.

2018년 1월 12일(금) (유위삼매 4일째)

오후 11시 17분 취침. 오전 9시 기상하여 10시 8분에 화두 잡고 등을

벽에 기대고 앉아 있으나 몸이 물먹은 스펀지처럼 퍼지고, 콧물이 줄줄 흘러내려 앉아 있을 수가 없어 그 자리에 그대로 누웠다.

아침 겸 점심을 백반에 고추장으로 비벼 먹고, 가만히 생각해 보니 이렇게 콧물이 흐르면 영락없이 가슴 답답하고, 비염으로 발전하여 숨을 쉬지 못할 정도인데 그런 건 없다. 감기 증상 비슷하면서 기몸살을 앓는 것이 지난 토요일 결혼식, 일요일 동창 모임과 장례식장 출입으로 빙의와 기몸살을 앓고 있다. 기운이 세차게 들어왔다 약하게 들어왔다 한다.

가게에서 영업 준비 중 아내가 배즙을 어느새 만들었는지 나에게 먹으라고 내미는데, 정말 고맙다고 말하고 맛있게 먹었다. 2단계 화두 암송하며 행공 중 순간적으로, 지난 4년 전(2013년)까지 매년 매 12월, 1월이면 찾아왔던 감기와 비염을 치료하기 위한 명현반응이라는 직감이 든다.

2018년 1월 13일(토) (유위삼매 5일째)

오전 1시 취침. 10시 30분에 기상하여 몸의 컨디션을 보니 좀 나아졌다. 도인체조, 접시돌리기, 캐틀벨 운동, 사이클을 타며 화두 암송. 샤워하면서 2단계 화두 암송 중 있는 것은 오직 진공묘유(眞空妙有)한 공(空), 마음만 있을 뿐이라는 느낌과 찌릿찌릿한 감전이 백회서 단전으로 직진하여 내려왔다.

오후 12시 10분경 아침 겸 점심을 생식하고 글을 정리 중 관음법문 파장이 요란하게 일어난다. 2시 57분에서 3시 33분까지(36분간) 오후 수련. 온화하고 따뜻한 열감이 전신을 운기 한다. 특히 손이 찌릿찌릿하며 열감이 손끝에 전달된다. 하늘은 똑같은 기운을 모든 생물에게 내려 주지만 얼마나 운기조식을 잘 운영하는지 여부에 따라 기운 받는 양과 질이 다르다는 걸, 기몸살 후 똑같은 기운이 다른 기운으로 느껴지는 걸 보고 확실히 알겠다. 특히 기감이 더 예민해진 거 같다.

2018년 1월 14일(일) (유위삼매 6일째)

0시 25분에서 1시 7분까지(42분간) 자시 수련. 3경구 암송 후 일장춘몽과 몽환포영로전이라는 심파가 계속 울린 것과 함께 관음법문 파장이 요란하고, 기운이 좌우로 흔들리며 백회에서 하단전으로 직진한다. 수련 진행하다가 중단이 한 점으로 뭉친 후, 얼마의 시간이 흐른 뒤 하단전보다 큰 박하와 함께한 중단전의 열감이 얼마 동안 상단전과 하단전의 중간 다리 역할하며 상호 교류시킨다.

잠시 후 태양같이 붉은 금색의 원 모양의 중단전이 점점 커지면서 큰 십자 모양으로 퍼져 나가며 중단이 뻥 뚫리고 시원함이 일어난다. 2단계 화두수련 끝이라는 직감이 왔다. 오전 2시 5분 취침. 오전 11시 20분 기상하여 컨디션을 보니 감기가 코에서 목으로 전이되어 목이 텁텁하고 가래가 끓는다.

오후 2시 5분에서 오후 3시 3분까지(58분간) 오후 수련. 왼쪽 머리 위에서 태양의 열감 같은 것이 인당을 노곤하게 비춰 주며 은백색 고리 링이 형성된다. 오늘 오후 수련 시 처음으로 '호흡을 분명하는데,' 하는지 안 하는지 모를 정도로 멈춰 있는 듯 미세하게 호흡하고, 중단전이 탁 트이고, 중단전과 하단전 사이에 시원한 원통관이 생겨 그곳으로 통하여 기운이 유통된다. 특히 오늘 오후 수련은 그동안 감기와 기몸살, 빙의로 좌선 수련을 못한 것에 대한 기공부의 변화를 준 수련인 거 같다. 한편 오른쪽과 왼쪽의 용천혈로 번갈아 들어온 온화한 열기가 무릎, 고관절을 통하여 단전에 쌓인다.

3단계 무위삼매 (2018년 1월 15일 ~ 1월 23일)

2018년 1월 15일(월) (3단계 무위삼매 1일째)

0시 33분에서 0시 57분까지(24분간) 자시 수련. 관음법문만 요동치고 기적인 반응이 없는 것이 2단계 수련은 끝이라는 직감이 인다. 오전 2시 취침. 오전 11시에 기상하여 오래간만에 봉서산 가려 했으나 눈이 쌓여 못 가고, 조금 눈이 녹은 쌍용공원을 걸으면서 화두 암송했다. 오후 1시 아침 겸 점심 생식하고 세탁된 세탁물 건조대에 널다.

오후 1시 25분 ~ 2시 34분(60분간) 오후 수련. (지혜와 자비) 어제와 같이 호흡이 태식 호흡에 가깝게 하는 듯하고 중단의 박하 같은 기운이 상단에도 이루어지며, 상단에 은백색 바탕이 형성되며 마음은 매우 평온하다.

보고 듣고 익히고 체험한 지식과 배움, 능력을 나의 이기적인 데 쓸 경우 전부 사용할 수 없는 잡된 지식에 불과하고, 상부상조할 수 있도록 유용하게 이용하면 참된 지식이다. 이 참된 지식을 하늘과 땅의 이치를 본받아 만물만생에 유용하게 쓸 수 있는 지혜를 갖는 것이 진짜 공부(工夫)라는 본성의 소리가 들린다.

2018년 1월 16일(화) (무위삼매 2일째)

오전 0시 37분에서 0시 40분까지(60분간) 자시 수련. 어제 오후 화두 암송 행공 시 하단전, 중단전, 상단전을 동시에 박하 같은 기운이 들어와 상호 보완 교류하는 걸 느꼈었는데, 자시 화두수련 시 비염 때문인지 염증 냄새가 계속 나면서 그 냄새에 몽롱한 상태가 계속되고, 백회로 시원한 기운이 강하게 들어올 땐 비염 냄새와 몽롱함이 가시어 기운이 들어오는 걸 아는데 약하게 들어올 땐 못 느낄 정도다. 옛날 한옥 같은 집에 감귤 같은 걸 걸어 놓아 말리는 것이 연상된다.

오전 2시 취침. 11시 20분 기상하여 1시간 동안 사이클, 푸시업, 턱걸이, 방석운동을 하다. 오후 1시에 아침 겸 점심 생식하고 2017년도 부가세 신고 자료 정리했다. 오후 3시 15분에서 오후 3시 40분까지(25분간) 오후 수련. 화두수련했으나 비염의 염증 냄새가 심하고 앉아 있을 수 없어 25분 정도밖에 못 했다. 기운이 부드럽고 온화하며, 중단이 빙의로 뭉쳐 있는 듯 짓누른다.

오후 내내 행공과 입공 시 화두 암송하였으나 본성의 소리가 없다. 오후 10시 30분경 정신 차리지 않으면 마음에 정신이 먹혀 버린다. 정신 차리자 하고 정신집중 몰입 중 "무심이 우주심이다"와 "무주상보시(無住相布施)"라는 본성의 소리가 미미하게 들리며 나 자신이 얼마나 업장이 두텁고 애인여기(愛人如己)를 안 했으면 이런 소리가 들릴까? 하는 마음과, 전생에 부와 권력이 있을 때 사람에게 모질게 하고 막 대함에 참회의 눈시울이 나도 모르게 젖는다(전생을 화면으로 보진 못했으나 막연히 부와 권력을 남용한 듯 느낌이 인다).

2018년 1월 17일(수) (무위삼매 3일째)

오전 1시 취침. 오후 12시 15분에 기상. 최근 2단계 화두수련 후 계속

해서 늦게 일어나고 비염으로 몸은 개운치 않다. 눈, 비, 미세먼지 등의 날씨와 감기, 비염, 기몸살로 실외 운동의 부족이 몸의 컨디션을 최대로 끌어올리지 못하는 것 같다.

2018년 1월 18일(목) (무위삼매 4일째)

오전 1시 ~ 1시 50분(50분간) 자시 수련. 화면도 본성의 소리도 들리지 않고 진전이 없다. 관음법문 파장과 약간의 기운만 느낀다. 비염과 중단의 빙의령 때문인 거 같고 정성이 부족한 거 같다. 단전의 열감으로 중단전이 따뜻하고 독맥의 신도, 척중이 열감으로 감싸며 수승화강이 되고 수련 막바지에 인당으로 황금색 바탕이 보인다.

오전 2시 20분 취침. 11시 51분 기상하다. 계속 늦잠이다. 나에게 무슨 일이 일어나는지 나에게 반문하나 알 수가 없다. 방석운동, 108배 절 운동, 접시돌리기로 운동 대체하다.

2018년 1월 19일(금) (무위삼매 5일째)

오전 0시 21분 ~ 1시 36분(75분간) 자시 수련. 한 호흡 할 때마다 관음법문 파동과 백회로부터의 응집된 기운이 중단을 거쳐서 하단전에 쌓이고 손발을 찌릿찌릿하게 만든다. 수련은 되는 거 같은데 의미될 만한 화면, 자성의 소리, 텔레파시 등이 없다.

오후 1시 42분 ~ 2시 42분(60분간) 오후 수련. 백회와 인당 앞에 축구공만한 기운 덩어리가 백회와 중단전, 하단전을 시원하게 한다. 잠시 후 인당으로 은백색, 노란색, 흑색이 서로 섞여 회전하다 최종적으로 노란색만이 있다가 사라진다. 이런 형태를 몇 번 반복한다. 갑자기 명예욕, 자존심이 생각난다. 아마도 자존심을 없애라는 거 같다. 더 겸손해야겠다.

2018년 1월 20일(토) (무위삼매 6일째)

오전 0시 50분 ~ 2시 23분(90분간) 자시 수련. 머리 위에서 직경 5센티 정도의 기운 덩어리가 백회에서 대추까지 시원하게 내려오고, 인당으로 노란 은백색이 보이고, 중단전과 하단전을 시원 따뜻하게 한다.

자존심을 버려라. 뿌리가 되라는 자각이 인다. 무슨 의미지? 무슨 뜻인지 자성에 물으니, 욕심인 자존심을 버리고 영원한 뿌리를 찾으라는 자성의 소리와 관음법문 파장이 더욱 요란하며, 기운이 좌우 앞뒤로 진동하다가 회전한다. 수련 후반에는 운동 진하게 하고, 샤워하니 몸과 마음이 개운한 느낌이 든다.

오전 2시 41분 취침. 11시 기상하여 식자재 마트 갔다 와서 1시간 30분 동안 봉서산 산책하고 집에서 캐틀벨 운동과 방석운동 및 도인체조를 하다. 오후 1시 45분경 아침 겸 점심 생식하다. 오후 2시 42분 ~ 3시 23분(48분간) 오후 수련. 한 호흡마다 인당과 백회로 시원한 기운이 들어오고, 온화한 단전을 중심으로 온몸이 시원하고 때론 추울 정도로 손발 특히 허벅지가 차가운 중에도 기운이 진동한다.

2018년 1월 21일(일) (무위삼매 7일째)

오전 1시 ~ 1시 36분(36분간) 자시 수련. 3단계 화두수련 기운과 진동이 30분 동안 반응이 없다. 정성이 부족한가? 내일 수련 시 지켜봐야겠다.

오후 12시 4분 ~ 1시 42분. (자존심) 봉서산 산책하는 동안 화두에 집중하며, 자존심은 하나의 욕심이고 분쟁의 씨앗일 뿐이다. 남이 날 인정해 주는 것이 진짜 나의 존재의 실상이다. 그러므로 겸손하게 나를 낮추고 상대를 존중하면 자연스럽게 상대가 나를 인정하므로 자연스런 상생의 생활이 되겠다는 자각(自覺)이 일며 걸었다.

오후 2시 59분 ~ 4시 2분(63분간) 오후 수련. (자성) 기운은 머리 위에서 나선형으로 회전하며 백회에서 독맥을 타고 하단전까지 찌릿찌릿 흐른다. 그동안 오욕칠정과 희구애노탐염의 먹구름에 가려 보지 못하던 자성이 가아를 감시하는 위치 즉, 업보의 덩어리인 육체와 마음을 지켜보는 자성을 느끼니 마냥 기뻐서 춤을 출 줄 알았는데, 시간이 지나면서 덤덤해지고 가아가 은근슬쩍 자성을 감싸 가리려는 걸 느끼므로 마냥 즐겁지 않고 일심으로 수련하여 여여함을 가져야겠다.

2018년 1월 22일(월) (무위삼매 8일째)

오전 1시 50분 ~ 2시 25분(35분간) 자시 수련. (사랑과 겸손) 인당으로 황백색이 보이고, 나선형 기운이 인당으로 들어와 한 호흡 할 때마다 하단전보다 뜨거운 기운이 호흡에 박자를 맞춰 중단전을 축으로 회전함과 동시에 몸을 앞뒤 좌우로 진동시킨다. 자성이 무한한 사랑, 겸손만을 말한다.

오전 2시 40분 취침. 10시 기상하여 봉서산을 의수단전하며 산책하고 돌아오는 길에 싱크대 수도꼭지를 사다가 교체했다. 아침 겸 점심 생식과 사과 반쪽 먹었다. 오후 2시 53분 ~ 3시 18분(20분간) 오후 수련. 기운이 미세하게 백회로 회전하며 들어와 신도, 명문과 단전을 따뜻하게 한다.

2018년 1월 23일(화) (무위삼매 9일째)

오전 0시 33분 ~ 1시 13분(40분간) 자시 수련. 기운은 공백 상태이고 인당으로 황은백색만 회전한다. 오전 1시 30분 취침. 오후 12시 기상하여 집에서 사이클 타고 캐틀벨 운동과 방석운동, 도인체조를 했다. 오후 5시 45분 선생님으로부터 전화로 무념처삼매와 공처 화두를 받았다.

4단계 무념처삼매 (2018년 1월 24일 ~ 1월 25일)

2018년 1월 24일(수) (무념처삼매 1일째)

오후 2시 34분 ~ 3시 26분(50분간) 11가지 호흡 수련. 11가지 호흡법을 숙지한 후 수련 얼마 후 1번 호흡부터 4번 호흡까지 진행되면서 하단전과 중단이 뜨거움과 시원함이 동시에 달아오른다. 5번 이후로는 진행이 안 된다. 오후 8시 이후 변의가 없이 배앓이하듯이 아프다. 현묘지도 이후 가끔 이렇게 아픈 것이 명현반응인 거 같은데 잘 모르겠다.

5단계 공처 (2018년 1월 25일 ~ 4월 19일)

2018년 1월 25일(목) (무념처삼매 2일째)

오전 0시 25분 ~ 1시 56분(30분간) 자시 수련. 11가지 호흡이 과연 진행이 될까 걱정을 했는데 심기혈정과 심상사성(心想事成)을 믿고 무심으로 관하며 순서대로 의념하니, 단전이 달아오르고 1~4번까지 일사천리로 진행되고 오른팔의 진동과 중단이 달아오르고, 시간이 어느 정도 흐른 다음 5~10번까지 진행되면서 상단은 껌딱지를 붙여놓은 듯하고, 중단은 박하를 발라 놓듯 시원함으로 변하고, 단전을 중심으로 상반신 전체를 시원하게 하여 새털처럼 가볍게 한다(단침을 수련 중 많이 넘김). 11번은 잘 모르겠다.

무념처삼매 수련하고 공처 화두를 암송했다. 하단전과 중단전이 상호 기운이 교류 중 어깨와 대추혈을 누군가 짓누른 듯한 현상이 있은 후, 갑자기 상반신이 서서히 뒤로 넘어가 와공 수련하기를 2번 반복한다. 이 과정이 지난 후 하, 중단전의 열감이 이전보다 더 크게 달아오르면서 백회는 시원한 기운이 들어오고 인당은 황백색이 회전하며 여러 터널을 지나간다.

2018년 1월 26일(금) (공처 2일째)

오전 0시 33분 ~ 1시 37분(60분간) 자시 수련. 3경구 암송 후 화두수련 몇 분 후 머리 둘레를 압박, 인당의 쪼임(인당으로 은백색이 보이다가 나중에는 은백색 링 부위에 무지갯빛과 겹쳐진다)과 백회로 기운이 폭포수처럼 들어와 몸의 안팎을 나선형 회오리 기운으로 훑으면서 감싸 안아 전후좌우로 진동시킨다. 결국 상체를 빙글빙글 돌린다. 온몸이 춥고 오싹할 정도로 기운이 세게 들어와 양 무릎 위에 올려놓은 손이 하단전 앞에서 자동으로 모아진다. 50분 경과 시 돌부처처럼 굳어진 느낌이다.

오전 2시 취침. 11시 33분 기상하여 봉서산 갔다 오는데 날씨가 혹한이라 귀가하는 데 시간이 지체되었다. 집에서 팔굽혀펴기, 캐틀벨 운동과 철봉 운동을 했다.

2018년 1월 27일(토) (공처 3일째)

오전 0시 45분 ~ 1시 44분(59분간) 자시 수련. 자성의 반응이 없고 진전이 없는 것이 수련에 정성이 부족한 거 같다. 단지 인당의 은백색과 압박 그리고 백회로 기운이 어제보다 약하나 힘차게 들어온다. 정성이 부족함을 생각하며 더 겸손해야겠다 생각한다.

오전 1시 50분 취침. 9시 기상하여 아버지 척추 골절 시술받기 위하여 척추 전문병원인 우리병원과 집을 왕복하며 하루를 다 보낸다. 행공 시 저녁 8시 이후에는 백회로 시원한 기운이 소나기처럼 독맥을 타고 내려오고, 하단전에 쌓임과 동시에 단전 아래 하반신이 으슬으슬 기몸살을 앓으면서 상반신은 작은 진동이 인다.

2018년 1월 28일(일) (공처 4일째)

오전 0시 48분 ~ 1시 31분(49분간) 자시 수련. 3경구 암송 후 화두 암송. 얼굴 안면 피부가 부르르 떨리며 진동하고, 인당과 백회로 기운이 들어와 몸 전체가 으슬으슬 춥다. 추우면서도 졸음이 쏟아져 잠깐 동안 졸면서 화두수련을 하다가 정신집중하니 백회로 기운이 들어오고, 인당과 강간이 일직선으로 기운이 관통한다. 오늘도 자성의 반응은 없다.

오전 1시 40분 취침. 11시 55분 기상하여 아침 겸 점심 생식하고 도인체조와 방석운동하고, 세면 후 아버지 입원한 병원 방문하다.

2018년 1월 29일(월) (공처 5일째)

오전 2시 30분 취침. 10시 30분에 기상하여 도인체조와 방석운동을 하고 아버지 병실 들러 몸 컨디션 체크하고 퇴원은 내일모레로 합의 결정하다.

오후 2시 17분 ~ 3시 15분(58분간) 오후 수련. 백회와 인당이 찌릿찌릿하게 기운이 들어와 얼굴 안면을 얼얼하게 하면서 오른쪽 뺨은 벌레가 기어다니듯 스멀스멀한다. 어깨 등판 전체에는 보슬비를 맞는 듯 시원한 기운을 느꼈다. 하단전에 확실치 않으나 연꽃 같은 꽃이 피어나면서 상단으로 올라오더니 사라진다. 인당으로 흑백 태극 모양이 회전하면서 사라지고 나타나기를 반복하다 파란색이 보이더니 없어진다. 얼핏 털모자 쓴 흑인 어린아이 이미지가 떠오르고 인당으로 흐릿하게 어두운 밤 산봉우리에 운무가 떠 있는 모습이 보였다.

2018년 1월 30일(화) (공처 6일째)

오전 0시 ~ 1시 30분(90분간) 자시 수련. 얼굴 전체를 벌레가 거미줄 치듯이 스멀거린다. 초반부는 잡념으로 집중이 안 되다가 후반부에 머리 전체로 기운이 쏟아지고 안면으로 시원한 기운이 들어온다. 비구 스님 얼굴과 불빛이 반짝이는 한밤의 절이 이미지로 보이고, 하단전에 거하신 부처님상이 보인 것 같으나 잘 모르겠다.

오전 1시 55분 취침. 10시 5분 기상하여 봉서산 산책하고 집에 와서 캐틀벨 운동과 방석운동, 도인체조를 했다. 오후 12시 30분 아침 겸 점심 생식하고 아버지 병문안 갔다 옴.

오후 2시 35분 ~ 3시 22분(48분간) 오후 수련. 백회로 들어오는 기운이 너무나 세어 두상이 얼음덩어리로 가득하고 양쪽 어깨부터 팔 전체, 상·중·하단전으로도 시원한 기운이 세차게 들어와 온몸이 오싹하다.

독맥의 신도에서 명문까지는 찌릿찌릿하며 시원한 기운이 들어온다. 오후 수련은 축기 수련인 거 같다.

2018년 1월 31일(수) (공처 7일째)

오전 0시 22분 ~ 1시 41분(80분간) 자시 수련. 백회와 인당으로 기운은 여전히 잘 들어오고 얼굴은 가끔 가렵다. 또한 뚜렷한 화면이나 자성의 소리가 없고, 단지 깊은 산골짜기의 동굴 속 바람 소리 같은 관음법문 파장이 요란하다. 오전 2시 15분 취침. 10시 18분에 기상하여 식자재 구입, 정리 후 아버지 입원한 병원 방문, 퇴원 수속 밟아 집으로 모시고 왔다.

2018년 2월 1일(목) (공처 8일째)

오전 0시 10분 ~ 1시 5분(55분간) 자시 수련. 박하같이 시원한 기운이 백회, 인당, 온몸에 들어오고 인당으로 황금색 조그마한 덩어리가 점점 커지면서 한낮의 태양 형태가 되어 인당으로 들어오는 것이 여러 번 반복되다 사라진다. 오전 1시 50분 취침. 11시 40분 기상을 늦게 하여 산책 못 하고 도인체조와 방석운동을 하다.

오후 1시 45분 ~ 2시 55분(60분간) 오후 수련. (아집 감지) 중단전에 뭉쳐 있는 오욕칠정의 덩어리인 아집의 껍질이 매우 단단한 동그란 원의 형태로 감지되어 쉽게 흩어질 거 같지 않다. 그 아집 안에는 아무것도 실체가 없는, 내 것만을 고집하는 그 아집이 단단한 껍질을 만드는 거 같다. 그 아집의 껍질을 깨려면 역지사지, 상부상조, 애인여기의 실상을 체험하여 깨우침으로써 상생의 이치로 살아야겠다.

2018년 2월 2일(금) (공처 9일째)

오전 0시 43분 ~ 1시 23분(40분간) 자시 수련. 3경구 암송하고 화두수련 하였으나 오늘도 앞이 절벽이 있는 것처럼 무덤덤하고 허리가 아파서 좌선하다가 와공 수련으로 자세 바꿔 수련하다 취침했다.

오전 1시 50분 취침. 11시 기상하여 방석운동과 도인체조를 하고 아침 겸 점심 생식과 사과 반쪽 먹다. 영업 중 바쁘지 않아 현묘지도 20대 수련자 이종림 선배의 수련체험기 2번째 읽는 중 호흡에 집중하지 말고 화두에 집중하라는 말을 되새겨야겠다.

2018년 2월 3일(토) (공처 10일째)

오전 0시 26분 ~ 1시 37분(70분간) 자시 수련. 3경구 암송 후 화두 암송. 백회에서 공기 방울이 터지듯 뿅~뿅~ 하며, 강간과 인당의 압통이 심하게 아프면서 인당으로 외눈박이 눈이 처음은 어두운 터널을 한참 진행하다가 은백색 고리를 형성하며 라이트 불빛을 비춘다. 하단전과 중단전이 마중하며 달아오르면서 몸통을 덥게 한다. 또한 하단전 아래 하반신을 시원하게 하는 것이 피부호흡을 하는 거 같다.

어제 오전 장 보고, 내시경 시 용종 떼어낸 큰아들이 한밤중인 오전 1시 50분에서 오전 6시 25분까지 응급실에 입원했다. 가슴이 답답하고 메슥거리고 헛구역질이 심하게 나는 것이 빙의가 심하게 된 거 같다. 화두수련 시 빙의령이 들락날락해도 신경이 쓰이지 않았는데 이번은 좀 신경이 쓰인다.

오전 6시 40분경 집에 와서 아버지 아침 챙겨 드리고, 오전 7시 15분 취침. 오후 12시 30분 기상하여 아침 겸 점심 생식과 사과 반쪽 먹다.

장근술과 데드리프트 등 운동했다.

오후 1시 21분 ~ 2시 20분(60분간) 오후 수련. 3경구 암송 후 화두수련 시작하면서 하단전과 중단전이 장작불이 타고 난 후의 붉은 숯불로 맞불을 놓은 듯하다. 백회 근처가 원형으로 없어진 듯하고, 인당은 오전 자시 수련 때보다 편안한 황백색을 비추는 것이 우주 중심과 연결된 기분이 들면서 이런 상태가 한참을 진행하다가 보라색으로 변했다, 다시 황백색으로 바뀌면서 수련이 진행된다.

수련 후반부에 보라색과 검정색이 조화를 이루면서 새의 여러 모양이 나타났으나 화면이 흐릿하여 잘 모르겠다. 하단전의 기운 층이 단전을 중심으로 원형으로 증폭되면서 중단전을 넘어 상단전 근처까지 원형 기운 층을 형성하고 수련 마쳤다.

2018년 2월 4일(일) (공처 11일째)

오전 0시 30분 ~ 1시 35분(60분간) 자시 수련. 백회, 강간, 아문이 하나로 연결되어 시원한 기운이 유통된다. 중단전은 빙의로 꽉 막혀 있고, 하단전만 따뜻한 온기가 있으면서 호흡 시 기운이 몸통을 트위스트 추듯 휘젓고 다닌다. 인당은 황백색 바탕에 달팽이 무늬(모형)의 황금색이 인당으로 회전하며 들어와 하나의 블랙홀을 지나고 다른 블랙홀로 진입하기를 반복한다. 잡념으로 더이상 진행이 안 되고 왼쪽 허리가 아파서 수련을 마쳤다.

오전 2시 30분 취침. 10시 50분 기상하여 방석운동, 장근술, 팔굽혀펴기, 캐틀벨 운동 등 30분간 운동하다. 오후 4시 55분부터 1시간 30분(35분간) 동안 오후 수련 1시간 계획이었으나 10분 정도 진행 중 졸리고 허

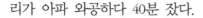

리가 아파 와공하다 40분 잤다.

2018년 2월 5일(월) (공처 12일째)

오전 0시 25분 ~ 1시 42분(70분간) 자시 수련(자성). 3경구 암송 후 화두 ○○ ○○○○이 가리키는 나는 생장소병몰(生長消病歿)하여 없어지는 물거품에 지나지 않는 몸 육체는 아니고, 유유자적하며 무엇이든 될 수 있는 불생불멸한 진공묘유한 자성, 볼 수도 만질 수도 없지만 느낄 수 있는 텅~ 빈 청정한 공아는 이미 강재이뇌(降在爾腦)한 자성을 감지함에 감사와 충만감이 인다.

생장소병몰(生長消病歿)의 고(苦)로 물거품에 지나지 않는 육체의 욕심에 이끌려 얼마나 많은 인과응보를 의식적, 무의식적으로 지었을까? 생각하며 인과의 굴레에서 벗어날 수 있는 애인여기, 여인방편 자기방편을 되새기는 계기가 되었고, 이 공부를 할 수 있게 해 주신 삼공 선생님, 선계 스승님, 보호령 지도령, 자성에 마음속으로 감사드린다. 하단전은 쉴 새 없이 정기를 공급한다. 인당은 황백색이 회전하며 여러 터널을 지나 흑백의 그림자가 무엇인가를 표현하려는 것 같은데 잘 모르겠다.

2018년 2월 6일(화) (공처 13일째)

오전 1시 2분 ~ 2시 3분(60분간) 자시 수련. (부처님의 삶처럼 상생의 행) 큰이모부께서 돌아가셔 장례식장에 문상하고 와서 그런지 화두수련 30분 이상 지났는데 변화가 없어 일어나려 하다가 변화 없는 가운데 변화가 있을 거란 생각에, 수련 지속 후 자성에서 육신과 마음을 부처님의 삶처럼 행하라 한다. 부처님처럼? 의문을 가지니, 바르고 착하고 지혜롭게 생활하란 자성의 소리다.

오전 2시 15분 취침. 9시 30분에 기상하여 봉서산 산책하며 3경구 암송 후 화두 암송. 자시 수련 시 부처님의 삶처럼 행하라는 것을 되새긴다. '자등명(自燈明) 법등명(法燈明)을 의지하고 행하라, 무심의 삶 속에 상부상조, 상생을 행하라'를 자각하며 관음법문 파장이 요동을 친다.

2018년 2월 9일(금) (공처 16일째)

오전 0시 43분 ~ 1시 37분(50분간) 자시 수련. 빙의로 인하여 중단이 답답하고 백회로의 기운이 감지되지 않다가 점차적으로 머리 윗부분이 없고 인당과 백회로 기운이 청량하게 들어온다. 인당으로 황백색 고리가 생겼다가 사라지고 노란색만 보인다.

오후 3시 ~ 4시 삼공재 화두수련. (공이다) 3경구 암송하고 화두 암송하였으나 초반에는 빙의로 인하여 대추와 아문 사이 목 부분, 어깨, 왼쪽 복부가 아프고 뻑적지근하며 중단전의 답답함이 수련 후반에 중단전과 하단전이 마중 유통되며 독맥의 등줄기와 임맥의 하단전과 중단전의 열감 증폭으로 숨통이 트이고 풀린다.

고속버스에서 내려 주차되어 있는 자동차로 걸어가는 동안 화두 암송하며 걷는다. 관음법문 파장이 커지면서 청량한 기운이 상단에 응집되면서 "공(空)~이다, 공(空)~이다"라는 자성의 소리를 듣는다.

2018년 2월 10일(토) (공처 17일째)

오전 1시 7분 ~ 1시 58분(50분간) 자시 수련. 인당의 황백색만 보이고 머리 전체가 시원하다. 그 외는 특이한 사항 없다. 오전 2시 취침. 10시

45분에 기상하여 1시간 동안 봉서산 산책하면서 3경구 암송 후, 화두 암
송하며 집으로 오는 산 능선 길에서 회오리바람이 일면서 봉추라는 자
성의 소리가 들린다(삼국지에 나오는 인물? 의문만 갖는다).

2018년 2월 11일(일) (공처 18일째)

오전 10시 30분 기상하여 화두 암송하며 봉서산을 산책하다. 몸은 걷
고 있는데 마음은 잡생각에 가 있어 가끔 화두 잃어버리면서 산책하다.
집에 오니 아버지께서 설사를 또 하셔서 샤워와 머리 감겨 드리고, 뒤처
리한 후 도인체조하고 운동 마무리하다.

오후 1시 20분 ~ 2시 56분(46분간) 1차 오후 수련. 초반에 하단전에
집중이 잘되는 듯하였으나 하단전의 축기 부족으로 졸음이 쏟아진다. 인
당의 나선형 황백색이 회전하면서 인당 앞으로 향하였다가 사라지고를
반복한다.

오후 10시 2분 ~ 11시 45분(90분간) 2차 오후 수련. 화두수련 초반부
는 백회에서의 시원한 기운이 중단을 시원하게, 하단전은 시원함과 따뜻
함을 동시에 주면서 팔과 몸통을 오싹하게 한다. 인당은 황백색에 검은
원이 형성되다 사라지면서 은백색 고리를 형성, 반복한다. 후반부는 몸
통과 팔이 따뜻함을 유지한다. 화면은 안 보이고 기운은 약하면서 끊어
진 거 같다.

2018년 2월 12일(월) (공처 19일째)

오전 1시 취침. 9시 30분에 기상하여 아버지 병환으로 천안의료원 치
과, 비뇨기과, 내과 들러 진료받고 왔다. 오후 2시 14분 ~ 오후 2시 54분

(40분간) 오후 수련. 하단전의 열감과 팔과 어깨 부분의 피부호흡 외에
는 기운이 안 들어온다.

2018년 2월 13일(화) (공처 20일째)

오후 12시 49분 ~ 오전 1시 17분(27분간) 자시 수련. 3경구 암송하고
화두 암송으로 단전의 열감과 백회로 기운은 들어오고, 인당 앞이 황백
색 바탕에 백색 고리가 보이고 다른 변화는 없고 하여 잠을 청하다.

오전 1시 20분 취침. 8시 40분에 기상하였으나 눈이 쌓인 관계로 봉서
산을 20분 늦은 1시간 50분 동안 산책하였다. 아침 겸 점심 생식 먹고
오후 2시 병원에 들러 아버지 대신 약을 타 오면서, 마트에 내려 준 아
내 데리고 집에 오니 하루가 다 갔다.

2018년 2월 14일(수) (공처 21일째)

오전 10시 기상하여 사이클 운동 30분 한 후 도인체조를 하는 동안 한
생각. 인과응보의 이치는 한 치도 어긋남이 없음을 머리로는 알아, 이 이
치를 실행(實行)하려 하나 지키지 못하고 때로는 실천하려 하나 주위의
환경이 따라 주지 않아, 가족을 이해시키지 못한 것에 대한 자괴감과 업
보를 인식한다. 40분간 오후 수련. 백회와 인당으로 청량하게 기운이 들
어왔다 안 들어왔다 한다. 자성의 소리 또는 화면이 안 뜨니 답답하다.

2018년 2월 15일(목) (공처 22일째)

오전 1시 30분 취침. 10시 30분에 기상하여 봉서산 산책하고 돌아와

방석운동, 도인체조를 하다. 오늘까지 8일째 연속되는 아버지 설사에 속수무책이다. 『선도체험기』 100권 읽는 중이며 수련은 하나 진전이 없는 것이 축기가 부족한 것 같아 의수단전하며, 축기에 전념하면서 서두르지 않아야겠다.

2018년 2월 16일(금) (공처 23일째)

오전 2시 20분 취침. 11시 10분에 일어났다. 오늘은 설 명절이나 부친의 병환으로 명절 차례를 안 지내기로 하여 봉서산 산책하고 돌아와 도인체조를 했다. 배가 고프지 않아 아침 겸 점심을 생식 대신하고 좀 있다가 사과 한 개를 먹었다. 행공 시 하단전과 중단전이 가끔 마중하며 열감이 증폭된다.

2018년 2월 18일(일) (공처 25일째)

오후 10시 25분 ~ 11시 25분(60분간) 화두수련. 백회와 머리 전체로 청량하고 시원한 기운이 들어오고 인당은 후레쉬 불빛을 비추듯 하나 아무것도 보이는 게 없다.

2018년 2월 19일(월) (공처 26일째)

오전 1시 5분 취침. 9시 30분에 기상하여 봉서산 산책하고 집에서 캐틀벨 운동하는 동안 지난밤 자면서 의수단전해서 그런지 단전 부근 근육이 뭉친 것처럼 아프다. 아침 겸 점심 생식하고 머리 깎고 아버지 비뇨기과 약을 처방받아 집에 오니 오후 3시가 넘었다.

2018년 2월 20일(화) (공처 27일째)

오전 1시 ~ 1시 36분까지(36분간) 자시 수련. 관음법문 파장 요란하고 백회와 인당으로 시원한 기운이 여전히 들어오나 변화가 없다. 오전 10시 45분 기상하여 봉서산 산책하는 동안 수승화강이 되어 몸이 후끈후끈했다. 집에 와 보니, 아버지께서 허리의 다른 부분이 또 아프다고 하여 척추 전문병원에 입원하고, 내일 MRI 결과 보고 시술 여부를 결정하기로 했다. 가게에서 손님이 없는 틈을 타 『선도체험기』 102권 읽고 있는 중.

2018년 2월 21일(수) (공처 28일째)

오전 12시 20분 ~ 12시 50분(30분간) 자시 수련. 날씨 좋은 어느 날 깊은 산속에서 강아지와 사람들이 뒤섞여 산책하는 모습이 화면이 아닌 마음으로 연상된다(여러 가지 연상되었으나 기억나지 않음).

오전 1시 10분 취침. 오전 8시 기상. 아버지 입원하신 병원에 방문하여 MRI 결과 흉추 8번 골절로 시술하기로 하였으나, 예정보다 늦은 오후 3시 23분 수술실 입실하여 오후 4시 16분 수술실에서 시술 끝나고 입원실로 옮기셨다.

오후 가게 일 하는 동안 한 생각 든다. (마음과 행동) 마음을 일으키는 것이 의식과 무의식의 원인으로 일어나고, 또 하나는 생각과 가치관의 원인으로 마음을 동요시켜 몸이 행동하도록 한다. 고로 마음에 일어나는 모든 파장과 연상은 원인 없는, 무의미한 것은 없으므로 모든 마음의 상과 파장은 의미가 있다. 그러므로 무심으로 일어나는 파장과 연상을 관찰하자는 생각을 했다.

2018년 2월 23일(금) (공처 30일째)

오전 0시15분 ~ 1시 13분(58분간) 자시 수련. 초반은 빙의령으로 가슴과 백회의 답답증이 있었으나 수련 종반에 인당과 강간을 직선으로 연결한 움푹 들어간 골짜기를 만들고, 그 골짜기와 백회에 시원한 기운이 쏟아진다.

오전 1시 30분 취침. 오전 9시 30분 기상하였으나 몸이 찌뿌듯하고 무겁고, 가슴을 짓누르고 답답한 것이 빙의된 거 같다. 큰아들 졸업식에 가족 동반 참석하는 관계로 오후 수련 못했다. 오후 8시 9분에 둘째 남동생이 전화로 입원한 아버지께서 설사가 심하시니 요양병원 알아보자고 상의한다.

2018년 2월 24일(토) (공처 31일째)

오전 8시 50분 기상하여 세면 후 아버지 병원 퇴원 수속 밟고, 설사로 인한 대처가 집에서는 힘들 거 같아 요양병원 가자고 하니 싫다고 반대하시어 일단 집으로 모시고 귀가하여 추이를 보고 대책을 세워야겠다. 집에 와 아버지 샤워시켜 드리고, 큰아들 차량 구매로 대리점 방문하여 차량 시승과 상담을 했다. 가게에서 행공 시 하단전의 기방이 터질 듯한 열기가 온몸으로 퍼진다. 『선도체험기』 102권 다 읽음.

2018년 2월 25일(일) (공처 32일째)

오전 8시 50분 기상 예정이었으나 몸이 천근만근으로 무거워, 오전 10시 30분에 기상하여 봉서산을 큰아들과 오래간만에 둘이서 산책하면서 선도 얘기와 관련된 기, 마음, 몸에 대해서 간략하게, 그리고 가족(동생, 아내, 할아버지)에 대한 여러 가지를 공감하고 때론 반론하며 산책하고 결론은 모든 일에 긍정의 마인드를 갖자였다.

오후 2시 15분 ~ 3시 13분(58분간) 오후 수련. 백회로 시원함이 들어 오고 백회의 우측과 오른쪽 귀 방향으로 일자(-) 모양으로 뜨거운 화기 의 열감이 형성되다가 시원함으로 변하면서 들어온다. 얼마간의 시간이 흐른 다음 인당으로 흑백의 태극 모양이 회전하다가 작은 하나의 검은 색으로 변하더니 사라진다(반복적으로 여러 번 한다). 진행 후 원형 황 백색 고리가 생성되고 사라짐을 반복한다. 전체적으로 황색 바탕에 은백 색 고리가 생성과 사라짐을 같은 방법으로 반복 일어난다. 수련 중 신혼 초라는 인상이 드는 남자가 부인을 감싸 안고 걷는 모습이 마음의 상으 로 떠오르다 사라졌다.

가게 영업 중 허리의 대맥에서 상체 방향으로 90도 직각으로 부챗살 같은 것이 뻗어 올라오면서 그곳을 통한 기의 파동이 느껴지며 중완 부 근의 배 속이 따뜻하다.

2018년 2월 26일(월) (공처 33일째)

오전 0시 17분 ~ 0시 51분(34분간) 자시 수련. 백회로 시원한 기운 들 어오고, 인당과 양쪽 볼이 안으로 움푹 들어간 느낌이다. 시간의 흐름에 단전의 열감과 오른쪽 가슴 아랫부분, 췌장, 위(胃) 부위에 시원한 기운 이 들어가고, 이번에는 양쪽 가슴 아래 부위가 시원하면서 열감이 형성 된다.

오전 10시 기상하여 아내와 봉서산 산책했다. 날씨가 따뜻한 것이 봄의 기운이 서서히 다가옴을 느끼며, 돌아오는 길에 단전의 열감이 양 가슴 밑 부분을 후끈함과 시원함으로 감싼다.

오후 1시 48분 ~ 2시 19분(30분간) 오후 수련. 수련 초반 인당과 백회가 꽉 막힌 것이 빙의가 심한 거 같다. 왼쪽 어깨와 목을 짓누르고 머리가 어지럽더니 수련 후반에 인당과 백회가 약간 트이는 듯하였으나 졸음이 수련을 방해한다. 의식의 뿌리가 하단전에 튼튼하게 자리를 잡고 축기가 충분해야 수련이 일취월장할 거 같다.

2018년 2월 27일(화) (공처 34일째)

오전 10시 기상하여 평소와 같이 봉서산 산책하는데 오늘은 몸이 어제보다 가볍게 다녀왔다. 가게와 집의 연탄난로의 불을 갈고, 아내가 지인 만나러 나가면서 아버지 점심에 대하여 일러 준 대로 식사 드리고, 방석운동과 스트레칭하고 샤워 후 아침 겸 점심 생식했다.

오후 1시 46분 ~ 2시 45분까지(60분간) 오후 수련. 『천부경』 암송 시부터 인당의 쪼임과 백회로 시원한 기운이 들어와 얼굴 전체를 경직시키고 인당 앞이 은백색 바탕이다. 대추혈의 왼쪽 부분을 포함한, 어깨가 묵직하고 뻐근하다. 중단전과 단전의 열감이 마음을 평온하게 한다.

2018년 2월 28일(수) (공처 35일째)

오후 2시 15분 ~ 2시 53분(38분간) 오후 수련. 3경구 암송 시 백회, 인당, 송과체가 엘(L)자로 연결되면서 시원한 기운이 회전하며 백회로 들어와 중단전을 거쳐서 하단전에 안착한다. 화두수련 시 인당으로 눈을 감은 형태가 보였다 사라짐을 반복하고, 은백색 고리가 오랫동안 지속되며 머릿속은 청량하고 시원한 기운 덩어리가 머물러 있으며, 하단전은 포근함을 감싼 따뜻함이 지속된다.

2018년 3월 1일(목) (공처 36일째)

오전 0시 40분 ~ 1시 36분(56분간) 자시 수련. 인당에서 강간으로 직선(−)으로 맞뚫어 시원하고, 백회의 회전하는 기운이 송과체를 거쳐서 중단전을 따뜻한 기운으로 바꾸고, 하단전에 안착하여 따뜻함을 준다. 인당 앞이 때때로 은백색 바탕이었다가 황백색 바탕으로 변함를 준다.

오후 1시 45분 ~ 2시 25분(40분간) 오후 수련. 3경구 암송 후 화두 암송. 백회와 인당이 송과체를 중심점으로 직각으로 만나는 상단전에 응집된 기운이 보라색으로 보인다. 인당과 양쪽 인영이 당기면서 아프다.

2018년 3월 2일(금) (공처 37일째)

오후 2시 15분 ~ 2시 40분(25분간) 오후 수련. 3경구 암송 후 화두 암송. 단전 부위 배가 따뜻하고 온몸이 오싹한 것이 피부호흡이 되는 거 같다. 특히 얼굴과 어깨에서 팔, 손 부위가 경직된다.

2018년 3월 3일(토) (공처 38일째)

오전 1시 11분 ~ 1시 45분(34분간) 자시 수련. 3경구 암송 후 화두 암송(매 수련 시 반복하므로 이후 기술 생략함). 오늘은 단전의 열감이 대맥을 중심으로 상체 쪽으로, 특히 등의 척중과 신도를 뜨겁게 하며 상승한다. 상단전의 변화는 없고 마음의 상이 여러 개 떠오르면서 고개를 앞으로 떨구며 졸음이 쏟아져서 수련 중단하고 취침했다.

오후 2시 3분 ~ 3시(57분간) 오후 수련. 얼굴의 눈, 코 부위를 제외하고 피부가 한 꺼풀 더 두꺼워진 듯 경직되고 화한 느낌이 난다. 30분 경과 시 백회와 인당으로 시원한 기운이 들어온다. 특히 백회로의 기운이 봄날의 햇살 같은 뜨거운 열감으로 강간, 아문, 대추 등 독맥혈을 타고 명문, 장강까지 내려가 하단전과 중단을 따뜻하게 하며 일주한다. 또한 인당으로 기운이 들어오면서 코로 호흡하듯이 인당의 움직임이 느껴진다. 팔과 상체의 피부가 파르르 기의 흐름을 느끼며 시원하다.

2018년 3월 4일(일) (공처 39일째)

오전 0시 40분 ~ 1시 35분(55분간) 자시 수련. 수련 전 행공 시 백회로 밥공기 뚜껑만한 크기로 뜨겁고 시원한 열감의 응집된 기운이 들어와 중단전을 따뜻하게 하고, 하단전은 화롯불을 품어 기운 유통이 잘되는 상황이라 수련 진전을 기대했는데 인당과 태양을 중심으로 머리띠를 형성하고 백회에 청량한 기운 덩어리만 있을 뿐 화면으로는 진전이 없다.

2018년 3월 6일(화) (공처 41일째)

오전 0시 19분 ~ 1시 16분(57분간) 자시 수련. 기운이 회전하며 인당과 백회로 들어오고 인당으로 하늘을 감시하는 흑백 레이더처럼 시계 방향으로 회색 바탕에 검은 바늘침이 한동안 돌아가는 것이 보이다가, 원형 검은 핵을 에워싼 은백색 고리가 돌다가 황백색 고리로 변하여 도는 현상이 보인다.

오늘은 오전 7시 20분에 눈이 뜨여 일어남. 오전 8시 11분 ~ 8시 42분

(30분간) 오전 수련. 3경구 암송 후 화두 암송. 관음법문 파장이 일고 인당으로 황백색, 은백색, 검은색의 핵 주변에 흰색이 회전하다가 보라색으로 변하여 회전한 후 보라색 바탕이 보인다.

2018년 3월 7일(수) (공처 42일째)

오전 0시 40분 ~ 1시 20분(40분간) 자시 수련. 인당으로 황색 바탕에 흰색 고리 원형이 회전하고, 오욕칠정과 탐진치에 휘둘리지 않기 위하여 항상 깨어 있는 마음을 간직해야 한다는 마음의 울림이 일어난다.

오전 10시 14분에 기상하여 봉서산을 아내와 산책하다. (마음의 소리) 산책하는 동안 3경구 암송과 화두 암송하며 바르고 착하고 지혜로워라는 마음의 소리, 이 정선혜(正善慧)한 마음을 가지려면 정충, 기장하여 튼튼한 몸을 가지고 신명이 밝아야 바르고 착하고 지혜로운 마음을 가지고 행(行)할 수 있다는 자성의 소리를 마음에 각인시킨다.

아침 겸 점심 생식하고 산소 잔디에 뿌리는 제초제를 천안 농협조합에서 사 왔다. 저녁 가게 영업 중 상·중·하단전이 일직선으로 시원한 원통 기운 기둥이 형성된다.

2018년 3월 8일(목) (공처 43일째)

오전 0시 35분 ~ 1시 26분(50분간) 자시 수련. 시작과 함께 등이 한낮의 햇볕 아래에 있는 것처럼 따뜻하고 백회와 인당으로 시원한 기운이 감돈다. 시간이 흐르면서 눈과 인당이 없는 듯하고, 광대 부분은 경직될 정도로 기운 층이 형성된다. 모든 난관은 인과의 결과물이므로 하나의 업보를 갚는다 생각하고, 인과응보를 확실히 철저히 믿고, 무애행(無碍

行)을 행하라고 자성의 소리와 관음법문 파장이 요란하다.

오후 2시 44분 ~ 3시 26분(42분간) 오후 수련. 수련 중 잠시 동안 속 빈 통나무처럼 두상과 몸통의 윗부분이 텅~ 빈 청량한 기운만 가득찬 몸을 느끼며 약간의 충만감과 담담한 기분 상태를 느꼈다.

2018년 3월 9일(금) (공처 44일째)

0시 25분 ~ 1시 19분(54분간) 자시 수련. 풀벌레 소리의 관음법문 파장이 요란하다. 하단전의 열감이 중완과 몸통을 따뜻하게 하고, 백회가 빙의로 꽉 막혀 수련 초반에 갑갑했는데, 수련 중반부에 천도되고, 기운이 들어와 천목혈 부분을 시원하게 하면서 인당에서 쩍~ 쩍~ 소리가 2번 정도 났다. 잡념 같지 않은데 마음의 상이 여러 개 떠올랐는데 기억이 나지 않는다.

2018년 3월 11일(일) (공처 46일째)

오전 0시 35분 ~ 1시 20분(45분간) 자시 수련. 전파 소리의 관음법문 파장이 요란함, 단전의 열감, 대맥 돌고 백회와 인당으로 기운 들어오는 것 외에 특이 사항 없다.

2018년 3월 12일(월) (공처 47일째)

오전 10시 기상하여 식재료 사 가지고 와서 정리했다. 행공하며 화두 암송 중 한 생각. 자성의 한자는 스스로자와 마음심 변에 날생자로 이루어진 성은 마음이 일어난 자리로, 마음은 생각의 누적으로 마음이 생겨나 행(行)하므로, 바르고 착하고 지혜롭게 행하려면 정선혜(正善慧)한 생각을 항상 가지고 착하고 바르고 지혜로운 마음을 무심한 가운데 행하는 모든 행동이 자연스러운 이타행(利他行)이 될 수 있는 경지까지 수행하자. 모든 인과응보는 무사무념무심으로 관하고 하나씩 하나씩 업보를 해소해야 한다 생각했다.

2018년 3월 13일(화) (공처 48일째)

오전 0시 20분 ~ 1시 22분(62분간) 자시 수련. 수련에 진척이 없는 것이 축기 부족인 것 같아 오늘부터 축기 강화를 위하여 주문 수련을 하기로 하고, 하단전에 정선혜와 무사무념무심을 의념하며 수련했다.

오후 2시 ~ 2시 45분(45분간) 오후 수련. 인당의 은백색 원형 고리와 단전의 열감이 평이하고 중단전이 답답한 것이 빙의가 심한 듯하다. 오후 행공 시 빙의로 몸이 찌뿌듯하였으나 어느새 빙의가 천도되었는지 수승화강이 되면서 몸이 가벼워진다.

2018년 3월 14일(수) (공처 49일째)

오전 1시 6분 ~ 1시 33분(29분간) 자시 수련. 인당으로 은백색에 노란색이 깃든 원형 고리가 회전한다. 단전과 온몸이 날씨 때문인지 너무 덥고 졸음이 와서 30분 정도밖에 수련 못 했다. 졸음이 온 것은 마지막 손님한테 빙의되어 졸은 거 같다.

오전 9시 15분에 기상하여 봉서산을 산책하는 동안 머릿속이 산만하다. 아내가 왼쪽의 고관절이 아프고, 아버지는 병환이 좀 나은 듯하니, 또다시 무료 급식소에서 이것저것 먹을 것을 가져온다. 가슴은 빙의로 답답하고 엎친 데 덮친 격으로 머리가 더 복잡하고 몸이 무겁다. 인과응보의 업을 슬기롭게 헤쳐 나가려면 정신 똑바로 하고, 정선혜를 몸에 배게 하여 습관을 들여야겠다.

2018년 3월 15일(목) (공처 50일째)

오전 1시 33분 ~ 1시 55분(22분간) 자시 수련. 초반에는 기운 유통이 안 되었으나 시간이 지나면서 몸이 전후좌우로 진동하고, 기운이 회전하며 들어온다. 오전 9시 30분 기상하여 스트레칭과 접시돌리기 운동하다.

오후 3시 삼공재 방문하여 1시간 수련하였다. 수련 초반에는 집에서와 같이 빙의로 인하여 가슴 답답함과 머리의 아픔이 약간 있었으나, 후반에 나의 하단전과 선생님의 단전이 연결됨을 느끼며 달아올랐다.

2018년 3월 16일(금) (공처 51일째)

오전 0시 33분 ~ 12시 35분(60분간) 자시 수련. 좌선 후 3경구 암송 시작부터 인당의 쪼임과 동시에 한 호흡마다 인당의 기운이 곧장 하단전으로 들어온다. 백회는 병마개로 막아 놓은 듯 답답하고, 가슴은 누가 대못을 박아 놓은 듯하였으나 수련 진행 중 풀리면서 인당과 백회로 시원한 기운이 들어온다. 또한 가슴의 답답함도 풀리며 운기된다. 수련 중 언뜻 바닷게가 보인 것 같은데 잘 모르겠다.

오전 9시 30분에 기상하여 쌍용공원에서 3경구 암송하며 조깅하고 왔다. 일부 빙의령이 나가서 몸과 마음이 가쁜하다. 집에 와 방석운동과 쟁기 자세, 기타 스트레칭하다.

2018년 3월 17일(토) (공처 53일째)

오전 10시 30분 기상하여 쌍용공원 3경구 암송하며 9바퀴 조깅하고, 마지막 바퀴는 무사무념무심으로 바르고 착하고 지혜롭게 관하자를 암송하고 조깅했다. 집에서 방석운동, 쟁기 자세, 스트레칭을 하다.

오후 2시 15분 ~ 3시 5분(50분간) 오후 수련. 오늘은 상단전, 중단전이 시원하고 편안한 것이 빙의가 많이 가신 듯하다. 특히 인당의 쪼임이 없이 편하게 흰색, 검은색, 보라색의 원형, 타원형으로 이리저리 뒤섞이면서 왔다갔다한다. 전체적으로 하늘의 운무가 수를 놓은 것 같다. 뒷마무리 수련은 수식관으로 100회까지 실시했다.

2018년 3월 19일(월) (공처 54일째)

오전 10시 30분 기상. 척중의 왼쪽 몸속 깊은 곳의 아픔이 3일째 계속 이어진다. 아침에 방석운동 시 머리 돌리기 하는데 아~ 소리가 저절로 나온다. 오후에 행공 시, 며칠 전부터 느낀 한 호흡 시마다 단전은 축기되고 인당은 호흡에 맞추어 숨을 쉬듯 톡톡 움직인다.

2018년 3월 20일(화) (공처 55일째)

오전 0시 19분 ~ 1시 6분(47분간) 자시 수련. 척중 왼쪽 날갯죽지의

292

결림은 수련 덕인지 약의 효력인지 모르겠으나 한결 부드러워졌다. 인당으로 보이는 것이 은하수 같은 느낌이 든다.

2018년 3월 21일(수) (공처 56일째)

오전 0시 44분 ~ 1시 50분(66분간) 자시 수련. 하단전의 열감은 안정적으로 축기되고 인당은 눈이 부시지 않은 햇빛을 받는 듯 은백색과 노란색의 빛이 인당으로 들어온다. 좀 시간이 흐른 뒤 금빛 찬란한 빛이 눈부시게 들어왔다. 몸은 양 옆구리 부분이 오싹하게, 가끔씩 추울 정도로 기운이 들어온다.

오전 10시 30분 기상하여 사이클 30분, 고무줄 댕기기, 스트레칭을 하고, 15분 동안 짬이나 좌선 수련. 근래에 들어 수련 시 물이 소용돌이치듯이 인당을 중심으로 얼굴이 함몰되고 빨려 들어가는 듯하다. 또한 대추와 목 부분의 경직과 아픔이 백회로 순식간에 로켓트 발사처럼 빠져나가며 시원함을 준다(경추 부분의 아픔이 완전히 가신 건 아니지만 좋아질 것 같은 감이 온다).

2018년 3월 23일(금) (공처 58일째)

오전 1시 15분 ~ 2시 5분(50분간) 자시 수련. 처음 『천부경』 암송 시부터 백회와 머리 둘레 부분이 시원하게 기운이 들어오고, 인당으로 황색 바탕에 은백색 고리가 가끔 회전한다.

2018년 3월 24일(토) (공처 59일째)

오전 0시 50분 ~ 1시 48분(58분간) 자시 수련. 백회와 머리 둘레로 시원한 기운이 직진으로 하단전에 기운이 쌓이면서 시원함과 따뜻함을 일으킨 다음 중단전을 시원하게 한다. 인당은 흰색 고리가 회전하다 사라짐을 반복하다가 검정에 가까운 회색이면서 유리같이 얇고 깨끗한 것이 잠시 있다 사라졌다.

2018년 3월 25일(일) (공처 60일째)

오전 0시 25분 ~ 1시 12분(47분간) 자시 수련. (화두 암송 다시 시작) 백회는 시원하고 인당은 잠깐 동안 압박이 있다가 편안하면서 백색 고리와 황백색 고리가 번갈아가면서 회전하다가 사라진다. 마음의 잡념인지 모르겠으나, 여러 가지 인물이 연상되다가 사라졌다.

오전 9시 30분 기상하였으나 비몽사몽 의자에 앉아 졸다가, 미세먼지가 매우 나빠 거실에서 방석운동, 캐틀벨 운동을 했다. 오후 2시 25분 ~ 오후 3시 4분(40분간) 오후 수련. 3경구 암송하고 화두를 하단전에 올려놓고 수식관하듯이 암송 수련했다. 백회 위에 시원한 기운 덩어리가 백회에 내리꽂고, 중단전과 하단전이 함께 시원함을 느낀다.

2018년 3월 27일(화) (공처 62일째) - 중도의 마음 -

오전 9시 기상하여 봉서산 산책을 갈 때는 걸어서, 올 때는 평지와 언덕은 조깅하고 내리막길은 걸어서 갔다 왔다. 평소와 같이 암송하며 한 생각했다. 한 생각(중도의 마음) - 한편으로는 무심으로 이타행하여 선업을 쌓으면 악업보다는 좋으나, 선업도 업이므로 중도의 마음으로 상생하는 지혜와 행을 하고, 행한 자체를 잊어야겠다는 자각이 일었다.

2018년 3월 28일(수) (공처 63일째)

『선도체험기』 110권 2번째 읽는 중에, 자시 수련 전까지 행공 중에 관음법문 파장이 요란하고 머리 전체는 시원하고 청량했다. 오전 0시 30분 ~ 1시 30분(60분간) 자시 수련. 거실이 따뜻하여 졸음이 오는 건지 수마로 인한 졸음인지 잘 모르겠는데, 화두수련 시 입 주위가 가렵고 스멀스멀한 것이 오래전 화상 입은 부위의 명현 현상이 뚜렷하며, 인당 앞이 황백색 고리가 회전하는 중 한 여인의 상이 스쳐 지나갔는데 누군지 모르겠다.

2018년 3월 30일(금) (공처 65일째)

오전 0시 46분 ~ 1시 25분(39분간) 자시 수련. 오늘은 초반부터 단전의 열감과 온몸이 달아오르며, 백회와 압박이 심한 인당으로 시원한 기운이 들어와 단전과 온몸을 달아오르게 한다. 오후 2시 ~ 2시 30분(30분간) 오후 수련. 1시간 수련하려 마음먹었으나 수마로 30분밖에 못 했다. 요새 수련 시 수마가 장난이 아니다.

2018년 3월 31일(토) (공처 66일째)

오전 0시 50분 ~ 1시 38분(48분간) 자시 수련. 오늘 낮에 행공 시에도 단전의 열감이 보통 때보다 뜨거웠는데 화두수련 시 하단전의 열감이 중단전 아래 중완까지 올라와 안 좋은 위경에 기를 주는지 때론 위가 아프고 시원 따뜻함을 준다. 인당은 은백색 고리가 있고, 뜬금없이 군 수송용 헬기가 연상되다 사라졌다. 오전 10시에 기상하여 봉서산을 걷고 달리면서 3경구 암송 후 화두 암송하며 갔다 왔다.

2018년 4월 1일(일) (공처 67일째)

오전 1시 ~ 2시 50분(110분간) 자시 수련. 오늘 자시 수련은 수마로 졸지 않고 했다. 백회와 인당으로 시원한 기운이 들어오고 하단전의 따뜻함이 중단전과 대맥을 따뜻하게 한다. 인당으로 화면이 보일 듯한 기분이 드는데 아직은 보이지 않으나 긍정의 마음이 들게 한 자성에 고맙다.

오전 10시 15분에 기상하여 봉서산을 산책하며 3경구 암송 후 화두 암송했다. 이런저런 생각하며 화두 암송 중 모든 인과는 극복할 수 있는 것이 나에게 일어나는 것이니 정선혜(正善慧)와 인내로써 감내하면 인과의 업이 한 꺼풀이 벗겨지므로 자성에 가까워진다는 것에 감사하자고 생각했다.

2018년 4월 4일(수) (공처 70일째)

오전 0시 13분 ~ 1시 18분(63분간) 자시 수련. 전반부는 풀벌레 소리의 관음법문 파장이 요란한 반면 백회로 기운이 들어오지 않아 답답하다. 인당으로 은백색 고리가 은하수처럼 길게 늘어지면서(물속의 물고기 떼가 길게 늘어져 일정하게 움직이는 것처럼) 회전한다. 마음으로 여러 가지 고대 석조 건물, 2층 흙집 등 여러 가지가 연상되지만 생전에 처음 보는 장면이다. 후반부에 백회, 인당, 머리 둘레가 시원하다.

2018년 4월 5일(목) (공처 71일째)

오전 0시 15분 ~ 1시 5분(50분간) 자시 수련. 경구 암송 시부터 머리 뚜껑이 없는 것처럼 느껴지며 백회로 기운이 엄청 들어온다. 동시에 인당이 천목으로 함몰되어 빨려 들어갈 듯한 쪼임과 동시에 응집된 기운이 들어온다. 하단전은 편안하면서 온화한 기운이 쌓인다. 때론 양팔과 온몸은 사시나무 떨듯이 파르르 떨고, 오른쪽 겨드랑이와 가슴이 시원하게 기운이 운기된다.

오후 2시 55분 ~ 3시 24분(29분간) 오후 수련. (수련 진전) 자시 수련에 이어 진동이 계속된다. 몸이 앞뒤 좌우로 진동하고 기운이 회전하며 들어온다. 빙의로 인하여 왼쪽 뒷머리가 지끈거리게 아팠으나 시간이 지나면서 개운하고 시원하다. 단전은 따뜻하면서 그 열기가 중완까지 올라왔다.

2018년 4월 6일(금) (공처 72일째)

오전 1시 25분 ~ 3시 15분(110분간) 자시 수련. 초반 빙의로 머리가 띵하며 약간 아팠으나 3경구 암송 후 화두수련 몇 분 후 천도되면서 인당의 쪼임이 심하고 양쪽 볼이 인당과 함께 천목 쪽으로 빨려 들어가 함몰되는 듯하다. 백회는 밥공기 뚜껑의 크기만큼 기운이 쏟아진다. 30분 정도 경과 시부터 인당으로 맑은 백색 회오리 기운이 수련 끝날 때까지 계속된다. 인당으로 뭔가 보일 듯한데 희미하다.

297

2018년 4월 8일(일) (공처 74일째)

오전 11시 늦게 기상하였으나, 찌뿌둥한 몸과 아픈 머리가 가시길 바라고 봉서산을 갔다 왔다. 산책하고 나니 몸은 나아졌으나 아픈 머리는 아직도 가시지 않다. 오후 1시 30분 ~ 2시(30분간) 오후 수련. (빙의령 편두통) 빙의령으로 머리가 편두통처럼 오른쪽이 아프다. 수련 20분 경과쯤 상단에서 중단으로 뭔가 떨어지면서 몸이 나락으로 떨어지는 느낌을 받는다. 30분경에 편두통이 어느 정도 가실 쯤, 배가 아프고 변의(便意)로 수련 중단하고 볼일을 봤다.

2018년 4월 10일(화) (공처 76일째)

오전 0시 6분 ~ 1시 27분(70분간) 자시 수련. 오래간만에 단전의 열감이 증폭되며 동시에 인당과 강간을 기준으로 수평 단면 원형으로 자른 것처럼 머리 뚜껑이 없어지고, 그 사이로 기운이 쏟아져 들어와 임맥과 독맥을 타고 내려와서 양어깨, 앞가슴을 시원하게 하며 단전을 따뜻하게 한다. 인당은 헤드라이트를 비추듯 황백색의 바탕이다.

오후 1시 52분 ~ 2시 28분(36분간) 오후 수련 1. 백회와 인당으로 시원한 기운은 계속해서 들어오고, 전파 소리의 관음법문은 계속되나 뚜렷한 변화는 없다.

오후 11시 52분 ~ 오전 0시 51분(60분간) 오후 수련 2. 얼굴의 눈썹, 광대뼈, 턱뼈를 제외한 얼굴 부위가 없어진 것이, 즉 하회탈을 쓴 부분(탈과 살이 맞닿은 부분)만 경직되고 그 외의 부분은 없어졌다. 백회의 시원함, 단전의 따뜻함이 때론 상체의 따뜻함과 시원함이 번갈아가면서 되는 것이 수승화강은 되나 축기의 부족으로 고개가 나락으로 떨어지는 경우가 종종 있다. 축기에 일념해야겠다.

2018년 4월 11일(수) (공처 77일째)

오전 9시 기상하여 산에 안 가고 113번 절 운동으로 대체했다. 개인일 보고 아침 겸 점심 생식하고 시장 갔다 왔다. (1차 전음) 오후에 의수단전하면서 화두 암송, 행공 중 "나는 하느님의 분신이다. 고로 나는 작은 하느님이다"라는 천리전음과, 백회서부터 회음, 발끝까지 찌릿찌릿하며 온몸이 감전된 듯하며 기운이 들어오고 전신이 뜨겁다.

2018년 4월 12일(목) (공처 78일째)

오전 1시 ~ 2시 정각(60분간) 자시 수련. 3경구 암송 후 화두 암송과 동시에 단전의 열감이 중단전을 거쳐 상단전까지 연결되어 백회와 인당의 시원한 기운과 마주친다. 좌우 앞뒤로 끄덕거리면서 약한 진동이 일어난다. 인당으로 황색 바탕에 흰색이 회오리치면서 사라진다. 수련 중반부에 옷차림은 기억나지 않으나 평민의 옷을 입은 세종 임금과 신하라는 느낌이 오는 사람들이 호수가 옆에 무릎을 꿇고 일렬로 앉아 있고 종반부에 여인들의 얼굴이 흐릿하게 여러 상이 지나간다. 세종과 내가 어떤 관계인지 모르겠다.

2018년 4월 14일(토) (공처 80일째)

오전 0시 49분 ~ 1시 55분(60분간) 자시 수련. 인당으로 가을 하늘의 맑은 햇살이 들어오는 듯 높고 맑은 바탕이 보인다. 수련 중반부에 몸의 왼쪽 부분이 머리에서 발끝까지 찌릿찌릿했으며, 수련 내내 하단전과 중단전이 동시에 맞불을 놓는다.

오전 9시 기상하여 간단하게 방석운동과 접시돌리기를 하고 『선도체험기』112권 읽는 중에 기운이 백회로 들어와 오전 9시 53분부터 오전 10시 31분까지(37분 동안) 오전 수련했다. 3경구 암송 후 화두 암송 수련. 하단전과 중단전이 보통의 열감으로 마중하고 인당은 은백색과 흑색이 태극 모양으로 회전한다.

2018년 4월 15일(일) (공처 81일째)

오후 8시 23분 ~ 9시 22분까지(60분간) 오후 수련. (휘어 감는 기운) 하단전이 달아오르고 기운이 대맥을 몇 바퀴 돌고 몸을 충층이 휘어 감으면서 목까지 올라간 후 몸통, 어깨 팔의 피부를 잔잔하게 진동한다. 이어 중단전에 작은 불씨가 댕겨지고, 하단전과 때로는 마중하며 몸이 오싹오싹 운기되며 상쾌함을 주는 것이 이제야 빙의령이 천도된 거 같다. 수련의 진전을 보려면 하단전의 축기를 강화해서 삼합진공을 목표로 매진해야겠다.

2018년 4월 16일(월) (공처 82일째)

오후 1시 23분 ~ 2시 27분(64분간) 오후 수련. (심한 진동) 양손의 손바닥, 손등, 손끝, 손 전체가 오싹오싹한 기운이 운기되며, 수련 내내 상체와 하체가 피부호흡을 하는지 서늘한 기운이 운기된다. 오늘 처음으로 수도꼭지에 끼운 호스가 수압 때문에 튀어 오르듯 배가 꿀렁거리고 허리가 심하게 앞뒤로, 앉아 있는 다리가 들썩들썩하며 진동한다. 하단전의 열감이 독맥을 타고 명문을 지나 척중과 대추 중간에 걸친 듯하다. 오후에 화두 암송하며 행공 시 얼굴의 앞과 머리 뒤통수가 없어져 납작이가 된 거같이 느껴진다.

2018년 4월 17일(화) (공처 83일째)

오전 0시 25분 ~ 오전 0시 51분(26분간) 자시 수련. 부드러운 호흡으로 하단전에 의식을 집중하고 쪼임이 없는 편안한 인당으로 화면을 보니 노란색 원형이 보여 좀더 집중하니 흰색 원형이 보인다. 축기의 부족으로 혼침이 반복적으로 와 수련을 중단했다.

2018년 4월 18일(수) (공처 84일째)

오전 0시 7분 ~ 1시 2분까지(55분간) 자시 수련. 호흡을 코가 아닌 인당으로 호흡하는 거 같고, 천목혈 부근에서 쩍~ 쩍 소리가 불규칙적으로 난다. 마음으로 여러 가지 형상이 일어났으나 메모하려는 순간 기억나지 않는다. 오후 3시 30분경 좌선 수련하려고 하였으나 졸음으로 그냥 일어났다.

(2차 전음) 오후 10시 30분경 행공 시 지난번(4월 11일) 전음을 또 듣는다. "나는 하느님의 분신이다"라는 전음과 찌릿찌릿하게 백회에서 발끝까지 감전되며, 형언할 수 없는 기운의 장이 온몸을 감싸며 마음이 환희지심에 행복하다. "일체중생실유불성~, 일체중생실유불성~이다." 마음의 소리가 심신을 울린다. 선배 도인분들이 설파한 것처럼 모든 중생은 불성이 있다는 것을 심신으로 느낌에 감사한다.

6단계 식처 (2018년 4월 19일 오후 ~ 4월 30일)

2018년 4월 19일(목) (공처 85일째)

오전 0시 15분 ~ 오전 1시 00분(45분간) 자시 수련. 쇄~하는 전파 소리, 풀벌레 소리의 관음법문 파장이 요란하고, 하단전과 중단전의 뜨거운 열감이 교류하면서 몸 전체가 임독을 중심으로 따뜻하다. 머리의 백회, 인당, 태양, 강간을 빙 둘러 기운이 들어온다. 공처 화두는 끝난 듯 반응이 없다.

오전 7시 50분 기상하여 봉서산을 1시간 20분 산책하고 왔다. 아침 겸 점심 생식하고 삼공재 방문을 위하여 선생님께 전화로 허락받고 출발 준비했다. (삼공재 수련: 파이프 관을 통한 청량한 기운) 오후 3시부터 4시까지 삼공재 방문하여 스승님께 일배 드리고 식처 단계(6단계) 화두 받고, 3경구 암송 후 화두 암송했다.

하단전 부위 뱃살이 원형으로 뻥~ 뚫리면서 없어지고, 없어진 부위에 파이프 관이 형성되고, 그 관을 통하여 박하처럼 시원하고 청량한 기운이 하단전으로 들어와 단전을 뜨겁게 한다. 잠시 후 중단과 교류하면서 중단이 뜨거워지면서 온몸을 열감으로 감싼다. 백회와 인당은 빙의로 시원한 기운이 안 들어와 답답하였으나 인당으로 흰색과 보라색으로 바닷속 해파리 모양이 보인다. 선생님의 어려운 상황에서의 많은 도움에 다시 한 번 감사드립니다.

2018년 4월 20일(금) (식처 2일째)

오전 0시 20분 ~ 0시 59분까지(39분간) 자시 수련. (진전 없는 수련)

수련 초반에는 삼공재 수련 시보다 하단전의 열감이 작으나 중단전과 교류하며 몸을 후끈후끈하게 하였으나, 잠시 후 졸음과 씨름하느라 진전 없는 수련했다. 오전 9시 기상하여 잡일 처리하고 봉서산을 3경구 암송 후 화두 암송하며 산책하고 왔다.

2018년 4월 21일(토) (식처 3일째)

오전 0시 00분 ~ 1시 00분(60분간) 자시 수련. (시작도 끝도 없다) 오른쪽 눈과 눈알이 뜨거워지면서 시원함을 동반한 안광을 뿜어낸다. 삼공재 방문에서 꺼지지 않는 원자로를 선생님으로부터 받아온 거 같다. 하단전의 원자로가 가동되면서 중단전, 상단전의 원자로를 순차적으로 불을 붙여 주며, 온몸이 늦가을 햇볕의 맑고 따뜻한 박하를 발라 놓은 듯 시원하다. 호흡이 쉬는 듯 마는 듯 진행된다. 아마도 피부호흡과 삼합진공의 전단계가 진행되는 거 같다.

중·상단전에 반짝이는 별을 품은 느낌이 들며, 피부는 없어지고 해골만 앉아 있는 느낌이다. "시작도 끝도 없는 곳이다. 시작도 끝도 없는 곳이다"라고 반복하여 전음이 와 일순간 왜? 무엇 때문에 이곳에? 의문을 품으니 "인과응보, 업보다"라고 전음이 온다. 시작도 끝도 없는 곳이 어디지? 의문하니 "시공을 초월한 어느 곳이나 다 있는 사방팔방에 있다"라고 하는 『삼일신고』의 천훈편이 생각난다.

오후 1시 56분 ~ 오후 2시 38분(42분간) 오후 수련. 하단전의 뜨거운 기운이 중완을 오르락내리락하며 달구더니, 드디어 뜨거운 기운으로 중단전을 달군다. 상단전의 인당이 불을 붙이는 듯하더니 반응이 없고 상체만이 열감으로 가득하다.

2018년 4월 23일(월) (식처 5일째)

밤새 비가 온 핑계로 늦잠 자고 오전 10시 15분 기상하다. 집안일 보고 아침 겸 점심 생식하다. 오후 2시 39분 ~ 오후 3시 40분(60분간) 오후 수련. (바르고 착한 양심) 척추를 대나무에 대고 교정하는 것처럼 척추가 똑바로 세워지고 가슴을 앞으로 자연스럽게 내밀어지며, 하단전과 중단전이 원형 기운 기둥으로 연결되고, 기운 기둥관 속에 피스톤이 있어, 열감이 피스톤 운동을 할 때마다 단전과 중단전이 교류하며 기운이 쌓인다.

어제 동문체육대회 갔다가 운전하고 돌아오는 길에 보슬비가 내리는 하늘이 높고, 깨끗한 창공이 답답한 가슴을 활짝 열어 편안함을 주는 것이 내 고향 같다는 생각이 들었는데 그 창공이 연상되면서 양심을 바르고 착하게 닦으라는 메시지가 오면서 전신이 진동한다.

2018년 4월 24일(화) (식처 6일째)

오전 0시 ~ 0시 45분(45분간) 자시 수련. 백회와 인당의 쪼임이 심하게 압박하는 듯하더니 단전과 중단전의 반응이 없고 졸음이 쏟아져 중단하고, 수련일지 쓰는 동안 하단전의 따뜻함이 올라오고, 백회로 인당으로 기운이 들어온다.

2018년 4월 25일(수) (식처 7일째)

오전 0시 19분 ~ 1시 22분(60분간) 자시 수련. "텅 빈 공이다. 공이다"라는 자성의 소리에 충만감이 든다. 인당은 반응이 없다가 우주공간이라는 느낌과 회전하는 흰 노란색 빛이 보인다.

오전 9시 12분에 기상. 아침 겸 점심 생식하고 식자재 구입 차 마트 갔다 와서 정리했다. 식자재 구입하면서 행공 시 하단전이 따뜻한 봄날의 생기처럼 정기가 충만하니, 심신이 날아갈 듯 환희지심 일어나며 진공묘유의 묘미를 느낌에 다시 한 번 자성에 감사하다.

2018년 4월 26일(목) (식처 8일째)

오전 0시 28분 ~ 1시 20분(52분간) 자시 수련. 인당의 압박이 심하여 움푹 들어가는 느낌이 진행된다. 한 5분여 지나 백회와 인당을 중심으로 소나기처럼 기운이 머리와 몸 전체로 들어와, 오싹오싹한 기분이 단전은 달아오르고 으슬으슬 춥다. 특히 약한 신장 기능에 기운이 들어온다. (수련이 잘될 때는 인영의 석맥이 작아지는데 오늘도 수련 후 인영맥을 짚어보니 석맥이 줄어들었다.) 인당으로는 백열전구의 불빛 같은 붉은색과 노란색이 절묘하게 어울려 오로라 모양으로 회전한다. 오늘은 메시지가 없이 기운만 많이 들어온다.

2018년 4월 27일(금) (식처 9일째)

오후 2시 25분 ~ 2시 55분(30분간) 오후 수련. 수면을 충분히 했는데도 화두 암송 몇 분 후 졸음이 쏟아졌으나 극복하니, 백회에서 기운이 들어오고 인당에는 바닷속 해파리 모양의 보라색 빛이 나타났다가 사라지고, 동그란 백색 빛이 나타나 블랙홀을 형성하며 사라졌다가 나타나길 반복하다 없어졌다.

2018년 4월 28일(토) (식처 10일째)

오전 0시 12분 ~ 0시 52분까지(40분간) 자시 수련. 화두 암송하며 수련 중 인당으로 백열전구 불빛인 연한 노란 백색이 보이고 백회로 기운이 약하게 들어온다. 오전 11시 15분에 기상하여 3경구 암송 후 화두 암송하며 봉서산을 산책하고 왔다. (상생의 마음 자각) 화두 암송하며 산책 중 선인이든 악인이든, 자각을 하든 못 하든 누구에게나 있는 진공묘유, 공, 부모미생전본래면목, 부처가 연상되며 걷기명상을 했다.

악한 마음과 행은 악업을 쌓으면 악인이 되고, 선한 마음과 행은 선업을 쌓으니 착한 사람이 될 뿐 부처, 하느님은 아니다. 이 또한 하나의 업이므로 중도의, 무심의 마음을 갖고 상생의 길을 찾아 행하는 것이 정도요 부처, 하느님이라고 자각한다.

2018년 4월 29일(일) (식처 11일째)

오전 0시 49분 ~ 1시 25분까지(35분간) 자시 수련. 양손 끝이 찌릿찌릿, 상단전의 압박이 심하고 천목혈을 송곳으로 찌르는 듯하며 풀벌레 전파 소리의 관음법문 파장이 요란하다. 명문과 단전의 열감이 우측 간 부분을 따뜻하게 한다.

오전 10시 30분 기상하여 봉서산을 3경구 암송 후 화두 암송하며 걷기명상했다. 자성의 소리가 없다가 반환점에서 접시돌리기 운동을 하고 돌아오는데 어제 깨달은 상생의 도가 미흡 하였나 보다. "상생을 하려면 상대와 나를 면밀히 냉철하게 관찰하여 상대와 내가 조금씩 손해 본다는 선에서 타협하고, 그렇지 않을 경우는 내가 좀 손해를 보고 상생할 수 있는 길이라면 그 길을 선택하라"는 메시지가 왔다.

오후 1시 ~ 2시 26분(86분간) 오후 수련. 손끝, 발끝, 온몸이 찌릿찌릿하며, 인당으로 뻥 뚫린 시원한 기운이 들어오며 백회를 통하여 천목을 자극하며 기운을 주며 운기된다. 온화한 기운이 몸을 감싸며 운기되니 마냥 앉아만 있고 싶은 마음이 일어난다. 이로써 마음, 몸, 기운(삼공)으로 진공묘유, 부모미생전본래면목, 도, 공의 진수의 맛을 보니, 생사의 두려움을 극복할 수 있는 작은 깨우침을 얻어 기쁘다.

오후 11시 15분 ~ 11시 45분(30분간) 자시 수련. 양손 바닥에 동그란 기운이 온화하게 운기되며 인당에 주먹만한 크기의 기운이 응집되어 매달려 있고 백색 원형 고리가 보일 뿐 다른 변화는 없다.

2018년 5월 1일(화) (식처 13일째)

오전 0시 ~ 0시 47분(47분간) 자시 수련. (진인사대천명, 인과응보 메시지) 시작도 끝도 없는 우주공간이 연상되며 공과 부모미생전본래면목(父母未生前本來面目)이라는 자각이 일면서 우주공간으로부터 황백색의 기운이 상·중·하단전으로 들어와 각각의 원자로를 이글거리며 가동시킨다. 특히 중단전은 타는 숯불이 가슴을 지지는 듯 매우 뜨겁게 진행되다가 하단전과 연결된 관을 통하여 단전으로 열감이 전달되어 쌓인다. 마치 상·중·하단전의 열감이 각각 자랑하듯, 마치 빅뱅이 일어난 듯 원형의 폭을 넓히고 부딪치며 백광의 불꽃을 내며 중단의 막힌 응어리를 풀어 준다. "모든 일에는 진인사대천명과 인과응보다"라는 메시지가 왔다.

7단계 무소유처 (2018년 5월 1일 오후 ~ 5월 12일)

2018년 5월 1일(화) (무소유처 1일째)

오후 2시 40분 ~ 오후 3시 26분(46분간) 오후 수련. 하단전과 중단전의 열감이 마중과 증폭을 반복하며 감싸이고, 상단전은 인당과 천목을 자극하며 오싹오싹하게 운기된다. 육체 안에 부처의 상이 느껴지며 전신은 시원하고 포근하다.

2018년 5월 2일(수) (무소유처 2일째)

오전 0시 22분 ~ 오전 1시 7분(45분간) 자시 수련. 은백색 고리가 보이고 머리 전체가 기운의 장으로 감싸였고 하단전은 따뜻하나 메시지가 없다. 오전 9시 30분 기상. 비가 와서 108배 절 운동, 방석운동을 했다.

오후 3시 ~ 3시 23분(23분간) 오후 수련. (무심無心) 하단전이 타올라 중단을 관하며 화두 암송 중 "무심이다. 무심"을 반복한다. 자성의 소리와 복슬강아지와 여러 마리의 강아지의 상이 희미하게 연상되다 사라졌다.

2018년 5월 3일(목) (무소유처 3일째)

오전 0시 24분 ~ 1시 24분(60분간) 자시 수련. 머리 뒤 강간, 아문 부분이 찌릿한 후 등판 왼쪽 부분이 찌릿했다. 머리 둘레를 인당을 중심으로 수평 원형 모양으로 머리 뚜껑 전체가 없어지면서 기운이 폭포수처럼 들어온다. 자전거 타는 여학생, 옛날 일제 시대의 신식 여자 등 여러 여자상이 연상된다. 수련 후반부는 이름 모를 기어다니는 여러 곤충들이 인당으로 희미하게 보이는 것 같다.

2018년 5월 4일(금) (무소유처 4일째)

오후 1시 57분 ~ 2시 59분까지(62분간) 오후 수련. 하단전은 열감으로 꽉 차 있고, 어렸을 때 보았던 만화영화 마징가제트에서처럼 로봇 조정을 위한 접시비행기를 타고 로봇 머리에 안착하듯, 자성이 상단에 앉아 수련하는 내 모습을 관찰하고 있어, 의념으로 상단전과 하단전을 연결하니, 독맥과 하반신이 찌릿찌릿하다. 인당으로 은백색 원형 고리가 보인다.

오후 10시 14분 ~ 10시 36분(22분간). 가게가 한가하여 반가부좌하고 화두 암송했다. 백회를 콕콕 두드리고 인당으로는 은백색 원형 고리를 형성, 하단전은 풍선마냥 부풀고 중완을 포함한 몸통이 따뜻하나, 전신은 으실으실 약간 추운 듯하다.

2018년 5월 5일(토) (무소유처 5일째)

오전 0시 32분 ~ 1시 16분(44분간) 자시 수련. 백회와 머리 어깨로 안개비가 내리는 듯 시원하다. 오늘 수련은 중단전과 하단전이 불꽃이 튀듯 서로 마중하며 타고 시원하며 따뜻하다. 인당은 황백색 바탕에 은백색 고리가 연노랑 황금색 원형 고리로 한동안 보이다 사라진다.

오전 10시에 기상하여 봉서산을 3경구 암송 후 화두 암송하며 걷기명상했다. (영원하다) 산책하는 동안 은백색 빛이 상단전에 머물고, 걷고 있는, 화두에 집중하는 모습을 관한다. 느낌, 마음이 있었기에 자성을 알고 느낄 수 있으니 가아의 감촉(感觸)에 감사하며 다시 화두에 집중 중 "영원하다. 영원하다"라는 자성의 소리에 대각경의 무한한 사랑, 무한한 지혜, 무한한 능력을 자각하니, 백회로부터 걷고 있는 발끝까지 찌릿찌릿하며 가슴을 울리며 충만감이 감돈다.

선배 도인들의 조문도석사가의(朝聞道夕死可矣)를 내 자신이 심신으로 느낄 수 있게 도와주신 스승님과 선계의 스승님, 도반 여러분께 감사하다. 자성은 언제나 그 자리에 영롱한 빛을 발하며 여여하게 있는데 그동안 가아의 탐진치, 오욕칠정에 빠져 허우적대고 있었음을 느낀다.

2018년 5월 6일(일) (무소유처 6일째)

오후 1시 58분 ~ 2시 53분(55분간) 오후 수련. 인당으로 노란색 검은색 흰색이 어우러져 삼태극을 형성, 회전한다. 내가 좌선하고 있는 모습을 또 다른 내가 느껴지며 인당으로 블랙홀 가장자리가 기존은 은백색 빛이었으나 오늘은 연노랑 빛이 아름답게 빛나며 블랙홀의 가운데가 선명하다. 관음법문 파장이 왼쪽에서 강하게 울리며 하반신이 파르르 떨린 후 비행접시가 아래로 빛을 내리비추듯 은백색 빛이 원뿔 삼각형으로 인당과 백회, 몸 앞면의 여러 곳을 내리비친다.

2018년 5월 9일(수) (무소유처 9일째)

오전 0시 25분 ~ 1시 30분(65분간) 자시 수련. 인당의 쪼임과 은백색 원형 고리가 보이고, 가끔 인당에서 쩍~ 쩍~ 소리가 난다. 중단전의 왼쪽 가슴을 꼬챙이로 짓누르는 듯, 한곳이 집중적으로 뭉쳐 있었으나 중단이 서서히 풀리며 시원 따뜻한 열감이 하단전과 교류하며 운기된다. 동시에 백회로 시원한 기운이 들어오고 인당은 한낮의 햇볕을 맞이하듯 연노랑 햇살을 받고 있다.

오후 1시 40분 ~ 2시 35분(55분간) 오후 수련. 관음법문 파장인 음파 소리가 요란하고 상단 전체가 시원하더니 인당으로 원형 연노랑 빛이 한동안 보이다 백광으로 변하여 보인다. 얼마의 시간이 지나 인당과 백광을 연결하는 투명 진공관을 통하여 인당에서 백광이 연기처럼 뿜어져 나온다. 하단전과 중단전은 평온 그 자체로 변화가 없다.

2018년 5월 10일(목) (무소유처 10일째)

오전 0시 8분 ~ 1시 12분(64분간) 자시 수련. 수련에 안정감을 준다는 결가부좌를 취하고 수련하였으나 40분 경과 시 발목이 아파서 반가부좌하고 수련했다. 영원불멸한 자성을 가지고 가아가 인과에 따른 업연(業緣)으로 나타나 용변부동본과 진공묘유의 진실을 알게 하니 가아가 없다면 어찌 자성을 알 수 있었을까? 하는 의문과 가아에 감사한 마음이 일며 기쁘다.

인당으로 원형 연노랑 빛과 백광이 상하로 위치를 서로 바꿔면서 보이다가 원형 노란빛 안으로 백광이 들어갔다. 하단전과 상단전이 서로 교류와 동시에 열감을 경주하며 상체를 뜨겁게 한다. 이렇게 중단과 하단전이 교류하면서 호흡이 편하고 숨을 쉬는 듯 안 쉬는 듯하다.

오전 9시 30분 기상하여 방석운동 하고 오전 일 처리하고 봉서산을 3경구 암송 후 화두 암송하며 산책하며 한 생각했다. (한 생각) 업을 짓지 않으려면 스승님, 선배 구도자들께서 말씀하신 "탐진치, 오욕칠정에 휘둘리지 말라" 한 가르침을 내가 실행에 옮기고 암기하기 좋은 말은 무엇인가? 생각하다 정선혜각행일치(正善慧覺行一致)로 정했다(한자가 맞는지 모르겠다).

2018년 5월 11일(금) (무소유처 11일째)

오전 0시 42분 ~ 1시 36분(54분간) 자시 수련. (없다) 좌선하고 3경구 암송하자 관음법문 파장이 요란하고 백회와 인당으로 들어오는 천기가 천목으로 집중 운기된다. 노궁과 용천으로 찌릿찌릿하며 들어오는 기운이 단전과 중단전을 뜨겁게 태운다. 인당으로 원형 백광이 잠시 보이다 머리 위로 백열전구 빛이 내려비추 듯 노란빛과 백광이 조화롭게 어울려 인당을 중심으로 얼굴 전체와 몸을 환하게 비춘다. 수련 마칠 쯤 드디어 "아무것도 없다. 없다" 자성의 소리가 들린다. 화두가 깨진 거 같다. 이 글을 쓰는 지금 이 순간도 음파 소리, 관음법문이 요란하다.

오전 9시 35분 기상하여 방석운동을 했다. 오전 일 보고 있는 중 선생님 전화 받고 삼공재 방문 다음 기회로 연기했다(선생님의 빠른 쾌유를 빕니다). 오후 3시 17분 ~ 오후 3시 56분(39분간) 오후 수련. 행공 시부터 백회로 기운이 시원하게 들어오고 하단전이 뜨겁게 달아올라 수련이 잘될 것 같은 기분이 호사다마라고 빙의로 인한 중단전의 답답증과 수마로 풀리지 않다가 수련 마칠 쯤에 천도되어 화두 7단계 끝의 확인은 자시에 해야겠다.

2018년 5월 12일(토) (무소유처 12일째)

오전 0시 25분 ~ 1시 21분(56분간) 자시 수련. 백회와 머리 둘레가 기운의 장을 형성하며 관음법문 파장이 요란하다. 인당으로 원형 백광이 수련 내내 보였으며, 손끝과 노궁의 찌릿함과 온화함이 있는 따뜻한 기운이 양팔을 진동시키며 들어와, 중단과 하단전을 태우듯 뜨거운 것이 완전한 삼합진공의 전 단계인 거 같고 온몸이 뜨거운 열감에 기분이 좋은 것이 주천화후인 거 같다. 소리(음), 빛, 진동은 자성의 나툼일 뿐 자성은 진공묘유(공)임을 다시 한 번 자각하며 확인한다.

오전 10시 2분 ~ 11시 18분(76분간) 오전 수련. (無心) 양쪽 귀에서 음파 소리의 관음법문 파장과, 인당으로 황백색 빛 원형 고리가 보이고 용천과 노궁으로 기운이 들어와 단전을 뜨겁게 한다. 머리 왼쪽 위에 내가 아닌 내가 나를 보고 있는 느낌이 들며 내 자성이라는 직감이 든다.

인당의 황백색 빛을 집중적으로 관하니, 회전하여 점점 커지면서 얼굴 전체를 감싸며 백광으로 변하여, 더 집중하니 안개 같은 백광이 강줄기 형태로 내 몸으로 쏟아 들어온다. 그 기운에 온몸의 세포가 퐁~퐁하며 깨어난다. 연무를 계속 관하니 검푸른 하늘이 갈라지며 번갯불이 여기저기서 반짝인다. 좀더 집중하니 하늘이 갈라지며 황백색 빛이 백회와 인당으로 쏟아지며 우주의 중심과 연결된 직감과 충만감이 인다.

"마음먹기에 따라서 악인, 선인, 고양이, 소, 돼지, 땅거미 등 여러 생물이 될 수 있다. 모든 것은 인과응보, 자업자득이니 업장을 소멸할 때까지 무심으로 행하라. 무심으로 행하라"는 자성의 소리가 들린다.

8단계 비비상처 (2018년 5월 13일 ~ 5월 15일)
2018년 5월 13일(일) (비비상처 1일째)

어제 오후 3시경 선생님께 8단계 화두를 받았다. 오전 0시 33분 ~ 1시 35분(62분간) 자시 수련. 8단계 화두 암송 시 백회로 기운이 회전하여 들어오고, 우주의 중심으로부터 흰빛이 인당으로 들어온다. 이 회전하는 기운과 빛의 기운이 몸통 안을 청소하듯이 여기저기를 훑으며 중단전을 거쳐 하단전에 안착하니, 몸은 전후좌우로 진동하며 단전은 따뜻하다.

인당은 황백색 빛과 백광이 서로 불규칙하게 바뀌다가 검푸른 보라색으로 변하여 집중하니, 스케치한 그림 형태로 희미하게 보였으나 의미를 모르겠다. 중단의 왼쪽에 아집의 덩어리가 웅크리고 있는 게 느껴져 관하며 화두 암송하였더니 수련 끝날 무렵 흩어져 중단이 열렸다.

오전 10시 40분 기상하여 방석운동과 스트레칭으로 몸 풀었다. 오전 11시 6분 ~ 오후 12시 52분(108분간) 오전 수련. 관음법문 파장이 일고, 머리가 단단해지면서 인당으로 황백색 원형 고리가 터널을 지나면서 황백색, 은백색과 보라색으로 불규칙하게 바뀌는 것이 수련 내내 보인다. 허리는 반듯이 세워지면서 횡격막의 압박이 있으며, 인당에 박힌 헤드라이트를 잡아 뽑으려 하면서 물을 짜듯 몸과 팔이 돌부처가 된다.

2018년 5월 15일(화) (비비상처 3일째)

영업 끝나고 샤워 시 처음으로 빙의령이 스르르~ 하고 빠져나가는 느낌이 슬로비디오처럼 처음 느꼈다. 기감이 예민해진 느낌이다. 샤워 후 장근술 20회, 팔 비틀기 스트레칭하다. 오전 0시 15분 ~ 1시 11분(56분간) 자시 수련. (우주의 중심). 8단계 화두 암송 시 기운의 흐름에 따라 심한 진동은 아니지만 몸이 전후좌우로 작은 진동을 동반하며 수련이 진행된다. 음파 소리의 관음법문 파장이 시작되고 인당으로 황백색 바탕에 은백색 빛의 타원형 고리가 보인다. 은백색 빛이 은하계의 중심으로부터 기운을 받아 인당으로 중계하여 준다는 느낌을 받으며 수련 중 "우주의 중심이다. 우주의 중심이다"라고 자성의 소리가 들리며 순간적으로 찌릿하고 감전된다.

이로써 8단계 끝이라는 느낌이 든다. 각 단계마다 심신을 울린 자성의 소리를 마음에 새겨 언행을 신중히 하므로 인과를 짓지 않고 응보를 슬기롭게 극복하겠다. 정선혜각행일치(正善慧覺行一致)하도록 항상 수련의 끈을 놓지 않을 것이다.

그동안 현묘지도 수련 시 많은 어려움과 자질 부족으로 수련 자체를 미루고 다음에 할 생각도 있었으나, 스승님과 선계의 스승님, 지도령님, 보호령님의 도움으로 수련을 마칠 수 있게 되어 감사 인사 올립니다. 또한 도반님들의 격려와 충고에 감사의 인사를 올립니다.

【필자의 논평】

오성국 씨의 수련기를 읽노라면 언제인가 우주에 던져진 작은 빛의 덩어리가 하염없이 그리고 거침없이 우주를 항해하면서 시간이 지날수록 점점 더 속 알맹이가 충실해져 가는 느낌이 든다. 부디 대성하여 지금까지 자신을 도와준 스승들과 도우들에게 기쁨을 안겨 주기 바란다. 도호는 우광(宇光).

현묘지도 화두수련 체험기 (40번째)

이 창 준

삼공 선생님을 직접 뵙고 공부할 수 있게 된 것은, 이번 인생에서는 겪을 수 없었던 엄청난 축복이자 행운이다. 어느 날 우연히 하나의 블로그에서 조광 님을 만났고, 삼공 선생님을 뵙게 되어 현묘지도 화두수련을 하게 되었다. 지금은 우연이 아니고 필연이었음을 느낀다. 공부 과정에서 지나간 삶에 대한 가치를 분명하게 알게 되었다. 그리고 앞으로 남은 인생을 어떤 실천적 삶을 살아가야 할지 방향을 찾게 되었다.

현묘지도 수련을 통해 근원적 주체를 각성하게 해 주신 삼공 선생님께 큰 감사를 드린다. 항상 따뜻한 다과를 준비해 주신 사모님께도 감사드리고, 선생님께 인도해 주신 조광 님께도 감사드린다.

수련의 동기와 과정들

19세 때 이층에서 떨어져 입시 3일 전까지 3달 동안 침을 맞았다. 매일 2~3시간 침 꽂은 상태로 앉아 있다가 옆에 놓여 있던 〈건강 다이제스트〉 책을 보고 호흡을 시작했다. 매일 하니 답답한 가슴의 열기는 빠져나가고 의식에 집중이 되었다. 하루하루 팔, 다리, 머리가 없어지고 배

속 가운데 하나의 의식 덩어리만 존재한다. 단전이었다.

심신이 안정되고 이것이 나의 진짜 실체일까? 하고 의문이 시작되었다. 싱크로율 100% 예지몽을 항상 경험하던 때였다. 자신이 의도하지 않았고 인지하지 않았던 꿈속 화면이 현재에 펼쳐져 진행되니 내 육체는 뭔가의 연출에 의해 현실에 펼쳐지는 꼭두각시? 경험의 매개체처럼 인식되었다. 나는 나를 몰랐다. 알아야지!

20세 ~ 25세

매일 아침 운동과 하루 두 번의 명상을 통해 의식 덩어리를 인지하고 캤다. 그게 명상? 입정? 선정? 그때는 몰랐지만 호흡에 따라 의식이 깊어지는 사실에 더욱 재미를 느꼈다. 호흡이 끝없이 길어지고 가늘어지고 하다가 의식의 공간에 몰입될 때는 호흡이 없어졌다. 마음의 끝은 뭐일까? 의식의 끝은 뭐지? 존재에 대한 의문이 짙어갔다.

하루는 깊이를 알 수 없는 동굴같이 생긴 우물의 끝, 수백 년 미동도 않았던 잔잔함과 고요함에 본래 마음의 실체를 화면으로 보는 느낌이 들었다. 또 하루는 어느 공간에 좌정하고 있다가 귀신 같은 형상이 나타나 놀랐다.

이윽고 4일째 죽을 각오로 좌정에 들었다. 온갖 무서운 형상이 나타났다. 미동하지 않고 바라보는 동시에 그 형상이 측은하다 못해 미소가 지어졌다. 그러자 코앞의 귀신 형상은 휙 없어지고 좌정한 자신을 본다. 수만의 은빛(혹은 백색?) 실타래로 엮어진 몸속 내부의 기운줄이 보이고 지극한 평화, 둘러보니 우주공간 같다. 공포와 두려움은 모르는 것으로 시작하고, 사람은 우주의 별과 같은 존재로 인식되었다.

또 하루는 독서 중 글 한 줄이 흑판만큼 확대되고 빛으로 갈라진다. 눈부신 빛으로 둘러싸여 어디에서 이런 빛이... 하며 둘러보고 내 몸을 보니 투명한 연노랑 빛이 발광하고 있다. 혈관들이 순간순간 보이며 몸 자체에서 발광한다. 사람은 본래 빛의 존재라고 인식되고 원인 모를 눈물이 많이 흘렀다. 기뻤고 처음으로 주위 존재(세상 만물)와 자신에게 고마움이 가득했다.

26세 ~ 37세 : 사회생활하며 연애도 했다.

어떤 특정인을 만나면 가슴에 에너지가 뭉쳐 오고 24시간 의식이 갔다. 새벽녘 1~2시간 동안 영화 속 장면 같은, 시대와 생김새와 역할이 다른 동영상 속에 있다. 특정인과 나도 보인다. 전생이다. 뭉쳐진 가슴 에너지는 녹아내려 시원해진다. 전생에 적지 않은 종류의 역할들이 있었다. 소크라테스의 "너 자신을 알라"는 문구가 항상 마음에 각인된다. 사람은 한생(많은 생)에 지었던 습에 의해 현생을 맞이하고 인연들이 지어지는 원리에 눈을 뜨는 거 같았다.

37세 ~ 38세 : 수련단체 경험

문화영 선생님 수련단체에서 1년 남짓 수련했다. 그분은 영(역사 인물과 우주인 등)에 아주 밝은 분이셨다. 『선도체험기』를 읽고 알았지만 삼공 선생님과도 인연이 계셨던 분이었다. 중국을 같이 갔다. 40명가량. 황산 여러 곳에 등반하며 잠시잠시 쉰다. 그때마다 문화영 선생님이 앉아서 입정에 드신다. 뭘 하실까? 하루가 지나 모두 앉혀서 눈 감고 수련에 들라 한다. 사범들이 무슨 종류의 안테나를 연상하란다. 책을 안 읽

어 몰랐다. 그냥 입정에 들었다

그러자 눈앞에 황산 봉우리들이 양 열로 쭉 늘어선다. 봉우리 위에는 큰 고무보트 위에 파리 에펠탑처럼 생긴 탑들이 놓여 있다. 저게 안테나인가 했다. 나중에 사범에게 물어보니 맞다고 한다. 사범이 문화영 선생님께 얘기했더니 "이번 여행에서 한두 분이 좋은 경험하실 거라 했는데 엉뚱한 사람이 하셨네요"라고 했단다. 한 사람씩 일어서서 진행하는 여행 마지막 날 개인면담 시간에 나보고 영이 아주 맑은 분이라고 하셨다.

39세 ~ 49세 : 수련단체 경험

한당 선생님의 공부 내용으로 수련했다. 수련에 많은 도움이 됐다. 수련단체의 창시자가 돌아가시고 일어나는 전형적인 경우들을 보고 알게 됐다. 도인을 자처하고 도계, 천계를 오간다는 사람들도 봤다. 기운이 출중하고 현생에서 본인의 사명을 깨닫고 이행하기까지 인간적으로 많은 인고의 세월이 있었을 것이다. 묵묵히 자신의 수련에 충실하신 분들도 계셨다. 하지만 지극히 인간적인 불미스러운 일은 어느 곳에서나 일어나는 모양이다. 결론은 인간은 인간으로 태어난 이유가 있다. 도계, 천계를 오가고 자신을 어느 정도 알고 도력을 갖춰도 현생의 인격에 도격을 녹여내지 못한다면 의미가 없다는 것을 알았다.

50세 ~ 55세 : 2018년 삼공 선생님을 뵙게 되다.

수련을 5~6년 놓았다고 생각했는데 마음은 생활 속 수련과 함께했다. 지극한 평상심이란 무엇일까? 꼭 수련을 하지 않아도 수십 년 수행해 온 사람들 이상으로 평범하면서도 깊은 의식의 소유자들이 있었다. 책에서도 볼 수 있었고 현실에서도 그렇게 느껴지는 분들이 있었다. 그분들은 그렇게 자신들의 사명과 역할을 충실히 하고 시행했다. 깨우친 선지자들께서 항상 평범함과 평상심을 말씀하셨다. 평생 동안 내 마음이 그렇지 못한 순간순간 스스로 공부가 모자람을 절실히 느꼈다.

2018년 우연히 조광 님 블로그를 알게 되었고 조광 님의 배려로 삼공 선생님을 뵙게 되었다. 『선도체험기』도 읽게 되었고, 삼공 선생님을 뵈면 뵐수록 지극한 평범함과 평상심의 롤 모델처럼 느껴진다. 선생님의 대각경은 깨달음이다. 생의 모든 공부의 총체이자, 지금 순간을 깨우는 공부의 관문이다.

2018년 4월 28일, 삼공재 첫 번째 방문

선생님께 인사를 드리고 생식 처방, 수련을 시작한다. 정좌하고 앉으니 양팔과 어깨 너머로 기운이 훌훌 흘러간다. "기가 느껴집니까?" 선생님이 물었다. "네~" 작은 소리로 대답해서 잘 안 들리시는 듯했다. 계속 호흡하자 백회와 인당에 시원한 얼음 팩을 붙여놓은 듯 강한 자극이 온다.

조광 님과 삼공재 방문 약속한 날 5일 전부터, 저녁 자시부터 두세 시간 이상씩 집중이 됐다. 5일 동안 백회와 인당에 자극이 오고 시원했다. 하지만 선생님 앞에서 정좌 후 느껴지는 기운은 온도가 달랐다. 눈동자 안까지 시원해진다. 몸 여기저기서 오랜만에 느끼는 기운의 변화도 일어난다. 저절로 반성이 된다. 5~6년 동안 수련을 놓다시피 하고 세끼 밥은 꾸역꾸역 챙겨온 자신이 부끄러웠다. 한편으로는 새로이 수련을 하게 된 모든 동기들에 감사하고 그런 자신이 은근히 기쁘기도 했다.

감았던 눈을 뜬다. 방안의 청량감이 맑게 느껴지며 좋은 산림욕을 하는 기분이 들었다. 선생님은 나이만 드신 청년 같았다. 순수한 애기(한 살에서 두 살)에게 느껴지는 기운도 느껴졌다. 솔직히 이 세상 기운의 것이 아닌 것처럼 느껴졌다. 첫날 방문은 백회와 인당, 눈 안이 깨끗이 청소가 되는 것 같았다. 책을 구입하고 인사를 드리고 나왔다.

5월 5일, 삼공재 두 번째 방문

조광 님을 만나 삼공재 방문. 인사를 드리고 수련한다. 전번 주와 같이 양팔 어깨 너머로 기운이 흐른다. 조금 시간이 가고 하단전이 축기된다. 백회의 기운이 갑자기 발동한다. 동시에 중단전이 강하게 자극되고, 송곳으로 깊이 찌르는 듯하다. 좀 놀랐다. 그런데 마음은 개의치 않는다. 똑같은 리듬으로 호흡한다.

축기된 하단전의 기운이 중단전을 채우며 올라오고 백회로 기운이 상단전을 적시고 중단으로 내려간다. 중단전이 기운으로 꽉 찬다. 든든하고 시원해지면서 양손 노궁으로 많은 기운이 발산된다. 중단전이 단련되는 날 같았다.

첫 번째 삼공재 방문 후 일주일 내내 백회와 인당, 눈을 적시는 차가운 기운 덕분에 책 보기가 쉬워졌다. 5~6년간 20분을 보지 못했던 책을 이제 계속해서 한 시간 이상씩 읽는다. 눈의 피로감이 몇 배로 사라졌다. 선생님께 감사드리며 조광 님께도 감사드리고 싶다.

5월 19일, 삼공재 세 번째 방문

이 주일 만에 선생님을 뵈었다. 지각도 했다. 매일 생식 일식 이상씩 하고 수련은 한 시간에서 쉬어가며 네 시간도 했다. 첫 번째 방문 때도 삼단전이 연하게 연결고리가 느껴졌으나 두 번째 방문 후 느껴지는 상중하 단전의 연결고리가 좀더 짙어가는 것을 알 수 있다. 백회와 인당이 시원하고 중단을 적셔 가고, 하단전까지 축기되어 들어온다. 『선도체험기』를 읽을 때마다 조금씩 이런 현상이 일어나고 반응한다.

인사를 드리고 정좌수련. 팔 주위에 기운이 흐른다. 오늘은 하체까지 기 바람이 불어온다. 10분 지났나? 용천에 강한 자극이 오고 노궁도 연하게 오고 있다. 나도 모르게 무릎 위에 덮어 놓은 양 손바닥을 뒤집어 하늘로 향하게 한다.

보통 때와 같이 축기가 되자 백회의 반응이 왔을 뿐인데 오늘은 용천과 노궁에 자극이 오고 팔다리 내부로 기운이 슝슝 나온다. 몸속 전체를 샤워하는 느낌이다. 시원한 바람은 훈풍으로 바뀐다. 기분 좋고 온화하다. 20분 정도 계속해서 흐른다.

조용해지고 한 타임 수련이 끝나나 생각하자 갑자기 왼쪽 손등에서 팔꿈치, 어깨, 등 쪽으로 이어서 오른쪽 어깨, 팔, 손등까지 전깃줄같이 뒤쪽 나를 감싼다. 나의 기운이 아니다. 누군가 뒤에서 포옹하듯 감싸 안는다. 조금 놀라긴 했지만 기분이 나쁘거나 거부반응이 일어나지는 않는다. 잠깐 그러더니 이번엔 크고 넓게 한 번 더 감싸 안는다.

이런 느낌들이 도움의 신명인가? 선생님의 배려인가? 대맥과 소주천을 운기해 보니 전보다 강하고 빠르다. 수년 전 수련했던 대맥과 소주천, 대주천 운기가 자연스레 진행하여 새롭게 되는 것 같았다. 마치 자전거 타기를 배워 수년간 타지 않다가, 다시 타 보니 잊어버리지 않고 금방 잘 다뤄지는 느낌이었다.

『선도체험기』 1~4권에서 선생님께서 강조하신 축기의 중요성이 다시

322

한 번 생각된다. 오늘은 은혜를 입은 기분이다. 감사한 마음이 저절로 솟아난다.

5월 26일, 삼공재 네 번째 방문

세 번째 방문 후 일주일 계속 용천에서 기운이 나왔다. 앉아서도 나오고 잠자리에 눕기만 해도 훌훌 계속 나왔다. 좌공을 해도 나오고 있었으나 축기도 잘된다.

인사를 드리고 수련 시작. 백회에 자극이 오고, 상중하 단전 축기가 된다. 오늘은 일주일 계속 자극이 왔던 용천이 이렇게 구멍이 컸나 싶을 정도로 분명한 느낌이 왔다. 수련이 잘됐다. 선생님 앞에서 수련하면 왠지 수련 내용이 분명히 드러나는 것 같다. 혼자 수련한 내용이 결실을 맺듯 분명히 느껴진다. 자가 점검이 되는 것처럼. 선생님 기운은 깨끗한 거울 같다는 생각이 든다.

6월 2일, 삼공재 다섯 번째 방문 (기운 충만감)

인사를 드리고 앉는다. 백회와 인당의 반응이 오며 상단, 중단, 하단과 용천, 노궁에 기운이 흐른다. 계속 호흡하자 삼단전이 충만하고 이어서 용천과 노궁에 기운이 머문다. 백회에서 전달되는 기운이 전보다 좀 빨라진 거 같다. 전신에 에너지가 꽉 찬 느낌이다.

이제까지는 흐르는 기운과 단전에 축기가 되는 형식이었다. 그런데 노궁, 용천까지 기운이 찬다. 오랜만에 느끼는 기운의 충만감이다. 새로이 자신감이 생기고, 감사드리고 싶은 마음이 저절로 일어난다.

6월 9일, 삼공재 여섯 번째 방문

오늘은 선생님께서 컨디션이 별로 안 좋다고 하신다. 그러면서 미안하다고 하신다. 안 그러셔도 되는데... 선생님의 표정과 미소에서 순수 그 자체의 기운이 우러난다. 이런 요소도 삼공재 기운의 근원 점 중의 하나가 아닐까?

조광 님께서 『선도체험기』 117권에 대해 선생님과 의논하신다. 옆에서 현묘지도 수련을 마친 인암 님이 아랑곳없이 수련한다. 처음 보게 된 인암 님의 수련 진동이 화려하다. 조금 후 절도 있게 진동하는 인암 님으로부터 기운이 느껴진다. 진동이 세차다. 내부로 전달되는 기운보다는 몸 바깥 외부로 지리릭 전기가 통하듯 느껴졌다.

6월 23일, 삼공재 일곱 번째 방문

선생님을 이 주일 만에 뵙는다. 다섯 번째 방문한 이후로 축기 시간이 단축됐다. 이번 주 내내 백회, 인당, 임맥과 독맥의 흐름이 많이 분명해지고 운기의 속도도 더 빨라졌다. 그리고는 전신에 축기가 되는 느낌이다. 노궁과 용천까지 기운이 찬다.

오늘도 수련 시작 몇 분 후 기운이 시원하게 유통이 되다가 축기를 한다고 마음을 먹으면 단전에 축기가 되고 양손, 팔다리까지 축기가 되는 느낌이다. 저절로 감사함이 우러나온다. 이런 은혜는 어떻게 갚아야 하나? 하고 생각이 든다.

아직 미진하고 수준 낮은 기운일지언정 전신에 축기된 기운이 선생님께 조금이라도 도움이 되면 좋겠다는 생각이 든다. 적어도 같이 수련하고 계시는 도반님들께 좋은 기운의 영향이 미치면 좋겠다는 생각이 강하게 일어난다.

6월 30일, 삼공재 여덟 번째 방문

오늘은 방문자 수가 많다. 유광 님의 현묘지도 수업 졸업 파티를 하는 날이다. 모두 정좌해서 수련에 든다. 사람이 많았지만 기운도 활발하다. 삼공재 처음 방문했을 때 받은 인상처럼 기운이 막 흐른다.

팔, 다리, 머리로 흐르더니 이내 축기된 단전을 느낄 수가 있다. 백회에서 기운이 사뿐히 들어와 상중하 단전을 시원하게 새로이 적신다. 용천과 노궁까지 기운이 찬다. 왠지 노궁에서 기운을 흘려보낼 수도 있겠다는 느낌도 들었다. 짧게 대맥과 소주천을 운기하고 난 뒤 다시 전신이 충만한 상태가 된다. 자신감이 더해지고 기분이 좋아진다.

어떻게 5, 6년 전에 놓았던 수련이 이렇게 빨리 회복되고 마음마저 단단해져 확신에 차게 됐나? 하고 생각하면 지금은 선생님과의 인연에 감사하고 은혜로운 느낌만 깊어진다. 삼공재에서의 수련은 수월하다. 청명하고 투명해서 분명한 느낌의 기운이 체감된다. 삼공 선생님의 성격과 기운을 위시해 보이지 않는 신명들이 공존하는 공간 같다.

오늘은 선생님과 다 같이 준비한 다과를 맛있게 먹고 사진도 찍었다. 선생님이 건강해 보여서 좋은 날이다.

7월 14일, 삼공재 아홉 번째 방문 (기운의 변화)

이 주일 만의 방문이다. 일본을 10일 다녀왔고 거기서도 수련은 멈출 수 없었다. 백회, 인당, 용천에 지속적으로 기운이 들었기 때문에 기분 좋게 수련했다. 이렇게 진하게 의식되는 기감은 장거리 여행에서도 매일 자신을 수련으로 유도하는 듯이 느껴졌다.

인사를 드리고 좌정한다. 변화를 느낀다. 기운이 진해진 듯 밀도감이 더해졌다. 백회를 통한 삼단전의 축기와 충만감에 다다르는 시간이 단축되었다. 대맥과 소주천 운기를 해 봐도 그랬다. 평소보다 진한 밀도의 대맥을 좀더 돌려 봤다. 든든함이 의식의 깊이도 동반하는 듯한 몰입도를 가져왔다.

수련을 마치고 삼공재에서 처음 만난 오주현 님과 함께 차를 마셨다. 그분이 나한테 물어본다. "오늘 혹시 대맥 운기하셨어요?" 하며, 자신은 보통 잘하지 않는데 수련 중 저절로 대맥운기가 일어났다고 한다. 그러면서 "혹시 오른쪽이 좀 껄끄러웠는데 그쪽이 걸리십니까?" 하고 묻기에 나는 "네, 오늘 대맥을 진하게 돌렸어요"라고 대답했다. 진하게 기운을 운기할 때 공명현상이 일어났던 것 같다. 평소에 운기를 잘하지 않으셨다고 말씀하시는 도우님의 대맥이 자연스럽지 않았던 것이 아닌가 생각했다.

오늘도 변화된 기운이 스스로 점검된 삼공재의 수련. 선생님과 삼공재의 기운에 감사드리고 싶다.

7월 21일, 삼공재 열 번째 방문

이번 주는 『선도체험기』를 읽는 내내 백회, 상단, 중단, 하단에 기운이 스물럭스물럭 들어왔다. 이렇게 계속 기운이 들어오면 나중에 농도가 어떻게 될까? 궁금해질 정도였다. 자연 책 보는 시간이 많아졌다. 아홉 번째 방문한 다음날부터 수련만 하면 중단, 하단이 엄청 커진다. 일주일 계속 커진 단전을 느낀다. 어떤 때는 몸 바깥까지 단전이 느껴진다. 며칠 커지다가 어느 날 갑자기 타조알만한 크기의 단전이 중, 하단에 맺힌다.

오늘 삼공재 수련에서도 이 현상은 뚜렷하게 드러난다. 전체적으로 백회와 인당의 기적 작용이 보다 선명해졌다. 그리고 세 단전이 보다 더 확실히, 착실히 자리잡은 상태가 확인되는 시간이었다. 노궁과 용천에서 기운의 들고 남, 충만감도 좀더 밀도가 더해진 것 같다. 마음에서의 자신감과 스스로에 대한 믿음이 충만된 기운과 아우러지며 든든한 평화로움이 무게감 있게 실린다.

수련을 마치고 생식을 구입하며 선생님에게 요즘 백회로 기운이 많이 들어온다고 말씀드렸다. 선생님께서 "그때가 좋은 때야!" 라고 하시며 웃으신다.

7월 28일 삼공재 열두 번째 방문 후

8월, 9월은 여느 때와 같이 흐르는 일상생활이 있었다. 지난해 여름과 다른 면이 있다면 수련이 거의 함께하는 일상이었다. 다시 선생님을 뵙고 수련할 때는 현묘지도 공부를 할 수 있는 시간을 그리며 수련했다. 처음엔 때가 되면 하겠지라고 생각했지만, 이제는 그렇지 않다 하고 작심한다. 때와 운명이 있어도 준비되지 않는다면 모든 걸 놓친다. 준비할 수 있는 실행력도 공부요 길이라는 생각으로 8, 9월을 보냈다.

화두수련 1

10월 13일

약 한 달 이상 날이 너무 더워 삼공재를 가지 않았다. 더운 여름날 토요일까지 매일 사람들이 찾아와 수련을 하니 선생님의 건강도 조금은 걱정이 되었다. 오늘은 오랜만에 조광 님과 그동안의 수련 얘기를 나누고 맛있게 차 한잔하기 위해 만나러 갔다.

삼공 선생님께 간다고는 생각도 하고 있지 않았다. 약속 장소로 가는 도중 아침에 꾼 꿈이 생각났다. 30몇 년 전 일인가 잠시 사귀었던 첫사랑이 나타났었다. 잠에서 깨어나 다시 생각해 보고 기억을 더듬어 보니 조금은 뜬금없었다. 하지만 꿈속에서는 반갑고 새롭고 재미있기도 하였다.

항상 만나던 장소에서 만나 자연스레 발길이 향한 곳은 삼공재였다. 조광 님도 한동안 선생님을 못 뵈서 수련보다 인사하러 가겠다고 통화를 하신 터였다. 인사를 드리고 나니 그냥 수련 분위기. 개인적으로 그동안 생각해 오던 화두수련에 대해서 말씀을 드릴까 했는데, 조광 님께서 거침없이 물어봐 주시니, 삼공 선생님께서 나의 소주천, 대주천에 대한 상태를 잠깐 물어보신다. 간단하게 말씀드리고 나니 가까이 오라 하시며 첫 번째 화두를 주셨다. 자연스레 이어진 화두수련의 시작이었다.

그야말로 새롭고 반갑고 재미있는 현상이었다. 공부에 대한 마음과 처음 대하는 화두수련이 첫사랑과 같은 즐거움으로 시작되었다. 그러고 보니 전날 저녁부터 누가 시킨 것처럼 식사를 참신하게 했었고, 왠지 평소 리듬에 없는 아침 화장실을 두 번 갔었다. 그 느낌은 장을 깨끗이 청소한 느낌이었고 전날부터 오늘 이 순간이 예측이라도 되었던 듯이 자연스럽게 진행이 되었던 것 같다.

선생님께서 화두 한 단계가 끝났다 싶으면 연락해서 두 번째 화두를 받으라고 말씀하신다. 자리로 돌아와 앉아 화두를 마음에 놓고 축기한다. 자연스레 움직이는 숨길에 화두를 맡기니 온몸과 정신이 깨끗해지고 텅 비는 듯한 느낌이 든다. 이렇게 입정에 드는가 보다 하고 느끼는 순간 양팔, 양다리, 몸통, 머리로 종류가 다르게 느껴지는 기운이 선을 그리며 들어온다. 이렇게 종류가 다양한 기운이 동시에 느껴지며 들어오는 것에 좀 의아했다. 백회가 크게 작용하고 두부(頭部) 윗부분이 전부 열리는 듯한 느낌이 든다.

표현하자면 열린 두부 부분을 둥그랗게, 굵은 손가락 정도의 두께로 테두리가 만들어진다. 양끝이 말려서 올라온다면 손오공의 머리띠와 비슷하지만 그냥 앞이 조금 트인 둥그런 관 모양의 띠다. 3D 복사기마냥 입체물이 재생되는 것처럼 흡사하게 만들어진다. 머리 전체에서 아주 짧은 기운선들이 짜집기하듯 분주하게 왔다 갔다 하고, 5~10센티 정도 길이의 기운줄로 작업이 되는 거 같다. 정말 빠르게 움직인다.

선생님 책을 보면 신명들이 바쁘게 움직이는 표현이 나온다. 하지만 신명들의 모습이 구체적으로 보이거나 하지는 않았다. 이 순간 상황에서는 이런 생각들이 개입될 틈도 없이 진행되었다. 예기치도 않은 상황을 접하고 있었고 깊은 호흡 중에 일어나는 일을 지켜보고 있을 뿐이었다. 느껴지는 기운의 길이가 보여지는 듯 분명하고 동시에 몸에서도 기적인 현상이 바쁘게 일어나고 있다.

결국 엄청 큰 말발굽 모양의 테두리가 머리 위 둘레를 쳐서 만들어졌다. 튀지 않게 누른 금색이 무게감 있게 빛이 나고 있다. 살짝살짝 그물 모양의 금색 줄들이 어망처럼 쳐지고 사라지기를 반복한다. 이 순간들과 동시에 몸에서는 30~100센티 전후의 길이로 종류가 다른 기운들의 움직임이 든다.

마치 온갖 별들의 기운이 그동안 자신도 모르게 비어 있었던 빈자리를 메워가듯 줄줄이 채워져 들어온다. 섬광처럼 칼날처럼 별똥별이 떨어져 오는 듯하다. 수백, 수천의 줄기?가 짧은 시간에 들고 나고 하니, 바쁘게 작업한다는 표현이 적절하다. 이 느낌은 마치 본래부터 이러한데 내가 모르고 지내왔던 사실을 알게 하는 것과도 같은 느낌이다.

우리들의 몸과 기운체가 여러 별들의 기운과 맞물려 형성되어 왔고, 공부가 부족해 채워지지 않은 여러 부분을 본래의 그 기운들이 와서 채우고 자리잡는 듯하다. 하늘의 무지개가 한 줄로 드리워져 있지만, 각각의 빛으로 구성되어 있듯이, 이 기운들은 우리 몸과 사지에 자기의 용도를 찾아서 들어가 안착되는 느낌이었다. 순간 우리 몸을 이루는 모든 구성 요소와 기운체들이 우리가 인지하지 않고 있는 순간순간 대단한 역할들을 수행하고 있었구나 하는 것을 새삼 인지하게 되었다.

그 이외의 부분까지도 작업이 되는 느낌이 있었지만 수련을 통해 알아야겠다는 생각이 들었다. 일순 과정이 지나가고 전체적인 기운이 안정되고 고요해진다. 백회와 몸 전체가 시원하고 기운으로 든든하다. 몸의 모든 기운이 하나로 공통된다. 둥실하게 찬 사지와 몸 기운이 시원하게 하나로 되고, 백회의 띠 테두리와 상태가 뚜렷한 느낌이 한동안 계속된다. 하나된 느낌은 마치 현란했던 여러 가지 기적 작업들이 갈무리되고 정리됨을 느끼기에 충분했다.

얼마나 시간이 흘렀을까? 느끼기엔 10분 정도였지만 눈을 뜨고 시계를 보니 45분 이상 지나 있었다. 한 달 이상 못 뵈었던 선생님의 얼굴 미소에서 삼공재에 처음 방문했을 때와 같은 청아한 기운이 가득차 있다.

10월 14일

자고 일어나니 전신이 근육통처럼 느껴지지만 몸의 움직임은 평소와 같이 움직여진다. 기몸살 같은 현상이 나타나고 있지만 마음이 든든하고 어제의 기운이 갈무리되고 있는 상황이 계속 일어나고 있다. 다른 때 이와 같은 기적 체험이 있은 후에는 아마도 몇 날 며칠을 앓았을 수도 있었을 거라고 충분히 상상이 간다. 하지만 다르다. 직설적으로 표현하자면 뭔가 무장이 탄탄하게 된 느낌이다.

저녁이 되어 다시 화두수련. 정좌하고 앉으니 깊은 호흡에 들어간다. 조금은 숨이 거칠게 쉬어지고 축기가 되면서 목 주위가 도래도래 흔들린다. 단전이 충만해지고 갑자기 허리가 도래도래 흔들리며 돌기도 한다. 어제도 조금은 그런 느낌이 있었는데, 오늘은 더 진하게 느껴지며 진동이 진행된다. 양어깨와 고관절까지 진동이 전해져 온다. 자연스럽게 놓아두니 깊은 호흡은 계속되고 진동에 따라 그냥 흔들흔들 춤추듯이 들어간다.

시간이 조금 더 지나고 진정이 되고 고요한 안정이 스며든다. 화두를 상기한다. 혹시 화려했던 어제의 기적 체험이 또 일어날까? 하는 생각이 마음 한구석 잠깐 일어나기도 했다. 기운이 꽉 차고 투명해진 느낌이 깊어진다. 상단, 중단, 하단전의 경계도 없는 듯 꽉 찬 느낌 속이다. 특별한 기적인 반응은 없는 듯하더니 갑자기 "북극성에서 왔다!" "나는 북극성에서 왔다!" "내가 북극성에서 왔다!" 대여섯 번 내면의 소리가 울려 들려왔다. 천리전음이라고 하는 것이 이것이다라고 인지된다. 하지만 멀리서 크게 울리며 분명하게 들리는 이 소리는 내 자신의 내면에서 울려오는 나의 소리였다.

상중하 단전 할 것 없이 백회 전체가 뚫려 있는 상황에서 통째로 울려내니 아주 먼 하늘에서 전해 내려오는 전음처럼 인식이 되겠다고 생각된다. 세 번째 울려 퍼지기 시작할 때부터 내 자신임을 의심할 여지가 없이 확실하게 느껴진다. 한동안 이 느낌은 계속되고 아주 투명하고 깨끗한 기운 속에서 여여하게 있다. 보통 축기할 때나 운기할 때 몸속에서 느껴지는 기운의 느낌과는 차원이 다르게, 모든 것이 안팎으로 청정한 기운과 하나되어 자신의 모든 것이 존재하는 느낌이다.

짧은 시간 속이지만 평소 가슴에 들어 있는, 머릿속에서 생각되는 여러 가지 것들이 강하게 정화되는 느낌이 많이 들었다. 이 순간만큼은 아마 누구라도 그럴 것 같다. 오늘도 수련 시간이 짧은 시간 안에 진행되었나 생각했지만 50분을 훨씬 넘긴 시간이 지났다. 화두수련이 왠지 연결이 되어 진행되는 느낌을 가지게 된다.

10월 15일

근육통이 깨끗이 사라지고 아무렇지가 않다. 보통 이런 근육통은 일주일은 지속된다. 견디다 못해 2, 3일 뒤라도 몸살이라도 있었다. 1박 2일 만에 없어지는 근육통의 경험도 처음 해 보는 것 같다. 오늘도 평소대로 수련을 한다. 인당이 자주 자극이 되고, 백회와 단전, 용천과 노궁으로 자연스러운 흐름의 기운이 일어난다. 축기를 계속하고 조용히 입정에 들어 화두를 의식해 본다. 그냥 좋다.

10월 16일

오늘은 수련에 들자마자 지난 4월 말 처음 삼공재를 방문해 5월 초 두 번째 방문하기 삼 일 전 꿨던 꿈이 불현듯 떠올랐다. 선생님과 사모님이 반갑게 맞아 주시고 다과와 차를 즐긴 후 뒤뜰에 나가 모여 있는 몇 분들과 함께 섰다. 나의 팔을 당겨 선생님께서 하늘에 떠 있는 별들을 손수 가리키며 구체적으로 설명을 해 주시는 광경이다.

이 공부 과정이 우연이 아닌 필연으로 진행되는 것으로 느껴졌다. 당연히 때가 되어서 만나야 하는 사람을 만나게 되고 일어나야 할 일을 겪어야 하는 것처럼, 선도 공부도 이렇게 진행되고 있다. 숙명적임을 알게 되는 것 같다. 첫 번째 화두수련을 마친 것이 확인되는 날 같다.

화두수련 2

10월 20일

삼공재 방문하여 첫 번째 풀린 화두에 대해 말씀을 드리고 두 번째 화두를 받기 위해 선생님 가까이 가서 얘기를 꺼내는 순간, 선생님께서 손을 내저으시며 아무 말도 하지 말라고 하신다. 그러시면서 두 번째 화두를 주신다. 자리로 와서 화두를 마음에 놓고 정좌했다.

여느 때와 같이 강한 기운이 일어난다. 축기를 하는 중에 백회와 인당, 노궁으로 기운이 들고, 얼마 뒤엔 전신으로 기운이 들어온다. 부풀어지듯이 기운이 꽉 찬다. 그런데 오늘 기운은 또 다르다. 강렬하지는 않다. 굉장히 고운, 비단결처럼 정갈한 기운이다. 하나의 단전이 전신이 된 것 같은 느낌이 든다. 아주 평온하고 흔들림이 없다. 기운이 계속해서 들어와서 펴진 허리와 온몸을 구석구석 있는 대로 세우는 듯하다. 모든 것이 올곧게 서는 느낌이다.

의식은 지금 현재 세상의 존재와 자신의 존재와의 상대성에 집중된다. 기운이 전혀 자극적이지 않고 아주 고운 모래알처럼, 아주 고운 선풍기 바람처럼 그윽하게 공간에 가득찬다. 조금 있으니 몸 구석구석 컨디션이 좋지 않은 부분이 선명하게 드러나 아파 온다. 정말 고통스럽게 아프다. 보통 축기가 되면 몸의 안 좋은 부분이 낫거나 좋아졌었다. 오늘은 정반대다. 축기가 되니 더하다. 스스로에게 그 부분을 더욱 또렷하게 보여주는 것 같이, 한동안 이 현상이 계속된다.

고통이 열어지고 아픈 곳들이 사라질 즈음에 또 다른 느낌이 일어난다. 자신이 느끼는 세상에 현존하는 존재들과 사물들, 그리고 자신을 포함한 것들과는 전혀 상관되지 않는 부분이라고 느껴지는 영역이다. 어떻게 표현해야 할지 모르겠다. 말하자면 너무나 넓고 엄청나게 큰 범위로 새롭게 와닿아 느껴지는 기적 체험이다. 한마디로 다 알 수 없고 끝이 있을 수 없는 무한대의 기운이 이럴까?라고 표현을 할 수밖에 없다. 그 공간이 가득찬다? 아니다! 이미 나와 세상은 그 공간 안에 존재할 뿐이다.

사람의 역사를 갖다 대어 비교한다고 해도 미미하다고 하겠다. 지구와 하나의 태양계와도 별로 관여되지 않고 있는 영역의 범위라고 표현하고 싶다. 느낌은 그랬다. 이것은 알고 보니 두 번째 화두수련을 시작하고 서서히 느껴지는 끝을 알 수 없는, 지극히 고운 바람결과 같은 기운과 다르지 않다.

지금 현상은 이미 와닿아 있는 기운 속에서 인지되는 의식이 확장되는 것임을 알 거 같다. 의식의 확장은 기운과 같이 끝이 없는 듯하다. 이 느낌 자체만으로도 여여하다. 자신과 의식되는 대상들이 존재하는 모든 공간, 의식되지 않은 공간의 영역이 모두 연결되어 있다. 내가 몰랐을 뿐이다. 현재 의식이 인지하지 못했을 뿐인 것이다.

자성은 이미 깨달음의 존재임에 틀림없다. 그저 많은 생에 걸쳐서, 지금 펼쳐지고 있는 현실의 범위와 실상들을 바로 알게 하기 위해 유도하여 체득시켜 준다. 여기에 삼공 선생님과 보이지 않는 곳에서의 고마운 신명들께서 도와주고 계신다.

자성에서 '상반합'이라는 문자를 또렷이 남겨 놓는다. 상 자는 서로 상 자이다. 범위를 알 수 없는 공간의 기운을 자신의 의식이 얼마나 인식할 수 있을까에 대한 의문이 항상 있었다. 의문이 풀려 버린 느낌과 함께 평소 생각할 수 없었던 해방감이 젖어 든다. 기분 좋게 선생님께 인사드리고 귀가했다.

10월 21일

날씨가 좋은 일요일 하루가 여느 때와 다른 느낌이다. 슬금슬금 걸어다니다가 제자리에 섰다. 화두를 마음으로 새기면서 정원에서 호흡을 한다. 여전히 부드럽고 꽉 찬 기운이 일어난다. 맑은 하늘과 나무들 사이로 줄 쳐진 거미들의 모습과 바람이 새롭게 느껴진다. 하늘과 마당에 있는 자연물과 나 자신이 꽉 찬 하나의 기운으로 느껴진다. 고요하고도 든든한 상태가 지속되니 머릿속이 맑아진다.

어제 선생님 앞에서 수련하다 자성이 보여 준 상반합이란 단어가 불쑥 떠오른다. 상대적 현상계의 모든 물질과 자신은 이미 하나의 공간 기운 속에 동시적으로 존재한다. 이 존재감은 연결된 기운으로 일체감을 느끼게 한다. 경계가 없다. 한마디로 하나가 된 느낌이다. 꽉 찬 하나의 기운이다. 시간이 얼마나 흘렀을까 서서히 기운이 갈무리되는 듯 사물이 뚜렷해진다. 현관과 정원에 평소 손이 가지 않았던 곳을 깨끗이 청소하며 다음 화두가 기다려진다.

화두수련 3

10월 27일

구월 달에는 뵐 수 없었던 선생님의 건강이 훨씬 좋아져 보여서 좋았다. 선생님께서 항상 건강하게 계시면 더할 나위 없겠다는 생각을 한다. 세 번째 화두를 주셨다. 두 번째 화두를 풀 때쯤 세 번째 화두가 무엇인지 짐작은 했다. 또 새로운 어떤 기운을 체험하고, 이 체험이 어떤 새로운 체득과 개념을 자신에게 선사할지, 굉장히 기대가 되고 재미있기까지 하다. 살아오면서 이렇게 새롭고 흥미진진하고 실천적인 공부를 할 수가 있었던가? 이렇게 생각되니 정말 보람 있고 감사하다.

이 공부는 나 자신을 나 자신 안에 그래서 세상 안에 우주 안에 던져 넣어 버리는 공부 같다. 이미 첫 번째 화두를 통해 알았지만 화두수련은 생각 정리도 아니고, 상상 수련도 아니다. 분명한 자성이 이끌어 내어 주는 길을 충실히 밟아서 현재 의식이 자성과 일체화되기까지, 엄연히 체험을 통한 체득으로 이어진다. 왠지 삼공 선생님의 화두수련은 여덟까지로 진행되지만 모든 것이 연결되어 진행되는 것 같다.

평소와 같이 화두를 받고 좌정한다. 축기를 하니 삼단전이 시원하다. 화두를 마음속으로 염한다. 몇 번을 염하듯 되뇌었을까? 깨끗하고 맑은 기운이 서서히 몰아친다. 점점 굉장히 크게 들어온다. 종류와 느낌이 또 다르다. 크고 세차게 몰아칠수록 용천과 노궁 이외의 온몸 혈자리에서 반응들이 온다. 전신에 깨를 뿌려놓은 듯이 반응한다. 조금 시간이 지나 전신의 반응들이 점점 누그러진다.

백회와 전신에 기운이 벙벙하게 차 있는데도 기운은 계속해서 듬성듬성 온몸을 엎어씌우듯 덮어온다. 어... 이러네... 하며 놀라는 나의 마음을 감출 수가 없다. 이 놀라움을 통해 솔직히 고백하지 않을 수 없다. 세 번째 화두를 짐작하고, 선생님으로부터 직접 화두를 받고서도 마음 한구석에는 화두의 단어에 대한 선입견이 나도 모르게 조금은 자리잡고 있었다는 것을 알았다. 하지만 체험이란 평소 알고 있는 지식적 차원의 해석과는 전혀 다르다. 아! 이래서 알음알이로는 접근이 불가능한 공부라고 여러 선지식이 지적을 하셨구나.

맑고도 청아함이라는 느낌을 새로이 접해 보는 사람이 되는 순간들 같다. 그냥 받아들일 뿐이다. 한동안 지속된다. 어느덧 잠잠해지고 농축된 듯한 에너지가 온몸을 꽉 채우는 듯하다. 몸안에서 묘한 기운이 돌고 미미한 진동마저 느껴진다. 어느 때보다도 맑게 정화된 에너지로 차 있음을 느낀다.

몸 안쪽이 진동을 하고 거기에 몸을 실어 보기도 했다. 호흡 변화에 따라 배가 들쑥날쑥하고 가슴이 에너지로 꽉 찬 느낌이 들었다. 백회에서 들어오는 기운을 한동안 상중하 단전으로 보내니 머리와 가슴과 아랫배 쪽에서 대맥이 운기되는 것과 같이 세 곳에서 링처럼 묵직하게 돌더니 조금 있다가 몸통 전체로 계속 돌아간다.

몸의 기운이 하나로 연결되고 또 다른 느낌의 든든하고 안정된 고요함으로 기운이 갈무리가 된다. 청아한 기운이 너무 생생하다. 맑기가 그지없다. 깨끗함의 극치라고 할까? 끝이 어딘지 모르게 느껴지는 청아함의 깊이에서 한계를 찾을 수 없고, 헤아릴 수가 없을 거 같다. 마음에서는 우리의 의식이 끝이 없는 우주를 모를 뿐이며 일치되어 알아 가고 있는 중이다라고 조용히 느껴진다. 『천부경』의 구절이 읊조려진다.

화두수련 4

11월 3일

선생님께 인사를 드리고 세 번째 화두가 끝났음을 말씀드리니 종이에 열한 가지 반응이 적힌 메모지를 주신다. 수련 중에 해 보라고 하신다. 내용을 보니 첫 화두 때부터 일어난 다양한 반응들이었다. 적힌 메모지를 집중해서 보고 마음에 넣어서 호흡을 시작했다.

시작하자마자 얼마 안 되어 길지는 않은 호흡이지만 깊이 있는 세찬 호흡이 진행된다. 얼마간 계속된다. 의식적으로 멈출 필요는 없었다. 긴장을 풀고 그 호흡에 숨을 맡기고 몸을 실었다. 단전에 기운이 모이는가 싶더니 목 안쪽에서 설레설레 흔들어댄다. 옆으로 도리도리. 앞뒤로 기운이 작용하는 대로 움직인다. 호흡은 계속되고 조금 있으니 허리가 돈다. 하단전 쪽에서 대맥이 같이 돈다. 훌라후프 돌리듯 돌아간다.

어느 정도 돌더니 허리가 앞뒤로 왔다 갔다를 반복한다. 세차고 깊이 있게 호흡은 계속된다. 무식호흡인 것이다. 하단전에서 어떤 리듬을 느끼기 시작하자 오른쪽 다리가 고관절 안쪽부터 진동되어 나오고 얼마간 진동되더니 왼쪽 다리가 시작된다. 조금 지나니 양다리가 닭 날개처럼 퍼덕거리는 진동이 시작된다. 의식을 내어서 멈출 수는 있을 것 같았다. 하지만 화두수련 중이니 그대로 놓아둔다.

호흡이 또 변한다. 이번에는 깊이깊이 들이쉬고 난 후에 깊숙이 내어뱉는다. 그러기를 몇 번 반복한다 중단전으로 기운이 꽉 찬다. 어깨가 스르륵 올라가고 진동하듯 슬슬 돌아간다. 조용히 무게 있게 몇 바퀴 돌더니 양팔로 진한 기운이 전달된다. 그 느낌에 이제 팔이 진동할 모양이다라고 생각했다.

그런데 손가락 마디마디로 기운이 빠지듯 흘러든다. 팔과 손가락이 무게 있고 진중한 분위기로 여러 모양의 인을 만들어 낸다. 영화나 만화에 나오는 여러 가지 수인 모양새를 취하며 양손이 모였다 떨어졌다를 수차례 반복한 후 또 호흡이 바뀐다. 어떻게 바뀌든 맡겨 놓는다. 마음으로 바라보는 자세로 숨을 쉴 뿐이다.

굵고 조용한 호흡이 진행되자 상중하 단전에서 세 개의 단전이 대맥 방향으로 회전이 일어난다. 속도를 더해 빠르게 운기가 일어난다. 호흡은 굵게 일정하다. 운기 속도만 빨라지고 일정 속도의 진동 리듬을 형성한다. 몸 전체가 한바탕 굵고 잔잔한 진동을 일으킨 후 조용해진다. 너무나 다양하다.

정신은 선명해지고 또 다른 호흡이 진행된다. 이번에는 조용하고 지극히 예민한 호흡이다. 또 맡겨 놓고 관한다. 기운의 감각들이 상단전 쪽과 얼굴 안면에 집중된다. 얼굴 여기저기에서 파장이 일어난다. 찌릿찌릿하다. 진동과 같은 전류가 얼굴 전체 구석구석까지 기운을 띠면서 일어난다. 안면에서 일어나는 진동에 의해 얼굴 표정도 바뀐다.

몇 차례나 진행된다. 어떤, 무슨 종류의 기운이 오고 가는 것을 증명이라도 하듯 표정이 다양하다. 몇 종류의 얼굴이 연출되었던 거 같다. 거울이라도 봤으면 좋았겠다. 처음에는 단순한 무식호흡에 몸을 맡긴다고 생각했다. 하지만 다양한 호흡의 변화 종류는 마치 수련의 차원이 달라지는 경계를 알려 주는 듯하다. 숨의 깊이 변화와 강약의 변화에 따라서 호흡의 폭도 달라진다. 안면 구석구석의 진동에서 느껴지는 여러 가지 변화와 다양한 파장을 통해서 여러 선도 신명들의 작용과 그들의 보호와 도움이 같이 진행되고 있는 것에 눈을 뜨는 것 같다.

눈을 떠 시계를 보니 50분 가까이 지났다. 대략의 변화를 선생님께 말씀드리고 나니 "그럼 다 한 거야"라고 하시며 다섯 번째 화두를 주신다. 그리고 "그렇게 모든 화두수련에 이 호흡들이 일어나 작용을 한다고! 아주 신기한 것이에요"라고 하시며 환하게 웃으신다. 선생님과 선계의 신명들께 감사의 마음이 저절로 일어난다.

화두수련 5

11월 4일

네 번째 화두를 끝내고 혹시 몸살기라도 일어날 수가 있다고 생각은 했지만, 오늘도 몸 컨디션은 아주 좋았다. 어제 삼공재에서 있었던, 몸 구석까지 휘몰아친 작고 큰 진동들과 종류 다른 거칠고 깊은 호흡들이 평소 같으면 육체에서 느껴지는 부담감도 있음직했다. 그러나 오히려 몸은 개운하고 기운이 잘 느껴지는 듯하다.

선도수련을 해 오면서 어떤 선입견을 가지거나 예측을 한다고 해도 그것이 현재 의식의 알음알이로 구축된 것이라면 그 일은 일어나지 않는 것 같다. 오히려 알음알이야말로 수련에 부자연스러운 역할이 된다. 예측 불가능하고 그래서 예측을 하려고 할 필요도 없다. 마음을 깨끗하게 비워서 수련에 임해야 하는 자세야말로 기본 중에 기본임을 새삼 되새긴다.

일요일 오후 다섯 번째 화두를 가슴에 넣고 여느 때와 같이 정좌해 수련에 임한다. 지금까지 살아오며 처음 수련을 접했을 때부터 일어난 지난 과정들과 경험들이 주마등처럼 스쳐 지나간다. 호흡과 화두에 집중을 더 한다. 깊은 호흡과 함께 축기가 되고 안정된 상태에서 잠깐의 운기가 일어난다. 화두를 의식해 더욱 깊이 집중해 들어간다. 의외로 다른 반응이 일어나지 않는다. 기적 충만 상태에서 아무렇지도 않다. 그냥 그대로 수련한다.

11월 5일

오늘은 늦잠을 자고 일어나 볼일을 천천히 다 보고 나니 오후가 되었다. 초저녁 수련에 들었다. 어제에 이어서 편안한 기분과 마음이 유지된다. 기적으로 충만하고 튼실한 가운데 화두에 집중한다. 평소와 다른 것이 있다면 화두에 대한 새로운 경험치의 기대, 해내야 한다는 마음마저도 뭔가에 희석되는 듯 옅어진다.

평상시 사소한 일상생활에서 느끼는 기분, 어쩌면 화두수련을 염두에 두지 않은 채 수련에 임하는 느낌이다. 이래도 되나 싶은 마음까지 들 정도로 아주 일상적 평범한 마음 상태가 유지된다. 마음 한 귀퉁이에 숙제처럼 느껴지는 어떤 조각도 없어지자 아주 편안해진다. 평상심이란 이런 것일까라는 생각이 든다. 따뜻하고 온화한 분위기로 기분 좋게 축기하고, 운기와 입정의 순서를 거쳐 초저녁 수련을 마친다.

11월 6일

자시가 되어 초저녁과 비슷한 느낌으로 수련에 든다. 화두수련을 하는 것은 분명했다. 그런데 또 화두수련이라는 생각과 다짐조차 맹물처럼 희석될 만큼 의식이 되지 않는다. 하지만 괜찮다. 편안하다. 마음도 정신도 기운도 평화롭다. 아무렇지도 않고 평안한 밸런스만을 일정하게 유지한 채 시간은 계속된다.

평소대로라면 수련에 앞서 단단하고 정확한 각오를 한다. 그 각오로 인하여 경직되는 몸을 편안히 릴렉스시키기 위해 깊은 호흡을 몰아쉬거나 진동을 하거나 어떤 땐 수련에 앞서 행공을 하거나 해서 축기와 운기를 한다. 오늘의 자시 수련은 전혀 그렇지가 않다. 무리함이 없다. 마음이 평화스럽다. 각오도 하지 않는다. 자연스러움 속에 지극한 평상심을 느낀다. 기운이 몰아치거나 특정한 운기가 일어나지도 않는다.

조용하게 앉아서 보통의 집중력으로 화두를 마음으로 되뇌이고 기분 좋게 의식 속으로 들어간다. 순간 '조화천주'라는 말이 들려오는 동시에 보여 오고 울려온다. 하늘에서 벼락이 내려꽂는 듯, 광풍처럼 휘몰아 오는 그런 느낌들이 전혀 없다. 지극한 평상심 속이라고 표현할 말밖에 없다. 두세 번 반복하지도 않는다. 일정 시간 의식에 선명히 머물러 울리고 있다.

한자가 아니고 한글이다. 글자가 보이는 바탕은 강렬하게 빛나지도 않고 화려하다거나 자극스레 비춰내는 빛깔도 없는 공간이다. 그냥 오래되고 친숙한 공간이 은근하게 환하다. 조용하고 고요하고 그윽하다. 뭔가 크게 마음의 동요도 일지 않는 것이 한편으로는 냉정할 정도라고도 하겠다. 마음에 미동이 없다. 조용히 진행되는 그윽함 속에 팽창감 없이 꽉 찬 느낌이다. 모자람, 부족함, 과해서 지나친 느낌이 전혀 없기에 꽉 차 있지만 넘쳐남도 없다. 솔직히 표현에 한계를 느낀다.

잠시 시간이 흐르자 내 자신의 고개가 끄덕여진다. 온전히 의식이 동조되면서 수긍된다. 얼굴에 미소가 그려진다. 묘한 기운이 무게감 있게 퍼져 나가고 마음은 아주 가볍다.

11월 7일

정좌하여 호흡을 가다듬고 자성에서 보여 준 '조화천주'라는 낱말을 떠올린다. 또다시 어제와 같은 기운이 전개된다. 펼쳐지는 기운 속으로 의식을 조용히 흘려보낸다. 읽어내듯 느낌이 들기 시작한다.

지난 3, 4일 동안 있었던 왠지 모를, 조금은 의아하기도 했던 여러 가지 기운 현상은 다가오는 주제에 대한 하나의 준비 기간이었다. 전혀 자극적이지 않고 넘치지 않고 모자람 없이 균형을 갖춘 지극한 조화의 기운이라는 옷으로 갈아입는 과정 같았다.

조화천주, 하나님, 자성, 주인공, 본래면목... 단어는 어느 시절, 민족과 나라와 역사에 따라 변천한다. 그리고 그것이 의미하는 뜻은 기준에 따라 다를 수도 있다. 하지만, 그 단어 속에 담긴 기운은 변할 수 없다.

단어 안에 엄연히 존재하는 실재의 기운을 체험, 체득했을 때 비로소 그 말을 안다고 할 수 있는 것 같다.

자성은 나의 현재 의식을 조화천주라는 기운으로 느끼게 하고 보여 주고 일치시켜 주었다. 그 순간 그것은 나의 기운이자 마음이고 의식이라는 것을 확신하게 되었다. 더 나아가 사람은 누구나가 하나님과 연결되어 있고, 하늘의 마음을 품고 있으며 조화천주의 기운과 통하고 있고, 우주의 의식을 공유하고 있는 평등한 입장에 있다고 정리가 된다. 삼공 선생님의 대각경이 읊조려지고 스스로를 통해 입증되고 체득되어가는 느낌이 든다.

11월 8일. 중간 정리

지난 며칠에 걸쳐 다섯 번째 화두수련을 하고, 처음 화두수련을 시작으로 정말 짧은 시간에 여러 가지 체험을 하고 체득이 된 것 같다. 그것을 통해서 많은 자신감이 생겨나고 자신이 변했다는 것을 알겠다. 특별히 기운의 변화와 마음과 생각들이 많이 변했다. 어쩌면 10년 20년을 지나도 그대로였을지 모를 내면의 요소들이 이 짧은 시간에 새삼 변화한 것이 직감적으로 감지된다. 자아관, 세계관, 우주관이 새롭고 다르게 변화했다. 마음의 시각이 달라졌다.

그리고 역시 선생님의 화두수련은 모든 것이 연결되어 있다. 화두를 하나 마치고 나면 전화를 걸거나 선생님을 찾아가 그다음 화두를 받게 되어 있다. 나의 주관적 해석이지만 전체적으로 연결되는 공부의 흐름을 놓치지 않게 하기 위한 선생님의 배려인 거 같다.

나는 서울에서 생활하고 있기에 바로 가서 뵐 수도 있었다. 하지만,

항상 토요일 날 조광 님과 만나 선생님 댁을 방문해 왔다. 하나의 화두를 끝내더라도 시간을 가지고 자신을 관찰하고 싶고, 기운 변화와 마음 변화도 체크하고 싶었다. 아울러 주위의 도반님들께도 감사를 드립니다.

화두수련 6

11월 10일

오늘 여섯 번째 화두를 받고 자리에 앉았다. 잠시 생각에 들었다. 10월 13일 첫 번째 화두를 받고 변화를 겪은 후 갈무리가 되었다. 그 다음 날 또 다른 변화를 체크하기 위해 수련을 하였고 그때 불쑥 여섯 번째 화두의 답이 나왔었다. 앞서 봤던 체험기들에선 이런 예를 못 본 것 같다. 하지만 어떠랴! 이유가 있겠지! 하고 마음에 맡겨 놓고 화두에 집중해서 호흡에 들어간다.

화두는 받았지만 중단전에는 '북극성'이 자리한다. 투명하고 맑은 기운이 그때와 똑같이 온다. 왠지 삼공 선생님으로부터 방출되어 나오는 듯 오늘은 앞쪽에서 온몸 전체를 감싸듯이 덮어온다. 굉장히 상쾌하다. 청정한 기운 속에서 백회로 노궁, 용천으로 기운의 들고 남이 강하다. 화기의 열이 고강도일수록 불꽃은 더 가볍고 섬광처럼 투명하다라고 비유될까? 이 청정함에서 느껴지는 강한 기운이다.

얼마나 흘렀을까 깊고도 연한 호흡이 이어지는 가운데 여여한 안정감이 흐르고 기운의 갈무리도 수월하고 빠르다. 그리고 분명하다. 수련을 마치고 선생님께 분명하게 마쳤다고 말씀드리니 일곱 번째 화두를 받아

가라고 하신다.

11월 11일

일요일 오후 서서 간단한 손동작 발동작을 하며 호흡에 맞춰 몸을 움직인다. 팔과 다리에 힘을 빼고 숨결이 가는 대로 허리가 돌아간다. 단전에는 기운이 차고, 척추와 팔다리로 전류가 흐르듯 느껴진다. 주위의 공기가 묵직하게 다가오고 느껴지는 공간의 흐름에 내 몸을 맡긴다.

살그머니 움직여지는 몸동작은 춤도 아니고 무술도 아니다. 상관없다. 호흡의 중심은 단전에 가 있고 몸에 흐르는 기류는 공간의 흐름과 같이 움직이고 있다. 춤추고 있는 것이다. 호흡과 몸의 기류와 공간의 흐름이 하나가 되어서 즐기고 있다. 잠깐씩 무식호흡이 됐다가도 동작에 따라 숨이 달라진다. 두 다리가 모여지고 양손은 합장의 형태로 호흡이 갈무리된다.

안정된 상태에서 정좌하여 또 축기한다. 화두를 떠올리니 북극성과 조화천주가 동시에 캡쳐되어 가슴에 자리한다. 평화롭다. 마음에서 '사람에게 있는 오욕칠정은 지극히 조화로움으로 승화됨이다'라고 각인된다.

화두수련 7

11월 12일

오늘은 오전에 컨디션이 좋다. 간단한 체조를 하고 정좌한다. 여느 때와 같이 축기를 하고 화두를 몇 번 되뇌이고 단전에 넣는다. 아주 짧은 시간 사이 중단전 깊숙한 곳에서 반사가 되어 나오듯이 뻥 뚫린 백회 쪽으로 울려 나온다. "나는 빛이다. 나는 세상의 빛이다." 기다렸다는 듯이 울려 퍼진다. 서슴없이 툭 나와 버린다.

순간 그동안 수련해 오면서 체험했던 공부들이 헛된 것이 아니었다는 것을 가르쳐 주는 것 같다. 언젠가 수련 중에 빛의 경험을 몇 번 한 적이 있다. 깊고 잔잔한 호흡을 이어 가던 도중에 호흡이 없어지듯, 육체의 감각들이 모두 사라지고 의식의 덩어리만 존재한다. 이 에너지 체를 관한다. 빛 덩어리다. 우주공간 속 수많은 별들과 같이 빛나고 있는 하나의 빛의 존재였다. 이 빛을 관하고 있는 주체가 자성이었을까?

화두수련을 하는 지금 바르게 알겠다. 보고 있다. 빛 덩어리가 모양을 변해 좌선의 형태로 된다. 자세히 보니 수많은 실타래가 경락이 되어 에너지가 흐르고, 그것이 한 줄 한 줄 모여 덩어리로 발광하고 있다. 형태만 사람 모양이다. 빛인데 투명하다.

언젠가 수련하다가 책을 읽었다. 바른 자세로 집중하여 읽고 있었다. 인쇄된 문장 하나가 학교 교실의 흑판 모양만큼 크게 눈앞에 전개된다. 놀랄 순간도 없이 흑판이 갈라져 사라지면서 주위가 발광하고 있다. 처음에는 너무 눈부셔 눈을 바로 뜨지 못했다. 책을 읽고 있는 장소도 분명했다. 눈부신 빛살 너머로 보이는 방문도 알겠고, 침대도 보였다. 이 빛은 어디에서 왔나? 하고 천천히 고개를 돌려서 나 자신의 몸을 보게 된다. 거기서 빛이 나고 있었다. 우리는 빛의 존재구나! 하고 인식했다. 그 순간은 의자에 앉아 있던 감각마저 없었고, 병아리색처럼 연하고 투명하게 몸을 투광하고 있는 자신을 볼 수 있었다.

그때는 빛 체험을 통해 근원적인 실체의 의문만 일부 해소되는 듯했다. 그것만 해도 숨통이 트일 것 같았다. 그러나 지금의 화두수련을 통해 자신의 실체는 빛나는 자성, 별들과 우주공간, 조화천주를 통한 우주의식까지 연결되어 확장되어 가고 있다. 일시무시일 일종무종일. 빛 체험이 선생님의 화두수련에서 자성의 울림을 통해 바로 체득되고 결실을 본다. 고요한 숨결 속 "자명등" 하고 결을 짓는다.

화두수련 8

11월 17일

선생님 곁에 다가가서 적힌 화두를 보았다. 몇 번을 읽고 숙지한 다음 자리로 왔다. 문장으로 만들어진 화두는 8개 중 가장 길었다. 읽어서 숙지하는 과정에서 앞 과정의 화두와 연결되어 자연히 공부로 인도되고 있었다. 보는 순간 기운이 작용하고 있다. 좌정하는 순간들이 이미 수련 기운과 이어져 있어 바로 입정에 든다.

상단전이 큰 원통과 같이 이어진 중, 하단전으로 내려와 깊이 빠져 들어가며 한 덩어리가 된다. 빛으로 이어지는 에너지체가 보이듯 둥실 떠오른다. 확장하고 팽창하듯 그 경계가 뚜렷한가 싶더니 작게 축소한다. 순식간에 다시 팽창하며 빛의 경계가 사라진다. 느낌만 남는다. 비어 있지만 빈틈없이 차 있다. 이래서 공즉시색이다. 공간성 자체가 자신이 되어 있다.

태양계나 우주공간을 지적해서 표현해야만 할 이유가 없다. 어딘들 괜찮고, 무엇인들 괜찮다. 하나이다!! 하나로 이루어져 있다!! 표현을 하자니 이어져 있고 연결되어 있고 일치할 뿐이다. 모든 것의 기본이고, 밑바탕이 된다. 선과 악도 없고, 시시비비도 없다. "진공묘유" 대각경으로 마무리한다. 조화롭게 수도하고, 깨달아 가자. 삼공 선생님 감사합니다. 선계의 신명님들 감사합니다.

후기

삼공 선생님의 현묘지도 수련은 대각경을 깨닫게 하는 연금법 같다. 현실의 실상을 순간순간 깨어 있는 시각으로 보게 하는 열쇠 같다. 무엇보다 자성이라는 실체를 분명히 깨워, 의식을 확장시킨다. 바로 그 의식을 통해서 자신관, 세계관, 우주관을 변화시키고, 더 나아가 존재성, 흑백, 유무의 논리와 실체를 초월하는 근원에 와닿게 한다. 그래서 누구나가 근원에서 비롯된 사랑과 지혜와 능력을 구사하는 주체자로서의 실상을 깨닫게 한다. 선생님은 무엇보다 실천을 강조하신다. 스스로 실천을 통한 삶을 다 꺼내 놓고 보여 주신다. 나도 부끄럽지 않게 실천하여 주체자로서의 사명과 역할에 더욱 밝게 눈을 뜨고, 모두가 조화로운 실상에 임할 수 있도록 노력해야겠다.

【저자의 독후감】

이미 깨달음을 얻은 걸출한 수행자 이창준 씨가 삼공재를 통하여 세상에 나가게 되었다. 소주천과 대주천은 영계와 현상계 스승들의 도움을 받아 스스로 마쳤으니 도호는 자통(自通).

저자 약력

경기도 개풍 출생
1963년 포병 중위로 예편
1966년 경희대학교 영어영문학과 졸업
코리아 헤럴드 및 코리아 타임즈 기자생활 23년
1974년 단편『산놀이』로 《한국문학》 제1회 신인상 당선
1982년 장편『훈풍』으로 삼성문학상 당선
1985년 장편『중립지대』로 MBC 6.25문학상 수상

저서로는 단편집『살려놓고 봐야죠』(1978년), 대일출판사, 민족미래소설『다물』(1985년), 정신세계사, 장편『소설 한단고기』(1987년), 도서출판 유림,『인민군』3부작(1989년), 도서출판 유림,『소설 단군』5권(1996년), 도서출판 유림, 소설선집『산놀이』①(2004년),『가면 벗기기』②(2006년),『하계수련』③(2006년), 지상사,『선도체험기』(1990년~2020년), 도서출판 유림 및 글터, 한국사 진실 찾기(2012), 도서출판 명보 등이 있다.

약편 선도체험기 26권

2023년 5월 2일 초판 인쇄
2023년 5월 10일 초판 발행

지 은 이   김 태 영
펴 낸 이   한 신 규
본문디자인 안 혜 숙
표지디자인 이 은 영
펴 낸 곳   글터
주   소   05827 서울특별시 송파구 동남로 11길 19(가락동)
전   화   070 - 7613 - 9110 Fax02 - 443 - 0212
등   록   2013년 4월 12일(제25100 - 2013 - 000041호)
E-mail   geul2013@naver.com

ⓒ김태영, 2023
ⓒ글터, 2023, Printed in Korea

ISBN   979 - 11 - 88353 - 53 - 8   04810   정가 20,000원
ISBN   979 - 11 - 88353 - 23 - 1(세트)